詩經小學二種

[清]段玉裁 撰
彭慧 點校

上海古籍出版社

本書爲全國高校古籍整理研究工作委員會直接資助項目
「《詩經小學》二種整理」（編號：二〇二六）的最終研究成果

點校説明

段玉裁，字若膺，號懋堂，早年嘗字喬林，又字淳甫，晚年號長塘湖居士、硯北居士、僑吴老人，江蘇金壇人。清雍正十三年（一七三五）生，嘉慶二十年（一八一五）去世，是清代乾嘉樸學的代表人物，在中國傳統小學的各方面研究中均做出了傑出貢獻。

段玉裁一生克己勤勉、著述宏富，據劉盼遂《段玉裁先生年譜》、羅繼祖《段懋堂先生年譜》及王華寶《段玉裁年譜長編》等記載，其畢生著述多達三十餘種，其中尤爲突出者有《六書音均表》《説文解字注》《詩經小學》《毛詩故訓傳定本小箋》《古文尚書撰異》《周禮漢讀考》《儀禮漢讀考》《汲古閣説文訂》《春秋左氏古經》《經韵樓集》。

《詩經小學》是段玉裁約四十二歲時所作，段氏《書富順縣縣志後》云：「丙申（乾隆四十一年，一七七六）二月，金酉平，民氣和樂，輓輸不勞，風雨既時，原隰高下倍登，盜寢訟簡。……予乃能以其餘閒成《詩經小學》《六書音均表》各若干卷。」[一]其中，《六書音均表》是在此前所著《詩經韵譜》《群經韵譜》的基礎上增訂而成的，因而這一年段玉裁的主要業續便是開始並完成了《詩經小學》的撰著。而且，根據書中所載，成書之後的許多年裏，如乾隆四十三年、四十五年、四十八年、五十年、五十七年，段氏又陸續進行了多次修改和增訂。

段氏生於樸學大興的時代背景下，繼承清初「復古」與「實證」的學術風氣，發揚戴震「訓詁音聲，相爲表裏」的治學理念，秉持「治經莫重於得義，得義莫切於得音」的思想宗旨，由音韻入手以治訓詁，對《詩經》文字進行了深入細緻的解讀分析。

《詩經小學》是《詩經》學史上首次從文字、音韻、訓詁角度對《詩經》文本進行系統研究的奠基之作，洪湛侯稱其「或考古體，或訂誤字，或明通假，或述聲訓，皆有創獲」〔二〕。該書不僅是「《詩經》清學」中的集大成之作，也對晚清的《詩》學研究産生了重大影響，晚清學者李慈銘稱其「簡核精深，治《詩》者不可不讀」〔三〕。與此同時，段玉裁「以字考經，以經考字」，《詩經小學》既是段氏語言文字學思想的發端，也爲其晚年《説文解字注》的誕生奠定了堅實基礎。因此，虞萬里曾明言：「要研究《説文注》、要研究段玉裁的思想及其發展，《小學》有其不容忽視的地位。」〔四〕

《詩經小學》全本共三十卷，其中十五《國風》每國各一卷，共十五卷；《小雅》每什爲一卷，共七卷；《大雅》每什爲一卷，共三卷；《周頌》每什爲一卷，共三卷；《魯頌》一卷；

《商頌》一卷。在行文上，段氏首列卷名，次列詩名，最後標明所釋字詞。如卷一首列「國風周南」，次列「《關雎》五章，章四句」，最後標明所釋首條詞目「關關」。在内容上，段氏的成就主要體現在以下幾個方面：

一、廣羅諸家經籍，相互比勘，是正《詩經》經文及注文的訛誤。如卷一《周南·葛覃》「歸寧父母」下指出：「『歸寧父母』謂文王之父母也。既歸曰舅姑，未歸言父母，《禮記》『親迎，女在塗，而壻之父母死』是也。……上文『言告言歸』，毛傳『婦人謂嫁曰歸』，此『歸』字即『言告言歸』之『歸』也。『父母在，則有時歸寧耳』，此九字蓋後人所加，非《毛傳》本文。説詩者以全篇爲已嫁之詞，又惑於篇末『父母』之稱、『歸寧』之義，乃謂序所云『後妃在父母家』之句不可通矣。」

二、利用《説文》考釋經義，從字詞形音義的内在聯繫入手，疏通古字古義，闡明《詩經》詁訓。如：卷三《邶風·静女》「愛而不見」下云：「《説文》：『僾，仿佛也，《詩》曰「僾而不見」。』《祭義》曰『僾然必有見乎其位』，《正義》引《詩》『僾而不見』。《爾雅》：『薆，隱也。』《方言》『掩、翳，薆也』，郭注云：『謂隱蔽也。《詩》曰「薆而不見」。』玉裁按：《離騷》曰『衆薆然而蔽之』，《詩》之『薆而』猶『薆然』也。又《説文》：『篓，蔽不見也。』」

三、比照《毛詩》與三家《詩》，并利用史籍引文與石經漢碑等各類資料，羅列《詩經》異文，以推斷經文本真或字詞所指。如卷五《衛風・竹竿》「遠兄弟父母」下云：「唐石經『遠兄弟父母』。宋本《集傳》『遠兄弟父母』。明國子監注疏本『遠兄弟父母』。明馬應龍、孫開校刻《毛詩鄭箋》作『遠兄弟父母』，母叶姥罪反。《欽定詩經傳説彙纂》從舊本作『遠兄弟父母』。玉裁按：《竹竿》二章，朱子《集傳》本作『遠兄弟父母』……今俗本誤同《蝃蝀》一章作『遠父母兄弟』，而『叶滿彼反』之注仍存於『弟』字下。玉裁每疑『右』爲弟一部字，『弟』爲弟十五部字，二部古少合用。乾隆三十七年七月初四日，至西安府學觀石經碑作『遠兄弟父母』，而後其疑霍然。」

四、立足《詩經》文字，引申觸類，對所涉群籍和前人舊注中的舛誤之處加以考釋校訂。如卷七《鄭風・褰裳》「溱」下指出：「秦聲在今真臻韵，曾聲在今蒸登韵。《褰裳》一章『溱』與『人』韵，二章『洧』與『士』韵。出鄭國之水本作『溱』，《外傳》《孟子》皆作『溱洧』，《説文》及《水經》作『潧』，誤也。《史記・南越尉佗列傳》『湟溪』，索隱曰：『鄒氏、劉氏本「湟」並作「湼」。《漢書》作「湟溪」，音皇。又《衛青傳》云「出桂陽，下湟水」，而姚察云《史記》作「匯」，今本有「湟」「湼」及「匯」不同，蓋由隨見輒改故也。……』玉裁按：『洭水』《史記》《漢書》作『湟水』。『匯』者『洭』之譌，『湼』者『湟』之譌，『淮』者『匯』之譌，『洭』

又或譌爲『㳝』。」

目前存世的《詩經小學》有兩種，一是嘉慶四年（一七九九）〔五〕臧庸「删煩纂要」後的四卷本，一是道光五年（一八二五）抱經堂三十卷本。臧庸曾師從盧文弨，因而得從段玉裁討論學術，其《刻詩經小學録序》云：「《詩經小學》全書數十篇亦段君所授讀，鏞堂善之，爲删煩纂要，《國風》、小大《雅》、《頌》各録成一卷，以自省覽。後段君來，見之，喜曰：『精華盡在此矣！當即以此付梓。』時乾隆辛亥孟秋也。竊以讀此而『六書』假借之誼乃明，庶免穿鑿傅會之談。段君所著《尚書撰異》《詩經小學》《儀禮漢讀考》皆不自付梓，有代爲開雕者，又不果。而此編出鏞堂手録，卷帙無多，復念十年知己之德，遂典衺以畀剞劂氏。」〔六〕觀其大略，臧氏「删煩纂要」的主要原則是：保留段氏據古音而釋《詩》的見解和判斷，彰顯段氏的治《詩》思想，剔除異文、異訓等材料，合并相關詞目，使其整齊劃一。對於臧氏删録之例，虞萬里曾以「簡、并、補、删、改、按」六字加以概括〔七〕。嘉慶四年，臧氏在廣東南海縣將節録後的《詩經小學》四卷本校刻付梓，隨後收入《拜經堂叢書》。道光六年（一八二六），阮元囑嚴傑在廣東學海堂刊刻《皇清經解》，四卷本《詩經小學》亦被收録。二〇〇二年，上海古籍出版社《續修四庫全書》亦收入該本。由於四卷本的刊行時間較早、所入叢書的影響較廣，一直以來學界通行的便是四卷本《詩經小學》。

三十卷本流傳不廣，甚至一度被認爲失傳，劉盼遂著《段玉裁先生年譜》時亦未睹全本，遂稱「臧刻本即今《皇清經解》四卷本，其全書爲三十卷……今不可復見矣」〔八〕。道光五年（一八二五），三十卷本方由抱經堂刊刻行世〔九〕，並收入段氏後人編印的《經韵樓叢書》中。一九七七年，臺灣大化書局出版的《段玉裁遺書》收入該本，然而直至二〇一五年《段玉裁全書》由江蘇人民出版社出版，三十卷本才引起學界的廣泛關注。二〇一九年，師顧堂《詩經小學二種》由廣西師範大學出版社出版，又加深了學界對兩種不同卷本的認識與對比。大體而言，兩本相互媲美、相輔相成，四卷本堪稱三十卷本的精華，而三十卷本則更爲真實完整地體現了段氏治《詩》的思想方法和内容成就。

此外，《小學》雖然堪稱段氏治《詩》思想和治《詩》成就的集中體現，但終究衹是段氏前半生的治學所得，在晚年撰著《説文解字注》時，部分結論又有所改變，或對言之不詳的加以補充，或對已下案斷的加以修正。這些改動不僅體現了段氏學術觀點的前後變化，也爲後世解讀《詩經》經義提供了重要參考。然而，由於後人在考察段氏的相關見解時往往只關注《詩經小學》，而未及重視《説文解字注》中業已變化的觀點，致使個别字詞的解釋聚訟紛紜、難以定論。例如，《衛風・碩人》「螓首蛾眉」，段氏在《詩經小學》中以許慎

《説文》「頨」字注引「《詩》所謂『頨首』」爲據，認爲「『頨首』即『螓首』之異文。《毛傳》但云『顙廣而方』，不言『螓』爲何物，《鄭箋》乃云『螓，蜻蜻也』，知毛作『頨』，鄭作『螓』」，進而指出：「顔師古注《漢書》始有『形若蠶蛾』之説，夫蠶蛾之眉與首異物，類乎鳥之有毛角者，不得謂之眉也。且人眉似蠶角，其醜甚矣，安得云美哉！此千年之誤也！……『娥』作『蛾』，字之假借。」傳之後世，學者們便多以此爲據，對「蛾眉」一詞的意義及「蛾」字的用法展開討論，然而事實上在《説文解字注》「頨」字下，段玉裁已然修正前説，明確指出：「『頨首』當作『螓首』，見《衛風·碩人》。……按：《方言》：『蟬小者謂之麥蚻，有文者謂之蜻蜻。』孫炎注《爾雅》引《方言》『有文者謂之螓』，然則『螓』『蜻』一字也。引古罕言『所謂』者，假令《詩》作『頨首』，則徑偁詩句，不言『所謂』。」而且，在《説文解字注》「蛾」或「娥」字下，段氏均隻字未提「蛾眉」之「蛾」借用爲「娥」。由此可見，只有將兩書加以比較貫通，我們才能準確了解段氏釋字解經的觀點，把握其在《詩經》訓詁中的成就貢獻。

此次點校和注釋，以盧氏抱經堂刻三十卷本和臧氏《拜經樓叢書》四卷本爲底本，分別加以標點、審定。此外，還將三十卷本《詩經小學》與《説文解字注》相關條目進行了比對，摘録後來有所增補或修正的内容，以期完整呈現段氏《詩經》訓詁的成就貢獻，爲多學科視野下的《詩經小學》研究提供一個比較可信的底本。當然，《詩》三百吟詠千年，段氏之學又何其淵博！點校者才疏識淺、學養不足，惟有戰戰兢兢、一絲不苟，盡心力而爲之，歷時數年而成。其間舛誤不當之處，懇請方家學者批評指正！

彭　慧　二〇二三年三月二十日

〔一〕段玉裁《經韵樓集》，鳳凰出版社，二〇一〇年，第二二八頁。

〔二〕洪湛侯《徽派樸學》，安徽人民出版社，二〇〇五年，第一六四頁。

〔三〕李慈銘《越縵堂讀書記》，上海書店出版社，二〇〇〇年，第三七頁。

〔四〕虞萬里《段玉裁〈詩經小學〉研究（下）》，《辭書研究》，一九八五年第六期，第九一頁。

〔五〕臧庸《刻詩經小學録序》，《拜經堂文集》卷二題爲「己未季冬」，而書前此序則署爲「丁巳季冬」，二者不一致。今學界普遍認同「己未季冬」説，即嘉慶四年十二月。

〔六〕臧庸《刻詩經小學録序》，《拜經堂文集》卷二，《續修四庫全書》第一四九一册，上海古籍出版社，二〇〇二年，第五一一頁。

〔七〕虞萬里《段玉裁〈詩經小學〉研究（下）》，《辭書研究》，一九八五年第六期，第九二頁。

〔八〕劉盼遂《段玉裁先生年譜》，《清華學報》，一九三二年第二期，第二七頁。

〔九〕根據虞萬里的研究，三十卷本稿本爲王念孫舊藏，現藏於上海圖書館。

目録

詩經小學録四卷

詩經小學三十卷

詩經小學卷一

金壇段玉裁撰

國風

周南

關雎　五章，章四句陸德明《經典釋文》曰：「五章是鄭所分。」

關關

《玉篇》曰：「關關，和鳴也。或爲『唁』。」

雎

《爾雅》《説文》皆作「鴡」。

在河之洲

《説文解字》曰：「水中可居曰州，周遶其旁。从重川。昔堯遭洪水，民居水中高土，故曰九州。《詩》曰『在河之州』。」臣鉉等曰：「今别作『洲』，非是。」〔一〕　玉裁按：《爾雅》《毛傳》皆云「水中可居者曰州」，許氏正用之。

君子好逑

《鄭箋》：「怨耦曰仇。」　《經典釋文》云：「逑，本亦作『仇』。」　《小戴禮記・緇衣》篇引《詩》「君子好仇」。　《爾雅・釋詁》曰「仇，匹也」，郭璞注引《詩》「君子好仇」。　《漢書・匡衡傳》引《詩》「窈窕淑女，君子好仇」。　嵇康《琴賦》李善注引《毛詩》「窈窕淑女，君子好仇」。　何晏《景福殿賦》李善注引《詩》「窈窕淑女，君子好仇」。　玉裁按：《兔罝》作「好仇」，《説文》「逑」字注「怨匹曰逑」，《左傳》「怨耦曰仇」，知「逑」「仇」古通用也。

參差荇菜

《説文・木部》「槮」字注引《詩》「槮差荇菜」。

荇菜

《爾雅》：「莕，接余。」釋文曰：「莕，本亦作『荇』，《説文》作『葕』。」　《説文》：「莕，菨餘

〔一〕《説文解字注・川部》「州」字注：「凥，各本作『居』，今正。『者』字，今補。《周南》『在河之州』，《釋水》《毛傳》皆曰『水中可居者曰州』……『州』本『州渚』字，引申之乃爲九州，俗乃别製『洲』字，而小大分係矣。」

也。从艸，杏聲。」或作「荇」。〔一〕

輾轉

劉向《九歎》「憂心展轉」，王逸注：「展轉，不寐皃。《詩》云『展轉反側』。」潘岳《秋興賦》「獨展轉於華省」，注引「展轉反側」。玉裁按：《説文》無「輾」字，張弨以爲「輾」之譌。顧炎武《詩本音》曰：《説文》無「輾」字，古惟用「展轉」。《詩釋文》曰「吕忱作『輾』」，知「輾」字起於《字林》。《説文》「展」注「轉也」、「輾」注「轢也」，以「輾」爲「輾」譌者誤。

左右芼之

《玉篇》「覒」字注：「《詩》曰『左右覒之』，覒，擇也。」玉裁按：《説文》「覒」讀若苗。又《爾雅》「芼，搴也」，本又作「毛」「蹇」，見《釋文》。

鐘鼓

唐石經「鍾鼓」皆作「鍾」。馬應龍本《靈臺》篇作「鐘」，餘作「鍾」。

〔一〕《説文解字注·艸部》「莕」字下改「荇」爲「䓷」，改「或从行」爲「或从洐」，注云：「各本作『荇』，注云『或從行』，今依《爾雅音義》《五經文字》正。」

葛覃　三章，章六句

葛之覃兮

《爾雅》「覃，莚也」，本又作「𧦝」字。叔然云「古『覃』字同」。　玉裁按：《經典釋文》《五經文字》《九經字樣》皆云「葛覃」一作「葛蕈」。陸雲詩「思樂葛藟，薄采其蕈。疾彼攸遠，乃孚惠心」，蓋用「葛蕈」字。

灌木

《爾雅》：「木族生爲樌。」釋文：「樌，或作『灌』。」又「樌木，叢木。」釋文：「樌，又作『灌』。」

是刈是濩

《爾雅》：「『是刈是鑊』，鑊，煮之也。」釋文：「刈，本亦作『刈』。鑊，又作『濩』。」　玉裁按：當作「刈」「鑊」。刈以取之，鑊以煮之。《齊語》「挾其槍刈耨鎛」，韋昭曰：「刈，鎌也。」

服之無斁

《禮記·緇衣》篇引《詩》「服之無射」。　王逸《招魂》篇注：「射，猒也。《詩》曰『服之無射』。」　玉裁按：「斁」爲本字，「射」爲同部假借。

澣

《説文》作「濣」，今通作「澣」。按：「幹」爲「榦」之俗，當作「澣」，不當作「澣」。[一]

《説文》：濣，或作「浣」。

害澣害否

《毛傳》：「曷，何也。」[二]　玉裁按：古「害」讀如「曷」，同在弟十五部，《葛覃》借「害」爲「曷」。《長發》「則莫我敢曷」，毛傳「曷，害也」，是又借「曷」爲「害」，於六書爲假借也。

歸寧父母

《説文》：「㚗，安也。《詩》曰『以㚗父母』。」　玉裁按：「歸寧父母」謂文王之父母也。既歸曰舅姑，未歸言父母，《禮記》「親迎，女在塗，而壻之父母死」是也。序曰：「《葛覃》，后妃之本也。后妃在父母家，則志在於女功之事，躬儉節用，服澣濯之衣，尊敬師傅，則可以歸安父母，化天下以婦道也。」言在父母家爲女子子若此，則可以成婦禮於舅姑，而化天下以婦道，故曰「《葛覃》，后妃之本也」。上文「言告言歸」，毛傳「婦人謂嫁曰

[一]《説文解字注・水部》「濣」字注：「《周南》箋云『澣謂濯之』。……按：作『澣』者，今俗字也。」

[二]《説文解字注・宀部》「害」字注：「詩書多假『害』爲『曷』，故《周南》毛傳曰『害，何也』，俗本改爲『曷，何也』，非是。」

歸」，此歸字即「言告言歸」之歸也。「父母在，則有時歸寧耳」此九字蓋後人所加，非《毛傳》本文。說詩者以全篇爲已嫁之詞，又惑於篇末「父母」之稱、「歸寧」之義，乃謂序所云「后妃在父母家」之句不可通矣。《說文》「以晏父母」蓋即「歸寧父母」之異文。《鄭箋》言「常自絜清，以事君子」，蓋言「君子」而「舅姑」在其中。

卷耳　四章，章四句

卷耳

《爾雅》：「菤耳，苓耳。」釋文：「菤，謝作『卷』。」祭酒謝嶠。

筐

《說文》：「匡，筥也。」或从竹作「筐」。

虺隤

《爾雅》：「虺頹，病也。」〔一〕　玉裁按：《玉篇·九部》作「𡯴尵」，《說文》無「𡯴尵」字。

〔一〕《說文解字注·秃部》「穨」字注：「《周南》曰『我馬虺頹』，《釋詁》及《毛傳》曰：『虺頹，病也。』秃者，病之狀也，此與《阜部》之『隤』迥別。今《毛詩》作『隤』，誤字也。」

我姑酌彼金罍

《說文》：「秦以市買多得爲夃。从乃，从夂，益至也。《詩》曰『我夃酌彼金罍』。」〔一〕

觥

《說文》：「觵，从角，黄聲。」俗作「觥」。　按：《周官經》作「觵」。

砠

《爾雅》：「土戴石爲砠。」釋文：「砠，《說文》作『岨』。」《說文・山部》：「阻，石戴土也。从山，且聲。《詩》曰『陟彼岨矣』。」《五經文字・山部》：「岨，見《詩》。」《石部》：「碹，亦作『砠』，見《詩・風》。」

瘏痡

《爾雅》：「痡、瘏，病也。」陸德明曰：「痡，《詩》作『鋪』。瘏，《詩》作『屠』。」　玉裁按：今《詩》不作「屠」「鋪」。王逸《九歎》注引《詩》「我馬瘏矣」，《說文・疒部》引《詩》「我馬瘏矣」「我僕痡矣」，《文選・秋胡詩》注引「我馬瘏矣」，皆不作「屠」「鋪」。惟《雨無正》

〔一〕《說文解字注・夂部》「夃」字注：「今《毛詩》作『姑酌』，《傳》曰『姑，且也』，許所據者《毛詩》古本，今作『姑』者，後人以今字易之也。」

「淪胥以鋪」，毛傳「鋪，病也」，爲假借。

云何吁矣

《爾雅》郭注引《詩》「云何盱矣」，邢疏：「『云何盱矣』者，《卷耳》及《都人士》文也。」玉裁按：今本《卷耳》「吁，憂也」，《都人士》「盱，病也」。〔一〕

樛木　三章，章四句

樛木

《爾雅》「下句曰朻」，陸德明《釋文》：「本又作『樛』。」《說文》「下句曰樛」，「高木曰朻」。〔二〕

葛藟

戴先生《詩經補注》曰：「凡言『葛藟』，謂葛之藤蔓耳。古曰藟，今曰藤，古今語也。舊

〔一〕《說文解字注·目部》「盱」字注：「《毛詩·卷耳》曰：『盱，憂也。』《何人斯》《都人士》皆無傳。然則三詩皆作『盱』，訓『憂』。今《卷耳》作『吁』，誤也。《鄭箋》『盱』爲『病』，又『憂』之引伸之義。」

〔二〕《說文解字注·木部》「朻」字注：「今考《釋木》曰『下句曰朻』，『南有樛木』毛傳曰『木下曲曰樛』，下曲即下句也，『樛』即『朻』也，一字而形、聲不同。」

説分葛藟爲二物，以對下『福禄』，非也。」或未信其説。今按：《山海經》「卑山多櫐」，郭景純曰：「今虎豆、貍豆之屬。纍，一名縢，音耒。」《爾雅》：「諸慮，山櫐。」郭注：「今江東呼櫐爲藤，似葛而麤大。」《山海經》之「纍」即「櫐」字，《藝文類聚》正作「櫐」。「縢」「藤」古今字。《詩釋文》曰：「藟，本亦作『櫐』。」然則「藟」之爲藤，信矣。櫐非一種，山櫐、葛櫐皆是也。

葛藟纍之

王逸《九歎》注：「虆，緣也。《詩》曰『葛藟虆之』。」

葛藟縈之

《説文》引《詩》「葛藟縈之」，縈，艸旋皃。《衣部》「褮」字注引「葛藟縈之」。

螽斯　三章，章四句

螽斯

《爾雅》：「蜤螽，蜙蝑。」陸德明曰：「蜤，本又作『蟴』，《詩》作『斯』。」玉裁按：「蟴、蜤」同在弟十六部，猶「斯」「析」同在弟十六部也。螽斯亦稱蜤螽，非如「鸒斯」之「斯」不可加鳥。

螽

《公羊傳》作「蝝」，亦作「蠡」。

詵詵

《釋文》曰：「《說文》作『𡘋』」。玉裁按：今《說文》無「𡘋」字。《玉篇》：「𡘋，多也。或作『莘、騂、𤞞、兟、甡』。」《五經文字》曰：「兟，色臻反，見《詩》。」玉裁按：《東都賦》「俎豆莘莘」、《魏都賦》「莘莘蒸徒」，善注皆引毛萇《詩傳》曰「莘莘，衆多也」。今《毛詩・螽斯》作「詵詵」，傳曰「詵詵，衆多也」；《皇皇者華》作「駪駪」，傳曰「駪駪，衆多之皃」；《桑柔》作「甡甡」，傳曰「甡甡，衆多也」。蓋其字皆可作「莘莘」，李善所見《毛詩》正作「莘莘」。《說文》引《小雅》「莘莘征夫」。

薨薨

《爾雅》：「薨薨、增增，衆也。」釋文：顧舍人本「薨薨」作「雄雄」。玉裁按：「雄」从隹厷聲，古韵「雄」與「薨」皆在弟六部。

繩繩

《螽斯》《抑》傳皆云「繩繩，戒慎」，《下武》傳云「繩，戒也」。《爾雅》：「兢兢、繩繩，戒也。」釋文：「繩，一本作『憴』。」

揖揖

蓋「輯」字之假借。《説文》：「輯，車和輯也。」〔一〕

桃夭　三章，章四句

桃之夭夭

《説文・木部》：「枖，木少盛皃。《詩》曰『桃之枖枖』。」〔二〕又《女部》引《詩》「桃之𡝐𡝐」。〔三〕

〔一〕《説文解字注・車部》「輯」字「車輿也」注：「各本作『車和輯也』，大誤，今正。自『轈』篆以上皆車名，自『輿』篆至『軜』篆皆車上事件，其間不得有『車和』之訓。許書列字，次弟有倫，可攷而知也。叚令訓爲『車和』，則此篆當與軼、䡩、輩、軭、軔、輟、軫、轚諸篆爲類。《列子・湯問》篇唐殷敬順《釋文》引《説文》『輯，車輿也』，殷氏所見未誤。《大玄・礥》：『上九：崇崇高山，下有川波其。人有輯航，可與過。測曰：高山大川，不輯航不克也。』此『輯』謂輿，山必輿，川必航，而後可過。是古義見於子雲之書，非無可徵也。」

〔二〕《説文解字注・木部》「枖」字注：「《韵會》引《説文》『從木，夭聲』之下不言引《詩》『桃之枖枖』，而云『通作夭』，引《詩》『棘心夭夭』，至鍇注『棘心夭夭』始援『厥草唯夭』『桃之夭夭』等語，是黄氏所據鍇本作《詩》曰『棘心夭夭』明甚。……淺人不知此例，故改『夭夭』爲『枖枖』，又易『棘心』爲『桃之』，好學深思者當能知之矣。」

〔三〕《説文解字注・女部》「𡝐」字注：「《木部》已稱『桃之枖枖』矣，此作『𡝐𡝐』，蓋三家《詩》也。釋爲『女子笑皃』，以明『𡝐』之别一義。」

蕡

玉裁按：蕡，實之大也。《説文》：「頒，大頭也。」《方言》：「墳，地大也。」《靈臺》傳：「賁，大鼓也。」《韓奕》傳：「汾，大也。」《苕之華》傳：「墳，大也。」合數字音義攷之，知蕡言實之大也。〔一〕

其葉蓁蓁

宋王應麟《詩攷》曰：《齊詩》「其葉溱溱」。

兔罝　三章，章四句

罝

《説文》云：或作「䍡」，籀文作「𦊐」。

公侯干城

《春秋左氏傳》曰：「公侯之所以扞城其民也，故《詩》曰『赳赳武夫，公侯干城』。」蓋讀若

〔一〕《説文解字注・艸部》「蕡」字「襍香艸」注：「當作『襍艸香』，蓋此字之本義，若『有蕡其實』，特假借爲『墳大』字耳。」

「干掫」之「干」，《毛傳》「干，扞也」。〔一〕

逵

《説文》：「馗，九達道也。似龜背，故謂之馗。」或作「逵」，从辵，坴聲。《文選·鮑昭〈蕪城賦〉》注：「《韓詩》曰『肅肅兔罝，施于中馗』，薛君曰『中馗，道中。馗，九交之道也』。」王粲《從軍詩》注：「《韓詩》曰『肅肅兔罝，施于中馗』，薛君曰『馗，九交之道也』。」玉裁按：「馗」「逵」本同字。《毛詩》作「逵」，《韓詩》作「馗」，與「公侯好仇」爲韵，王粲《從軍詩》與「愁、由、流、舟、游、收、憂、疇、休、留」字爲韵，古音讀如求，在弟三部也。至宋鮑昭，乃與「衰、威、飛、依、頹」字爲韵，入於弟十五部。《廣韵》又分别「馗」在尤韵，兼入脂韵，「逵」專在脂韵。顧炎武《詩本音》乃以脂部之「逵」爲本音，而讀「仇」如「其」以協之，引《史記》趙王友歌證「仇」本有「其」音，不知趙王友歌乃漢人之韵，尤韵合用。「逵」與「馗」一字，古皆讀如「求」也。

〔一〕《説文解字注·攴部》「敦」字注：「『敦』『扞』古今字，『扞』行而『敦』廢矣。《毛詩傳》曰『干，扞也』，謂『干』爲『扞』之假借，實則『干』爲『敦』之假借也。」

茮莒　三章，章四句

莒
「苡」同。

襭
《説文》：襭，或作「擷」。「趿」字注引《爾雅》「趿謂之擷」。〔二〕

漢廣　三章，章八句

不可休息
《釋文》：「本或作『休思』，此以意改爾。」《正義》：「經『求思』之文在『游女』之下，《傳》解『喬木』之下先言『思，辭』，然後始言『漢上』，疑經『休息』之字作『休思』也。《詩》之大體，韵在辭上，疑『休、求』字爲韵，下二字俱作『思』。但未見如此之本，不敢輒改

〔二〕《説文解字注·足部》「趿」字注：「所據《爾雅》『扱』作『趿』，無『衽』字，與今本異，亦與《衣部》説異，蓋《衣部》用《毛傳》，此據《爾雅》也。」

耳。」　朱子《集傳》：「吳氏曰《韓詩》作『思』。」　王應麟《詩攷序》：「《漢廣》『不可休息』，朱子從《韓詩》作『不可休思』。」　戴東原先生《答秦大司寇蕙田書》：「凡古人之詩，韵在句中者，韵下用字不得或異。《三百篇》惟『不可休思』，『思』譌作『息』，與《墓門》『歌以誶止』，『止』譌作『之』，失詩句用韵之通例。」　玉裁按：朱子不見《韓詩》，今《韓詩外傳》引《詩》「不可休思」。

江之永矣

《說文》「永」字注引《詩》「江之永矣」，「羕」字注「水長也」，引《詩》「江之羕矣」。　明楊慎《丹鉛録》曰：「《韓詩》『江之羕矣』，《博古圖·齊侯鎛鐘銘》『羕保其身』『羕寶用享』，古『永』『羕』字通。」《文選·登樓賦》李善注：「《韓詩》曰『江之漾矣，不可方思』，薛君曰『漾，長也』。」〔一〕　玉裁按：永，古音養，或假借「養」字爲之，如《夏小正》「時有養日」「時有養夜」，即「永日」「永夜」也。

〔一〕《說文解字注·永部》「羕」字注：「《毛詩》作『永』，《韓詩》作『羕』，古音同也。《文選·登樓賦》『川既漾而濟深』，李注引《韓詩》『江之漾矣』，薛君曰『漾，長也』。『漾』乃『羕』之譌字。」《水部》「漾」字注：「按：《韓詩》『江之漾矣』，以爲『羕』之假借。」

秣

《説文》「䬴,食馬穀也」,無「秣」字。《廣韵》:秣,同「䬴」。

言刈其蔞

《廣韵》引《詩》「言采其蔞」。王逸《大招》注引《詩》「言采其蔞」。

汝墳　三章,章四句

遵彼汝墳

《爾雅》:「淮爲滸,江爲沱,過爲洵,潁爲沙,汝爲濆。」郭氏注云:「《詩》曰『遵彼汝濆』,皆大水溢出,別爲小水之名。」陸德明曰:「濆,《字林》作『涓』,衆《爾雅》本亦作『涓』。」〔一〕　玉裁按:《説文》:「涓,小流也,《爾雅》曰『汝爲涓』。濆,水厓也,《詩》曰『敦彼淮濆』。」此詩從毛氏「大防」之訓,作「墳」爲正。〔二〕

〔一〕《説文解字注·水部》「涓」字「小流也」注:「凡言涓涓者皆謂細小之流。」「《爾雅》曰『汝爲涓』」注:「見《釋水》,亦大水溢出別爲小水之名也。郭本作『濆』,蓋非。濆,水厓也。」

〔二〕《説文解字注·土部》「坋」字注:「凡爲細末糝物若被物者皆曰坋……一曰坋,大防也。《周南》傳曰『墳,大防也』,許釋『墳』乃墓,然則『汝墳』乃叚借字也。此義音當平聲。」

惄如調飢

《丹鉛録》曰：「《易林》云『侞如旦飢』，即《詩》『調飢』，據《韓詩》作『朝飢』，言朝飢難忍也。」高士奇《天禄識餘》曰：「《詩》『惄如調飢』，調，《韓詩》作『朝』，《薛君章句》云『朝飢最難忍』。晉郭遐周詩『言別在斯須，惄焉如朝飢』。」玉裁按：《毛傳》「調，朝也」，言《詩》假借「調」字爲「朝」字也。「調」周聲，「朝」舟聲，聲相近也。或作「輖」，亦「朝」之假借。《説文》「惄」字注引《詩》「惄如輖飢」。國朝厲鶚云：「孟蜀石經作『輖飢』。」唐楊凝式《韭花帖》：「晝寢乍興，輖飢正甚。」

惄

《釋文》：惄，或作「𢙐」〔一〕，《韓詩》作「愵」。

飢

《説文》：「飢，餓也。」「饑，穀不孰也。」唐石經「飢渴」皆作「飢」，「饑饉」皆作「饑」。

肄

《方言》：「枿，餘也，陳鄭之閒曰枿。肄，餘也，秦晉之閒曰肄。」玉裁按：「肄」即「枿」

〔一〕校者案：「𢙐」，原作「恧」，各本《經典釋文》均大字作「𢙐」，云「本又作『惄』」，無作「恧」者，據改。「恧」當爲誤書。

字，方言異耳。栟，《説文》作「㰆」、作「櫱」。

棄

玉裁按：唐石經皆作「弃」，以隸書「棄」字中有「世」字，避廟諱也。

魴魚赬尾

《説文》：「䞓，赤色也。《詩》曰『魴魚䞓尾』。」或作「赬」，或作「䞉」。　玉裁按：《左氏傳》「如魚竀尾」，用假借字。《説文》：「竀，正視也。」

王室如燬

《説文》：「㷂，火也，《詩》曰『王室如㷂』。」　玉裁按：《説文》：「火，燬也。」「燬，火也。」「㷂，火也。」《方言》：楚語「㷂」，齊言「燬」。古「火」讀如「毀」，在弟十五部。「㷂、燬」皆即「火」字之異。〔二〕

〔二〕《説文解字注·火部》「㷂」字注：「『燬、㷂』實一字。《方言》『齊曰㷂』，即《爾雅》郭注之『齊曰燬』也。俗乃强分爲二字、二音，且肊造『齊人曰燬，吴人曰㷂』之語，又於《説文》別增『燬』篆。」

麟之趾 三章，章三句

麟
《爾雅》及《説文》作「麐」。

趾
《士昏禮》及《漢書》作「止」。

麟之定
《正義》曰：「定，或作『顛』。」《爾雅》：「顁，題也。」郭注：「題，顁也，《詩》曰『麟之顁』。」釋文：「顁，又作『定』。」

詩經小學卷二

金壇段玉裁撰

召南

鵲巢 三章，章四句

鵲

《說文》：「舄，䧿也，象形。」篆文作「䧿」。

御之

玉裁按：「御」爲「訝」之假借字。「訝」或作「迓」，相迎也。古「訝」與「御」皆在弟五部。

方之

玉裁按：《毛傳》「方有之也」，一本無「之」字，誤。四字一句，猶言「甫有之也」。《故訓傳》本與經別，合《傳》於經者多有脱落，如此章當云「方之，方有之也」，下章當云「成之，能成百兩之禮也」是也。或於「方」字作逗，而以「有」訓「方」，朱子從之，失在不能離經耳。戴東原先生曰：方，房也，古字通。

采蘩　三章，章四句

于沼于沚

《毛傳》：「于，於。沼，池。沚，渚也。」玉裁按：恐其與「于以」之「于」相亂，故言「于」者「於」之假借也。《鄭箋》：「于以，猶言往以也。」

被

《少牢饋食禮》曰「主婦被錫」，鄭注：「被錫讀爲『髲鬄』。古者或剃賤者、刑者之髮，以被婦人之紒爲飾，因名『髲鬄』焉。」

僮僮

鄭康成《射義》注引《詩》「被之童童，夙夜在公」。

草蟲　三章，章七句

草蟲

《爾雅》曰「草螽」。

阜螽

《爾雅》「蟲螽，蠜」，郭注引《詩》「趯趯𨸏螽」。

覯止

《鄭箋》引《易》「男女覯精」。　玉裁按：今《周易》作「構」。〔一〕

我心則夷

《爾雅・釋言》：「夷，悦也。」陸氏《釋文》作「恞」。

采蘋

三章，章四句《正義》曰：《儀禮》歌《召南》三篇，越《草蟲》而取《采蘋》，蓋《采蘋》舊在《草蟲》之前，曹氏《詩説》謂《齊詩》先《采蘋》而後《草蟲》。

蘋

《説文》作「薲」。

〔一〕《説文解字注・見部》「覯」字注：「《召南・草蟲》曰：『亦既見止，亦既覯止。』《傳》曰『覯，遇也』，此謂『覯』同『遘』。《鄭箋》云『既覯，謂已昏也』，引《易》『男女覯精，萬物化生』。鄭意以『覯』即見，無俟重言，毛云『遇也』實含會合之義，故引而伸之，必俟脱纓燭出，昏禮既成，乃自信可以寧父母心，此申毛，非異毛也。鄭所據《易》作『覯精』，今皆作『構』，蓋失之矣。」

濱

《説文》作「顭」，隸作「瀕」，省作「頻」。《説文》無「濱」字。鄭康成《召旻》六章箋云「瀕當作『濱』」，是漢時有「濱」字也。鄭意以「瀕」爲瀕蹙，「濱」爲水厓，與《説文》異。《説文》：「顭，水厓。人所賓附，頻蹙不前。」〔一〕

于以采藻

《説文》：「藻，木艸也。从艸从水，巢聲。《詩》曰『于以采藻』。」或作「藻」。

行潦

《毛傳》：「行潦，流潦也。」玉裁按：「行」當作「洐」。洐，溝水行也。〔二〕

維筐及筥

《毛傳》：「方曰筐，圓曰筥。」玉裁按：《説文》：「方曰匡，圜曰篆。」匡，俗作「筐」；

〔一〕《説文解字注·瀕部》「瀕」字注：「厓，今之涯字。『附』當作『駙』，《馬部》曰『駙，近也』。『瀕』『賓』以曡韵爲訓。瀕，今字作『濱』。……本無二字二音，而今字妄爲分別，積習生常矣。顰戚，各本作『顭戚』，今正。此以『顰戚』釋从頁之意也，將涉者或因水深，顰眉蹙頞而止。」

〔二〕《説文解字注·水部》「潦」字注：「《左傳》曰『水潦將降』。《召南》『于彼行潦』，《傳》曰：『行潦，流潦也。』按：《傳》以『流』釋行，服注《左傳》乃云『道路之水』，趙注《孟子》乃云『道旁流潦』，以『道』釋『行』，似非。潦水流而聚焉，故曰『行潦』，不必在道旁也。」

簴，《方言》作「籧」。〔一〕

湘之

《毛傳》：「湘，亨也。」　玉裁按：此假借「湘」字爲「亨」字也。古「享獻」「烹孰」「元亨」同作「亯」，在弟十部，借「湘」爲「亨孰」字，同部假借也。《郊祀志》曰「皆嘗鬺亨上帝鬼神」，師古注引《韓詩》「于以鬺之，唯錡及釜」。按：《韓詩》之「鬺」，即《説文》之「𦎫」字，煮也。《郊祀志》云「鬺亨上帝鬼神」者，謂煮而獻之也，「亨」讀如「饗」，《史記》作「亨觴」，文倒，當從《漢書》。《毛詩》「湘」字當爲「鬺」之假借。

釜

《説文》：「鬴，鍑屬。」或作「釜」，从金，父聲。

齊

《玉篇》引「有齌季女」，攷《説文》「齌，材也」。〔二〕

〔一〕《説文解字注·竹部》「簴」字注：「《召南》傳『方曰筐，圓曰筥』，『筥』當作『簴』。《月令》：『具曲植簴筐。』或譌作『籧』。」

〔二〕《説文解字注·女部》「齌」字注：「《廣雅》：『齌，好也。』《玉篇》引《詩》『有齌季女』，引《説文》『材也』。按：《毛詩》作『齊』，敬也。顧氏或取諸三家《詩》，取人材整齊之意。」

甘棠　三章，章三句

蔽芾

漢碑多異體。

勿翦

玉裁按：俗以「前」爲「歬後」字，以矢羽之「翦」爲「前斷」字。《釋文》曰：「《韓詩》作『劗』，初簡反。」《漢書·韋玄成傳》「勿鬋勿伐」。

召伯所茇

《說文》：「废，舍也。从广，犮聲。《詩》曰『召伯所废』。」玉裁按：《詩》作「茇」，爲「废」字之假借。《毛傳》「茇，艸舍也」。〔一〕《漢書·禮樂志》「拔蘭堂」，拔，舍止也。

憩

《釋文》：「憩，本又作『愒』。」《五經文字》：「愒，息也，又作『憩』，見《詩·風》。」《說文》

〔一〕《說文解字注·广部》「废」字注：「許書《艸部》『茇，艸根也』，此『废』訓『舍也』，與毛、鄭說異，以其字从艸、从广别之耳。同音，故義相因，『茇』『废』實古今字也。此蓋用三家《詩》字作『废』，故與毛作『茇』訓『草舍』異。」

無「憩」字，徐鉉等曰「愒，別作『憩』，非是」。玉裁按：憩，从息，舌聲。〔一〕

勿翦勿拜

《廣韻・十六怪》：「扒，拔也。《詩》曰『勿翦勿扒』。本亦作『拜』。」元程端禮《分年日程》亦引「勿翦勿扒」。

召伯所説

《爾雅》「稅，舍也」，郭注引《詩》曰「召伯所稅」。《文選・曹植〈應詔詩〉》注：「《毛詩》『召伯所稅』，毛萇曰：『稅，猶舍也。』」

行露 三章，一章三句，二章章六句

謂行多露

或作「畏行多露」者，誤。

〔一〕《説文解字注・心部》「愒」字注：「《釋詁》及《甘棠》傳皆曰『憩，息也』。『憩』者，『愒』之俗體。《民勞》傳又曰『愒，息也』，非有二字也。」

羔羊　三章，章四句

委蛇委蛇

顧炎武《唐韻正》曰：《韓詩》作「禕隋」。漢《衛尉衡方碑》「禕隋在公」、《酸棗令劉熊碑》「卷舒委遀」、《成陽令唐扶頌》「在朝委隨」。　玉裁按：《君子偕老》「委委佗佗」，《說文》「委」字注曰「委，隨也」。古它聲、隋聲字同在弟十七部。

緎

《說文·黑部》：「黬，羔裘之縫。从黑，或聲。」無「緎」字。　《玉篇》曰：「䍳，羔裘縫也。亦作『緎、黬』。」〔二〕

殷其靁　三章，章六句

殷其靁

李善《景福殿賦》注引毛萇《傳》曰「磤，雷聲也」。

〔二〕校者案：各本《大廣益會玉篇》皆作「輱，爲逼切，羔裘縫。亦作『緎、黬』」。《集韻》有「䍳」字，與「黬、緎、輱」音義同，此處或誤合二書爲一。

遑

《說文》無「遑」字，古經典多假「皇」。《爾雅》：「偟，暇也。」

摽有梅 三章，章四句

摽

《廣韻》引《字統》云「合作『⿱艹𠬪』」，「落也」。玉裁按：當作「𠬪」，《說文》有「𠬪」無「⿱艹𠬪」，「𠬪，物落，上下相付也」，「摽，擊也」，同部假借。趙岐注《孟子》曰：「⿱艹𠬪，零落也。《詩》曰『⿱艹𠬪有梅』。」玉裁按：正作「𠬪」，俗作「⿱艹𠬪」。《漢書》「野有餓⿱艹𠬪而不知發」，鄭氏曰「⿱艹𠬪音『蔈有梅』之『蔈』」。

梅

玉裁按：《終南》傳「梅，枏也」，《墓門》傳「梅，枏也」，與《爾雅》《說文》合。《說文》：「梅，枏也。」「某，酸果也。」凡「梅杏」當作「某」。毛公於「摽有梅」無傳，蓋當毛時字作「某」，後乃借「梅」爲「某」，二木相溷也。《釋文》曰：「《韓詩》作『楳』。《說文》『楳』亦『梅』字。」

頃筐塈之

《玉篇》「摡」字注：「《詩》云『傾筐摡之』，本亦作『塈』。」

謂　毛意：謂，會也。

小星　二章，章五句

嘒　《說文》云：或作「嚖」。

寔　《釋文》：「《韓詩》作『實』，有也。」

江有汜　二章，章五句

江有汜　《說文》引「江有汜」，亦引「江有洍」。〔一〕

〔一〕《說文解字注·水部》「洍」字注：「此蓋三家《詩》，下文引『江有汜』則《毛詩》也。云『汜，水別復入水也』而證以『江有汜』，此言轉注也；云『洍，水名』而證以『江有洍』，此言假借也。」

不我以

《爾雅・釋訓》篇：「不𠈖，不來也。」《説文・來部》「𠈖」字注「《詩》曰『不𠈖不來』」。 玉裁按：《詩》無「不𠈖」之文，蓋《江有汜》一章古作「不我𠈖」，故《爾雅》釋之曰「不𠈖我者，不招來我也」，而《説文》仍之。〔一〕《廣韵》「𠈖」注「不來」，誤。「𠈖」是來義，故云「不𠈖，不來也」。

野有死麕 三章，二章章四句，一章三句

麕

《説文》：「麇，從鹿，囷省聲，籀文不省。」陸德明曰：「麕，本亦作『麏』，又作『麇』。」〔二〕

苞之

戴先生《詩經補注》作「苞」，云「俗本譌作『包』」。 玉裁按：「苞」「苴」字皆从艸，《曲禮》注曰：「苞苴，裹魚肉。或以葦，或以茅。」此詩《釋文》云「苞，逋茆反，裹也」，是陸本

〔一〕《説文解字注・來部》「𠈖」字注：「許蓋兼偁《詩》《爾雅》，當云『《詩》曰「不我𠈖」。不𠈖，不來也』，轉寫譌奪不可讀耳。『𠈖』與『以』不同者，蓋許兼偁三家《詩》也。」

〔二〕《説文解字注・鹿部》「麇」字「麕也」注：「《釋獸》曰：『麕：牡，麌；牝，麜；其子，麆。』許書皆無其字，蓋鹿旁皆後人所著也。」「囷省聲」注：「蓋小篆省『囷』爲『禾』也。」

不誤。今各本誤「包」，《注疏》内傳《釋文》改爲「包，逋茅反」，本上聲而讀平聲矣，其誤始於唐石經。《木瓜》鄭箋云「以果實相遺者，必苞苴之」，引《書》「厥苞橘柚」，今《書》作「厥包」，亦是譌字。郭忠恕不察，乃云「以艸名之苞爲『厥包』」，其順非有如此者」。

脫脫

邵長蘅《古今韵略》：「娧，舒遲皃，亦作『脫』，《詩》『舒而脫脫兮』。」〔一〕

帨

《說文・巾部》：「帥，佩巾也。」或作「帨」。

吠

《五經文字》曰：「《字林》作『吠』。」

何彼襛矣　三章，章四句

何彼襛矣

《說文》：「襛，衣厚皃，《詩》曰『何彼襛矣』。」　《五經文字》曰：作「穠」譌。　《釋文》

〔一〕《說文解字注・女部》「娧」字注：「《召南》『舒而脫脫兮』，《傳》曰『脫脫，舒皃』。按：『脫』蓋即『娧』之叚借。」

曰：《韓詩》作「何彼茙矣」。〔一〕

緍

《説文》：「从糸，昏聲。」昏，《説文》：「从日，从氏省。氏者，下也。一曰民聲。」玉裁按：「昏」以氏省爲正體，曰「民聲」者非也。〔二〕

騶虞　二章，章三句

騶虞

《文選注》引《琴操》曰：「《鄒虞》，邵國之女所作也。古者役不踰時，不失嘉會。」《東京賦》李善注引劉芳《詩義疏》曰「騶虞，或作『吾』」。玉裁按：《山海經》《墨子》並作「騶吾」，《史記〔三〕・東方朔傳》作「騶牙」，曰：「其齒前後若一，齊等無牙，故謂之騶

〔一〕《説文解字注・衣部》「襛」字注：「《召南》曰：『何彼襛矣。』《唐棣之華》傳曰：『襛猶戎戎也。』按：《韓詩》作『茙茙』，即『戎戎』之俗字耳。『戎』取同聲得其義。」

〔二〕《説文解字注・日部》「昏」字注：「『昏』古音同『文』，與真臻韵有斂侈之别。字从氏省爲會意，絶非从民聲爲形聲也。蓋隸書淆亂，乃有从民作『昬』者，俗皆遵用。」「一曰民聲」注：「此四字蓋淺人所增，非許本書，宜删。凡全書内昏聲之字皆不从民，有从民者，譌也。」

〔三〕校者案：「史記」，原作「漢書」，查引文見《史記・滑稽列傳》，《漢書》未載此事，據改。段氏蓋誤記。

牙。」《廣韵》：虞，俗作「驥」。《困學紀聞》曰：「『騶虞』『騶吾』『騶牙』聲相近而字異。《解頤新語》既以『虞』爲『虞人』，又謂文王以『騶牙』名囿，蓋惑於異說。《魯詩》傳曰『梁鄒，天子之田』，見《後漢注》，與賈誼《書》同，不必以『騶牙』爲證。」玉裁按：王氏之說甚是。《東都賦》既曰「制同乎梁鄒」，又曰「歷騶虞覽駟驥」，必非一詩而複舉。

詩經小學卷三

金壇段玉裁撰

邶

《廣韻》曰：「鄁，紂之畿内國名。」「邶」同。

柏舟

五章，章六句

如有隱憂

李善《歎逝賦》注：「《韓詩》曰『耿耿不寐，如有殷憂』。」

匪鑒

「匪」本「匡匪」字，《詩》多借「匪」爲「非」。

威儀棣棣

《説文》「䞇」字注引《詩》「威儀秩秩」，即此句異文[一]，猶「平秩東作」《説文》作「平豑」也。

[一]《説文解字注·走部》「䞇」字注：「此偁《假樂》『威儀抑抑，德音秩秩』，誤合二句爲一，如『東方昌矣』『昆夷呬矣』亦然也。」

不可選也

《毛傳》：「物有其容，不可數也。」「選」字作「數」字解。《車攻》序曰「因田獵而選車徒」，《傳》曰「『選徒囂囂』，囂囂，聲也。維數車徒者爲有聲也」，「選」字皆「算」字之假借。《漢書》引《詩》「威儀棣棣，不可算也」，《説文解字》曰：「算，數也。」鄭注《論語》「何足算也」曰：「算，數也。」「算」「選」同部音近。《夏官・司馬》「群吏撰車徒」，鄭注：「撰讀曰算，算車徒謂數擇之也。」「撰」亦「算」字之假借。鄭氏箋《詩》不言「選讀曰算」者，義具《毛傳》中矣。

覯閔既多

王逸《哀時命》注：「遘，遇也。《詩》曰『遘閔既多』。」

寤辟有摽

《説文》：「晤，明也，《詩》曰『晤辟有摽』。」〔一〕《爾雅》：「辟，拊心也。」釋文：「本亦作『擗』。」王褒《九懷》「寤辟摽兮永思」，王逸注：「辟，拊心皃也。一作『擗』。」馬融

〔一〕《説文解字注・日部》「晤」字注：「今《詩》作『寤』。此篇云『耿耿不寐』，云『我心匪石』，云『如匪澣衣』，則當作『寤』，訓『覺』，『晤』其叚借之字也。」

《長笛賦》「搯膺擗摽」，李善注曰：「《毛詩》『寤擗有摽』，毛萇云『擗摽，拊心皃』。」張景陽《七命》「窮嫠爲之擗摽」。

日居月諸

王吏部汝璧云：「某氏曰『居，卑居也。諸，詹諸也』，俗作『鵯鶋』『蟾蠩』。」

胡迭而微

《釋文》曰：「迭，《韓詩》作『戜』，云『常也』。」玉裁按：「戜」即「臷」字之譌。

綠衣 四章，章四句

綠兮衣兮

《鄭箋》云：「綠當作『褖』。故作『褖』，轉作『綠』，字之誤也。」「『褖兮衣兮』者，言褖衣自有禮制也。諸侯夫人祭服之下，鞠衣爲上，展衣次之，褖衣次之。次之者，衆妾亦以貴賤之等服之。鞠衣黃，展衣白，褖衣黑，皆以素紗爲裏。今褖衣反以黃爲裏，非其禮制也，故以喻妾上僭。」

燕燕　四章，章六句

頏

《說文》：「亢，人頸也。」或作「頏」。

仲氏壬只

玉裁按：《毛傳》「壬，大也」，正義曰「《釋詁》文」。攷《爾雅·釋詁》「壬，大也」，不作「任」，知《毛詩》作「壬」，《鄭箋》易《傳》作「睦姻任恤」之「任」。

以勖寡人

《坊記》引《詩》「先君之思，以畜寡人」，鄭康成曰：「衛夫人定姜之詩也。」陸德明曰：「此《魯詩》之說。」

日月　四章，章六句

報我不述

李善《廣絶交論》注引《韓詩》「報我不術」，薛君曰：「術，法也。」〔一〕

〔一〕《說文解字注·辵部》「述」字注：「『述』或叚借『術』爲之，如《詩》『報我不述』，本作『術』是也。」

終風 四章，章四句

終風且暴

《說文》：「瀑，疾雨也。一曰沫也。一曰瀑，賁也。《詩》曰『終風且瀑』。」

願言則疐

《毛傳》：「疐，劫也。」劫，一作「跲」。《疏》引王肅云「疐劫不行」。玉裁按：《毛詩》此篇本同《豳風・狼跋》作「疐」。《鄭箋》乃作「嚏」，石經從鄭，《說文》引《詩》亦作「嚏」。《鄭箋》：「疐讀當爲『不敢嚏咳』之『嚏』。今俗人嚏云人道我，此古之遺語也。」玉裁按：今山東及各省皆有此語，皆謂鼻噴气。《廣韵・十二霽》：「嚏，鼻气也。」《玉篇・口部》：「嚏，噴鼻也。《詩》曰『願言則嚏』。」《鼻部》「鶙、齂」注云：「二同，都計切，鼻噴气，本作『嚏』。」今按：「嚏」字从口者，口鼻气同出也。許氏《說文》云：「嚏，悟解气也。《詩》曰『願言則嚏』。」《詩釋文》引崔云：「毛訓『疐』爲『㰦』，今俗人云『欠欠㰦㰦』是也，不作『劫』字。人體倦則伸，志倦則㰦。」崔說與《說文》合，而非毛意，亦非鄭意。又攷《月令》「民多鼽嚏」，鼽謂病寒鼻塞。《内則》「不敢噦噫、嚏咳、欠伸、跛倚」，嚏，鼻气也；欠，張口气悟也。若以「嚏」爲欠㰦，是《内則》「嚏」「欠」重複矣，《說文》「悟解气」之說未當。

曀曀其陰

《說文》：「⿰土壹，天陰塵也。《詩》曰『⿰土壹⿰土壹其陰』。从土，壹聲。」[一]

擊鼓

擊鼓　五章，章四句

擊鼓其鏜

《說文・鼓部》引「擊鼓其鼞」[二]，《金部》引「擊鼓其鏜」[三]。《正義》曰：「《司馬法》云『鼓聲不過閶』，字雖異，音實同也。」

漕

《左氏傳》作「⿱㯥曰」。

[一]《說文解字注・土部》「⿰土壹」字「天会⿱麤土起也」注：「依《玉篇》補『起』字較完。」「《詩》曰『⿰土壹⿰土壹其陰』」注：「今《詩》『⿰土壹』作『曀』，《毛傳》曰：『如常陰曀曀然。』許所據作『⿰土壹』，其訓曰『天陰塵』，蓋《雨部》所云『天气下地不應曰霿。霿，晦也』。」

[二]《說文解字注・鼓部》「鼞」字注：「今《詩》作『鏜』。《金部》曰：『鏜，鼓鐘聲也。』鼓鐘謂擊鐘也。字从金，故曰鐘聲。於鼓言『鏜』爲假借。按：今《金部》『鏜』下作『鐘鼓之聲』，蓋誤倒。」

[三]《說文解字注・金部》「鏜」字注：「《鼓部》曰『鼞，鼓聲也』，引《詩》『擊鼓其鼞』，爲其字之从鼓也。此引《詩》『擊鼓其鏜』，蓋有韓、毛之異與？」

于嗟洵兮，不我信兮

《釋文》曰：「洵，呼縣反，本或作『詢』，誤也。《韓詩》作『夐』，夐亦遠也。信，毛音申，案：『信』即古『伸』字也。鄭如字。」《呂覽・季春紀》「與爲夐明」，高誘注：「夐，大也，遠也。夐讀如《詩》云『于嗟夐兮』。」玉裁按：高所引同《韓詩》。〔一〕

凱風　四章，章四句

凱風

班固《幽通賦》作「凱風」，陸德明《爾雅釋文》作「凱風」。〔二〕

睍睆

《說文》：「睍，出目皃也。」「睅，大目也」，一作「睆」。〔三〕

〔一〕《說文解字注・旻部》「夐」字注：「《韓詩》『於嗟夐兮』，云『遠也』。《毛詩》作『洵』，異部假借字。」

〔二〕《說文解字注・豈部》「愷」字注：「《詩》又作『凱』，俗字也。《邶風》傳曰『凱風謂之南風，樂夏之長養』。『凱』亦訓『樂』，即『愷』字也。」

〔三〕《說文解字注・目部》「睍」字注：「《邶風》『睍睆黃鳥』，毛曰：『睍睆，好皃。』《韓詩》有『簡簡黃鳥』，疑毛作『睍睆』、韓作『簡簡』。睆，《說文》無，《詩》《禮記》有。《詩》古本又多作『晥』。《杕杜》傳云『實皃』，《大東》傳云『明星皃』，《檀弓》注云『刮節目』，又許注《淮南》曰『睆，謂目內白翳也』。大徐謂『睆』爲或『睅』字。」

雄雉　四章，章四句

伊

《鄭箋》：「當作『緊』，緊猶是也。」　玉裁按：《雄雉》《蒹葭》《東山》《白駒》皆易「伊」爲「緊」，以「伊」非其訓也。《正義》云：《左傳・宣二年》「自詒緊慼」、《毛詩・小明》「自詒伊慼」，《鄭箋》於此得其例。今俗本《正義》引《左傳》「緊慼」譌「伊慼」，而《左傳》俗本亦譌爲「伊慼」。

匏有苦葉　四章，章四句

匏有苦葉

《周禮》「炮土之鼓」，杜子春讀如「苞有苦葉」之「苞」。

匏

劉向《九歎》作「瓟」。

深則厲

《爾雅》：「深則厲，以衣涉水爲厲，由帶以上爲厲。」陸德明曰：「本或作『濿』。」《説文》：「砅，履石渡水也。从水，从石。《詩》曰『深則砅』。」或作「濿」。　玉裁按：東原先生云：「《詩》之意，以水深必依橋梁乃可過，喻禮義之大防不可犯。若淺水則褰衣而過，尚不濡衣。酈道元《水經注》『段國《沙洲記》吐谷渾於河上作橋，謂之河厲』，此可見橋有『厲』之名，《衛詩》『淇梁』『淇厲』並舉，『厲』固『梁』之屬。」〔一〕《説文》視《爾雅》爲得其傳也。其字正作「砅」，或作「濿」，省用「厲」。

濟盈不濡軌

《毛傳》曰：「由輈以上爲軌。」《釋文》曰：「依《傳》意，宜音犯。」鄭注《攷工記》引「濟盈不濡軓」，《少儀》正義引「濟盈不濡軓」，今《詩》「軓」作「軌」，由不知古合韵之例，以「軌」字古音「九」，遂改「軓」爲「軌」，以韵「求其牡」也。《説文》：「軌，車徹也。从車，九聲。」「軓，車軾前也。从車，凡聲。」《周官經·大馭》「右祭兩軹，祭軓」，注：「故書『軓』爲

〔一〕《説文解字注·水部》「砅」字「履石渡水也」注：「謂若今有水汪，甃甎石而過，水之至小至淺者也。」「《詩》曰：『深則砅』」注：「《毛詩》曰『深則厲』，《釋水》曰『以衣涉水爲厲』，又曰『繇帶以上爲厲』，此並存二説也。《毛傳》依之，定本改云『以衣涉水爲厲，謂由帶以上也』，合爲一説，繆矣。履石渡水，乃水之至淺，尚無待於揭衣者，其與『深則厲』絶然二事明矣。「厲」、「砅」二字同音，故《詩》容有作『砅』者，許偁以明假借。……蓋《韓詩》作『深則砅』，許偁之與？戴先生乃以橋梁説『砅』，如其説，許當徑云『石梁』，不當云『履石渡水』矣。《詩》言『深則厲，淺則揭』，喻因時之宜，倘深待石梁，則有不能渡者矣。《禹貢》『厲砥』玄應引作『砅砥』，僞《説命》『用汝作厲』，宋庠《國語補音》引《詩》作『砅』，《汗簡》云『砅，古文礪』，此可見古假『砅』爲『厲』非一處矣。」「砅或从厲」注：「厲者，石也，從水、厲猶從水、石也。引伸之爲凡渡水之稱，如《大人賦》云『橫厲飛泉以正東』是也。」

『範』。杜子春云：『「軓」當爲「軏」，軏謂車軾前也。』」《攷工記》「軓前十尺」，鄭司農云：「軓謂式前也，書或作『軏』。」《少儀》「祭左右軓范」，注：「軓與范聲同，謂軾前也。」《秦風》「陰靷鋈續」，毛傳：「陰，揜軓也。」鄭箋：「揜軓在軾前，垂輈上。」東原先生《釋車》：「軓與輢皆揜輿板〔一〕，輢之言倚也，兩旁人所倚也；軓之言範也，範圍輿前也。」「直曰軓，累呼之曰揜軓，如約轂革，直曰軝，累呼之曰約軝。」玉裁按：車徹之軌不可言濡，輈上式前不可訓「軌」。軓，或爲「軏」，或爲「範」，或爲「范」，《秦風》謂之「陰」，《毛傳》謂之「揜軓」。唐石經「濟盈不濡軌」字甚明畫。〔二〕

〔一〕校者案：今皇清經解本《考工記圖》卷上《釋車》作「軓與輢皆輿揜板」。

〔二〕《說文解字注·車部》「軌」字注：「軌之名謂輿之下隋方空處，《老子》所謂『當其無，有車之用也』。高誘注《呂氏春秋》曰『兩輪之間曰軌』，毛公《匏有苦葉》傳曰『由輈以下曰軌』，合此二語，知軌所在矣。上歫輿，下歫地，兩旁歫輪，此之謂軌。毛云『由輈以下』，則輿下之輈，軌也；輈下之軸，軌也；虛空之處未至於地，皆軌也。濡軌者，水濡輪間空虛之處，而至於軸，而至於輈，則必入輿矣。故濟盈斷無有濟濡軌之水者，禮義之大防也。毛何以不言『兩輪之間』而言『由輈以下』乎？曰：兩輪之間，自廣陿言之。凡言度涂以軌者，必以之。由輈以下，自高庳言之。《詩》言『濡軌』、《晏子》言『其深滅軌』，以之。《中庸》『車同軌』，兼廣陿高庳言之。徹廣六尺，軹崇三尺三寸，天下同之，同於天子所制之度也。……自『軌徹』之説不明，訓之以地上之迹，迹非不名『軌徹』也，而迹豈軌徹也？《邶詩》不能通，乃以『軓』字易『軌』字，而《毛傳》『由輈以下』復改作『由輈以上』，郢書燕説，沈錮千年矣！許云『車徹』固已了然，如後人之憒憒，則許當云『軌，車𨋎也。𨋎，車迹也』已矣。」

雝雝鳴鴈

《鹽鐵論》引「雝雝鳴鳱」。　洪興祖《九辨》補注「雁廱廱而南游」：「『廱』與『噰』同，《詩》曰『噰噰鳴雁』。」

鴈

姚姬傳鼐曰：「據《説文》『雁，鳥也』『鴈，鵝也』，是『鴻雁』當作『雁』，『鴈鵞』當作『鴈』。《莊子·山木》篇『命豎子殺鴈而亯之』，今之舒鴈也。」

旭日始旦

陸德明《易·豫卦》釋文：「旴豫，姚作『旴』，云『日始出』，引《詩》『旴日始旦』。」

泮

玉裁按：古「泮」與「頖」義通，《説文》無「泮」字。〔一〕《玉篇·水部》「泮」字注：「散也，破

〔一〕《説文解字注·水部》「泮」字「諸侯饗射之宮」注：「『諸侯』上當有『泮宮』二字。饗，大徐作『鄉』，今依小徐。饗者謂鄉飲酒也。《詩·行葦》《泮水》皆言諸侯鄉飲酒之禮，見《鄭箋》。古者養老之禮，即鄉飲酒之禮也。……《魯頌》曰『思樂泮水』，又曰『即作泮宮』，毛曰：『泮水，泮宮之水也。天子辟廱，諸侯泮宮。』《王制》曰：『天子曰辟廱，諸侯曰頖宮。』鄭云：『辟，明也。廱，和也。所以明和天下。頖之言班也，所以班政教也。』許書無『頖』字，蓋禮家製『頖』字，許不取也。」

也，亦泮宮。」《仌部》無「泮」字，韵書、字書有「泮」字，注曰「冰散也」，臆造之俗字。

谷風　六章，章八句

黽勉

《爾雅》作「蠠没」，《漢書》作「密勿」。《文選·傅季友〈爲宋公求加贈劉前軍表〉》注云：「《韓詩》曰『密勿同心，不宜有怒』，密勿，僶勉也。」玉裁按：據此，則《毛詩》「僶勉」，《韓詩》多作「密勿」。〔一〕

葑

《正義》曰：「《方言》云：『蘴蕘，蕪菁也。陳楚謂之葑，齊魯謂之蕘，關西謂之蕪菁，趙魏之部謂之大芥。』『蘴』與『葑』字雖異，音實同。」

薄送我畿

《毛傳》：「畿，門内也。」《吕覽》：「出則以車，入則以輦，務以自佚，命之曰招蹷之機。」

〔一〕《説文解字注·心部》「愐」字注：「按：《毛詩》『黽勉』亦作『僶俛』，《韓詩》作『密勿』，《爾雅》作『蠠没』。『蠠』本或作『蠠』，『蠠』即『蜜』，然則《韓詩》正作『蜜勿』，轉寫誤作『密』耳。《爾雅釋文》云：『勔，本作「僶」，又作「黽」。』是則《説文》之『愐』爲正字，而作『勔』、作『蠠』、作『蠠』、作『蜜』、作『密』、作『黽』、作『僶』皆其别字也。今則不知有『愐』字，而『愐』字廢矣。」

高誘注曰：「招，至也。蹷機，門内之位也。乘輦於宮中遊翔，至於蹷機，故曰『務以自佚』也。《詩》曰『不遠伊邇，薄送我畿』，此不過蹷之謂。」　玉裁按：《呂覽》「招蹷」注「招，至也」，「招」字《文選・七發》注引作「佁」。《集韵・六止》：「佁，至也。《呂氏春秋》『佁蹷之機』，高誘讀。」「佁」蓋與「殆、迨」音近相假，故曰「至也」，「機」即《詩・谷風》之「畿」，故注曰「機，門内之位也」。《説文》曰：「蹷，僵也。」呂注轉寫譌亂，唐時已然。按其文，當云：「佁，至也。機，門内之位也。乘輦於宮中遊翔，至於蹷，故曰『務以自佚』，謂之至蹷之機也。《詩》曰『不遠伊邇，薄送我畿』，此不過機之謂。」如是，則文義涣然矣。機，門限也，可以蹷人，故「近蹷之機」「伐性之斧」「爛腸之食」爲一類。《廣雅》：「蹷〔一〕、機、閫，朱同『梱』。也。」

湜湜其沚

沚，《説文》引作「止」。　玉裁按：毛本作「止」，鄭易爲「沚」，引《爾雅》「小渚曰沚」。《毛傳》於《蒹葭》「宛在水中沚」乃云「小渚曰沚」，則此作「止」無疑。《鄭箋》轉寫既久，脱「止讀爲沚」四字，又改經文作「沚」。　玉裁又按：《玉篇・水部》引作「止」，臧氏琳

〔一〕校者案：「蹷」，《廣雅》各本皆作「橜」。

云：「『小渚曰沚』四字《箋》本無之，《正義》不釋，其標起止不云『小渚起』，而云『涇水至喻焉』，可證本無矣。」臧氏説甚精。又云：「《白帖》卷七二引皆作『止』，《蒹葭》疏乃釋『沚』字，則此詩無『沚』字也。」臧又云：「《音義》『沚音止』三字亦俗人妄添。」

沚

《爾雅》：「小渚曰沚。」本或作「洔」。

不我屑以

趙岐注《孟子》「不屑就」云：「屑，絜也。《詩》曰『不我屑已』。」

我躬不閲，遑恤我後

《禮記·表記》篇引《國風》曰「我今不閲，皇恤我後」。

方之

《説文》曰：方，亦作「汸」。

不我能慉

《説文》引《詩》「能不我慉」。玉裁按：「能」之言「而」也、「乃」也。《詩》「能不我慉」「能不我知」「能不我甲」皆同，今作「不我能慉」，誤也。鄭康成注《周易》「宜建侯而不寧」「而」讀爲「能」，此詩與《芄蘭》「能」讀爲「而」。古「能」「而」音近，同在弟一部。《詩》

「不我以」「不我與」「不我過」，又「子不我即」「能不我知」「能不我甲」「則不我惠」「則不我遺」「則不我助」「則不我聞」「諒不我知」句法皆同。《毛傳》「慉，興也」，與《説文》「慉，起也」正合。今本「興」作「養」，誤。

昔育恐育鞫

今《注疏攷證》云蜀石經「昔育恐鞫」，少一「育」字。錢唐張賓鶴云親見蜀石經本如此。玉裁按：依《鄭箋》，當有二「育」字。

鞫

顧亭林曰：「唐石經凡《詩》中『鞫』字，自《采芑》《節南山》《蓼莪》之外並作『鞫』，今但《公劉》《瞻卬》二詩從之。」玉裁按：鞠从革，匊聲，蹋鞠也，或作「𩋟」；𥷚，窮治罪人也，从㚔从人从言，竹聲，或作「𥳌」，今俗作「鞫」。《詩經》毛傳或云「窮也」，《谷風》《南山》。或云「究也」，《公劉》。或云「盈也」，《節南山》。或云「告也」，《采芑》。「告」爲假借，「窮」「究」「盈」皆本義，其字皆當作「鞫」。《蓼莪》傳云「養也」，亦當作「鞫」。「鞫」爲「窮」，亦爲「養」，相反而成，猶治亂曰「亂」也。

御冬御窮

《毛傳》：「御，禦也。」玉裁按：以「御」爲「禦」，此假借也。

肄

《毛傳》：「肄，勞也。」　玉裁按：「勩」之假借字也。

式微　二章，章四句

泥

《泉水》之「禰」，《韓詩》作「坭」，蓋即其地。

旄丘　四章，章四句

旄丘

陸德明《釋文》曰：「《字林》作『堥』，云：『堥，丘也，亡周反，又音毛。』《山部》又有『嵍』字，亦云：『嵍，丘，亡付反，又音毛。』」《顏氏家訓》曰：柏人城東有孤山，世或呼爲宣務山。予嘗讀柏人城西門内漢桓帝時徐整所立碑銘云「上有巏嵍，王喬所仙」。「巏」字遂無所出，「嵍」字依諸字書，即「旄丘」之「旄」也。「嵍」字《字林》一音忘付反，今依附俗名，當音權務。此條原本譌誤，乙未在成都校定。　劉成國作「髦丘」，其説曰：「前高曰髦丘，如馬舉頭垂髦也。」

狐裘蒙戎

《左氏傳》士蔿賦「狐裘尨茸」。

流離之子

《爾雅》：「鳥少美長醜爲鶹鷅。」郭注：「鶹鷅猶留離，《詩》所謂『留離之子』。」陸德明云：「留離，《詩》字如此。或作『鶹離』，後人改耳。」《説文》：「鳥少美長醜爲鶹離。」

簡兮　三章，章六句

簡兮簡兮

《天禄識餘》曰：「《魯詩》『柬兮柬兮』，申公曰：『柬，伶官名。恥居亂邦，故自呼而嘆曰「柬兮柬兮，汝乃白晝而舞於此乎」。』」　玉裁按：「簡」「柬」異字同音，猶《板》「是用大諫」，《左傳》及《高堂隆傳》作「大簡」也。或曰《毛詩》譌爲「簡」，誤矣。

碩人俣俣

《韓詩》作「扈扈」，云「美皃」。

籥

《説文》作「龠」。　玉裁按：今以龠爲量器，以書僮竹笘之籥爲樂器。《玉篇》引《詩》

「左手執龠」。

苓

《毛詩》《爾雅》「苓，大苦」，《說文》「蘦，大苦」，從《爾雅》《毛傳》爲正。〔一〕

泉水 四章，章六句

毖彼泉水

陸德明曰：「《韓詩》作『祕』，《說文》作『䀏』。」王應麟亦云。　玉裁按：《說文》「䀏」字注「讀若《詩》云『泌彼泉水』」，《說文》不作「䀏彼泉水」也。「泌」爲正字，毛作「毖」，韓作「祕」，皆同部假借字。　《說文》：「泌，俠流也。」《衡門》「泌之洋

〔一〕《說文解字注·艸部》「苦」字「大苦，苓也」注：「見《邶風》《唐風》毛傳。《釋艸》『苓』作『蘦』，孫炎注云『今甘艸也』。按：《說文》『苷』字解云『甘艸也』，倘甘艸又名大苦又名苓，則何以不類列而割分異處乎？且此云『大苦，苓也』，中隔百數十字又出『蘦』篆云『大苦也』，此『苓』必改爲『蘦』而後畫一，即畫一之，又何以不類列也？攷周時音韵，凡令聲皆在十二部，今之真、臻、先也；凡霝聲皆在十一部，今之庚、耕、清、青也。《簡兮》『苓』與『榛、人』韵，《采苓》『苓』與『顛』韵。倘改作『蘦』，則爲合音，而非本韵。然則《釋艸》作『蘦』，不若《毛詩》爲善。許君斷非於『苦』下襲《毛詩》、於『蘦』下襲《爾雅》，劃分兩處，前後不相顧也。後文『蘦』篆必淺人據《爾雅》妄增，而此『大苦，苓也』固不誤。」

洋」，毛傳：「泌，泉水也。」孔沖遠曰：「《邶風》曰『毖彼泉水』，故知『泌』爲泉水。」《魏都賦》「温泉毖涌而自浪」，劉逵注引「毖彼泉水」，李善注云：「《説文》曰『泌，水駃流也』，『泌』與『毖』同。」

禰

《韓詩》作「坭」，見《釋文》。《廣韵》：「坭，地名。」

不瑕有害

《毛傳》：「瑕，遠也。」《鄭箋》：「瑕，過也。害，何也。我行無過差，有何不可而止我。」玉裁按：從毛，則「瑕」爲「遐」之假借；從鄭，則「害」爲「曷」之假借。《二子乘舟》篇同也。

漕

《左氏傳》「立戴公以廬於曹」，不从水。

北門 三章，章七句

室人交徧摧我

《釋文》：「摧，或作『催』，《韓詩》作『讙』，就也。」《説文》：「催，相擣也。从人，崔聲。

《詩》曰『室人交徧催我』。」〔一〕

北風 三章，章八句

涼

《說文》：「北風謂之䬝。」〔二〕 《爾雅》：「北風謂之涼風。」陸云：「本或作古『䬝』字。」

《廣韻》：涼，俗作「凉」。

雱

《廣韻》曰：霶，同「雱」。又《去聲·十遇》引《詩》「雨雪其霶」。〔三〕

〔一〕《說文解字注·人部》「催」字注：「猶相迫也。《邶風·北門》曰：『室人交徧摧我。』傳曰：『摧，沮也。』音義曰：『摧，或作「催」。』據許，則『催』是也。不從《傳》者，《傳》取沮壞之義，與『摧』訓『擠』、訓『折』義同。蓋當時字作『催』，而毛釋爲『摧』之假借，許則釋其本義也。」

〔二〕《說文解字注·風部》「䬝」字注：「《爾雅》：『南風謂之凱風，東風謂之谷風，北風謂之涼風，西風謂之泰風。』《毛傳》於《詩》『凱風』『谷風』皆用爲訓，《桑柔》之『大風』則不言何風，而《箋》以『西風』釋之。若《邶》詩『北風其涼』，本無『涼風』字，故毛但曰『寒涼之風』而已，不用《爾雅》也。陸氏《爾雅音義》曰：『涼，本或作「䬝」。』許所據《爾雅》同或作本。」

〔三〕《說文解字注·丄部》「旁」字「雱，籀文」注：「《詩》『雨雪其雱』，《故訓傳》曰『雱，盛皃』，即此字也。籀文从雨，衆多如雨意也。毛云『盛』，與許云『溥』正合。今人不知『旁』『雱』同字，音讀各殊，古形、古音、古義皆廢矣。」

其虚其邪

《鄭箋》：「邪，讀如徐。」《爾雅》引「其虚其徐」。

静女　三章，章四句

静女其姝

《説文・女部》引「静女其㛂」，好也。〔一〕又《衣部》引「静女其袾」，好佳也。〔二〕《玉篇》云「佳好也」。

俟

《毛傳》：「俟，待也。」玉裁按：俟，大；竢，待。此假借「俟」爲「竢」也。

於城隅

《詩經》多用「于」字，偶有作「於」者，如「俟我於城隅」「於我乎，夏屋渠渠」是也。

〔一〕《説文解字注・女部》「㛂」字注：「此與『姝』音義皆同……今《毛詩》作『姝』，《傳》云：『姝，美色也。』豈許所見《毛詩》異與？抑取諸三家與？」

〔二〕《説文解字注・衣部》「袾」字「好佳也」注：「『好』下奪『也』字。好者美也，佳者善也。《廣韵》曰：『朱衣也。』按：《廣韵》蓋用《説文》古本，故其字从朱、衣，所引《詩》則假『袾』爲『姝』也。」

愛而不見

《說文》：「僾，仿佛也，《詩》曰『僾而不見』。」《祭義》曰「僾然必有見乎其位」，《正義》引《詩》「僾而不見」。《爾雅》：「薆，隱也。」《方言》：「掩、翳，薆也。」郭注云：「謂隱蔽也。」〔一〕《詩》曰『薆而不見』。」玉裁按：《離騷》曰「衆薆然而蔽之」，《詩》之「薆而」猶「薆然」也。又《說文》：「⿱竹愛，蔽不見也。」

搔首踟躕

《洞簫賦》李善注：「《韓詩》曰『搔首躊躇』。」向秀《思舊賦》注：「《韓詩》曰『搔首躊躇』。」玉裁按：《韓詩》作「躊躇」，《毛詩》作「踟躕」。又《鸚鵡賦》注引《韓詩》「搔首踟躕」，薛君曰：「踟躕，躑躅也。」《廣雅》：「蹢躅，跢跦也。」《說文》：「峙䠧，不前也。」

新臺 三章，章四句

新臺有泚

《說文》引「新臺有玼」。〔二〕

〔一〕校者案：《方言》各本皆作「謂蔽薆也」。戴震《考工記圖》卷下引《方言》郭注誤作「謂隱蔽也」，段氏蓋承其誤。

〔二〕《說文解字注·水部》「泚」字「清也」注：「此本義也。今《詩》『新臺有泚』，毛曰『泚，鮮明皃』，此假『泚』爲『玼』也。」

瀰

《說文》：「瀰，滿也。从水，爾聲。」盧召弓曰：「《漢・地理志》引《邶詩》『河水洋洋』，師古以今《邶詩》無此句爲疑，攷《玉篇》曰『⿰氵芈，亦瀰字』，然則『洋洋』必『⿰氵芈⿰氵芈』之誤。《集韵》亦曰『瀰，或作⿰氵芈』。」

燕婉之求

《韓詩》作「嬿婉」，《文選・西京賦》李善注云：「『嬿婉之求』，嬿婉，好皃。」《玉篇》云：「《詩》曰『嬿婉之求』，本或作『燕』。」《說文》：「矏，目相戲也。《詩》曰『矏婉之求』。」〔一〕 又《說文》：「婉，宴婉也。」

新臺有洒，河水浼浼

陸德明云：「《韓詩》作『新臺有漼，河水浘浘』。」《詩本音》作「娓娓」。 玉裁按：「新臺有漼，河水浘浘」蓋一章「新臺有泚，河水瀰瀰」之異文。「漼、浘」字與「泚、瀰」同部，與「洒、浼」不同部。《毛詩》「泚，鮮明皃」，《釋文》引《韓詩》云「漼，鮮皃」；《毛詩》「瀰瀰，

〔一〕《說文解字注・目部》「矏」字注：「按：今《詩》作『燕婉』，毛曰：『燕，安也。婉，順也。』許所據作『矏』，豈毛謂『矏』爲『晏』之假借，後人轉寫改爲『燕』與？抑三家《詩》有作『矏』者與？」

盛皃」，《釋文》引《韓詩》云「浘浘〔一〕，盛皃」。是其爲首章之異文，同義，而陸德明誤屬之二章無疑也。錢學士曉徵曰：此說甚是。

籧篨

《爾雅釋文》：「籧，本或作『簴』，同。」

殄

《鄭箋》：「當作『腆』。」

得此戚施

《爾雅》：「戚施，面柔也。」釋文：「戚施，字書作『頳頤』，同。」《玉篇》云：「頳頤，面柔也。」《廣韵》云：「頳頤，面柔也，本亦作『戚施』。」《說文》：「𪓰鼁，詹諸也。《詩》曰『得此𪓰鼁』。」「其鳴詹諸，其皮鼀鼀，其行鼁鼁。『鼀』或作『𪓰』。」

二子乘舟 二章，章四句

景

《顏氏家訓》曰古無「影」字，始於葛洪。

〔一〕校者案：「浘浘」，原作「娓娓」，據四卷本及《經典釋文》原書改。

詩經小學卷四

金壇段玉裁撰

鄘

柏舟 二章，章七句

髧彼兩髦

《釋文》：「髧，本又作『优』。」《説文》：「鬏，髮至眉也，《詩》曰『紞彼兩鬏』。」或作「髳」。〔一〕

〔一〕《説文解字注·髟部》「鬏」字「髮至眉也」注：「《鄘風》『髧彼兩髦』，傳曰：『髧，兩髦之皃。髦者，髮至眉，子事父母之飾。』許所本也。《内則》『拂髦』注云：『髦，用髮爲之，象幼時鬌，其制未聞。』……許引《毛詩》作『鬏』，今則《詩》《禮》皆作『髦』，或由音近假借。『鬏』與『髦』義古畫然不同。」「《詩》曰『紞彼兩鬏』」注：「今《詩》『紞』作『髧』，《釋文》云：『本又作「优」。』按：紞，冕冠塞耳者，鬏蓋似之也。」

我特

《釋文》曰：「《韓詩》作『直』，云『相當值也』。」

牆有茨　三章，章六句

牆有茨

《説文》：「薺，蒺藜也。从艸，齊聲。《詩》曰『牆有薺』。」

中冓之言

《玉篇》曰：「冓，夜也。《詩》曰『中冓之言』，中夜之言也。本亦作『冓』。」　玉裁按：《漢書·文三王傳》「聽聞中冓之言」，晉灼曰：「《魯詩》以爲夜也。」然則《玉篇》用《魯詩》説也。

不可襄也

玉裁按：古「襄」「攘」通用。《史記·龜策傳》「西襄大宛」，徐廣曰：「襄，一作『攘』。」

《説文》曰：漢令〔一〕解衣耕謂之襄也。

〔一〕校者案：「令」，原作「律」，據《説文》原書改。

不可詳也

陸德明曰：「詳，《韓詩》作『揚』。」

君子偕老　三章，一章七句，一章九句，一章八句

委委佗佗

《爾雅》：「委委、佗佗，美也。」釋文：「委，諸儒本並作『禕』。舍人引《詩》云『亦作「禕」』。佗，本或作『它』。」《說文》引《爾雅》「⿰衤圖⿰衤圖襀襀」，徐鉉曰：「《爾雅》無此。」〔一〕　玉裁按：蓋即「委委佗佗」之異文也。

象服

惠氏云當作「襐」，《疏》誤：「《說文》：『襐，襐飾也。』史游《急就篇》『襐飾刻畫無等雙』。《漢書·外戚傳》『襐飾將醫往問疾』，師古曰：『襐，盛飾也。』」

〔一〕《說文解字注·衣部》「⿰衤圖」字注：「今《爾雅》無此文。《釋訓》：『洄洄，惛也。』釋文云『洄，本或作「⿰巾圖」』，引《字林》『⿰巾圖，重衣皃』。按：《玉篇》作『佪佪，惛也』，而《潛夫論》云『佪佪潰潰』，蓋用《爾雅》文。《字林》『⿰巾圖』即『⿰衤圖』字。據《潛夫論》，則《爾雅》故有『潰潰』字。許所見『潰』作『襀』，『襀』字見《周禮》夏采職故書。杜子春易爲『綏』，許不從故書，故無『襀』篆。」

鬒髮如雲

《說文》：「㐱，稠髮也。《詩》曰『㐱髮如雲』。」㐱或作「鬒」。《毛傳》：「鬒，黑髮也。」

玉裁按：或作「黰」。〔一〕

不屑髢也

鄭氏《周官經・追師》注引「不屑鬄也」。〔二〕

〔一〕《說文解字注・彡部》「㐱」字注：「今《詩》作『鬒』，蓋以或字改古字。《傳》曰：『鬒，黑髮也。』疑『黑』字亦非毛公之舊，許多襲毛，不應有異。《左傳》：『昔有仍氏生女，黰黑而甚美。』黰正謂稠髮，髮多且黑而皃甚美也。服、杜皆云『美髮爲黰』，不言黑髮。」

〔二〕《說文解字注・髟部》「髲」字注：「按：《少牢饋食禮》『主婦被鍚』，注云：『被鍚讀爲髲⿱髟剔。古者或⿱髟剔賤者、刑者之髮，以髲婦人之紒爲飾，因名髲⿱髟剔焉。《周禮》所謂次也。』如鄭說，則《詩》《禮》之『被』皆即『髲』也。以⿱髟剔爲髲，即是以⿱髟剔爲鬄。許云『益髮』，不謂爲禮服。鄭說不同者，髲本髮少裨益之名，因用爲禮服之名。《鄘風》『不屑髢也』，自謂髮⿱髟喬，不假益髮爲髻，要燕居則縱笄總而已。禮服笄總之後，必分别加副編次於上爲飾，副編次皆假他髮爲之也。」又「⿱髟剔」字注：「蓋鄭既注《禮》，乃箋《詩》自用其《禮經注》之說也。……《周禮・追師》注引《少牢饋食禮》『主婦髲⿱髟剔』與《詩箋》皆自用其改易之字，而俗人多識『鬄』、少識『⿱髟刂』，且誤認爲一字。於是二《禮》及《詩》注皆改『⿱髟剔』爲『鬄』、爲『髢』。夫『鬄』『髢』同字，訓『髲』。髲者，益髮也，今俗所謂頭髲也。」

玉之瑱也

《玉篇》引「玉之䪴也」。　玉裁按：《説文》：瑱，或作「䪴」。〔一〕

晢

从白，析聲。或作「晢」，誤。「晢」同「晣」，从日，折聲。

瑳兮瑳兮

鄭康成《内司服》注引《詩》「玼兮玼兮，其之展也」。　詩二章《釋文》：「沈云：『毛及呂忱並作「玼」解，王肅云「顔色衣服鮮明皃，本或作『瑳』」，此是後文「瑳兮」。王肅注「好美衣服潔白之皃」，若與「玼」同，不容重出。』今檢王肅本，後不釋，不如沈所言也。然舊本皆前作『玼』、後作『瑳』字。」　玉裁按：弟二章、弟三章古本皆作「玼兮」，三章《傳》《箋》皆不釋「瑳」字，又《周禮》注「玼兮玼兮，其之展也」可證也。「玼」「瑳」異部而音近，如《賓筵》「傞傞」或爲「㜝㜝」。此篇二、三章「玼」字皆一本作「瑳」，《釋文》二章「玼兮」引沈氏云「本或作『瑳』」可證也，最後乃分别以「玼」屬二章，「瑳」屬三章，而德明

〔一〕《説文解字注·玉部》「瑱」字注：「䪴，『瑱』或从耳。《攷工記》注引《左傳》『縛一如瑱』，《釋文》曰：『瑱，本或作䪴。』耳形、真聲，不入《耳部》者，爲其同字異處，且難定其正體、或體。凡附見之例眂此。」

據之。

是紲袢也

《説文》引「是褻袢也」。　唐石經「紲」作「絏」，諱「世」而改易其體也。

展

《説文》：「展，丹縠衣。」《鄭箋》云：「『展衣』字誤，《禮記》作『襢衣』。」〔一〕

邦之媛也

《釋文》：「媛，《韓詩》作『援』。援，取也。」疑「助」之譌。

也

玉裁按：此篇「也」字疑古皆作「兮」。《説文》引「玉之瑱兮」「邦之媛兮」，《著》正義引孫毓「故曰『玉之瑱兮』」，皆古本之存於今改之未盡者也。古《尚書》《周易》無「也」字，《毛詩》《周官經》始見「也」字，而孔門乃盛行。「兮」在弟十六部，「也」在弟十七部，部異而音近。各書所用「也」字，本「兮」字之假借。此詩「也」字古皆作「兮」，《遵大路》二「也」

〔一〕《説文解字注·衣部》「襄」字注：「按：《詩》《周禮》作『展』，叚借字也。《玉藻》《襍記》作『襢』，後鄭從之。許作『襄』，漢《禮》家文字不同如此。」

字一本皆作「兮」，《尸鳩》首章「兮」字，《禮記》《淮南》徵引皆作「也」。

桑中 三章，章七句

唐

《爾雅》「蓎蒙」，陸云：「本今作『唐』。」

弋

《春秋》「定姒」，《穀梁傳》作「定弋」。「弋」即「姒」，同在弟一部也。《説文》作「妋」。

鶉之奔奔 二章，章四句

鶉之奔奔，鵲之彊彊

《左傳》卜偃引童謡「鶉之賁賁」，《外傳》同。《禮記·表記》篇引《詩》「鵲之姜姜，鶉之賁賁。人之無良，我以爲君」。

鶉

《説文》作「雗」。《廣韵》曰：「《字林》作『雜』。」

定之方中　三章，章七句

作于楚宮　作于楚室

劉逵《魏都賦注》：「《詩》曰『定之方中，作爲楚宮。揆之以日，作爲楚室』。」王融《三月三日曲水詩序》注：「《毛詩》曰『定之方中，作爲楚宮。揆之以日，作爲楚室』。」《頭陀寺碑文》注：「《毛詩》曰『揆之以日，作爲楚室』。」江淹《擬顏特進詩》注：「《毛詩》『揆之以日，作爲楚室』。」謝朓《和伏武昌登孫權故城詩》注：「揆之以日，作爲楚室。」《詩正義》：「作爲楚丘之宮，作爲楚丘之室。」玉裁按：《喪大記》注曰：「僞，或作『于』，聲之誤也。」

栗

《說文》作「㮚」，《周官經》同。

椅

《說文》「檹」字注載賈侍中說「檹即椅木，可作琴」。〔一〕

〔一〕《說文解字注·木部》「檹」字「賈侍中說檹即椅也」注：「也，各本作『木』，今依《篇》《韵》。」「可作琴」注：「賈說『檹』即『椅』字之異者也，椅可作琴。」

漆

當作「桼」，今通用水名之「漆」。

終然允臧

唐石經「終然允臧」，宋本《集傳》「終然允臧」，明馬應龍校刊《毛詩鄭箋》「終然允臧」，《欽定詩經傳説彙纂》「終然允臧」，今各本作「終焉允臧」，誤也。　漢光和六年《白石神君碑》其銘曰：「卜云其吉，終然允臧。」　張衡《東京賦》「卜征攷祥，終然允淑」，李善注引《毛詩》「終然允臧」。　又劉淵林注《魏都賦》引《毛詩》「終然允臧」。　謝朓《和伏武昌登孫權故城詩》注引「卜云其吉，終然允臧」。　《詩正義》「終然信善」。　錢少詹辛楣曰：「『終然夭乎羽之野』，此『終然』二字之證也。」

靈雨既零

玉裁按：「靈」同「霝」。《説文》：「霝，⿱雨各也。」「既零」猶言「既殘」。《説文》：「零，餘雨也。」《廣韻》作「徐雨」，誤。〔一〕

〔一〕《説文解字注・雨部》「零」字「徐雨也」注：「徐，各本作『餘』，今依《玉篇》《廣韻》及《太平御覽》所引《纂要》訂，謂徐徐而下之雨。」

蝃蝀 三章，章四句

蝃蝀

《爾雅》《説文》皆作「螮蝀」。《爾雅釋文》曰：螮，本亦作「蝃」。

朝隮于西

《易・需》：「上六，入于穴。」荀爽曰：「需道已終，雲當下入穴也。雲上升極，則降而爲雨，故《詩》曰『朝隮于西，崇朝其雨』，則還入地。」見李氏《易傳》。

相鼠 三章，章四句

胡不遄死

《困學紀聞》曰：「曹子建表『忍垢苟全，則犯詩人胡顔之譏』，《詩》無此句。李善引《毛詩》曰『何顔而不速死也』，今《相鼠》注無之。」

載馳 四章，一章、三章章六句，二章、四章章八句

舊説此詩五章，一章六句，二章、三章四句，四章六句，五章八句。孔氏穎達曰：「此實五章，《左傳》叔孫豹、鄭子家賦《載馳》之四章，義取控引大國，今『控於大邦』乃在卒章。言賦四章者，杜預云『并賦四章以下』，賦詩雖

意有所主，欲爲首引之勢，并上章而賦之也。」蘇氏合二章、三章以爲一章，謂：「四章，一章、三章章六句，二章、四章章八句，以《春秋傳》叔孫豹賦《載馳》之四章義取『控于大邦』，非今之四章故也。」案：《春秋傳》叔孫豹賦《載馳》之四章，而取其「控于大邦，誰因誰極」之意。與蘇説合，今從之。

蝱

「莔」之假借字。《爾雅》《説文》皆云「莔，貝母也」。

詩經小學卷五

金壇段玉裁撰

衛

淇奥　三章，章九句

瞻彼淇奥

《説文》：「澳，隈厓也。其内曰澳，其外曰隈。」《爾雅》：「厓内爲隩，外爲鞫。」《大學》篇引「瞻彼淇澳」。〔一〕

〔一〕《説文解字注·水部》「澳」字「澳，隈厓也。其内曰澳，其外曰鞫」注：「鞫，舊作『隈』，今正。《爾雅》説厓岸曰：『隩，隈厓。内爲隩，外爲鞫。』郭以『隈』字上屬，『厓』字下屬，以許訂之，郭非是。……今《毛詩》『瞻彼淇奥』，字作『奥』，古文假借也。」

綠竹猗猗

《禮記・大學》篇引《詩》「菉竹猗猗」。《説文》：「菉，王芻也，《詩》曰『菉竹猗猗』。」《爾雅》「菉，王芻」，陸德明作「录」，邢疏曰：「《詩》云『瞻彼淇澳，菉竹猗猗』是也。」又「竹，萹蓄」，邢疏曰：「孫炎引《詩・衛風》云『菉竹猗猗』。」《後漢書注》引《博物志》：「澳水流入淇水，有菉竹艸。」《水經注・淇水》篇：「《詩》云『瞻彼淇澳，菉竹猗猗』。毛云：『菉，王芻也。竹，編竹也。』漢武帝塞決河，斬淇園之竹木以爲用。寇恂爲河内，伐竹淇川，治矢百餘萬，以益軍資。今通望淇川，無復此物，惟王芻編草不異。」玉裁按：《毛詩》作「綠」，字之假借也。《離騷》「薋菉葹以盈室兮」，王逸注引「終朝采菉」，今《毛詩》亦作「終朝采綠」。《魏都賦》「南瞻淇奥，則綠竹純茂」，言綠與竹同茂也，故以「冬夏異沼」麗句。《上林賦》「揜以綠蕙」，張揖曰：「綠，王芻也。」《毛傳》：「竹，萹竹也。」《釋文》：「竹，《韓詩》作『薄』，萹茿也。石經亦作『薄』。」《爾雅》：「竹，萹蓄。」釋文曰：「竹，本又作『茿』。」《神農本艸經》曰：「萹蓄，味苦，平。陶貞白云『人亦呼爲萹竹』。」《説文》：「茿，萹茿也。」「薄，水萹茿也。」玉裁按：李善引《韓詩》作「䓯」。《玉篇》曰：「䓯，同薄。」《釋文》所引石經，漢石經《魯詩》也。

有匪君子

《大學》篇「有斐君子」。玉裁按：《攷工記》「匪色似鳴」，亦即「斐」字也。《釋文》：「匪，《韓詩》作『𠨘』，美皃。」〔一〕

如切

《爾雅》「骨謂之切」，釋文曰：「切，本或作『⿰齒肙』。」《說文》有「⿰骨𡿺」字。

赫兮咺兮

《釋文》：「咺，《韓詩》作『宣』，宣，顯也。」《大學》篇「赫兮喧兮」。《說文》：「愃，寬嫺心腹皃，《詩》曰『赫兮愃兮』。」

終不可諼兮

《大學》篇「終不可諠兮」。

青青

玉裁按：《淇奧》《苕華》之「青青」與《杕杜》《菁菁者莪》之「菁菁」同也。《淇奧》傳：「青

〔一〕《說文解字注・卩部》「𠨘」字注：「按：《衛風》『有斐君子』，釋文云『《韓詩》作「𠨘」，美皃』，蓋即此字。而今本《釋文》及《廣韻》皆誤从邑作『邲』。《廣韻・六至》云：『邲，好皃。』《五質》云：『邲，地名，在鄭。又美皃。』其誤甚矣。」

青，茂盛皃。」《杕杜》傳：「菁菁，葉盛也。」《菁莪》傳：「菁菁，盛皃。」

充耳琇瑩

《説文》作「琇」，引「充耳琇瑩」。

會弁如星

《説文》：「䯤，骨擿之可會髮者。《詩》曰『䯤弁如星』。」〔一〕《五經文字・骨部》「䯤」字注曰：「《士喪禮》作『檜』，此從先鄭注。《詩》及《周禮》皆借『會』字爲之。」又《糸部》「繪」字注曰：「《春秋傳》引《詩》以爲『繪弁』字。」玉裁按：《士喪禮》作「鬠」。

緑竹如簀

《西京賦》「芳艸如積」，李善注云：「《韓詩》曰『緑薵如簀』，簀，積也。薛君曰『簀，緑薵盛如積也』。薵音竹。」玉裁按：毛傳亦云「簀，積也」，「簀」即「積」之假借字。古人以假借爲詁訓多如此，今人以「芳艸如茵」釋之，誤矣。

〔一〕《説文解字注・骨部》「䯤」字注：「今作『會弁』，毛傳曰：『弁，皮弁。所以會髮。』按：此《傳》極可疑，蓋淺人改竄也。皮弁者，諸侯所以視朔，及與諸侯相朝聘，非爲會髮之用也。云『所以會髮』，殊不辭矣。《説文》多沿《毛傳》，其云『可會髮者』，必本《毛傳》。此文蓋《毛詩》本作『䯤弁』，傳本云：『䯤，所以會髮。弁，皮弁。』正同《周禮》故書『皮弁䯤五采』，謂先束髮而後戴弁，其光耀如星也。自鄭箋《毛詩》乃易『䯤』爲『會』，釋爲『弁之縫中』，與注《周禮》從今書、不從故書正同。後人據《箋》改《傳》，致有此不通耳。毛、許、先鄭説《詩》《禮》皆與後鄭不同，其義則後鄭爲長。」

綽

《説文》：繛，或省作「綽」。

倚重較兮

倚，各本譌作「猗」。攷《正義》曰「入相爲卿士，倚此重較之車」，《釋文》曰「倚，與綺反，依也」，與《説文》「倚，依也」相合。今本《釋文》作「猗」，亦是譌字耳。倘《詩》本作「猗」，則毛、鄭當有訓釋云「猗，倚也」，不得孔、陸擅訓爲「依」，此與《車攻》「兩驂不倚」皆轉寫譌「猗」也。　庚子正月定此條，二月内閲《文選·西京賦》「戴翠帽，倚金較」，李善注引《毛詩》「倚重較兮」，汲古閣初刻不誤。上元錢士謐校本乃於板上更爲「猗」字，遂滅其據證，於此見校書之宜審慎也。「倚」字之誤始於唐石經，而足利宋本不誤。

較

《説文》作「較」。

考槃　三章，章四句

考槃在澗

劉淵林《吴都賦注》曰：「《韓詩》曰『考盤在干』，地下而黄曰干。」《釋文》：「澗，《韓詩》作『干』，墝埆之處也。」

碩人之薖

《釋文》曰：「薖，《韓詩》作『⿰亻過』[一]，美皃。」[二]

軸

《正義》曰：「《傳》『軸』爲『迪』，《釋詁》云『迪，進也』；《箋》讀爲『逐』，《釋詁》云『逐，病也』。」

玉裁按：毛以「軸」爲「迪」之假借，鄭以「軸」爲「逐」之假借，古音「迪」同「軸」，在弟三部。

碩人 四章，章七句

碩人其頎

玉裁按：三章鄭箋云「敖敖，猶頎頎也」，疑「其頎」古作「頎頎」。《玉篇》引《詩》「碩人

[一] 校者案：「⿰亻過」，原作「⿰亻咼」，各本《經典釋文》皆作「⿰亻過」，據改。

[二] 《説文解字注・艸部》「薖」字注：「《衛風》『碩人之薖』假借此字，毛云『寬大皃』，鄭云『饑意』。按：毛、鄭意謂『薖』爲『款』之假借。《爾雅》『款足者謂之鬲』，《漢志》作『空足曰鬲』。《楊王孫傳》『窾木爲匵』，服虔曰『窾，空也』。《淮南書》『窾者主浮』，注：『窾，空也，讀如科條之科。』然則『薖』『款』古同音。許君亦曰『窠，空也』，毛、鄭説皆取空中之意。」

頎頎」，《毛傳》「具長皃」。

衣錦褧衣

《禮記·中庸》篇引「衣錦尚絅」。　《說文·衣部》：「褧，檾也。《詩》曰『衣錦褧衣』，示反古。」又《𣏟部》：「檾，枲屬。《詩》曰『衣錦檾衣』。」〔一〕　《困學紀聞》曰：「『衣錦尚絅』，《書大傳》作『尚蘔』，注『蘔讀爲絅，或爲絺』。」　朱子曰：「褧，《儀禮》作『景』，《禮記》作『絅』，古注以爲襌衣。　沈存中謂褧與檾同是用檾麻織布爲之，未知是否。」

譚公

《白虎通》引「覃公惟私」。　《儀禮經傳通解》引郭璞《爾雅注》「覃公惟私」，今本《爾雅》同《詩》作「譚」。　又《說文》：「䢮，國也。齊桓公之所滅。」《說文》無「譚」。〔二〕

〔一〕《說文解字注·𣏟部》「檾」字注：「《詩》兩言『褧衣』，許於此偁『檾衣』，於《衣部》偁『褧衣』，而云『褧，檾也，示反古』，然則褧衣者，以檾所績爲之，蓋《士昏禮》所謂『景』也。今之檾麻，《本草》作『莔麻』，其皮不及枲麻之堅韌，今俗爲麤繩索多用之。」

〔二〕《說文解字注·邑部》「䢮」字注：「按：《詩》《春秋》《公》《穀》皆作『譚』，許書又無『譚』字，蓋許所據從邑。《齊世家》譌作『郯』，可證司馬所據正作『䢮』。『䢮』『譚』古今字也。許書有『譚長』，不以古字廢今字也。」

蠐

《説文》作「𧓉」。《方言》作「蟦」。

齒如瓠屖

《爾雅》「瓠棲，瓣」，郭注引《詩》「齒如瓠棲」。陸德明云：「舍人本作『觚棲』。」又考《廣韻》作「觚屖」。

螓首蛾眉

古作「頱首娥眉」。許叔重《説文》「頱」字注：「好皃。從頁，爭聲，《詩》所謂『頱首』。」[一] 玉裁按：「頱首」即「螓首」之異文。《毛傳》但云「顙廣而方」，不言「螓」爲何物，《鄭箋》乃云「螓，蜻蜻也」，知毛作「頱」，鄭作「螓」。蛾眉，毛、鄭皆無説，古作「娥眉」，王逸注《離騷賦》云「娥，眉好皃」。顔師古注《漢書》始有「形若蠶蛾」之説，夫蠶蛾之眉與首異物，類乎鳥之有毛角者，不得謂之眉也。且人眉似蠶角，其醜甚矣，安得云美哉！此千年之誤也。《離騷》及《招魂》注並云「娥，一作『蛾』」，今俗本倒易之爲「蛾，

[一]《説文解字注·頁部》「頱」字注：「頱首，當作『螓首』，見《衞風·碩人》。《傳》曰：『螓首，顙廣而方。』《箋》云：『螓謂蜻蜻也。』按：《方言》：『蟬小者謂之麥蚻，有文者謂之蜻蜻。』孫炎注《爾雅》引《方言》『有文者謂之螓』，然則『螓』『蜻』一字也。引古罕言『所謂』者，假令《詩》作『頱首』，則徑偁詩句，不言『所謂』。」

一作『娥』」者，誤也。「娥」作「蛾」，字之假借。如《漢書・外戚傳》「蛾而大幸」，借「蛾」爲「俄」。宋玉賦「眉聯娟以蛾揚」、楊雄賦「何必颺纍之蛾眉」「虙妃曾不得施其蛾眉」，皆「娥」之假借字。娥者，美好輕揚之意。《方言》：「娥，好也，秦晉之閒好而輕者謂之娥。」《大招》「娥眉曼只」、枚乘《七發》「皓齒娥眉」、張衡《思玄賦》「嫮眼娥眉」。《廣韵・二仙》「嫚，娥眉，於緣切」，又「嫚，娥眉兒，於權切」。玉裁按：《毛傳》蓋脱「娥，眉好兒」四字，「娥」字一句，「眉好兒」三字一句。陸士衡詩「美目揚玉澤，蛾眉象翠翰」，倘從今本作「蛾」，則一句中用「蛾」，又用「翠羽」，稍知文義者不肯爲也。

巧笑倩兮，美目盼兮

《論語》子夏引《詩》「巧笑倩兮，美目盼兮，素以爲絢兮」。

盼

俗多譌作「盻」。

説于農郊

《鄭箋》云：「説當作『襚』。《禮》《春秋》之『襚』，讀皆宜同。」

朱幩鑣鑣

《玉篇》曰：「《詩》云『朱幩儦儦』，盛兒也。」玉裁按：《碩人》《清人》皆當同《載驅》作

「儦儦」，今此誤作「鑣鑣」者，因《傳》有「以朱纏鑣」之文而誤也。《說文》引「朱幩儦儦」，今俗本亦改作「鑣鑣」。〔一〕

翟茀以朝

《巾車》鄭注引《國風·碩人》「翟蔽以朝」。

活活

《說文》：浯，或作「潛」。

施罟濊濊

《說文·水部》《大部》皆引「施罟濊濊」。〔二〕

〔一〕《說文解字注·巾部》「幩」字注：「儦儦，各本及《詩經》皆作『鑣鑣』，今依《玉篇·人部》訂。希馮所據《詩》不誤，孔沖遠《正義》已誤矣。〇按：《廣雅》亦曰『鑣鑣，盛也』，則不必改。」

〔二〕《說文解字注·水部》「濊」字注：「各本篆作『濊』，云『薉聲』，今正。按：《釋文》不云《說文》作『濊』，證一；《玉篇》『瀏、濊』二字相連，與《說文》同，『濊』下云『呼括切，水聲。又於衛、於外二切，多水貌』，不云有二字，證二；《廣韻·十三末》『濊，水聲。濊，上同』，證三；《類篇》『濊，又呼括切，礙流也』，引《詩》『施罟濊濊』，證四。是知妄人改礙流之字爲『濊』，而別補『濊』篆於部末，云『水多貌，呼會切』，不知部末至『湏、萍』等篆已竟，『水多』非其次也，今刪正。」「《詩》云『施罟濊濊』」注：「罟當作『罛』，『濊濊』今本作『濊濊』，大繆。」又《目部》「眓」字注：「許四引《衛風》此句，而此與『罛』下作『濊濊』，不誤。《水部》作『濊濊』、《大部》作『濊濊』、宋刻『泧泧』，皆誤也。」

鱣鮪發發

《釋文》：「《韓詩》作『鱍』。」《説文》「鮁」字注曰「鱣鮪鮁鮁」。〔一〕

庶姜孽孽

《釋文》：「《韓詩》作『⿰車獻⿰車獻』，長皃。」《吕覽》「宋王築爲蘖臺」，高誘曰：「蘖當作『⿰車獻』，蘖與『⿰車獻』同音，《詩》云『庶姜⿰車獻⿰車獻』。」玉裁按：《毛詩》作「蘖蘖」，《爾雅》「蓁蓁、蘖蘖，戴也」，《毛傳》「蘖蘖，盛飾也」「蓁蓁，至盛也」，皆謂庶姜姿首美盛，如屮木枝葉。《廣韵》：「⿰木獻，頭戴物也。」〔二〕《説文》「⿰木獻、蘖、不、梓」同。今《毛詩》《爾雅》作「孽」，皆誤。〔三〕

庶士有朅

《釋文》：「朅，《韓詩》作『桀』，健也。」

〔一〕《説文解字注·魚部》「鮁」字注：「按：《毛詩》『鱣鮪發發』，傳曰：『發發，盛皃。』音義云：『補末反。《韓詩》作「鱍」。』是作『鮁』者非毛非韓，不可信，又不言其義，《篇》《韵》皆無『鮁』字，其可疑如此。」

〔二〕校者案：「頭戴物」，四卷本同，各本《廣韵》均作「頭戴皃」。又《爾雅》「蓁蓁、蘖蘖，戴也」，郭注：「皆頭戴物。」此處恐誤合爲一。

〔三〕《説文解字注·車部》「⿰車獻」字注：「⿰車獻⿰車獻，車載高皃。《衛風》『庶姜孽孽』，毛云：『孽孽，盛飾。』《韓詩》作『⿰車獻⿰車獻』，長皃。……然則韓爲本字，毛爲叚借字。《爾雅》『蓁蓁、孽孽，戴也』，亦載高之意也。《西京賦》『飛檐⿰車獻⿰車獻』。」

氓　六章，章十句

氓

唐石經避廟諱作「甿」。

頓丘

《爾雅》：「丘一成爲敦丘。」

體無咎言

《禮記·坊記》篇引「履無咎言」，鄭注：「履，禮也。」

耽

《爾雅》「媅，樂也」，郭注：「見《詩》。」〔一〕

〔一〕《説文解字注·女部》「媅」字注：「《衛風》『無與士耽』，傳曰：『耽，樂也。』《小雅》『和樂且湛』，傳曰：『湛，樂之久也。』『耽』『湛』皆叚借字，『媅』其真字也，叚借行而真字廢矣。」又《酉部》「酖」字注：「《毛詩》叚『耽』及『湛』以爲『酖』。《氓》傳曰：『耽，樂也。』《鹿鳴》傳曰：『湛，樂之久也。』」

泮

《鄭箋》：「泮讀爲畔。」〔一〕

信誓旦旦

《說文》：「怛，憯也。或从心在旦下。《詩》曰『信誓悬悬』。」〔二〕

竹竿 四章，章四句

遠兄弟父母

唐石經「遠兄弟父母」。宋本《集傳》「遠兄弟父母」。明國子監注疏本「遠兄弟父母」。明馬應龍、孫開校刻《毛詩鄭箋》作「遠兄弟父母」，母，叶姥罪反。《欽定詩經傳說彙纂》從舊本作「遠兄弟父母」。玉裁按：《竹竿》二章，朱子《集傳》本作「遠兄弟

〔一〕《說文解字注·田部》「畔」字注：「或叚『泮』爲之。《氓》詩曰『隰則有泮』，《傳》曰『泮，坡也』，『坡』即『陂』。《箋》云『泮，讀爲畔』，畔，涯也。」

〔二〕《說文解字注·心部》「怛」字注：「按：《詩》曰『信誓旦旦』，《傳》曰『信誓悬悬然』，謂『旦』即『悬』之叚借字，《箋》云『言其懇惻款誠』是也。許偁《詩傳》而云『《詩》曰』者，此『《詩》曰「不醉而怒謂之奰」』『《虞書》曰「仁覆閔下，則偁旻天」』之例也。『悬悬』下當有『然』字。」又《旦部》「旦」字注：「《衛風》『信誓旦旦』，《傳》曰『信誓旦旦然』，謂明明然也。」

父母」，上文「右」字注「叶羽軌反」，「母」字注「叶滿彼反」，以《詩經》「右」「母」字例讀如旨止韵，故皆不從有厚韵讀也。今俗本誤同《蝃蝀》一章作「遠父母兄弟」，而「叶滿彼反」之注仍存於「弟」字下。玉裁每疑「右」爲弟一部字，「弟」爲弟十五部字，二部古少合用。乾隆三十七年七月初四日，至西安府學觀石經碑作「遠兄弟父母」，而後其疑霍然。汲古閣刻注疏本「遠父母兄弟」，誤。顧炎武《詩本音》亦作「遠父母兄弟」，誤。

淇水滺滺

王逸《楚詞·九歎》注：「油油，流皃。《詩》曰『河水油油』。」玉裁按：班書《地理志》〔一〕引《邶》詩「河水洋洋」，今《邶》無此句，皆疑有誤。

滺滺

陸德明曰：「滺，本亦作『浟』。」《説文》：「攸，行水也。从攴从人，水省。」秦刻石嶧山文作「汥」。《玉篇》：「浟，水流皃。」《廣韵》：「浟，水流皃。」玉裁按：「淇水滺滺」古當作「攸攸」，後人誤改爲「浟」，又誤改爲「滺」，皆未識《説文》「攸」字本義也。《五

〔一〕校者案：「班」，原作「斑」，形近而誤，改。「地理」，原作「地里」，本書二者混用不別，今統一爲「地理」，後不再出校。

經文字》曰：「滺，字書無此字，見《詩・風》，亦作『浟』。」〔一〕

檜

孔沖遠曰：「檜，《書》作『栝』字。」

芄蘭 二章，章六句

芄蘭之支

《説文・艸部》引「芄蘭之枝」。 呂氏祖謙曰：「董氏云『支，石經作「枝」，《説文》同』。」

能

説見《邶・谷風》。

容兮遂兮

《鄭箋》：「容，容刀也。遂，瑞也。」是以「遂」爲「璲」之假借字。《大東》傳曰：「璲，瑞也。」

〔一〕《説文解字注・攴部》「攸」字「行水也」注：「戴侗曰：唐本作『水行攸攸也』，其中從水。按：當作『行水攸攸也』，行水順其性，則安流攸攸而入於海。《衛風》傳『浟浟，流皃』是也。作『浟』者，俗變也。」

河廣　二章，章四句

一葦杭之

《説文》：「斻，方舟也。从方，亢聲。」徐鉉等曰：「今俗別作『航』，非是。」　玉裁按：《説文》「杭」同「抗」。〔一〕

跂予望之

《楚詞・九歎》「登巑岏以長企兮」，王逸注：「企，立皃。《詩》云『企予望之』。」

刀

《釋文》：「刀，字書作『舠』，《説文》作『⿰舟周』。」　《正義》曰：「《説文》作『⿰舟周』，⿰舟周，小船也。」　玉裁按：今《説文》脱「⿰舟周」字。

〔一〕《説文解字注・方部》「斻」字「方舟也」注：「『舟』字蓋衍。《衛風》『一葦杭之』，毛曰『杭，渡也』，『杭』即『斻』字。《詩》謂一葦可以爲之舟也，舟所以渡，故謂渡爲斻。始皇臨浙江，水波惡，乃西百二十里從狹中渡，其地因有餘杭縣。杜篤《論都賦》：『造舟於渭，北杭涇流。』章懷《後漢書》作『北斻』，注云：『《説文》「斻」字在《方部》，今流俗不解，遂與「杭」字相亂者，誤也。』是説誠然，然『斻』之作『杭』久矣，章懷偶一正之，而不能盡正也。《李南傳》『向度宛陵浦里，斻馬蹶足』，亦係章懷改『杭』爲『斻』。而《地理》《郡國》二志『餘杭縣』，未之或改也。『斻』亦作『航』，《方言》曰：『舟或謂之航。』『杭』者，《説文》或『抗』字。」

伯兮 四章，章四句

伯兮朅兮

《玉篇》：「偈，武皃。《詩》曰『伯兮偈兮』。」　玉裁按：應从《玉篇》作「偈」。《説文》「朅，去也」，無「偈」字。

焉得諼草

《説文》：「藼，忘憂艸也。《詩》曰『焉得藼草』。」或作「蕿」，或作「萱」。　《爾雅》「薆，忘也」，郭注：「義見《伯兮》詩。」

有狐 三章，章四句

綏綏

見《齊·南山》。

厲

見《匏有苦葉》。

木瓜 三章，章四句

瓊

《説文》：「瓊，赤玉也。」或作「璚」「瓗」。

詩經小學卷六

金壇段玉裁撰

王

黍離　三章，章十句

彼黍離離

「彼黍穧穧」，見《佩觿》。又「穲穲，黍稷行列也」，見《廣韵》。劉向《九歎》「覽芷圃之蠡蠡」，王逸注：「蠡蠡猶歷歷。」玉裁按：「蠡蠡」即「離離」，古「蠡」在十六部，「離」在十七部，異部音近假借也。

中心摇摇

《爾雅》：「懽懽、愮愮，憂無告也。」釋文：「愮，本又作『摇』，樊本作『遥』，又作『恌』『悅』，與『愮』同。」

穗

《説文》：「采，禾成秀也。」或作「穗」。〔一〕

君子于役 二章，章八句

羊牛下來

今本或作「牛羊」，誤也。

桀

《廣韵》作「榤」。

君子陽陽 二章，章四句

翿

《説文》作「翳」，引《詩》「左執翳」。〔二〕

〔一〕《説文解字注·禾部》「采」字「禾成秀人所收者也」注：「依《爾雅音義》及玄應書訂。『采』與『秀』古互訓，如《月令》注『黍秀舒散』，即謂黍采也。人所收，故从爪。」

〔二〕《説文解字注·㫃部》「旄」字注：「《廣雅》曰：『幢謂之翿。』《爾雅》曰：『翢，纛也。』《毛傳》曰：『翿者，（轉下頁）

揚之水　三章，章六句

彼其之子

《鄭箋》：「其，或作『記』，或作『已』，讀聲相似。」　玉裁按：左氏引《詩》作「己」，《禮記》引《詩》作「記」。

許

《說文》作「鄦」。〔一〕　周許子鐘作「⿰邑無」，見薛尚功《鐘鼎款識》。

（接上頁）纛也，翳也」。《羽部》曰：「翳，翳也，所以舞也。」《人部》曰：「儔者，翳也。」按：或用羽，或用犛牛尾，或兼用二者。『翢、儔、翿』實一字。『纛』俗作『纛』，亦即『翳』字。《爾雅》《毛傳》皆以今字釋古字耳。『幢』亦即『翳』字，古𠷎聲、周聲與童聲轉移。……其始祇有『翳』字，繼乃有『纛』，繼乃有『幢』，皆後出，故許書不列『纛、幢』二篆。」

〔一〕《說文解字注·邑部》「鄦」字注：「大嶽封於吕，其裔子甫侯又封於鄦。『鄦』『許』古今字。」「在潁川」注：「謂鄦在潁川許縣也。潁川郡許，二《志》同。漢字作『許』，周時字作『鄦』。《史記·鄭世家》『鄦公惡鄭於楚』，蓋周字之存者。今《春秋》經傳不作『鄦』者，或後人改之，或周時已假借，未可定也。不曰『在潁川許縣』者，其字異形同音，其地古今一也。」

中谷有蓷　三章，章六句

暵其乾矣

《説文》：「𤅊，水濡而乾也。从水，鷬聲。《詩》曰『𤅊其乾矣』。」俗作「灘」。[一]

歗

《説文》：嘯，籒文从欠。

免爰　三章，章七句

雉罹于罦

《説文》：「𦊐，覆車也，《詩》曰『雉罹于𦊐』。」或作「罦」。

[一]《説文解字注・水部》「𤅊」字注：「今《毛詩》作『暵』，蓋非也。一章曰『𤅊其乾矣』，二章曰『𤅊其脩矣』，脩且乾也，三章曰『𤅊其溼矣』，知『𤅊』兼濡與乾言之。《毛傳》曰『菸皃』，菸者，一物而濡之乾之，則菸邑無色也。」又《艸部》「菸」字注：「《王風》『中谷有蓷，暵其乾矣』，毛曰：『暵，菸皃。陸艸生於谷中，傷於水。』玉裁按：『暵』即『蔫』字之假借，故既云『暵其乾』，又云『暵其溼』，『乾』『溼』文互相足。」

葛藟 三章，章六句

滸

《説文》：「汻，水厓也。从水，午聲。」

大車 三章，章四句

大車檻檻

檻，或作「轞」。《五經文字》：「轞，音檻，大車聲。《詩·風》亦借『檻』字爲之。」

菼

《説文》：「薍，萑之初生。」或作「菼」。

毳衣如菼

《説文》引「毳衣如繳」，帛騅色也。

大車啍啍

《廣韵》引《詩》「大車噋噋」，重遲皃。

毳衣如璊

《説文》：「璊，玉赤色也。禾之赤苗謂之虋，言璊玉色如之。」或作「玧」。又《毛部》：「𣯶，以毳爲繝，色如虋，故謂之𣯶。虋，禾之赤苗也。从毛，㒼聲。《詩》曰『毳衣如𣯶』。」玉裁按：當云「讀若《詩》曰『毳衣如璊』」。又按：非也。當是毛作「璊」，韓作「𣯶」，如「江之永矣」「江之羕矣」之比。[一]

丘中有麻　三章，章四句

將其來施施

《顔氏家訓》曰：江南舊本誤，少一「施」字。

[一]《説文解字注·毛部》「𣯶」字注：「今《詩》『𣯶』作『璊』，毛曰：『璊，赬也。』按：許云『毳繝謂之𣯶』，然則《詩》作『如璊』爲長，作『如𣯶』則不可通矣。《玉部》曰：『璊，玉䞓色也。禾之赤苗謂之虋，璊玉色如之。』是則『𣯶』與『璊』皆於『虋』得音義。許偁《詩》證毳衣色赤，非證『𣯶』篆體也。淺人改从玉爲从毛，失其恉矣。抑西胡毳布，中國即自古有之，斷非法服。」

詩經小學卷七

金壇段玉裁撰

鄭

緇衣 三章，章四句

粲

《毛傳》「粲，餐」，此假借也。「粲」「餐」同部。

大叔于田 三章，章十句

叔于田

《釋文》：「一本有『大』字者，誤也。」蘇氏曰：「二詩皆曰『叔于田』，故加『大』以别之，不知者乃以段有『大叔』之號，而讀曰泰，又加『大』于首章，失之矣。」玉裁按：此篇《傳》

曰「叔于田，叔之從公田也」，然則上篇自往，此則從公，故篇目加「大」字。

烈

《毛傳》「烈，列也」，《鄭箋》「列人持火」，是「烈」爲「列」之假借也。

具

《毛傳》「具，俱也」，言「具」爲「俱」之假借也。

襢

《說文》：「膻，肉膻也。从肉，亶聲。《詩》曰『膻裼暴虎』。」〔一〕

兩服上襄

《曲禮》正義引「兩服上驤，兩驂鴈行」。《司馬相如傳·大人賦》「放散畔岸，驤以孱顔」，索隱曰：「《詩》云『兩服上驤』，注云『驤，駕』〔二〕是也。」

鴇

顧亭林引《廣韵》作「駂」。玉裁按：馬曰魚、曰龍、曰騅、曰鴇，不必皆从馬也。《五

〔一〕《說文解字注·肉部》「膻」字注：「《釋訓》《毛傳》皆云：『襢裼，肉襢也。』李巡云：『脱衣見體曰肉襢。』孫炎云：『襢，去裼衣。』按：多作『襢』、作『袒』，非正字，『膻』其正字。」

〔二〕校者案：「駕」，《史記索隱》原作「馬」，而「兩服上驤」鄭箋云「驤，駕也」，此處恐誤混爲一。

經文字》曰：「鴇，音保。」見《爾雅》。又《爾雅釋文》曰：「鴇，音保。」玉裁按：今《爾雅》「驪白褋毛，鴇」，誤作「鴇」。

掤 左氏「釋甲執冰」，字之假借也。

鬯 《秦風》作「韔」，爲正字。

清人 三章，章四句

旁旁 《説文》：「騯，馬盛也。《詩》曰『四牡騯騯』。」

喬 《釋文》：「喬，毛音橋，鄭居橋反，雉名。《韓詩》作『鷸』。」玉裁按：《詩·車舝》及《爾雅》有「鷸」字，《説文》「雉」字注内作「喬雉」，《鳥部》有「鷸」字。〔一〕

〔一〕《説文解字注·隹部》「雉」字「鷸雉」注：「各本作『喬』，誤。《鳥部》曰：『鷸，走鳴長尾雉也。』」

逍遥

陸《釋文》曰：「逍，本又作『消』。遥，本又作『搖』。」張參《五經文字序》曰：「《説文》有不備者，求之《字林》，若『祧、禰、逍、遥』之類，《説文》漏略，今得之於《字林》。」徐鉉等曰：「《詩》只用『消搖』，此二字《字林》所加。」莊子《消搖遊》。《漢書·司馬相如傳》「消搖乎襄羊」。黄幾復解莊子《消搖游》名義云：「消者如陽動而仌消，雖耗也不竭其本；搖者如舟行而水搖，雖動也不傷其内。游於世若是，惟體道者能之。」張衡《思玄賦》：「與仁義乎消搖。」《爾雅》「徒歌曰謡」，孫炎曰：「聲消搖也。」

左旋右抽

《説文》引「左旋右搯」。〔一〕

〔一〕《説文解字注·手部》「搯」字注：「『㨨』各本作『搯』，自陸氏作《詩音義》時已誤，今正。此引《詩·鄭風·清人》文爲『抽兵刃』之證也。毛曰：『右抽，抽矢以䠶。』《箋》云：『御者習旋車，車右抽刃。』引之證軍中有此儀，武王丙午逮師，尚未渡孟津，故抽兵刃習擊刺。凡引經説字，不必見本字，如引『突如其來如』證『不順忽出』，引『龍戰于野』證『陰極陽生』，引『先庚三日』證『庚，更事也』，皆是此例。此又引抽證抽耳。若作『右搯』，則『《詩》曰「左旋右搯」』六字當在『《周書》曰「師乃搯」』之下，而今本爲不辭。」

羔裘 三章，章四句

舍命不渝

《管子》「澤命不渝」，「澤」即「釋」，釋即舍也。《爾雅》「渝，變也」，釋文曰：「舍人作『繻』，同。」

彼其之子

《左氏·襄二十七年》引《詩》「彼己之子，邦之司直」。《史記·匈奴傳》曰「彼己將帥」，裴駰注引《詩》云「彼己之子」，索隱云「彼己者，猶詩人譏詞云『彼己之子』是也」。玉裁按：《左氏傳》云「終不曰公，曰夫己氏」，《公羊氏傳》云「夫己，多乎道」，「夫己」猶「彼己」也。「彼己」，或作「彼其」，或作「彼記」。束晳〔一〕《補亡詩》「彼居之子」，居，讀如《檀弓》「何居」，與「彼其」「彼己」同也，李善注「居未仕」，誤。沅案：「夫已，多乎道」見《穀梁傳》，「已」訓「止」，此引作《公羊傳》，蓋誤也。

〔一〕校者案：「晳」，原作「晢」，形近而誤，改。四卷本亦誤。

遵大路　二章，章四句

摻

魏了翁以爲避曹魏諱改《詩》「操執」爲「摻」。玉裁按：非也。《毛傳》「摻，攬也」，以同韵音近之字爲訓。

故也好也

《釋文》：「一本作『故兮』，後『好也』亦爾。」

無我䰻兮

《説文》：「𣪘，棄也。从攴，𢀜聲。《詩》云『無我𣪘兮』。」

女曰雞鳴　三章，章六句

襍佩以贈之

東原先生云：當作「貽」。玉裁按：古人「徵召」爲「宫徵」、「得來」爲「登來」、「仍孫」爲「耳孫」、「詩」訓爲「承」也，皆之咍、職德韵與蒸登韵相通之理。《鄭風》「來、贈」爲韵，古合韵之一也，不當改爲「貽」。

有女同車 二章，章六句

舜

《說文》：「䑞，艸也。」「蕣，木堇，朝華莫落者。从艸，䑞聲。《詩》曰『顔如蕣華』。」「䑞」「舜」、「蕣」「蕣」古今字，《詩》當作「蕣」，轉寫者脱去上「艹」耳。高誘《吕氏春秋・五月紀》注云「木堇，一名蕣」，引《詩》「顔如蕣華」。〔一〕

將將

《說文》：「瑲，玉聲。」

山有扶蘇 二章，章四句

扶蘇

《說文》：「枎疏，四布也。」 郭忠恕《佩觿》曰「山有枎蘇」與「扶持」別。

〔一〕《説文解字注・艸部》「蕣」字注：「《鄭風》『顔如舜華』，毛曰：『舜，木槿也。』《月令》：『季夏木堇榮。』《釋艸》云：『椵，木堇。櫬，木堇。』……今《詩》作『舜』，爲假借。」

橋松

《爾雅》：「句如羽，喬。如木楸曰喬。槐棘醜，喬。小枝上繚爲喬。」《鄭風》「橋松」蓋假借字。《釋文》：「橋，本亦作『喬』，毛作『橋』，其驕反，王云『高也』，鄭作『槁』，苦老反，枯槁也。」〔一〕

蘀兮 二章，章四句

風其漂女

朱子曰：「漂」「飄」同。

褰裳 二章，章五句

溱

《説文》：「潧，水，出鄭國。从水，曾聲。《詩》曰『潧與洧』。」「溱，水，出桂陽臨武，入涯，从水，秦聲。」《廣韵》曰：「潧水南入洧，《詩》作『溱洧』，誤也。」　玉裁按：秦聲在今真

〔一〕《説文解字注·夭部》「喬」字注：「按：『喬』不專謂木。淺人以説木則作『橋』，如《鄭風》『山有橋松』是也；以説山則作『嶠』，《釋山》『鋭而高嶠』是也。皆俗字耳。」

臻韵，曾聲在今蒸登韵。《褰裳》一章「溱」與「人」韵，二章「洧」與「士」韵。出鄭國之水本作「溱」，《外傳》《孟子》皆作「溱洧」，《説文》及《水經》作「潧」，誤也。〔一〕《史記·南越尉佗列傳》「湟溪」，索隱曰：「鄒氏、劉氏本『湟』並作『湼』。《漢書》作『湟溪』，音皇。又《衛青傳》云『出桂陽，下湟水』，而姚察云《史記》作『匯』，今本有『湟』『湼』及『匯』不同，蓋由隨見輒改故也。」《南越尉佗列傳》又云「下匯水」，徐廣曰：「一作『湟』。」裴駰曰：「或作『淮』字。」索隱曰：「劉氏云『匯』當作『湟』，《漢書》云『下湟水』也。」《説文》：「洭，水，出桂陽縣盧聚，至洭浦關爲桂水。」 玉裁按：「洭水」《史記》《漢書》作「湟水」。「匯」者「洭」之譌，「湼」者「湟」之譌，「淮」者「匯」之譌，「洭」又或譌爲「沍」。附此條以見古書易譌。

狂童

《玉篇》：「僮，幼迷荒者。《詩》云『狂僮之狂也且』，《傳》曰：『狂行，僮昏所化也。』《廣雅》云：『僮，癡也。』今爲童。」〔二〕

〔一〕《説文解字注·水部》「潧」字注：「按：曾聲則在六部，而經傳皆作『溱』，秦聲。《鄭風》『褰裳涉溱』與『豈無他人』爲韵，學者疑之。玉裁謂：《説文》《水經》皆云『潧水在鄭』『溱水出桂陽』，蓋二字古分别如是，後來因《鄭風》異部合韵，遂形聲俱變之耳。」

〔二〕《説文解字注·人部》「僮」字注：「按：《説文》『僮、童』之訓，與後人所用正相反，如『穜、種』二篆之比。今經傳『僮子』字皆作『童子』，非古也。」

丰　四章，二章章三句，二章章四句

丰

《方言》作「妦」，郭注：「妦容。」

俟我乎堂兮

《鄭箋》云：「堂當爲『棖』。棖，門梱上木近邊者。」

衣錦褧衣，裳錦褧裳

《玉藻》鄭注引《詩》「衣錦絅衣，裳錦絅裳」。〔一〕

東門之壇　二章，章四句

東門之壇

陸《釋文》：「壇，音善，依字當作『墠』。」《正義》曰：「襄二十八年《左傳》云：『子産相鄭伯以如楚。舍不爲壇。外僕言曰：「昔先大夫相先君，適四國，未嘗不爲壇。今子草

〔一〕《説文解字注·衣部》「褧」字注：「《玉藻》《中庸》作『絅』，《禮經》作『顈』，皆假借字也。」

舍，無乃不可乎？」』上言『舍不爲壇』，下言『今子草舍』，明知壇者除地去草矣，故云『壇，除地町町者』也。徧檢諸本，字皆作『壇』，《左傳》亦作『壇』。其《禮記》《尚書》言壇、墠者，皆封土者謂之壇，除地者謂之墠。『壇』『墠』字異，而作此『壇』字，讀音曰墠，蓋古字得通用也。今定本作『墠』。」〔一〕

茹藘

《爾雅釋文》曰：「茹，亦作『蒘』。」

風雨 三章，章四句

風雨淒淒

《説文》：「湝，水流湝湝也。一曰湝湝，寒也。《詩》曰『風雨湝湝』。」

瀟瀟

《説文》：「瀟，水清深也。」《水經注·湘水》篇曰「二妃從征，溺於湘江，神遊洞庭之淵，出

〔一〕《説文解字注·土部》「墠」字「野土也」注：「野者，郊外也。野土者，於野治地除艸。《鄭風》『東門之墠』，『壇』即『墠』字，《傳》曰『除地町町者』，町町，平意。《左傳》：『楚公子圍逆女於鄭，鄭人請墠聽命。楚人曰：「若野賜之，是委君況於草莽也。」』可見墠必在野也。鄭子產草舍不爲壇，『壇』即『墠』字，可見墠必除草也。」

入潚湘之浦」，用《山海經》語；又釋「潚」字曰「潚者，水清深也」，用《說文》語。今俗以潚、湘爲二水名，且「潚」誤爲「瀟」矣。郭璞《山海經注》引《淮南子》「弋釣潚湘」云「潚水所在未詳」，不如酈氏引《說文》釋「潚」字爲當。攷《說文》無「瀟」字，《廣韻·一屋》《二蕭》內皆有「潚」字，無「瀟」字。《毛詩》「風雨潚潚」亦是淒清之意，入聲音肅、平聲音修，在弟三部，轉入弟二部，音宵，俗誤爲「瀟」。玉裁見明時《詩經》舊本作「潚」爲是。《羽獵賦》「風廉雲師，吸嚊潚率」，《二京賦》「飛罕潚箾，流鏑揺㩧」，《羽獵》《西京》皆形容欻忽之皃，與《毛傳》「潚潚，暴疾也」意正相合。《思玄賦》「迅猋潚其媵我」，舊注「潚，疾皃」，李善引《字林》「潚，深清也」。

雞鳴膠膠

《廣韻》引《詩》「雞鳴嘐嘐」，《玉篇》亦曰「嘐，雞鳴也」。

子衿 三章，章四句

衿

《說文》：「裣，交衽也。」今俗「裣衽」字通用「衿」。〔一〕

〔一〕《說文解字注·衣部》「裣」字注：「《鄭風》『青青子衿』，毛曰：『青衿，青領也。』《方言》：『衿謂之交。』按：『裣』之字一變爲『衿』，再變爲『襟』，字一耳。而《爾雅》之『襟』、《毛傳》《方言》之『衿』，皆非許所謂『裣』也。」

子寧不嗣音

《釋文》：「嗣，如字。《韓詩》作『詒』。詒，寄也，曾不寄問也。」

挑兮達兮

《説文・又部》引「叏兮達兮」，叏，滑也。《辵部》引「挑兮達兮」。〔一〕

城闕

《説文》：「觖，缺也。古者城闕其南方謂之觖。」〔二〕

揚之水 二章，章六句

迋

《毛傳》「迋，誑也」，言「迋」爲「誑」之假借。

〔一〕《説文解字注・辵部》「達」字注：「『挑』當同《又部》作『叏』。叏，滑也。」

〔二〕《説文解字注・亯部》「觖」字注：按：「《毛詩傳》曰：『闉，曲城也。闍，城臺也。』城門上有臺謂之闍，《周官・匠人》《詩・靜女》所謂『城隅』也；無臺謂之觖，《詩・子衿》所謂『城闕』也。三面有臺，而南方無臺，故謂之觖……《毛詩》『城闕』，當作『觖』，『闕』其假借字，非象闕之『闕』也。《詩》曰『在城闕兮』，《傳》曰『乘城而見闕』，《箋》申之曰『登高而見於城闕』，明非城墉不完，如《公羊疏》所疑也。」

出其東門　二章，章六句

縞衣綦巾

《説文》：「綥，帛蒼艾色。从糸，畁聲。《詩》曰『縞衣綥巾』。未嫁女所服。」或作「綦」。

聊樂我員

《釋文》曰：《韓詩》「聊樂我魂」。　《文選·鮑昭〈舞鶴賦〉》注：「《韓詩》『聊樂我魂』，薛君注曰：『魂，神也。』」　鮑昭《東武吟》注：「《韓詩》曰『縞衣綦巾，聊樂我魂』，魂，神也。」　《釋文》：「員，本亦作『云』。」《正義》曰：「『員』『云』古今字，助句詞也。」　玉裁按：如《秦誓》之「云來」亦作「員來」。

闉闍

《鄭箋》：「闍，讀當如『彼都人士』之『都』。」

野有蔓草　二章，章六句

零露漙兮

《正義》曰：「『靈』作『零』字，故爲落也。」玉裁按：據此，則經文本作「靈露」，《箋》本作

「靈落」也，經文假「靈」爲「零」。依《説文》，則是假「靈」爲「霝」。　顔師古《匡謬正俗》曰：溥，按呂氏《字林》作「𩅰」，上兖反。

瀼

《玉篇》：「䨮，露盛皃，亦作『瀼』。」

溱洧　二章，章十二句

溱與洧，方涣涣兮

《漢書・地理志》：「方灌灌兮。」　《説文》「澮」字注引「澮與洧，方汎汎兮」。　陸德明曰：「涣，《韓詩》作『洹』。洹音丸。《説文》作『汎』。汎，父弓反。」[一]　《後漢書・袁紹傳》注云：「《韓詩》曰『溱與洧，方洹洹兮』，薛君云：『鄭國之俗，三月上巳之辰，兩水之上，招魂續魄，拂除不祥。故詩人願與所説者俱往也。』」　《太平御覽》卅引此《韓詩》及

〔一〕《説文解字注・水部》「澮」字「《詩》曰『澮與洧，方汍汍兮』」注：「汍，音丸藥之丸，各本作『涣涣』，今正。此《鄭風》文也，今《毛詩》作『涣涣』，春水盛也。《釋文》曰：『《韓詩》作「洹洹」，音丸。《説文》作「汎」，音父弓反。』按：作『汎』，父弓反，音義俱非，蓋『汍汍』之誤。『汍汍』與『洹洹』同。《漢志》又作『灌灌』，亦當讀『汍汍』，皆水盛沄旋之貌。引此詩者爲『澮』字之證，知今經、傳皆非古本。」

《章句》較詳，今本《御覽》「洹洹」改「渙渙」，宋本作「洹洹」，余氏蕭客據以入《古今解鉤沈》。　宋版《御覽》半部在朱奐文游家，今在周漪塘家。

且

《釋文》：「且，音徂，往也。徐子胥反。」〔一〕

洵訏

《釋文》：「《韓詩》作『恂盱』，樂皃也。」《漢書・地理志》：「恂盱且樂。」〔二〕

瀏

《南都賦》注引《韓詩外傳》「漻，清皃也」。外當作「内」。〔三〕

勺藥

「勺」作「芍」，譌。

〔一〕《説文解字注・辵部》「𨑢」字注：「《釋詁》《方言》皆曰：『徂，往也。』按：《鄭風》『匪我思且』，箋云：『猶非我思存也。』此謂『且』即『徂』之叚借，《釋詁》又云『徂，存也』，是也。」

〔二〕《説文解字注・心部》「恂」字注：「《毛詩》叚『洵』字爲之，如『洵美且都』『洵訏且樂』，鄭箋皆云：『洵，信也。』《釋詁》曰『詢，信也』，注引《方言》『宋衛曰詢』，皆叚『詢』爲『恂』也。」

〔三〕《説文解字注・水部》「漻」字注：「《南都賦》曰：『漻淚減汨。』按：李善引《韓詩内傳》『漻，清貌也』。蓋《鄭風》毛作『瀏』，韓作『漻』，許謂二字義別。今《文選注》『内』字譌『外』。」

詩經小學卷八

金壇段玉裁撰

齊

雞鳴　三章，章四句

東方明矣，朝既昌矣

《説文》：「昌，美言也。从日，从曰。一曰日光也。《詩》曰『東方昌矣』。」　玉裁按：疑許叔重有誤。〔一〕

〔一〕《説文解字注·日部》「昌」字注：「《齊風》：『東方明矣，朝既昌矣。』傳曰：『東方明則夫人纚笄而朝，朝已昌盛，則君聽朝。』云『朝已昌盛』，與『美言』之義相應。許并二句爲一句，當由轉寫筆誤。」

還　三章，章四句

還

《釋文》曰：「《韓詩》作『嫙』，好皃。」《漢書・地理志》：「臨甾名營丘，故《齊詩》曰『子之營兮，遭我虖嶩之閒兮』。」師古曰：「《毛詩》作『還』，《齊詩》作『營』。之，往也。」玉裁按：「營」爲地名，則「茂」「昌」亦爲地名。《水經・淄水》注云「營丘者，山名也。《詩》所謂『子之營兮，遭我乎猺之閒兮』」，又云「《毛詩》《鄭注》並無『營』字」。玉裁按：《地理志》齊地節「故《齊詩》曰」云云，猶上文秦地「故《秦詩》曰」、魏地「《邶詩》曰」「《庸》曰」「《衛》曰」「故《唐詩》之篇曰」、韓地「故《鄭詩》曰」「《陳詩》曰」，體例一也。孟堅作「子之營兮」，不知其於四家内何從，而師古乃猥曰轅固《詩》作「營」。王伯厚《詩攷》引爲轅固《詩》之一條，其亦弗思爾已。

遭我乎猺之閒兮

《漢書・地理志》「遭我虖嶩之閒兮」。《説文》引《詩》「遭我于猺之閒兮」。玉裁按：「乎」作「于」爲是。師古《漢書注》曰「嶩」或爲「猺」，亦作「嶩」。王伯厚云《水經注》作「猺」，則「猺」之譌字耳。元康里巎巎，字子山，其字奴刀切，山名也，今人讀「夔夔」，乃大誤。

並驅從兩肩兮

《説文》引「並驅從兩豣兮」。　《豳風》作「豣」。　石鼓文作「⿰豸肙」。〔一〕

儇

《釋文》曰：「《韓詩》作『婘』，好皃。」

東方未明　三章，章四句

顛倒

《説文》有「到」無「倒」，如「𠫓」字注云「从到子」，「㐬」字注云「从到古文子」。

辰夜

顧亭林曰：「今本誤作『晨』，依唐石經及國子監注疏本改正。呂氏《讀詩記》、嚴氏《詩緝》並與石經文同。」

〔一〕《説文解字注・豕部》「豣」字注：「《齊風・還》曰『並驅從兩肩兮』，傳云『獸三歲曰肩』。《豳・七月》『獻豣于公』，傳曰『三歲曰豣』。豣、肩一物，『豣』本字，『肩』假借也。」

南山　四章，章六句

取妻

《釋文》：「取，七喻反。」《衆經音義》曰：「娶，七句切，取也。《詩》云『娶妻如之何』，傳曰：『娶，取婦也。』」應師所據《毛詩》與陸異，或用《韓詩》及《傳》也。

衡從其畝

《釋文》曰：「《韓詩》作『横由其畝』，東西耕曰横，南北耕曰由。」《坊記》篇引《詩》「横從其畝」。

雄狐綏綏

《玉篇》：「夊，行遲皃。《詩》云『雄狐夊夊』。今作『綏』。」

甫田　三章，章四句

丱

《周官經》「丱人」即此字，俗分別，誤。〔一〕

〔一〕《説文解字注·石部》「磺」字注：「按：各本此下出『丱』篆，解云『古文磺，《周禮》有丱人』。按：《周禮》（轉下頁）

突而弁兮

《正義》曰：「『若』猶『耳』也，故《箋》言『突耳加冠爲成人』。《猗嗟》『頎若』言『若』者，皆然、耳之義，古人語之異耳。定本云『突而弁兮』，不作『若』字。」

盧令 三章，章二句

盧令令

《正義》作「鈴鈴」。玉裁按：《廣雅》「鈴鈴，聲也」，孫綽賦「振金策之鈴鈴」。董逌曰：「《韓詩》作『盧泠泠』。」《説文》引「盧獜獜」。

鬈

《鄭箋》云：「鬈讀當爲『擢』。擢，勇壯也。」玉裁按：今本《注疏》作「權，勇壯也」，不可解。攷《説文》「捲，气勢也」，引《國語》「子有捲勇」。今《齊語》「子之鄉有拳勇」、《小雅》

（接上頁）鄭注云『卝之言礦也』，賈疏云『經所云「卝」，是總角之「卝」字，此官取金玉，於卝字無所用，故轉從石邊廣之字』，語甚明析。卝之言礦，『卝』非『磺』字也。凡云之言者，皆就其雙聲疊韻以得其轉注假借之用。『卝』本《説文》『卵』字，古音如關，亦如鯤，引伸爲『總角卝兮』之『卝』，又假借爲金玉樸之『磺』，皆於其雙聲求之。讀《周禮》者徑謂『卝』即『磺』字，則非矣。」

「無拳無勇」皆作「拳」。張參《五經文字》「權」字注云「從手作『攉』者，古拳握字」。然則《鄭箋》「攉」字从手，非从木，與「捲勇」「拳勇」字同。今字書佚此字，而僅存於張參之書也。《吴都賦》「覽將帥之攉勇」，李善注曰：「《毛詩》曰『無拳無勇』，『拳』與『攉』同。」今俗刻《文選》譌誤不可讀矣。

偲

《毛傳》：「偲，才也。」《鄭箋》：「才，多才也。」

敝笱　三章，章四句

鰥

《毛傳》「大魚」，《鄭箋》「魚子」，《正義》曰：「『鯤，魚子』，《釋魚》文。『鯤』『鰥』字異，蓋古字通用，或鄭本作『鯤』也。」〔一〕

〔一〕《説文解字注·魚部》「鰥」字注：「《毛傳》曰『大魚也』，謂鰥與魴皆大魚之名也。《鄭箋》乃讀『鰥』爲《爾雅》『鯤，魚子』之『鯤』，殆非是。『鰥』多叚借爲『鰥寡』字，『鰥寡』字蓋古秪作『矜』，『矜』即『憐』之叚借。」

其魚唯唯

陸德明曰：「《韓詩》作『其魚遺遺』，言不能制也。」《玉篇》：「遺遺，魚行相隨。」《廣韻・五旨》：「遺，魚盛皃。」

載驅　四章，章四句

茀

《爾雅》作「笰」。《毛詩・碩人》《載驅》《采芑》《韓奕》作「茀」，《易》「婦喪其茀」亦作「茀」。玉裁按：《玉篇・竹部》：「笰，輿後笰也，《詩》曰『簟笰朱鞹』。」〔一〕

鞹

《說文》作「鞹」，引《論語》「虎豹之鞹」。又「鞃」字注引「鞹鞃淺幭」，今《詩》作「鞟」。《五經文字》曰：「鞹，空郭反，此《說文》字，《論語》及《釋文》並作『鞟』。」唐石經作「鞹」。明馬應龍本作「鞹」。《欽定詩經傳說彙纂》作「鞹」。今本作「鞟」，誤。

〔一〕《說文解字注・竹部》「篚」字注：「《詩》言『簟笰』，毛曰：『簟，方文席也。笰，車之蔽也。』《周禮・巾車》『蒲蔽』『棼蔽』等，『蔽』即『笰』也，故鄭引『翟茀以朝』作『翟蔽以朝』……『茀』，《詩・碩人》从艸，《載驅》从竹，从竹者，誤也。『茀』之言蔽也，『篚』是正字，『茀』是假借字。」

發夕

《韓詩》：「發，旦也。」玉裁按：從韓，是「發夕」即「旦夕」也。又按：《方言》「發，舍車也，東齊海岱之閒謂之發」，郭注「今通言發寫也」。《詩》「發夕」蓋猶「發寫」，古「夕、寫」字皆在弟五部，同部假借。東原先生亦云「發夕」猶「發卸」也，「卸」古音亦在弟五部。

濔濔

《釋文》：「爾爾，本亦作『濔』。」

齊子豈弟

《鄭箋》云：「此『豈弟』猶言『發夕』也。『豈』讀當爲『闓』。弟，《古文尚書》以『弟』爲『圛』。圛，明也。」《正義》曰：「《箋》以爲上云『發夕』，此當爲『發夕』之類，故云『此豈弟猶發夕』，言與其餘『豈弟』不同也，讀『豈』爲『闓』，《說文》云：『闓，開也。』《洪範》稽疑論卜兆有五，『曰圛』注云『圛者，色澤光明』，蓋古文作『弟』，今文作『圛』。賈逵以今文校之，定以爲『圛』，故鄭依賈氏所奏，從定爲『圛』，云『《古文尚書》以弟爲圛。圛，明也』。上言『發夕』，謂初夜即行；此言『闓明』，謂侵明而行。《釋言》云『豈弟，發也』，舍人、李巡、孫炎、郭璞皆云『闓，明；發，行』。定本云『此豈弟，發也，猶言發夕』，又云『弟，《古文尚書》以爲圛』，更無『弟』字。」玉裁按：鄭以「闓圛」麗「發夕」，但以韵求之。「圛」在五部，「濟、濔、弟」同在十五部，「圛」與「濟、濔」不爲韵，上章「發夕」或從《韓詩》「旦夕」之義，或從東原先生爲「發卸」之假借，未嘗非疊字麗句也。〔一〕

猗嗟 三章，章六句

頎而長兮

《正義》曰：「『若』猶『然』也。此言頎若長兮，《史記·孔子世家》稱孔子説文王之狀云『黯然而黑，頎然而長』，是知爲長貌也。今定本云『頎而長兮』。」

名兮

《爾雅》「目上爲名」，郭注「眉眼之閒」。玉裁按：薛綜《西京賦注》「眳，眉睫之閒」，是其字可从目作「眳」也。《玉篇》：「顯，莫丁切，《詩》云『猗嗟顯兮』，顯，眉目閒也。」

清揚婉兮

《玉篇》：「𩈉，眉目之閒美皃。《韓詩》曰『清揚𩈉兮』，今作『婉』。」玉裁按：《野有蔓

〔一〕《説文解字注·口部》「圛」字注：「《齊風》鄭箋云『古文《尚書》「弟」爲「圛」』，皆古文《尚書》作『圛』之明證也。『古文《尚書》「弟」爲「圛」』者，謂夏侯歐陽作『弟』，古文《尚書》則作『圛』也。言此者，證《詩》之『弟』字亦當爲『圛』而訓『明』也。知今文《尚書》作『弟』者，《宋世家》作『涕』可證也。今本《鄭箋》作『以「弟」爲「圛」』，衍一字而不可通矣。」

艸》「清揚婉兮」，毛傳曰：「婉，婉然美也。」《猗嗟》「清揚婉兮」，毛傳曰：「婉，好眉目也。」《玉篇》所引《韓詩》正同《猗嗟》毛傳訓釋。

舞則選兮

陸士衡《日出東南隅行》「雅舞播幽蘭」，李注：「《韓詩》『舞則巽兮』，薛君曰：『言其舞則應雅樂也。』」

四矢反兮

《釋文》曰：「《韓詩》『反』作『變』，變，易也。」

詩經小學卷九

金壇段玉裁撰

魏《說文》作「巍」。〔一〕

葛屨 二章，章六句

摻摻女手

《說文》引「攕攕女手」。孔沖遠引《古詩》「纖纖出素手」。《古詩》「纖纖出素手」，李善注曰：「《韓詩》曰『纖纖女手』，薛君曰：『纖纖，女手之貌。』」〔二〕

〔一〕《說文解字注·嵬部》「巍」字注：「按：本無二字，後人省山作『魏』，分別其義與音，不古之甚。」

〔二〕《說文解字注·手部》「攕」字注：「《魏風·葛屨》曰：『摻摻女手，可以縫裳。』傳曰：『摻摻，猶纖纖也。』漢人言手之好曰纖纖，如《古詩》云『纖纖擢素手』。《傳》以今喻古，故曰『猶』。其字本作『攕』，俗改爲『摻』，非是。《遵大路》傳曰『摻，擥也』，是『摻』字自有本義。」

要之

《毛傳》：「要，褄也。」

好人提提

《爾雅》曰：「懕懕、媞媞，安也。」郭注「皆好人安詳之容」，邢疏引《詩》「好人媞媞」。王逸《楚辭·七諫》注曰：「媞媞，好皃也。《詩》曰『好人媞媞』。」《檀弓》「吉事欲其折折爾」，讀大兮反，鄭注：「安舒皃，《詩》曰『好人提提』。」〔一〕

宛然左辟

《說文》：「僻，避也。从人，辟聲。《詩》曰『宛如左僻』。」〔二〕

〔一〕《說文解字注·女部》「媞」字注：「《詩》『好人提提』，傳云：『提提，安諦也。』《釋訓》：『媞媞，安也。』孫炎曰：『行步之安也。』《檀弓》『吉事欲其折折爾』，注云：『安舒貌。』按：『折』者『提』之譌，『提』者『媞』之叚借字也。」

〔二〕《說文解字注·人部》「僻」字「辟也」注：「辟，大徐本作『避』，非是。……辟之言邊也，屏於一邊也，『僻』之本義如是。《廣韵》曰『誤也，邪僻也』，此引申之義，今義行而古義廢矣。」

汾沮洳 三章，章六句

言采其莫

《齊民要術》説藆即今英萊，引《詩》「彼汾沮洳，言采其英」。此蓋因下章「美如英」之句而誤憶也。據陸璣《疏》，「莫」亦非「藆」。

園有桃 二章，章十二句

我歌且謡

《説文》：「䍃，徒歌。」《爾雅》：「徒歌謂之謡。」《廣韵》：「繇，喜也，《詩》云『我歌且繇』。」玉裁按：《爾雅》「繇，喜也」，郭注曰：《檀弓》「陶斯詠，詠斯猶」，「猶」即「繇」也。

陟岵 三章，章六句

父曰嗟

《隸釋·石經魯詩殘碑》：「父兮父闕一字曰：嗟予子，行役夙夜毋已！尚慎！」玉裁按：「父」下所闕之一字亦必「兮」字，疊上文「父兮」而言也。近有依《隸釋》刻石經數紙，「父」下不闕，非也。

父曰嗟予子　母曰嗟予季　兄曰嗟予弟

皆五字句。「子」與「已、止」韵，「季」與「寐、棄」韵，「弟」與「偕、死」韵。「行役夙夜無已」六字句。

陟彼屺兮

《爾雅》「無屮木，峐」，釋文曰：「《三蒼》《字林》《聲類》並云『「峐」猶「屺」字，音起』。」《毛傳》「山有屮木曰屺」「無屮木曰岵」，《爾雅》及《說文》皆反易之。玉裁按：《爾雅》《說文》誤也。岵之言瓠落也，屺之言荄滋也。岵有陽道，故以言父，「無父何怙」也；屺有陰道，故以言母，「無母何恃」也。

猶來無棄

郭注《爾雅》引《詩》「猷來無棄」。

伐檀　三章，章九句

河水清且漣猗

《爾雅·釋水》篇曰：「河水清且灡漪。大波爲灡。」釋文：「灡，亦作『瀾』。漪，本又作

『猗』。」《說文》「灡」字注「大波爲瀾，或作『漣』」，「灡」字注「潘也」。《小雅》「烝涉波矣」，鄭箋云「與衆豕涉入水之波漣」，是以「漣」爲「瀾」也。左思《吴都賦》「濯明月於漣漪」，劉淵林注：「風行水成文曰漣漪，《詩》曰『河水清且漣猗』。清且漣漪者，水極麗也。」玉裁按：「漣、直、淪」皆韵，「猗」同「兮」，詞也。《吕氏春秋》塗山氏女作歌曰「候人猗」。《尚書》「斷斷猗」，《大學》篇作「斷斷兮」。「漣猗」誤爲「漪」，蓋起於左思。《說文》無「漪」字。又《吴都賦》「彫啄蔓藻，刷盪漪瀾」，李善注：「漪，蓋語辭也。《毛詩》『河水清且漣漪』。」按善注，則左賦故作「猗」，不从水。《隸釋・魯詩殘碑》「兮不稼不嗇，胡取禾三百廛兮」，此可證《毛詩》作「猗」，即「兮」字也。

坎坎伐輪兮

《石經魯詩殘碑》「欿欿伐輪兮」，《隸釋》云「毛作『坎』」。玉裁按：此則首章、二章《魯詩》皆作「欿欿」。《廣雅》曰：「欿欿，聲也。」

寘之河之漘兮

《周易乾鑿度》：「大壯表握訴，龍角大展。」當作「脣」。鄭注云：「井二則坎，爲水，有脣。《詩》云『寘之河之脣』。」

碩鼠　三章，章八句

碩鼠

鄭氏《周易·晉》「九四，晉如鼫鼠」引《詩》云「鼫鼠鼫鼠，無食我黍」〔一〕，「謂大鼠也」。見《易正義》。　陸璣云：碩鼠，非五技鼫鼠也。

三歲貫女

《隸釋·魯詩殘碑》「三歲宦女」。〔二〕

〔一〕校者案：此條鄭注佚文出《周易正義》，各本《正義》及王應麟輯《周易》鄭康成注引《詩》均作「碩鼠」。唯惠棟《增補鄭氏周易》改作「鼫鼠」，段氏蓋用惠本。

〔二〕《説文解字注·毌部》「貫」字注：「亦借爲『宦』字，事也。如《毛詩》『三歲貫女』，《魯詩》作『宦』是也。」

詩經小學卷十

金壇段玉裁撰

唐

蟋蟀　三章，章八句

蟋蟀

《説文》作「悉蟹」。《爾雅》作「蟋蟀」，陸云：「本或作『蟋蟹』。」〔一〕

山有樞　三章，章八句

山有樞

《爾雅》：「樞，荎。」郭注：「今之刺榆。」釋文：「樞，烏侯反，本或作『蓲』。」《毛傳》：

〔一〕《説文解字注·虫部》「蟹」字注：「《唐風》『蟋蟀在堂』，《傳》曰：『蟋蟀，蛬也。』按：許書無『蛬』字，今人叚『蛩』爲之。……按：『蟋、蟀』皆俗字。」

「櫨，莖。」《正義》曰：「『櫨，莖』，《釋木》文。」《釋文》曰：「櫨，本或作『蘆』，烏侯反。」《漢書・地理志》「山櫨」，顔師古曰：「櫨，音甌。」《聲韵攷》曰：「《詩》『山有樞』，字本作『櫨』，烏侯反，刺榆之名。或不加反音，讀如『户樞』之『樞』，則失之矣。」洪适《隸釋・魯詩殘碑》作「山有蘆」。玉裁按：《魯詩》作「蘆」，《毛詩》作「櫨」，亦作「蘆」，相承讀烏侯反。唐石經譌爲「户樞」字，而俗本因之。

弗曳弗婁

《玉篇》：「《詩》曰『弗曳弗摟』，摟亦曳也，本亦作『婁』。」

他人是愉

《鄭箋》：「愉讀曰偷。偷，取也。」〔一〕《西京賦》「鑑戒唐詩，他人是媮」，薛注引《詩》「他人是媮」。《漢書・地理志》引《詩》「他人是媮」。〔二〕

〔一〕《説文解字注・心部》「愉」字注：「《唐風》『他人是愉』，傳曰：『愉，樂也。』《禮記》曰『有和氣者必有愉色』，此『愉』之本義也。毛不言薄者，重樂不重薄也。《鹿鳴》『視民不恌』，傳曰：『恌，愉也。』許書《人部》作『佻，愉也』，《周禮》『以俗教安則民不愉』，鄭注『愉謂朝不謀夕』，此引申之義也。淺人分別之，別製『偷』字，从人，訓爲『偷薄』、訓爲『苟且』、訓爲『偷盜』，絶非古字，許書所無。然自《山有樞》鄭箋云『愉讀曰偷。偷，取也』，則不可謂其字不古矣。」

〔二〕《説文解字注・女部》「媮」字注：「按：『偷盜』字當作此『媮』。」

洒埽

《説文》：「灑，汛也。」「汛，灑也。」「洒，滌也。古文以爲灑埽字。」玉裁按：《毛詩》「弗洒弗埽」「洒埽穹窒」「於粲洒埽」「洒埽庭内」及《論語》「洒埽應對」皆作「洒」，若《曲禮》「於大夫，曰備埽灑」則作「灑」。蓋漢人用「灑掃」字，經典借「洒滌」字爲「灑」，用「洒埽」字。故《説文》於「洒」字注云「古文以爲灑埽字」。攷毛公《詩傳》、韋昭《國語注》皆云「洒，灑也」，言假「洒」爲「灑」也。

揚之水 三章，二章章六句，一章四句

素衣朱繡

《儀禮·士昏禮》「宵衣」注曰：「宵讀爲《詩》『素衣朱綃』之『綃』，《魯詩》以綃爲綺屬也。」《禮記·郊特牲》「繡黼」注曰：「『繡』讀爲『綃』，綃，繒名也。《詩》云『素衣朱綃』，又云『素衣朱襮』。」《特牲饋食禮》「宵衣」注曰：「宵，綺屬也。此衣染之以黑，其繒本名曰綃。《詩》有『素衣朱綃』，《禮》有『玄綃衣』。」〔一〕

〔一〕《説文解字注·糸部》「綃」字注：「生絲，未湅之絲也。已湅之繒曰練，未湅之絲曰綃。以生絲之繒爲衣則曰綃衣。古經多作『宵』、作『繡』……合此數條，知『宵、繡』皆叚借字。」

我聞有命，不敢以告人

荀卿《臣道》篇曰：「時窮居於暴國，而無所避之，則崇其美，揚其善，違其惡，隱其敗，言其所長，不稱其所短，以爲成俗。《詩》曰『國有大命，不可以告人，妨其躬身』。」玉裁按：此所引即《揚之水》之三章也，前二章皆六句，此章四句，殊太短。《左傳》有言「臣之業在《揚水》卒章之數言」者，恐漢初傳之者有脱誤。沅案：今《左傳》實作「四言」，不作「數言」，此不知所據何本。

椒聊　二章，章六句

椒

《說文》作「茮」。

蕃衍盈升

《文選·景福殿賦》注引《詩》「椒聊之實，蔓延盈升」。曹子建《求通親親表》注引《詩》「椒聊之實，蔓延盈升」。

綢繆 三章，章六句

見此粲者

《廣韵》「㛑」字注曰：「《詩傳》云『三女爲㛑』，又美好皃。《詩》本亦作『粲』，《說文》又作『⿰女攵』。」〔一〕

有杕之杜 二章，章九句

有杕之杜

《顏氏家訓》曰：「杕，木旁施大，《傳》曰『獨皃』。江南本皆爲『杕』，而河北本皆爲夷狄之『狄』，讀亦如字，此大誤也。」郭忠恕曰：「北齊河北《毛詩》本多作『狄』。」

睘睘

《釋文》：「本亦作『煢煢』。」王逸《九思》注引《詩》「獨行煢煢」。李善《思玄賦》注引《毛詩》「獨行煢煢」。《說文》引《詩》「獨行睘睘」。

〔一〕《說文解字注·女部》「⿰女攵」字注：「按：經傳作『粲』，叚借字；陸德明曰《字林》作『㛑』，漢晉字之變遷也。」

杕杜　二章,章六句

噬肯適我

《釋文》曰:「噬,《韓詩》作『逝』。」　玉裁按:《毛傳》及《方言》「噬,逮也」,《爾雅》作「遾,逮也」,爲正字。〔一〕

采苓　三章,章八句

采苓采苓

玉裁按:苓,大苦也。枚乘《七發》「蔓艸芳苓」,借「苓」爲「蓮」;楊雄《反離騷》「愍吾纍之衆芬兮,颺燁燁之芳苓,遭季夏之凝霜兮,慶夭顇而喪榮」,亦借「苓」爲「蓮」;曹植《七啟》「搴芳苓之巢龜」,亦借「苓」爲「蓮」。漢人蓋讀「蓮」如「鄰」,故假借「苓」字。《史記·龜策傳》「龜千歲乃遊蓮葉之上」,徐廣曰「蓮,一作『領』」,聲相近假借」,是又借「領」

〔一〕《説文解字注·口部》「簭」字注:「按:《詩》『噬肯適我』,毛曰:『噬,逮也。』此謂『噬』爲『逮』之假借也。《釋言》作『遾』,《方言》亦作『噬』。」

爲「蓮」也。顔師古注《漢書・楊雄傳》但云「苓，香艸名」，不知爲「蓮」之假借字。李善注《文選》於《七發》直臆斷曰「古蓮字」，於《七啟》又曰「與蓮同」，皆不指爲假借，以致朱彝尊引李注證《唐風》「苓」即「蓮」，其説曰：「水華而采於山顛，喻人言之不足信。」若然，豈首陽之下必無苦，首陽之東必無葑乎？由六書假借之不明，以滋異説爾。漢時假借甚寬，如借「苓、領」爲「蓮」可證。

首陽之顛

今本作「巓」，俗字也。

詩經小學卷十一

金壇段玉裁撰

秦

車鄰 三章，一章四句，二章章六句

鄰鄰

《五經文字》：「轔，車聲，《詩》亦作『鄰』。」《九歌》「乘龍兮轔轔」，王逸注：「轔轔，車聲。《詩》云『有車轔轔』也。」《釋文》作「軨」，音轔。《文選·東京賦》「隱隱轔轔」，注：「轔轔，車聲也。」《藉田賦》「接游車之轔轔」，李善注引《毛詩》「有車轔轔」。王融《三月三日曲水詩序》注：「《毛詩》曰『有車轔轔』。」

駟驖　三章，章四句

駟驖

《説文》引《詩》「四驖孔阜」。《漢書·地理志》「四載」。班固《東都賦》「歷騶虞覽駟鐵」。玉裁按：驖，《漢書》作「戴」，譌作「載」。

孔阜

石鼓文「我馬既駩」。

輶車鸞鑣

《説文》引「輶車鑾鑣」。

載獫歇驕

《爾雅》：「長喙，獫；短喙，猲獢。」郭注引《詩》「載獫猲獢」，《爾雅釋文》曰：「猲，《字林》作『猲』。」《釋文》作「猲」，乃「獝」之譌。《西京賦》「屬車之箠，載獫獝獢」，李善注引《毛詩》「輶車鸞鑣，載獫獝獢」。《説文》：「猲，短喙犬也。从犬，曷聲。《詩》曰『載獫猲獢』。」《廣韵》：「猲獢，短喙犬也。」「獝」同。

小戎 三章，章十句

靷 陸德明曰：「靷，本又作『靳』。」

鋈 此篇三言「鋈」，《説文》「鋈」字下不一引，而「錞」字下引「厹矛沃錞」，「軜」字下引「沃以觼軜」，字皆作「沃」，則知許所據《毛詩》皆作「沃」也。《爾雅》「白金爲之銀，其美者謂之鐐」，本無「鋈」字。毛公云「沃，白金也」，「沃」蓋即「鐐」字之假借，芺聲、尞聲同在古音弟二部。《説文》「鋈，白金也」，蓋後人據《毛傳》增之。

茵 《説文》曰：司馬相如作「鞇」。

騧 郭忠恕曰：宋明帝改「騧」爲「馸」。

觼 《説文》：觼，或作「鐍」。

鋈錞

《禮記》：「進矛戟者前其鐓。」 玉裁按：《説文》「鋈，下垂也」「錞，矛戟柲下銅鐏也。《詩》曰『厹矛沃錞』」，是其字以《秦風》爲正也。[一]

蒙

《鄭箋》作「厖」。 玉裁按：「厖」同「尨」。

蒙伐有苑

《説文》：「瞂，盾也。从盾，犮聲。」 《玉篇》：「瞂，盾也。《詩》曰『蒙瞂有苑』，本亦作『伐』。 戭，同『瞂』。」 《史記·蘇秦列傳》「吷芮」，索隱曰：「吷，同『瞂』，謂楯也。 芮，謂繫楯之紛綬也。」

竹閉緄縢

《攷工記》鄭注引《詩》「竹䪐緄縢」。 䪐，弓紲。 《士喪禮》鄭注引《詩》「竹柲緄

[一]《説文解字注·金部》「鐓」字注：「《方言》『鐏謂之釬』，注曰：『或名爲鐓，音頓。』玄應書卷廿一引《説文》作『鐓』，而謂梵經作『錞』，乃樂器錞于字，然則東晉、唐初《説文》作『鐓』可知。《玉篇》《廣韻》皆『鐓』爲正字，『錞』注同上。《曲禮》『進矛戟者前其鐓』，《釋文》云『又作錞』而已。 舊本皆作『臺聲』，篆作『鐓』，今更正。《詩》曰：『厹矛洪鐓。』《秦風》文。」

縢」。〔一〕

厭厭

《爾雅》：「懕懕、媞媞，安也。」

蒹葭　三章，章八句

蒹葭淒淒

《釋文》曰：「本亦作『萋萋』。」

伊人

《鄭箋》云：「伊當作『繄』。繄猶是也。」

遡洄　遡游

《說文》：𣶒，或作「遡」。　《爾雅》作「泝洄」「泝游」。「泝」即「𣶒」之俗。

〔一〕《說文解字注・木部》「檄」字注：「《秦風》『竹閉緄縢』，毛曰：『閉，紲；緄，繩；縢，約也。』……《禮》謂之『柲』，《詩》謂之『閉』，《周禮注》謂之『𩊱』，《禮》古文作『柴』，四字一也，皆所謂『檄』也。紲者，繫檄於弓之㣼，緄則繫之之繩。」

坻

作「坻」誤。坻繫「隴坻」字。《説文》：「坻，小渚也。」或作「汷」，或作「渚」。〔一〕

終南 二章，章六句

條

《爾雅》「柚，條」，釋文：「又作『樤』。」《毛傳》「條，槄也」，與《爾雅》異。

顏如渥丹

《釋文》云：《韓詩》「顏如渥沰」。按：「渥沰」即《邶風》之「沃赭」也。古者聲、石聲同在弟五部。

有紀

《釋文》曰：「本亦作『屺』。」《正義》曰：「《集注》本作『屺』，定本作『紀』。」

〔一〕《説文解字注・土部》「坻」字「小渚也」注：「《爾雅》曰：『小州曰渚，小渚曰沚，小沚曰坻。』……許《水部》『渚』下引《爾雅》『小州曰渚』，『沚』下云『小渚也』，皆與《爾雅》《毛傳》同。則此『小渚』亦當作『小沚』明矣。坻者，水中可居之最小者也。」

黃鳥　三章，章十二句

交交黃鳥，止于棘

《正義》曰：「詩句有七言者，『交交黃鳥止于棘』。」　玉裁按：各本皆作章十二句，則云七言者非是。

百夫之防

《毛傳》：「防，比也。」按：蓋同「方」。

晨風　三章，章六句

鴥

亦作「鴪」，《爾雅注》引《詩》「鴪彼晨風」。

晨風

《爾雅釋文》曰：「晨，或作『鷐』。」　《說文》：「鷐，鷐風也。」

鬱彼北林

鄭司農《攷工記》注：「惌讀如『宛彼北林』之『宛』。」

苞

《爾雅》「樸，枹者」注：「《詩》所謂『棫樸枹櫟』。」又「如竹箭曰苞」，釋文：「本或作『枹』。」

六駮

《說文》「駮」「駁」異字。《晨風》傳云「倨牙、食虎豹」之獸，是「駮」字也；《東山》傳云「駵，白駁」，是「駁」字也。陸璣云「梓榆樹皮如駁馬」，則《晨風》宜作「駁」，陸意「六駁」與「苞櫟」爲類。按：《鵲巢》「旨苕」「甓」「旨鷊」之等，不必「駮」與「櫟」皆爲樹也。

檖

《說文》：「椽，羅也。从木，彖聲。《詩》曰『隰有樹椽』。」《爾雅》同《詩》作「檖」。

無衣　三章，章五句

與子同澤

《說文》：「襗，絝也。」《鄭箋》：「襗，褻衣，近污垢。」

渭陽 二章，章四句

權輿 二章，章五句

悠悠我思

《爾雅·釋訓》篇「儵儵」，陸德明曰：「樊本作『攸』，引《詩》『攸攸我思』。」

夏屋渠渠

《文選·靈光殿賦》注引崔駰《七依》「夏屋蘧蘧」。

詩經小學卷十二

金壇段玉裁撰

陳

宛丘 三章，章四句

子之湯兮

王逸《離騷》注引《詩》「子之蕩兮」。〔一〕

無冬無夏

《漢書·地理志》作「亡冬亡夏」。

〔一〕《説文解字注·土部》「坦」字注：「《論語》曰『君子坦蕩蕩』。按：魯讀爲『坦湯湯』，此如《陳風》『子之湯兮』，傳曰『湯，蕩也』，謂『湯』爲『蕩』之叚借字也。」

東門之枌　三章，章四句

婆娑其下

《説文》作「媻娑」，引《詩》「市也媻娑」。〔一〕

越以鬷邁

《玉篇》：「㚇，數也，《詩》曰『越以㚇邁』。」〔二〕

衡門　三章，章四句

衡門

孔沖遠曰：「衡，古文『横』，假借字也。」

〔一〕《説文解字注·女部》「娑」字注：「《陳風·東門之枌》曰『婆娑其下』『市也婆娑』，《爾雅》及《毛傳》皆曰：『婆娑，舞也。』《詩音義》曰：『婆，步波反。《説文》作「媻」。』《爾雅音義》但云『娑，素何反』，不爲『婆』字作音，蓋陸所據《爾雅》固作『娑娑』……按：今經傳『娑娑』字皆改作『婆娑』，《詩》《爾雅》即以『媻娑』連文，恐尚非古也。然古書中用『婆娑』字者不少，存愚説以俟攷訂可耳。」

〔二〕《説文解字注·鬲部》「鬷」字注：「《陳風》『越以鬷邁』，《商頌》『鬷假無言』，毛曰『鬷，數也』，又曰『鬷，緫也』。『數』讀如『數罟』之『數』。數罟，《豳風》作『緵罟』，《魚麗》作『緫罟』。然則二《傳》皆謂『鬷』者『緫』之假借字也。」

可以樂飢

《鄭箋》作「瘵」，唐石經從之。〔一〕

墓門 二章，章六句

墓門有梅，有鴞萃止

《天問》「何繇鳥萃棘，而負子肆情」，王逸注：「解居父聘吴，過陳之墓門，見婦人負其子，欲與之淫泆，肆其情欲，婦人則引《詩》刺之曰『墓門有棘，有鴞萃止』，故曰『繇鳥萃棘』也。」玉裁按：以《列女傳》「其棘則是，其鴞安在」繹之，此篇二章「梅」故作「棘」。今本《列女傳》「墓門有楳」，疑後人改也。

歌以誶止

《爾雅》：「誶，告也。」釋文曰：「誶，沈音粹，郭音碎。」《説文》：「誶，讓也。从言，卒聲。《國語》曰『誶申胥』。」《廣韵·六至》「誶」字注「《詩》云『歌以誶止』」。玉裁

〔一〕《説文解字注·疒部》「瘵」字注：「《詩·陳風》：『泌之洋洋，可以樂饑。』傳云：『可以樂道忘饑。』箋云：『可飲以瘵饑。』是鄭讀『樂』爲『瘵』也。經文本作『樂』，《唐石經》依鄭改爲『瘵』，誤矣。」

按：「誶」與「訊」義別，「誶」多譌作「訊」。如：《爾雅》「誶，告也」，釋文曰「本作『訊』，音信」。《説文》引《國語》「誶申胥」，今本《國語》作「訊申胥」。《詩經》「歌以誶止」「誶予不顧」，毛傳「誶，告也」。「莫肯用誶」，鄭箋「誶，告也」，正用《釋詁》文，而《釋文》誤作「訊」，以「音信」爲正，賴王逸《離騷》注及《廣韻》所引可正其誤耳。《廣韻》引「歌以誶止」。東原先生曰：「此句『止』字與上句『止』字相應，爲語辭。凡古人之詩，韻在句中者，韻下用字不得或異。《三百篇》惟『不可休思』，『思』譌作『息』，與此處『止』譌作『之』，失詩句用韻之通例，得此正之，尤稽古所宜詳覈。」《列女傳》作「歌以訊止」，「誶」譌「訊」，而「止」字不誤。

誶予不顧

《離騷》「謇朝誶而夕替」，王逸注引《詩》「誶予不顧」。

防有鵲巢 二章，章四句

邛有旨苕

《齊民要術》引「我有旨苕」，此因「我有旨蓄」之句而誤。或疑「邛」當作「卬」，卬，我也，非是。

邛有旨鷊

《說文》：「⿱艹鶪，綬也。从艸，鶪聲。《詩》曰『邛有旨⿱艹鶪』。」〔一〕《爾雅》「虉，綬」，釋文云「又作『鷊』」。《玉篇》：「虉，小草有襍色似綬。《詩》曰『邛有旨虉』。」

侜

《尚書》作「譸張」，《陳風》作「侜」，他書或作「輈張」。

美

《韓詩》作「娓」，美也。

惕惕

《說文》：或作「悐」。玉裁按：屈賦《九章》云「悼來者之悐悐」。

月出　三章，章四句

月出皎兮

《月賦》注引「月出皦兮」。

〔一〕《說文解字注·艸部》「⿱艹鶪」字「綬艸也」注：「『艸』字依《韻會》補。《陳風》『邛有旨鷊』，傳曰：『鷊，綬艸也。』《釋艸》曰：『虉，綬。』按：《毛詩》作『鷊』，假借字也。今《爾雅》作『虉』，與《說文》作『⿱艹鶪』不同者，『鷊、鶪』同在十六部也。」

佼人

陸德明曰：「佼，又作『姣』。《方言》云：『自關而東河濟之閒，好謂之姣。』」

僚

《史記索隱·司馬相如傳·上林賦》注引《毛詩》「姣人嫽兮」。

勞心慘兮

毛晃曰：「《詩·小雅·白華》篇『念子懆懆』，陸音七感反，又引《説文》七倒反〔一〕，云『亦作「慘」』，《北山》詩『或慘慘劬勞』，陸音七感反，字亦作『懆』。蓋俗書『懆』與『慘』更互譌舛，陸氏不加辨正而互音之，非也。《白華》詩『懆』字當作草、慥二音，不當音七感反，字作『慘』者亦非；《北山》詩『慘』字當作七感反，字不當作『懆』；又《陳風·月出》詩『勞心慘兮』，當作『懆』，誤作『慘』。」陳第曰：「當改从『懆』。」顧亭林云：《五經文字》作「懆」。玉裁考張參《五經文字》「懆，千到反，見《詩》。慘，七敢反，悽也」，未詳亭林所據。

〔一〕校者案：「陸音七感反，又引《説文》七倒反」，原「感、倒」互乙，誤，據毛晃《增修互注禮部韻略》、陸德明《經典釋文》原書改正。四卷本同誤。

株林　二章，章四句

胡爲乎株林，從夏南兮。匪適株林，從夏南兮

《正義》曰：「定本無『兮』字。」玉裁按：有「兮」字爲善。

澤陂　三章，章六句

有蒲與荷

《鄭箋》：「夫渠之莖曰荷。」《正義》：「如《爾雅》，則夫渠之莖曰茄。此言荷者，意欲取莖爲喻，亦以荷爲大名，故言荷耳。樊光注《爾雅》引《詩》『有蒲與茄』，然則《詩》本有作『茄』字者也。」

傷如之何

《爾雅》「陽，予也」，郭注曰：「《魯詩》云『陽如之何』。……今巴濮之人自呼阿陽。」

蕳

《鄭箋》：「當作『蓮』。」玉裁按：「方秉蕳兮」，《韓詩》：「蕳，蓮也。」又按：《鄭箋》説《詩》稍泥，乃欲改「蕳」爲「蓮」，意在三章一律。蓮與荷、菡萏皆屬夫渠，詩人不必然也。

《權輿》詩亦欲以後章律前章，釋「夏屋」爲食具，不知首句追念始居夏屋，次句言「今每食無餘」，次章承「每食」二字，又將今昔比較，三「每食」字蜎蟬縒綜，最見文章之妙。《載驅》欲改「豈弟」爲「圛」，與「發夕」儷句，然而以韵求之，非矣。《盧令》二章改「鬈」爲「拳勇」字，亦非。

蔨蓞

《爾雅》作「蔨蓞」，《説文》作「蔨蔄」。　《釋文》：「蔨，本又作『菤』，又作『歁』。蓞，本又作『菣』。」

碩大且儼

《説文》引「碩大且𡣍」，重頤也。王伯厚以《説文》爲《韓詩》之説。

輾

《釋文》：「輾，本又作『展』。」　《文選・張華〈褋詩〉》注引《韓詩》「寤寐無爲，展轉伏枕」。

詩經小學卷十三

金壇段玉裁撰

檜

羔裘 三章，章四句

羔裘逍遥
王逸《九歌》注引「狐裘逍遥」，誤也。

素冠 三章，章三句

棘人欒欒兮
《正義》曰：「《傳》云『棘，急也』，此《釋言》文，《釋言》『棘』作『悈』，音義同。」《説文》引

「棘人臠臠兮」。〔二〕

勞心慱慱兮

《思玄賦》注引「勞心摶摶」。

隰有萇楚　三章，章四句

萇楚

《爾雅》「長楚，銚弋」，釋文：「本亦作『萇』。」

猗儺其華

宋玉《九辨》「紛旖旎乎都房」，王逸注：「旖旎，盛貌。《詩》云『旖旎其華』。」洪興祖曰：《文選》作「猗柅」，《集韵》作「旖旎」。　劉向《九歎》「結桂樹之旖旎」，王逸注：「旖旎，盛皃。《詩》云『旖旎其華』。」　玉裁按：《說文》「旖」注「旗旖施也」，《木部》「檹」注「木

〔二〕《說文解字注・朿部》「棘」字注：「古多叚『棘』爲『亟』字，如『棘人欒欒兮』『我是用棘』『匪棘其欲』皆是。『棘、亟』同音，皆謂急也。」又《肉部》「臠」字「臞也」注：「《毛詩傳》曰『欒欒，瘦瘠皃』。蓋或三家《詩》有作『臠』，從正字；毛作『欒』，從假借字。抑許所據毛作『臠』，皆不能肊定也。」

旖施」，無「旎」字。〔一〕

匪風　三章，章四句

匪車偈兮

《漢書・王吉傳・諫昌邑王疏》：「詩云『匪風發兮，匪車揭兮。顧瞻周道，中心⿱制心兮』，說曰：是非古之風也，發發者；是非古之車也，揭揭者。蓋傷之也。」

中心怛兮

《王吉傳》「中心⿱制心兮」。

〔一〕《說文解字注・木部》「檹」字注：「《九辨》『紛旖旎乎都房』，王注『旖旎，盛皃』，引《詩》『旖旎其華』。《九歎》注同。然則今《曹風》『猗儺』，毛曰『猗儺，柔順也』，『猗儺』即『旖施』。『旎』者『施』之俗也，『柅』者又『旎』之譌也。《上林賦》『旖旎從風』，張揖云：『旖旎，猶阿那。』《漢書》《文選》皆作『猗柅』。韵書《紙韵》作『猗狔、椅柅、旖旎』，《哿韵》作『旑㫊、檹橠』，其實皆同字也。」

溉之釜鬵

《説文》：「摡，滌也。从手，既聲。《詩》曰『摡之釜鬵』。」玉裁按：《周官經》作「摡」。〔一〕

〔一〕《説文解字注·手部》「摡」字注：「《詩》『摡之釜鬵』，《傳》曰：『摡，滌也。』今本作『溉』者，非。凡《周禮》《禮經》摡字本皆从手，《釋文》不誤，而俗本多譌。」

詩經小學卷十四

金壇段玉裁撰

曹

蜉蝣 三章，章四句

蜉蝣

《説文》：「蟲蜉，一曰浮游，朝生莫死者。」《爾雅釋文》：「蝣，本又作『蝣』，謝音蝣。」《方言》：「蜉蝣，蟝蠹。」

衣裳楚楚

《説文》：「黼，合五采鮮色。《詩》曰『衣裳黼黼』。」〔一〕

〔一〕《説文解字注·黹部》「黼」字「會五采鮮皃」注：「本作『合五采鮮色』，今依《廣韵》《韵會》訂。《曹風·蜉蝣》曰『衣裳楚楚』，傳曰『楚楚，鮮明皃』，許所本也。『黼』其正字，『楚』其叚借字也。蓋三家《詩》有作『黼黼』者，如毛『革』、韓『翱』之比。」

掘閲

《説文》：「堀，突也。《詩》曰『蜉蝣堀閲』。」古「閲」「穴」通。宋玉《風賦》「枳句來巢，空穴來風」，「枳句」「空穴」皆重疊字。「枳句」即《説文》之「積稘」，木曲枝也。鄭康成《明堂位》注曰「稘之言枳稘也，謂曲橈之也」，「枳稘」即「積稘」，陸璣云「稘曲來巢也」。「空穴」即「孔穴」，善注引《莊子》「空閲來風」，司馬彪云「門户孔空，風善從之」。《道德經》「塞其兑，閉其門」，「兑」即「閲」之省，假借字也。《詩》「掘閲」，「掘」蓋「堀」之誤，古書「堀」譌「掘」者，不可枚數。《説文》「堀」下引「浮游堀閲」，「堀閲」是雙字，猶「孔穴」言浮游出孔穴中也。《傳》云「容閲」，即史所謂「公卿容頭過身」。《孟子》「事是君則爲容悦」，「容悦」即《傳》之「容閲」也。《箋》云「掘閲，掘地解閲」，二「掘」字亦是「堀」之譌，鄭意謂出於窟中而解脱變化，説「閲」與毛異。

候人　四章，章四句

何戈與祋

《禮記·樂記》篇鄭注引《詩》「荷戈與綴」，釋文：「荷，本又作『何』。」〔一〕

〔一〕《説文解字注·人部》「何」字注：「『何』俗作『荷』，猶『佗』之俗作『駝』，『儋』之俗作『擔』也。……又《詩》『何戈與祋』『何蓑何笠』，傳皆云『揭』也。揭者舉也，戈、祋手舉之，蓑、笠身舉之，皆儋義之引伸也。凡經典作『荷』者，皆後人所竄改。」

彼其之子

《表記》引《詩》「彼記之子，不稱其服」。《左氏傳·僖二十四年》引《詩》「彼己之子，不稱其服」。

芾

玉裁按：《説文》：「市，韠也，天子朱市，諸侯赤市。」篆文作「韍」。「韠，韍也，所以蔽前。从韋，畢聲。」鄭康成注《禮記》「韠、韍」皆言「蔽也」。或借「黻」字爲之，如《論語》「致美乎黻冕」是也；或借「芾」字爲之，如《詩·候人》《斯干》《采叔》皆作「芾」是也；或借「沛」字爲之，如《易》「豐其沛」，一作「芾」，鄭康成云「蔽厀」是也；或借「茀」字爲之，如李善引《毛詩》「赤茀在股」、引《毛詩》「朱茀斯皇」，《釋文》曰「三百赤芾，一作『茀』」，《廣韵》曰「茀，同『芾』」是也；或借「紱」字爲之，如《乾鑿度》「朱紱方來」「困於赤紱」是也。紱，綬也；出《倉頡篇》，見李善《文選注》。黻，黑與青相次文也；芾，小也；見《爾雅》《毛傳》。茀，道多艸不可行也；沛，水也。各有本義。而《方言》「蔽厀謂之袚」，《説文》「袚，蠻夷衣，一曰蔽厀」，《方言》「蔽厀，江淮之閒謂之褘」，《説文》「褘，蔽厀」，是「袚」字、「褘」字又蔽厀之異名。又鄭康成《周易》「豐其沛」作「韋」，云「蔽厀也」。

維鵜在梁

《説文》：鴺，或作「鵜」。　玉裁按：《説文》「鷖」字注引《詩》「鳬鷖在梁」，恐誤。〔一〕

不濡其咮

《玉篇》引「不濡其噣」。　《五經文字》：「噣，張救反，見《詩・風》。」

薈兮蔚兮

《説文・女部》：「嬒，女黑色也。从女，會聲。《詩》曰『嬒兮蔚兮』。」〔二〕又《艸部》：「薈，艸多皃。从艸，會聲。《詩》曰『薈兮蔚兮』。」

鳲鳩　四章，章六句

鳲

《釋文》：「本亦作『尸』。」玉裁按：《方言》：「尸鳩，東齊海岱之閒謂之戴南。南猶鵀也。」

〔一〕《説文解字注・鳥部》「鷖」字「《詩》曰『鳬鷖在梁』」注：「梁當作『涇』，《大雅》文。」

〔二〕《説文解字注・女部》「嬒」字注：「今《詩》作『薈』，毛傳曰：『薈蔚，雲興皃。』按：《艸部》既偁『薈兮蔚兮』矣，此或爲三家《詩》，或本作『讀若《詩》曰「薈兮蔚兮」』。今有舛奪，皆未可定也。」

兮

《禮記·緇衣》篇：「《詩》曰『淑人君子，其儀一也』。」《淮南子·詮言訓》引《詩》「淑人君子，其儀一也。其儀一也，心如結也」。

其弁伊騏

《鄭箋》：「騏當作『綦』。」《周禮·弁師》「玉璂」注：「璂讀爲『薄借綦』之『綦』。綦，結也。皮弁之縫，每貫結五采玉十二以爲飾，謂之綦。《詩》云『其弁伊綦』。」〔一〕

下泉　四章，章四句

洌彼下泉

《毛傳》「洌，寒也」，《大東》傳「洌，寒意也」，唐石經並誤作「冽」。《詩本音》亦誤。攷

〔一〕《說文解字注·玉部》「璂」字注：「《弁師》曰：『王之皮弁，會五采玉琪。』鄭司農云：『故書「會」作「膾」，「膾」讀如「馬會」之「會」，謂以五采束髮也。「琪」讀如「綦車轂」之「綦」。』按：許謂以玉飾弁曰琪，與司農說同。後鄭則易『琪』爲『綦』，……蓋後鄭謂經『琪』字乃玉名，故易爲『綦』字。《曹風》『其弁伊騏』，箋亦云『騏當作「綦」』，自用其《周禮》說也。」又《馬部》「騏」字注：「綦者，青而近黑。《秦風》傳曰『騏，綦文也』，《魯頌》傳曰『蒼騏曰騏』，『蒼騏』即『蒼綦』，謂蒼文如綦也。《曹風》『其弁伊騏』，傳曰：『騏，騏文也。』《正義》作『綦文』。《顧命》『騏弁』，鄭注曰『青黑曰騏』，本作『綦弁』。古多叚『騏』爲『綦』。」

《易》「井洌」字从水列聲，清也；《詩》「洌彼下泉」「有洌氿泉」，字从仌列聲，寒也。《東京賦》「玄泉洌清」，薛注「洌，澄清皃」，善注引「洌彼下泉」，誤。

浸彼苞稂

《鄭箋》：「稂當作『涼』。涼草，蕭蓍之屬。」

愾我寤歎

《玉篇》引「嘅我寤歎」。　王逸《九歎》注引《詩》「慨我寤歎」。〔一〕

〔一〕《說文解字注·心部》「愾」字注：「《曹風·下泉》『愾我寤嘆』，『嘆』或作『歎』者，誤。《箋》云：『愾，嘆息之意。』許云『大息』者謂嘆，云『皃』者謂愾也。《祭義》曰『入户而聽，愾然必有聞乎其嘆息之聲』，是也。」

詩經小學卷十五

金壇段玉裁撰

豳

郭忠恕《佩觿》曰：唐明皇改「豳」爲「邠」，因似「幽」而致誤也。

七月

八章，章十一句

一之日觱發

《說文·仌部》「滭」注「風寒也」，「冹」注「一之日滭冹」。

二之日栗烈

孔沖遠「洌彼下泉」疏曰：「《七月》云『二之日溧洌』，字从仌，是遇寒之意。」《說文》：「溧，寒也。」玉裁按：《五經文字·仌部》有「溧」字，知《七月》作「溧」也。《文選·風賦》「憯悽惏慄」注引《毛詩傳》「慄洌，寒氣也」。《文選·古詩十九首》注云：「《毛詩》曰『二之日栗洌』，毛萇曰：『栗洌，寒氣也。』」《長笛賦》「正劉溧以風洌」，注引《毛傳》

「溧，寒也」是，此「溧」字今本誤「漂」。又「冽」誤「洌」，注引《説文》「洌，清也」非是，云「冽，寒貌」爲不誤耳。《廣韵・十七薛》：「冽，寒也。」《五質》：「溧冽，寒風。」《玉篇》：「溧冽，寒皃。冽，寒气也。」玉裁按：今本《説文》遺「冽」字。「有冽氿泉」正義引《説文》「冽，寒皃」，又《高唐賦》注引《字林》「冽，寒風也」，《嘯賦》注引《字林》「冽，寒皃」，是唐時《説文》《字林》均有「冽」字。今《説文》有「溧」無「冽」，「冽」譌爲「瀨」。《釋文》：「栗烈，《説文》作『䬅颲』。」攷今《説文・風部》「䬅、颲」字注不引此詩。玉裁按：「滭冹、溧冽」皆疊韵字，以《説文》爲正。「滭、溧」字在弟十二部，「冹、冽」字在弟十五部，如「氤氲、壹鬱」之類。「觱發、栗烈」字皆音之譌。《小雅》「觱沸檻泉」，司馬相如賦作「滭沸」，一作「滭浡」。𡙇，古文「誖」字，在十五部。《説文・火部》「熚𤏲，火皃」，上字十二部，下字十五部，正與「滭冹、滭沸」同。「觱」从角𡙇聲，當爲「冹〔一〕、沸」字之假借，不爲「滭、滭」字之假借，且其字不古雅，當以《説文》所引爲正。〔二〕

〔一〕 校者案：「冹」，原作「沷」，形近而誤，改。

〔二〕 《説文解字注・仌部》「滭」字注：「《豳風・七月》『一之日觱發』，傳曰：『觱發，風寒也。』按：『觱、發』皆叚借字，『滭、冹』乃本字。猶《水部》『畢沸』，今《詩》作『觱沸』。或許所據《毛詩》不同今本，或許采三家《詩》，皆未可定也。」

耜

《説文》：「枱，耒耑也。」或作「鈶」，籀文作「辝」。

田畯至喜

《鄭箋》：「喜讀爲『饎』，酒食也。」

萑

《説文》：「从艸，萑聲。」《五經文字》曰：「萑，从艸下萑。今經典或相承隸省，省艸作『萑』。」玉裁按：「萑」从艸萑聲，下从「萑雀」之「萑」。唐石經誤作「雚」，而後改正之。今《七月》《小弁》「萑」字皆模糊也。

蠶月條桑

「條桑」箋，各本不同。今本云「枝落之采其葉」，馬應龍本無「之」字。惟《初學記》引作「支落其葉，桑柳醜條」，鄭云「枝落其葉，落如『我落其實』之落」。《僮約》云「落桑皮椶」。毛於「條桑」無傳，於「遠揚」曰「遠，枝遠也。揚，條揚也」。强者爲枝，弱者爲條，此云「條揚」，則知「條桑」者，條其下垂不揚起之條，采其葉也。斧斨伐遠揚者，伐其遠人之枝、揚起之條也。毛意「條桑」「伐遠揚」爲二事，《鄭箋》則「取彼斧斨」二句爲「條桑」之實。要之，皆不改經「條」字爲「挑」也。《玉篇》：「挑，撥也。《詩》曰『蠶月挑桑』。」此最爲俗本。

七月鳴鶪

《正義》曰：「王肅云：『蟬及鶪皆以五月始鳴，今云七月，其義不通也。古「五」字如「七」』」。《夏小正》「五月鴂則鳴」。

鶪

从鳥，狊聲，俗誤作「鵙」。《明堂月令》「五月鶪始鳴」。趙邠卿《孟子注》引《詩》「七月鳴鴂」，云「應陰而後動者也」。繹趙意，亦是「五月鳴鶪」，「鶪」作「鴂」，非是。

四月秀葽

《夏小正》「四月秀幽」。〔一〕

蜩

《説文》曰：或作「蚒」。

〔一〕《説文解字注·艸部》「葽」字注：「『四月秀葽』，《豳風》文。毛曰：葽者，『葽艸也』。《箋》云：『《夏小正》「四月王萯秀」，葽其是乎？物成自秀葽始。』玉裁按：《小正》『四月秀幽』，『幽』『葽』一語之轉，必是一物，似鄭不當援王萯也。」

貉

《説文》作「貈」。〔一〕

豜

《齊風》作「肩」。〔二〕

莎

《釋文》曰：沈重云「舊多作『沙』，今作『莎』，音素何反」。

曰爲改歲

《漢書·食貨志》引「聿爲改歲」。

六月食鬱及薁

《説文》：「藿，艸也。《詩》曰『食鬱及藿』。」玉裁按：掌禹錫等《本艸嘉祐補注》、蘇頌《本艸圖經》皆引「食鬱及藿」爲《韓詩》，訓以《爾雅》「藿，山韭」。《上林賦》「隱夫薁

〔一〕《説文解字注·豸部》「貈」字注：「凡『狐貉』連文者，皆當作此『貈』字，今字乃皆假『貉』爲『貈』，造『貊』爲『貉』矣。……《邠詩》『貈、貍、裘』爲韵，一部、三部合音也。」

〔二〕《説文解字注·豕部》「豜」字注：「《齊風·還》曰『並驅從兩肩兮』，傳云：『獸三歲曰肩。』《邠·七月》『獻豜于公』，傳曰：『三歲曰豜。』豜、肩一物，『豜』本字，『肩』假借也。」

棣」，潘岳《閒居賦》「梅杏郁棣」，張揖《上林賦注》曰「薁，山李也」，李善《閒居賦》注曰「郁，今之郁李，『郁』與『薁』音義同」。〔二〕

菽

《説文》：「尗，豆也，象尗豆生之形也。」無「菽」字。

叔

《説文》：叔，或作「𡬶」。

薪樗

《毛傳》：「樗，惡木也。」《廣韵》誤作「榑，惡木」，《玉篇》亦誤作「榑，惡木」。《爾雅》：「栲，山樗。」《説文》：「⿰木尻，山樗。」今本《説文》誤作「山榑」。

〔二〕《説文解字注·艸部》「薁」字注：「《豳風》『六月食鬱及薁』，傳曰：『鬱，棣屬。薁，蘡薁也。』正義曰：『劉稹《毛詩義問》云「鬱樹高五六尺，其實大如李」，《本艸》「鬱一名棣」，則與棣相類，蘡薁亦是鬱類。《晉宮閣銘》「車下李三百一十四株」，車下李即鬱也，「薁李一株」，薁李即薁也，二者相類而同時熟。』玉裁按：《説文》『李、棣』皆在《木部》，『薁』在《艸部》。毛公但云『鬱，棣屬』，未嘗云『薁，鬱屬』。《廣雅·釋艸》：『燕薁，蘡舌也。』《釋木》云：『山李、雀李，鬱也。』然則薁之非木實明矣。《晉宮閣銘》所謂『車下李、薁李』，皆非毛、許之『蘡薁』也。《齊民要術》引《詩義疏》曰：『櫻薁，實大如龍眼，黑色，今車鞅藤實是。』」

重穋

《説文》：「穜，先穜後孰也。从禾，重聲。」「稑，疾孰也。从禾，坴聲。《詩》曰『黍稷穜稑』。」〔一〕稑，或作「穋」。「穜，執也，从禾，童聲。」玉裁按：《説文》「穜」爲種稑，「種」爲穜植，吕氏《字林》同，見《五經文字》。《詩》作「重穋」，《周官經》作「種稑」。〔二〕

上入執宫公

今本「公」作「功」，誤也。《采蘩》箋云「公，事也」，《天保》《靈臺》傳云「公，事也」。此《箋》云「治宫中之事」，《正義》云：「言治宫中之事，則是訓『公』爲『事』，經當云『執宫公』，本或『公』在『宫』上，誤耳。今定本『執宫功』不爲『公』字。」玉裁按：今襲唐定本之誤。《六月》傳云「公，功也」，今俗人用「膚功」，亦非。

〔一〕《説文解字注·禾部》「稑」字注：「按：《七月》及《閟宫》皆作『重』。許『穜』下不偁，而偁於『稑』下，蓋本作『重』，轉寫易之也。」

〔二〕《説文解字注·禾部》「穜」字注：「《邠風》傳曰：『後孰曰重。』《周禮·内宰》注：『鄭司農云：先種後孰謂之穜。』按：《毛詩》作『重』，叚借字也。《周禮》作『穜』，轉寫以今字易之也。」

納于凌陰

《説文》引「納于滕陰」。滕，冰室也，或作「凌」。〔一〕

四之日其蚤

《禮記·王制》篇注引《詩》「四之日其早，獻羔祭韭」，高誘《吕覽·仲春紀》注引亦作「早」。

獻羔

《禮記·月令》篇作「鮮羔」。

朋酒斯饗

按：《毛傳》《説文》皆以「饗」爲「鄉飲酒」，今本誤作「亯」。

萬壽無疆

《月令》鄭注引《詩》「十月滌場，朋酒斯饗，曰殺羔羊。躋彼公堂，稱彼兕觵，受福無疆」。

疆

《爾雅釋文》曰：「壃，字又作『畺』，音姜。經典作『彊』，假借字。」

〔一〕《説文解字注·仌部》「滕」字注：「《豳詩》『三之日納于凌陰』，傳曰：『凌陰，冰室也。』此以『冰』釋『凌』，以『室』釋『陰』，非謂『滕』爲仌室也。鄭注《周禮》『凌人』徑云『凌，冰室也』，似失之。」

鴟鴞　四章，章五句

迨天之未陰雨

《説文》：「隸，及也。从隶，枲聲。《詩》曰『隸天之未陰雨』。」〔一〕

徹彼桑土

陸《釋文》云：「土，韓詩作『杜』。」《方言》「杜，根也。東齊曰杜」，郭璞注云：「《詩》曰『徹彼桑杜』是也。」《字林》作「𢿱」，桑皮也。見《釋文》。

今女下民

《孟子》引《詩》「今此下民」。

蓄租

《釋文》：「蓄，本亦作『畜』。租，子胡反，本又作『祖』，如字。」《正義》：「『祖』訓始也。物之初始，必有爲之，故《毛傳》云『祖，爲也』。」

〔一〕《説文解字注·隶部》「隸」字注：「今《詩》作『迨』，俗字也。」

予羽譙譙，予尾消消

《正義》曰：「予羽譙譙然而殺，予尾消消然而敝。」又曰：「定本『消消』作『翛翛』也。」《釋文》：「譙，或作『燋』。」　玉裁按：岳珂《九經三傳沿革例》曰：「《鴟鴞》『予尾翛翛』，監本、蜀本、越本皆作『修修』，興國本及建寧本作『翛翛』。及攷《疏》，則曰舊本作『消消』，定本作『修修』。任氏大椿刊本誤從羽。又攷《釋文》，則『翛翛』素彫反。蓋越、蜀、監本以《疏》爲據，興、建諸本以《釋文》爲據也。今從《釋文》。」岳語止此。玉裁謂：「修」字是因「修」訓「敝」也，淺人乃改其字從羽作「翛」耳。「修」與「翹、摇、嘵」合韵也。岳氏所見《正義》云「定本作『修修』」，今本《正義》皆譌云「定本作『翛翛』」矣。唐石經、宋《集韵・四宵》、光堯御書石經、吕氏《讀詩記》〔一〕皆作「脩脩」，「脩」與「修」同也。《集韵・四宵》云「脩脩，羽敝也，或作『翛⿰肖毛』」，此合數本爲言也。《廣韵・三蕭》云：「䎂，羽翼敝皃。⿰肖毛同。」按：「䎂、⿰肖毛」即作「消消」之本也。作「消」最俗，而「䎂」與「⿰肖毛」尤俗。

風雨所漂摇

《尚書大傳》「禦聽于怵攸」，鄭注：「攸讀爲『風雨所漂飄』之『飄』。」

〔一〕　校者案：「記」，原作「紀」，形近而誤，改。書中他處所引皆爲「記」。

予維音曉曉

《説文》：「曉，懼也。从口，堯聲。《詩》曰『唯予音之曉曉』。」《廣韵》：「曉，懼聲。《詩》曰『予維音之曉曉』。」《玉篇》引《詩》「予維音之曉曉」。

東山 四章，章十二句

零雨其濛

《説文》：「霝，雨零也。从雨，㗊象零形。《詩》曰『霝雨其濛』。」石鼓文「遊來自東，霝雨奔流」，亦作「霝」。《楚辭·七諫》「微霜降之蒙蒙」，王逸注：「蒙蒙，盛皃。《詩》曰『零雨其蒙』。」《書·洪範》七稽疑「曰蒙」本作「曰雺」，孔氏《正義》曰：「雺，聲近蒙，《詩》云『零雨其蒙』。則『蒙』是闇之義，故《孔傳》以『雺』爲兆。蒙，陰闇也。」

蠋

《説文》：「蜀，葵中蠶也。从虫，上目象蜀形，勹象其身蜎蜎。《詩》曰『蜎蜎者蜀』。」《淮南子》曰：「蠶與蜀相類，而愛憎異也。」

果贏之實

《説文》：「苦蔞，果蓏也。」

伊威

《爾雅》：「蛜威，委黍。」釋文：「蛜，本今作『伊』。威，本或作『蝛』。」《説文》：「蛜威，委黍。委黍，鼠婦也。蛜，从虫，伊省聲。」〔一〕

蠨蛸

《爾雅》：「蟰蛸，長踦。」釋文：「蟰，《詩》作『蠨』。」《説文》：「蟰蛸，長股者。」《廣韵》：「蟰蛸，蟲，一名長蚑。出崔豹《古今注》。」玉裁按：「蟰」正「蠨」譌。《風雨》之「瀟」誤爲「瀟」，益可證也。《一切經音義》引作「蟰蛸在户」，云「上音肅，下音蕭」，此古字古音也，勝於《釋文》遠矣。〔二〕

町畽鹿場

《説文》：「疃，禽獸所踐處也。《詩》曰『町疃鹿場』。」玉裁按：古「重」「童」通用，《廣韵》

〔一〕《説文解字注·虫部》「蛜」字注：「《豳風》『伊威在室』，毛傳曰：『伊威，委黍也。』《釋蟲》同。按：《釋蟲》以『蟠，鼠婦』與『伊威，委黍』畫爲二條，不言一物。蛜威即今之地鼈蟲，與鼠婦異物。《本艸經》曰：『鼠婦，一名蛜蝛，以其略相似耳。』《本艸經》以鼠婦與䗪蟲爲二條，分下品、中品，實則䗪即鼠婦，蓋一物而略有異同，今難細別耳。許書之蟅謂𧒷，絶非鼠婦。」

〔二〕《説文解字注·虫部》「蟰」字注：「《釋蟲》曰：『蟰蛸，長踦。』《豳風》毛傳同。『跂』當作『踦』，其足長，故謂之長踦。……古音『肅』在三部，今音穌彫切，俗寫作『蠨』。蛸，古音消，今音所交切。此古今之轉變也。」

「疃」亦作「畽」，亦作「暖」。　王逸《九思》「鹿蹊兮躖躖」，亦作「䵥」，音吐管切，即「疃」字也。按：《説文》「躖，踐處也」，《集韻》作「䵥」。

熠燿宵行

《廣韻·十八藥》云：「⿰虫習⿰虫龠，螢火別名。」〔一〕

不可畏也

俗本誤作「亦可畏也」。

伊可懷也

《鄭箋》云：「伊當作『緊』，緊猶是也。」

鸛鳴于垤

《説文》：「雚，小爵也。从雈，吅聲。《詩》曰『雚鳴于垤』。」　又「垤」字注引《詩》「鸛鳴

〔一〕《説文解字注·炎部》「粦」字注：「《詩·東山》『熠燿宵行』，傳曰：『熠燿，燐也。燐，熒火也。』熒火謂其火熒熒閃睗，猶言鬼火也。《詩正義》引陳思王《螢火論》曰：『熠燿宵行，《章句》以爲鬼火，或謂之燐。』《章句》者，謂《薛君章句》。是則毛、韓古無異説。《毛詩》字本作『熒』，或乃以《釋蟲》之『熒火，即炤』當之，且或改熒爲『螢』，改『粦』爲『⿰虫粦』，大非《詩》義。」

于垤」。又「鳳」字注「鸛顙」。〔二〕

烝在栗薪

《韓詩》「烝在⿱艹漻薪」，衆薪也。　玉裁按：《廣韵》「⿱艹漻」同「蓼蕭、蓼我」之「蓼」。「有敦瓜苦，烝在栗薪」，毛傳云：「敦猶專專。烝，衆也。言我心苦，事又苦也。」毛意此二句於六詩爲比，内而心苦，外而事苦，正如衆苦瓜之繫於栗薪。合之《韓詩》「栗」作「⿱艹漻」，亦無析薪之意。《鄭箋》以瓜苦爲比，析薪爲賦，失毛意而失詩意矣。軍士在師中至苦，而不見其室者三年，故光武之册陰后亦曰「自我不見，于今三年」也。

栗薪

《鄭箋》云：「栗，析也。古者聲栗、裂同也。」　玉裁按：「㮚」在十二部，「裂」在十五部，異部而相通近也。

皇駁

《爾雅》：「騂白，駁；黄白，騜。」郭注引《詩》「騜駁其馬」。　顧亭林《詩本音》作「駮」，

〔二〕《説文解字注·雈部》「雚」字「雚爵也」注：「三字句。『爵』當作『雀』。『雚』今字作『鸛』，鸛雀乃大鳥，各本作『小爵』，誤，今依《太平御覽》正。陸機《疏》云『鸛，鸛雀也』亦可證，陸云『似鴻而大』。《莊子》作『觀雀』。《土部》『垤』下、《鳥部》『鳳』下皆作『鸛』，係俗改。」

誤。駮，倨牙、食虎豹之獸也，見《詩・晨風》。「駮」一作「駁」，誤。

狼跋　二章，章四句

狼跋其胡

李善《西征賦》注：「《文字集略》曰『狼狽，猶狼跋也』，《孔叢子》曰『吾於狼狽，見聖人之志』。」又《陳情表》注同。　玉裁按：《孔叢子》「狼狽」謂《狼跋》之詩也，「狽」即「跋」字，「跋」「䟴」古通用。《說文》「跋」注「蹎也」，「䟴」注「步行獵跋也」，無「狽」字。「狽」即「䟴」之譌，因狼从犬，而「䟴」誤从犬，猶「榛榛狉狉」俗因「狉」从犬，而「榛」誤从犬，作「獉狉」。《蕩》詩「顛沛」即「蹎跋」之假借，《毛傳》「顛，仆也。沛，跋也」。今誤「拔」。「沛、跋、䟴」同在弟十五部。今「沛、䟴」讀去聲，古與「跋」同入聲，是以通用假借。自去、入岐分，罕知「顛沛」即「蹎跋」之假借，且罕知「狽」即「䟴」之譌、「䟴」即「跋」之通用字。《酉陽襍俎》又妄言狼、狽二獸如蛩蛩之與蟨，迷誤日甚，不足與辨矣！

載疐其尾

《說文》：「躓，跲也。《詩》曰『載躓其尾』。」〔一〕

〔一〕《說文解字注・足部》「躓」字注：「《釋言》《毛傳》皆曰：『疐，跲也。』『疐』者『躓』之叚借字。」

公孫

《鄭箋》云：「公，周公也。孫讀當如『公孫于齊』之『孫』，孫之言孫遁也。」

赤舄几几

《説文》「𢀩」字注引「赤舄己己」〔一〕，又「掔」字注引「赤舄几几」。〔二〕

〔一〕《説文解字注·己部》「𢀩」字注：「几几，各本作『己己』，非韵。《昏義》釋文作『几几』，今據以正之。許讀同几，今居隱切，十五、十三部之轉也。」

〔二〕《説文解字注·手部》「掔」字注：「『掔掔』當依《豳風》作『几几』。《傳》曰：『几几，絇皃。』『掔』在十二部，『几』在十五部，云『讀若』者，古合音也。」

詩經小學卷十六

金壇段玉裁撰

小雅

小雅，《學記》作「宵雅」。《説文》曰：「疋，足也。古文以爲《詩》『大雅』字。」

鹿鳴之什

鹿鳴

三章，章八句

呦呦

《説文》：呦，或作「𧮭」。

示我周行

《鄭箋》：「示當作『寘』，置也。」

視

《鄭箋》：「視，古『示』字也。」《正義》曰：「古之字，以目視物、以物示人同作『視』字，後世字異，目視物作示傍見，示人物作單『示』字，由是經、傳之中，『視』與『示』字多相襍亂。此云『視民不恌』，謂以先王之德音示下民，當作單『示』字，而作『視』字，是其與今字異義殊，故鄭辨之『視，古示字也』，言古作『示』字，正作此『視』，辨古字之異於今也。《禮記》云『幼子常視無誑』，注云『視，今之示字也』，言古『視』字之義正與今之『示』字同，言今之字異於古也。《士昏禮》曰『視諸衿鞶』，注云：『示之以衿鞶者，皆託戒使識之也。「視」乃正字，今文作「示」，俗誤行之。』言『示之以衿鞶』亦宜作『示』，而古文《儀禮》作『視』字，今文作『示』字。『示』字合於今世示人物之字，恐人以爲『示』是『視』非，故辨之云『「視」乃正字，而今文「視」作「示」者，俗所誤行』，以見今世示人物爲此『示』字，因改『視』爲『示』，而非古之正文，故云『誤』也。」

視民不恌

《説文》：「佻，愉也。愉，薄也。《詩》曰『視民不佻』。」《玉篇》引《詩》「視民不

佻」。〔一〕

湛

《衛風》作「耽」。〔二〕

四牡 五章，章五句

周道倭遲

《釋文》曰：「《韓詩》作『倭夷』。」《文選·秋胡詩》「行路正威遲」，注曰：「《毛詩》『周道倭遲』，《韓詩》『周道威夷』，其義同。」《漢書·地理志》曰「《詩》『周道郁夷』」，師古曰：「《詩》『周道倭遲』，《韓詩》作『郁夷』。」玉裁按：《堯典》「宅嵎夷」，《堯本紀》作「居郁夷」，陸德明云：「《尚書考靈耀》及《史記》作『禺銕』。」《文選·謝莊〈宣貴妃

〔一〕《説文解字注·人部》「佻」字注：「《小雅·鹿鳴》曰『視民不恌』，許所據作『佻』，是。《毛傳》曰：『恌，愉也。』按：《釋言》：『佻，偷也。』『偷』者『愉』之俗字。今人曰偷薄、曰偷盗皆从人作『偷』，他侯切，而『愉』字訓爲愉悦，羊朱切，此今義今音今形，非古義古音古形也。古無从人之『偷』，『愉』訓薄，音他侯切。愉愉者，和氣之薄發於色也。盗者，澆薄之至也。偷盗字古只作『愉』也，凡古字之末流鋠析，類如是矣。」

〔二〕《説文解字注·酉部》「酖」字注：「《毛詩》假『耽』及『湛』以爲『酖』。《氓》傳曰：『耽，樂也。』《鹿鳴》傳曰：『湛，樂之久也。』引申爲凡樂之偁。」

詠〉》注引《毛詩》「周道逶遲」。

嘽嘽駱馬

《説文》引「嘽嘽駱馬」，嘽，喘息也；又引「痑痑駱馬」，痑，馬病也。〔一〕

鵻

《爾雅釋文》：「隹，如字，旁或加鳥，非也。」　玉裁按：《釋文》誤也。《説文》：「鵻，祝鳩也。从鳥，隹聲。」祝鳩即《爾雅》「鵻其，鳺鴀」之鳥，亦名「鵓鳩」。

皇皇者華　五章，章四句

皇皇者華

《毛傳》：「皇皇猶煌煌也。」

駪駪征夫

《毛傳》：「詵詵，衆多之皃。」字作「詵」，而義亦同《螽斯》。　宋玉《招魂》「豺狼從目，往

〔一〕《説文解字注·疒部》「痑」字注：「《小雅·四牡》曰『嘽嘽駱馬』，《口部》既偁之，訓『喘息皃』，與《毛傳》合矣。此復偁作『痑痑』，訓『馬病』，其爲三家《詩》無疑也。單聲之字，古多轉入弟十七部，此其異字、異音之故。」

來侁侁」，王逸注：「侁侁，行聲也。《詩》曰『侁侁征夫』。」《廣韵》：「侁，行皃。《詩》云『侁侁征夫』。」《玉篇》：「往來侁侁，行聲，《詩》云『侁侁征夫』也。」《説文》：「桑，盛皃。讀若《詩》曰『莘莘征夫』。」《晉語》姜氏引《詩》「莘莘征夫，每懷靡及」，韋注「莘莘，衆多也」。《五經文字》曰：「駪，色巾反，見《詩》。」所云《詩》者，「甡甡其鹿」也。《玉篇》「詵、甡、駪」通用，蓋唐時《詩》有作「駪駪其鹿」者。馬刻「駪」作「⿱先駪」，誤。〔一〕

我馬維駒

《釋文》曰：「本作『驕』。」《説文》：「馬高六尺爲驕。《詩》曰『我馬維驕』。」玉裁按：《説文》偁毛也，後人以韵不調改之耳，當從「驕」。〔二〕

〔一〕《説文解字注·生部》「甡」字注：「《大雅》毛傳曰：『甡甡，衆多也。』其字或作『詵詵』，或作『駪駪』，或作『侁侁』，或作『莘莘』，皆假借也。」

〔二〕《説文解字注·馬部》「驕」字注：「《漢廣》『言秣其馬』『言秣其駒』，傳曰：『六尺以上爲馬，五尺以上爲駒。』按：此『駒』字《釋文》不爲音。《陳風》『乘我乘駒』，傳曰：『大夫乘駒。』箋云：『馬六尺以下曰駒。』此『駒』字《釋文》作『驕』，引沈重云『或作「駒」，後人改之。《皇皇者華》篇内同』。《小雅》『我馬維駒』，《釋文》云：『本亦作「驕」。』據《陳風》《小雅》，則知《周南》本亦作『驕』也。蓋六尺以下、五尺以上謂之驕，與駒義迥別。三詩義皆當作『驕』，而俗人多改作『駒』者，以『駒』與『蔞、株、濡、諏』爲韵，『驕』則非韵。抑知『驕』其本字音在二部，於四部合韵，不必易字就韵而乖義乎？陸氏於三詩無定説，彼此互異，由不知古義也。」

常棣　八章，章四句

常棣之華

《爾雅》：「唐棣，栘。常棣，棣。」《說文》：「栘，唐棣〔一〕也。棣，白棣也。」唐人云「蕚不照乎栘華」，是以常棣爲唐棣，正與潘安仁以雌雉爲雄雉同也。〔二〕

鄂

玉裁按：《毛傳》「鄂，猶鄂鄂然」其字當作「咢」，从卩，咢聲。今《詩》作从邑地名之「鄂」者，誤也。馬融《長笛賦》「不占成節鄂」，李善注「鄂，直也。從邑者乃地名，非此所施」，又引《字林》「鄂，直言也，謂節操蹇鄂而不怯懦也」。从卩咢聲之字與从邑咢聲迥別。《坊記》鄭注：「子於父母尚和順，不用鄂鄂。」《郊特牲》注：「幾謂漆飾沂鄂也。」《典瑞》注：「鄭司農云『瑑，有圻鄂瑑起』。」《輈人》注：「鄭司農云『環灂，謂漆沂

〔一〕校者案：「唐棣」，《說文》各本皆作「棠棣」。段氏《說文解字注》亦作「棠棣」。

〔二〕《說文解字注·木部》「栘」字注：「《釋木》曰：『唐棣，栘。常棣，棣。』『唐』與『常』音同，蓋謂其花赤者爲唐棣，花白者爲棣，一類而錯舉，故許云『栘，棠棣也。棣，白棣也』。改『唐』爲『棠』、改『常』爲『白』，以棠對白，則棠爲赤可知，皆即今郁李之類，有子可食者。《小雅》『常棣』、《論語》逸詩『唐棣』，實一物也。」

鄂如環也」。」《哀公問》疏：「幾謂沂鄂也。」「沂鄂」字皆从卩不从邑。張平子《西京賦》作「垠鍔」，韵書作「圻堮」，《國語》「穽鄂」，亦从卩不从邑。圻鄂、柞鄂皆取廉隅節制意。今字書遺「鄂」字。〔一〕又按《説文》無「蕚」字，而「韡」字注引「蕚不韡韡」，「鄂」之誤也。攷郭氏《山海經》注云「一曰柎，華下鄂」，漢晉時本無「蕚」字，故景純亦云「華下鄂也」。 李善注《文選》引「蕚不韡韡」。

不

《鄭箋》：「不當作『柎』。古聲『不、柎』同。」

韡

《説文·𠌶部》：「韡，盛也。从𠌶，韋聲。」今作「韡」，誤。

〔一〕《説文解字注·土部》「垠」字注：「《毛詩》『鄂不韡韡』，『鄂』蓋本作『咢』。《毛傳》曰：『咢猶咢咢然，言外發也。』《箋》云：『承華者曰咢。「不」當作「柎」。柎，咢足也。』毛意本謂花瓣外出者，《鄭箋》則以詩上句爲華，不謂蒂，故謂咢爲下系於蒂而上承華瓣者。毛云『咢咢』，猶今人云『齾齾』，毛、鄭皆謂其四出之狀。《長笛賦》注、《字林》始有从卩之『鄂』，垠咢字之别體也。俗卩、阝混殽，故作『鄂』不作『鄂』。物之邊界有齊平者、有高起者、有捷業如鋸齒者，故統呼之曰垠咢。」

原隰裒矣

《玉篇》曰：「《詩》云『原隰捊矣』，捊，聚也。本亦作『裒』。」

脊令

《爾雅》：「鶺鴒，雝渠。」釋文：「鶺，本亦作『䳭』。」《漢書·東方朔傳》「譬若鶺鴒，飛且鳴矣」，讀作「鵲」。《詩》作「脊令」。《春秋左氏傳》引《詩》作「䳭鴒」。婁機《班馬字類》。

外禦其務

《春秋左氏傳》富辰引《詩》「外禦其侮」，《外傳》同。《爾雅》「務，侮也」，言「務」爲「侮」字之假借。《正義》曰：「定本經『御』作『禦』，訓爲『禁』，《集注》亦然。俗本以《傳》『禦』爲『御』，《爾雅》無訓，疑俗本誤也。」玉裁按：此《正義》譌脱不可讀，當謂「定本經作『禦』，《傳》作『禦，禁也』，俗本經作『御』，《傳》作『御，禦也』」。《正義》從定本，然「御，禦也」見於《谷風》傳，俗本爲勝。又「御，禦也。務，侮也。兄弟雖内鬩，而外禦侮也」十六字當是《傳》文，今《注疏》冠以「箋云」，「箋云」二字恐誤衍。

烝也無戎

劉原父《七經小傳》云：「戎當作『戍』，乃與『務』叶。戍亦禦也。」玉裁按：劉未知「務」之古音阜耳。

儐爾籩豆，飲酒之飫

劉逵《魏都賦注》曰：「《韓詩》云『賓爾籩豆，飲酒之醧』，能者飲、不能者已謂之醧。」《廣韻・十虞》：「醧，能者飲，不能者止也。」 玉裁按：《説文》「醧，私宴飲也」，正與《毛傳》「飫，私也」合。 詳在《説文解字注》。〔一〕

和樂且湛

《中庸》「和樂且耽」。

樂爾妻帑

《中庸》釋文：「本又作『孥』。」

〔一〕《説文解字注・酉部》「醧」字注：「許云『醧，宴私之飲也』，正謂跣而升堂，能飲則飲，不能則已，本《韓詩》爲説也。而《毛詩・常棣》『醧』作『飫』，《釋言》曰：『飫，私也。』《毛傳》曰：『飫，私也。不脱屨升堂謂之飫。』毛之『飫』字，於韓爲『醧』。毛以『不脱屨升堂』釋『飫』，韓分別飫、醧之名，數典獨詳。……且《周語》分別其禮曰：『王公立飫，則有房烝；親戚饗宴，則有殽烝。』是則王公立飫，同異姓皆在焉，不專親戚，宴醧則惟同姓而已。故《常棣》《湛露》《楚茨》之燕私，皆同姓也。然則《常棣》當作『醧』，不當作『飫』，了然可見矣。故許於醧曰『宴私飲也』，用《韓詩》説也，而非與毛説異也。何以言之？蓋《常棣》『醧』爲正字，『飫』爲音近叚借字。以韵言之，區聲與『豆、具、孺』同部，而芺聲不同部。毛、韓各有所受，往往毛多古字，韓爲今字。此一條韓爲正字，毛爲叚借字。」

伐木[一]　六章，章六句

伐木丁丁

《廣韵》：「朾，伐木聲也，中莖切。丁，同『朾』，《詩》曰『伐木丁丁』。」

矤

《說文》作「弞」，从矢，引省聲。

伐木許許

《說文》：「所，伐木聲也。从斤，户聲。《詩》曰『伐木所所』。」[二]

藇

《玉篇》云：亦作「醧」。《廣韵》曰：「醧，酒之美也。本亦作『藇』。」

[一]校者案：「木」，原作「本」，形近而誤，改。

[二]《説文解字注·斤部》「所」字「《詩》曰『伐木所所』」注：「《小雅·伐木》文。首章『伐木丁丁』，傳曰：『丁丁，伐木聲。』次章『伐木許許』，傳曰：『許許，柹皃。』此『許許』作『所所』者，聲相似；不用『柹皃』之説，用『伐木聲』之説者，蓋許以毛爲君，亦参用三家也。今按：『丁丁』者斧斤聲，所所則鋸聲也。」

坎坎鼓我

《説文》：「竷，繇也，舞也，樂有章。从章，从夅，从夂。《詩》曰『竷竷舞我』。」 玉裁按：《説文》「舞我」乃記憶之誤。〔一〕

蹲蹲舞我

《説文》：「壿，士舞也。从士，尊聲。《詩》曰『壿壿舞我』。」 《爾雅》「坎坎，壿壿」。《五經文字》曰：「壿，千旬反。《詩》借『蹲』字爲之。」

天保 六章，章六句

單厚

《毛傳》：「單，信也。」 玉裁按：《釋詁》云「亶，信也」，是毛以「單」爲「亶」之假借字也。《毛傳》又云：「或曰單，厚也。」 玉裁按：《詩》「逢天僤怒」，毛云「僤，厚也」，《正義》引《釋詁》云「亶，厚也」，某氏曰「《詩》云『俾爾亶厚』」。

〔一〕《説文解字注·夊部》「竷」字「《詩》曰『竷竷鼓我』」注：「鼓，各本作『舞』，今依《韵會》訂。《士部》引『壿壿舞我』，則此當同《詩》作『鼓』矣。今《小雅·伐木》作『坎坎』，毛無傳，而《陳風》曰『坎坎，擊鼓聲也』，《魏風》傳曰『坎坎，伐木聲也』，《魯詩·伐檀》作『欿欿』。疑『竷竷鼓我』容取三家，與毛異。」

吉蠲爲饎

《韓詩》「吉圭爲饎」。《儀禮・士虞禮》「圭爲而哀薦之饗」，注：「圭，潔也。《詩》曰『吉圭爲饎』。」《周官・蜡氏》注：「蠲如『吉圭惟饎』之『圭』。」《大戴禮・諸侯釁廟》篇曰「孝嗣侯某，潔爲而明薦之享」，注引《詩》「潔蠲爲饎，是用孝享」。[一]

禴

《説文》作「礿」。《禮・王制》「春曰礿」，鄭注引《詩》「礿祠烝嘗，于公先王」。

神之弔矣

《説文》：「𨑩，至也。」[二]

如月之恒

《説文》：「恒，古文从月，《詩》曰『如月之𠥓』。」　陸德明曰：「恒，本亦作『縆』。」[三]

[一]《説文解字注・虫部》「蠲」字注：「『蠲』之古音如『圭』，《韓詩》『吉圭爲饎』，《毛詩》作『吉蠲』，『蠲』乃『圭』之叚借字也。」

[二]《説文解字注・辵部》「𨑩」字注：「《小雅》《盤庚》皆作『弔』，《釋詁》《毛傳》皆云：『弔，至也。』至者，弔中引伸之義，加『辵』乃後人爲之。許蓋本無此字，如本有之，則不當與『邍、道、遽、迒』爲伍。」

[三]《説文解字注・二部》「恒」字「𠥓，古文恒从月」注：「此篆轉寫譌舛。既云『从月』，則左當作『月』，不當作『夕』也。若汗簡則左作『舟』，而右亦同此，不可曉。又按《門部》之古文閒作『𨳿』，蓋古文月字略似外字，古文（轉下頁）

采薇　六章，章八句

彼爾維何

《説文》：「薾，華盛。从艸，爾聲。《詩》曰『彼薾維何』。」

小人所腓

《鄭箋》：「腓當作『芘』，戍役之所芘倚。」

弭

《説文》：弭，或作「⿰弓兒」。〔一〕

魚服

《説文》：「箙，弩矢箙也。从竹，服聲。《周禮》『仲秋獻矢箙』。」　玉裁按：《周語》「檿

（接上頁）恒直是二中月耳。」「《詩》曰『如月之恒』」注：「《小雅・天保》文，此説从月之意，非謂毛《詩》作『𠄨』也。《傳》曰：『恒，弦也。』按：《詩》之『恒』本亦作『縆』，謂張弦也。月上弦而就盈，於是有恒久之義，故古文从月。」

〔一〕《説文解字注・弓部》「弭」字注：「『⿰弓兒』蓋此篆之正體，故亦作『彌』。『爾、兒』聲同，故《周禮》『彌災兵』、《漢書》『彌亂』，即『⿰弓兒』字也。『弭節』亦作『靡節』。《郊特牲》『有由辟焉』，『辟』亦『弭』字。」

弧箕服」，鄭注《周禮》引「檿弧箕箙」。

豈不曰戒

《釋文》：「曰，音越，又人栗反。」

杕杜　四章，章七句

檀車幝幝

《釋文》曰：《韓詩》「檀車緣緣」。《説文》：「緣，偏緩也。」〔一〕

魚麗　六章，三章章四句，三章章二句

罶

《説文》：罶，或作「罜」，「《春秋國語》曰『溝罛罜』。」〔二〕

〔一〕《説文解字注·糸部》「緣」字注：「《毛詩》『檀車幝幝』，毛曰：『幝幝，敝皃。』釋文云：『《韓詩》作「緣緣」。』蓋物敝則緩，其義相通。」

〔二〕《説文解字注·网部》「罶」字注：「《魯語》文。『溝』疑誤，古本蓋作『冓』，冓猶交加也。今《魯語》作『講』。」

鯊

《說文》：「魦，魚名。出樂浪潘國。从魚，沙省聲。」〔一〕《爾雅》：「鯊，鮀。」釋文：「本又作『魦』。」

君子有酒旨句**且多**

《釋文》：「『有酒旨』絶句，『且多』此二字爲句，後章放此，異此讀則非。」玉裁按：且，此也。《鄭箋》：「酒美而此魚又多也。」

〔一〕《説文解字注·魚部》「魦」字注：「《詩·小雅》有『鯊』，則爲中夏之魚，非遠方外國之魚明甚。蓋《詩》自作『沙』字，吹沙小魚也。樂浪潘國之魚必出於海，自作『魦』字。其狀不可得而言也。或云即鮫魚，然『魦』『鮫』二篆不相連屬也。」

詩經小學卷十七

金壇段玉裁撰

南有嘉魚之什

南有嘉魚　四章，章四句

烝然罩罩

《説文》曰：「『烝然䲟䲟』，从魚，卓聲。」〔一〕

〔一〕《説文解字注·魚部》「䲟」字注：「按：《詩·南有嘉魚》『烝然罩罩』，傳曰：『罩，篧也。』音義：『罩，張教反。』此偁《詩》作『䲟䲟』，不言其義。《篇》《韵》皆不載其字，大徐云『都教切』者，非《唐韵》有此字此音，乃傳合《毛詩音義》爲此音耳。《集韵》《類篇》效韵亦無此字，惟覺韵有此字，訓曰『魚名』，葢其可疑如此。」

烝然汕汕

《説文》引《詩》「烝然汕汕」，「魚游水皃」。〔一〕

南山有臺　五章，章六句

樂只君子

《左傳·襄二十四年》「《詩》云『樂旨君子，邦家之基』」，杜注：「《小雅》言『君子樂美其道』。」《正義》曰「旨，美也，言有樂美之德」云云。按：《左傳》引《詩》「樂只君子」皆作「樂旨」，非一處也，而惟淳化本不誤，俗本《傳》文作「只」，《昭十三年》引《詩》同。

眉壽

《困學紀聞》曰：「《士冠禮》『眉壽萬年』，古文眉作『麋』，《博古圖·雝公緘鼎銘》『用乞麋壽，萬年無疆』。」　玉裁按：「麋」者「眉」之假借。

〔一〕《説文解字注·水部》「汕」字注：「《小雅》：『南有嘉魚，烝然汕汕。』傳曰：『汕，樔也。』《詩》不从毛，蓋三家之説。」

蓼蕭 四章，章六句

零露泥泥

《玉篇》：「苨，草根露。」《廣韵》：「苨苨，濃露也。亦作『泥』。」

豈弟

《廣韵》曰：「愷悌，《詩》作『豈弟』。」玉裁按：《説文》有「愷」無「悌」。《禮記》引《詩》「凱弟君子」；《載驅》「齊子豈弟」；《爾雅》「愷悌，發也」，郭注引《詩》「齊子愷悌」。〔一〕

濃濃

《玉篇·水部》曰：「濃，露多也，亦作『醲』。」《雨部》曰：「醲醲，露濃皃。」

和鑾

《廣韵》：「鉌鑾，亦作『和』。」

〔一〕《説文解字注·豈部》「愷」字注：「《毛傳》釋『豈弟』曰：『豈，樂也。弟，易也。』按：『奏豈』經傳多作『愷』，『愷樂』《毛詩》亦作『豈』，是二字互相假借也。『愷』不入《心部》而入此者，重以『豈』會意也。《詩》又作『凱』，俗字也。《邶風》傳曰：『凱風謂之南風，樂夏之長養。』『凱』亦訓『樂』，即『愷』字也。」

湛露 四章，章四句

厭厭夜飲

《釋文》：「《韓詩》作『愔愔』，和悦之皃。」李善《魏都賦》注云：「《韓詩》曰『愔愔夜飲』，愔愔，和悦之皃也。」《説文》：「懕，安也。从心，猒聲。《詩》曰『懕懕夜飲』。」〔一〕

其桐其椅

《初學記》引《韓詩》「桐」作「同」。

彤弓 三章，章六句

藏

《説文》無「藏」字，《漢書》凡「藏」皆作「臧」。〔二〕

〔一〕《説文解字注·心部》「懕」字注：「《小戎》傳曰：『厭厭，安静也。』《湛露》傳曰：『厭厭，安也。』《釋文》及《魏都賦》注引《韓詩》『愔愔，和悦之皃』。按：『愔』見《左傳》《祈招》之詩。蓋『愔』即『懕』之或體，『厭』乃『懕』之叚借。《載芟》『有厭其傑，厭厭其苗』，亦『懕』之叚借。《廣韵》『䅧䅧，苗美也』，用《載芟》傳也。」

〔二〕《説文解字注·臣部》「臧」字注：「按：子郎、才郎二反，本無二字。凡物善者必隱於内也。以從艸之『藏』爲臧匿字，始於漢末，改易經典，不可從也。又『贓私』字古亦用『臧』。」

一朝右之

《爾雅・釋詁》篇：「酬酢，侑報也。」《毛傳》「右，勸也」，與《楚茨》傳「侑，勸也」同，是以「右」爲「侑」也。《説文》「姷，耦也」，或作「侑」。

菁菁者莪　四章，章四句

菁菁者莪

李善《兩都賦》注：「《韓詩》曰『蓁蓁者莪』，薛君曰：『蓁蓁，盛皃也。』」《集韵・十四清》曰：「《詩》『蓁蓁者莪』，通作『菁』。」

六月　六章，章八句

我是用急

《鹽鐵論》引《詩》「我是用戒」，顧亭林云當从之。戴先生曰：「『戒』猶『備』也。治軍事爲備禦曰戒，譌作『急』，義似劣矣。『急』字於韵亦不合。」玉裁按：謝靈運《撰征賦》曰「宣王用棘於玁狁」，是六朝時《詩》本有作「我是用棘」者。《爾雅・釋言》曰：「悈、褊，急也。」釋文曰：「悈，本或作『㥛』，今本作「極」，譌。又作『亟』。」《詩》「匪棘其欲」，鄭箋：「棘，急也。」正義曰：「『棘，急』，《釋言》文。」《禮器》引《詩》「匪革其猶」，鄭注：「革，急也。」正義曰：「『革，急』，《釋言》文。」《素冠》詩毛傳「棘，急也」，正義亦曰：「『棘，急』，《釋言》文。彼『棘』作『悈』，今本作「戒」，譌。音義同。」然則「悈、㥛、亟、棘、革、戒」六字同音，義皆「急」也，此詩作「棘」、作「戒」皆協。今本作「急」者，後人用其義，改其字耳。

閑之維則

《小正》：「五月頒馬，將閑諸則。」傳曰：「頒馬，分夫婦之駒也。將閑諸則，或取離駒納之法則也。」

于三十里

三十，唐石經作「卅」，「三十維物」「終三十里」皆同。玉裁按：二十并爲「廿」，讀如入，三十并爲「卅」，讀如趿，即反語之始也。秦《琅邪刻石文》「維廿六年」、《梁父刻石文》「廿有六年」、《之罘東觀》皆云「維廿九年」，《會稽》云「卅有七年」，皆四字爲句。《詩》「三十」字石經作「卅」，是三字爲句，不可從也。《廣韻》注云：「廿，今直以爲二十字。卅，今直以爲三十字。」蓋唐人仍讀爲二十、三十，不讀入、讀趿耳。

織文

毛無傳，蓋讀與《禹貢》「厥匪織文」同。鳥章、帛茷皆織帛爲之，《鄭箋》易爲「徽識」，則

其字易作「識」。《周禮注》《左傳注》及《説文解字》皆作「幑識」。詳《説文校注》。〔一〕

識文鳥章

今本皆作「織文」者，誤。識，幑識也，「識」「幟」古今字。許君《説文》、鄭君《周官注》皆作「幑識」，後人別製「幟」字。貞觀時僧玄應《一切經音義》曰：「『幟』字舊音與『知識』之『識』同，更無別音。」此經文《鄭箋》譌作「織」，非也。「幑」譌「徽」者亦非。〔二〕

白旆央央

《釋文》：「茷，本又作『旆』。繼旐曰茷，《左傳》云『蒨茷』是也。一曰『旆』與『茷』古今字殊。」玉裁按：『旆』正字，『茷』假借。《出其東門》正義曰：「《傳》言『荼，英荼』者，《六月》云『白旆英英』是白皃，茅之秀者，其穗色白。」《公羊·宣十二年》注「繼旐如燕尾曰旆」，疏引孫氏《爾雅注》云：「帛續旐末，亦長尋，《詩》云『帛旆英英』是也。」玉裁按：從《公羊疏》作「帛旆」爲善。《正義》云「以帛爲行旆」，又云「九旗之帛皆用絳」，言

〔一〕《説文解字注·糸部》「織」字注：「經與緯相成曰織，古叚爲『識』字，如《詩》之『織文』，幑識也。」

〔二〕《説文解字注·巾部》「幑」字注：「《六月》詩『識文鳥章』，鄭箋：『識，幑識也，將帥以下衣皆箸焉。』《周禮·司常》：『掌九旗之物名，各有屬，以待國事。』鄭注：『屬謂幑識也。』……按：古朝覲軍禮皆有幑識，而『幑』各書作『徽』，容是叚借；『識』各書作『幟』，則是俗字。唐初釋玄應曰『幟與識本無二音』，若《毛詩》作『織』，則亦叚借字也。」

帛旆者謂絳帛，猶通帛爲旃，亦是絳也。然則孔沖遠作《正義》時，經文原作「帛旆」，而《出其東門》正義引「白旆英英」，明荼是白色。《周禮·司常》正義引「白旆央央」，明旆不用絳。由《正義》不出一人之手，唐初本已或誤作「白」也，今當據《詩·六月》正義及《公羊疏》改定「白旆」爲「帛旆」，其「央央」亦當改「英英」。又按：《釋名》「白旆，殷旌也，以帛繼旐末也」，其語自相乖違不貫。《明堂位》：「殷之大白，周之大赤。」《周禮》：「建大赤以朝，建大白以即戎。」大白，非帛旆也。劉成國既依《明堂位》云「綏，有虞氏之旌也；綏，夏后氏之旌也」，其下當云「大白，殷旌也；大赤，周旌也」乃全，又其下當云「旆，以帛繼旐末也」，乃與《爾雅》「繼旐曰旆」孫炎注「帛續旐末，亦長尋」、郭璞注「帛續旐末，爲燕尾者」及《毛傳》「帛旆，繼旐者也」相合。今《釋名》乃缺誤之本耳。

輊

「軒輊」即「軒輖」。《既夕禮》鄭注「輖，墊也」，作「墊」；《攷工記》「大車之轅摯」，作「摯」；《詩》作「輊」。《説文》有「𨏈」，無「墊、輊」。〔一〕潘岳《射雉賦》「如轋如軒」，李善

〔一〕《説文解字注·車部》「𨏈」字注：「『𨏈』與車重之『摯、墊、輊、轋』本各義，與『輖』又殊音，而《集韵》總合爲一字，誤矣。小徐引《潘岳賦》『如𨏈如軒』，今按：潘作『轋』，不作『𨏈』也。」

曰：「《毛詩》『如輊如軒』，『輊』與『轋』同。」

采芑 四章，章十二句

菑 《說文》：菑，或作「甾」。

奭 《五經文字》作「奭」，《說文》作「奭」。《蜀都賦》李善注引毛萇《詩傳》「赩，赤皃也」，是其字一本作「赩」也。《說文》無「赩」字。《楚辭》「逴龍赩只」。〔一〕

軝 《說文》曰：軝，或作「䩭」。

〔一〕《說文解字注·皕部》「奭」字注：「《釋詁》：『赫赫，躍躍。』赫赫，舍人本作『奭奭』。《常武》毛傳云：『赫赫然盛也。』按：『奭』是正字，『赫』是假借字。《小雅》『路車有奭』『韎韐有奭』，毛曰：『奭，赤皃。』此當作『赫』。《赤部》云：『赫，火赤皃。』『奭』是假借字。」又《赤部》「赫」字「大赤皃」注：「『大』，各本作『火』，今正。此謂赤，非謂火也。赤之盛，故从二赤。《邶風》『赫如渥赭』，傳曰：『赫，赤皃。』此赫之本義也。……又按：《皕部》曰：『奭，盛也。』是《詩》中凡訓盛者，皆叚『奭』爲『赫』，而《采芑》《瞻彼洛矣》二傳曰『奭，赤皃』，即《簡兮》傳之『赫，赤皃』，正謂『奭』即『赫』之叚借也。或作『赩』，如《白虎通》引『韎韐有赩』。李注《文選》亦引《毛傳》『赩，赤皃』。」

瑲瑲

《有女同車》《終南》《庭燎》皆作「將將」。又《烈祖》「約軧錯衡，八鸞鶬鶬」、《載見》「鞗革有鶬」皆作「鶬」。又《韓奕》「八鸞鏘鏘」、《禮記》「然後玉鏘鳴也」皆作「鏘」。〔一〕

隼

《説文》同「鵻」，「一曰雜也」。　玉裁按：「雜也」是「鷻也」之誤。〔二〕

其飛戾天

《後漢書》孔融《上書薦謝該》曰「尚父鷹揚，方叔翰飛」，注引「鴥彼飛隼，翰飛戾天」，誤

〔一〕《説文解字注·金部》「鎗」字注：「《詩·采芑》『八鸞鎗鎗』，毛曰『聲也』，《韓奕》作『將將』，《烈祖》作『鶬鶬』，皆叚借字。或作『鏘鏘』，乃俗字。《漢書·禮樂志》『鏗鎗』，《藝文志》作『鏗鏘』，《廣雅》作『鍧鎗』。」

〔二〕《説文解字注·鳥部》「鵻」字「一曰鶉字」注：「按：此『鶉』字即『鷻』字，轉寫混之。《詩·四月》『鶉』，陸德明《釋文》云『字或作鷻』可證。《毛詩》兩言『隼』，俱無傳，《四月》『匪鷻匪鳶』，傳曰：『鷻，雕也。』蓋隼人所習知，故不詳其名物。隼與鷻當是同物而異字異音，『隼』當在十五部，『鷻』當在十三部也。祝鳩與鷻異物而同字同音，豈因鳩、鷹互化而謂爲一物與？依鄭則鷹化布穀，非雕、祝鳩也。○按：陽湖莊氏述祖依《韵會》作『一曰鷻子』，證之以《兩京賦》薛解云『隼，小鷹也』。余始從其説，繼思作『一曰鷻字』爲是。異字同義謂之轉注，異義同字謂之假借。『隼』與『鷻』同音同字，是亦假借也，謂『隼』亦即『鷻』字也。」又《鳥部》「鷻」字注：「《隹部》曰：『雕，鷻也。』今《小雅》『四月匪鶉』，『鶉』字或作『鷻』。毛曰：『鷻，雕也。』《隹部》隼下曰『一曰鶉字』，『鶉』者『鷻』之省，『鷻、鶉』字與《隹部》『雜』字別。經典鶉首、鶉火、鶉尾字當爲『鷻』，《魏風》『縣鶉』、《内則》『鶉羹』字當爲『雜』，當隨文釋之。」

也。《詩》本作「其飛」，文舉易字麗句耳。

伐鼓淵淵

吴才老《詩協韵補音序》曰：「《詩》音舊有九家，陸德明定爲一家之學。開元中修《五經文字》『我心慘慘』爲『懆』、『伐鼓淵淵』爲『鼘』，皆與《釋文》異，乃知德明之學當時亦未必盡用。」

振旅闐闐

《説文》：「嗔，盛气也。从口，真聲。《詩》曰『振旅嗔嗔』。」左思《魏都賦》「振旅輷輷」。

嘽嘽焞焞

《漢書·韋玄成傳》引此作「嘽嘽推推」。《詩本音》曰：《韋玄成傳》引此作「燀燀推推」。

《廣韵》：「⿰車隹⿰車隹，車盛皃。」今《漢書》「推推」蓋「⿰車隹⿰車隹」之誤。

蠻荆

《漢書·韋玄成傳》作「荆蠻來威」。今按：毛云「荆州之蠻也」，然則《毛詩》固作「荆蠻」，傳寫誤倒易之，非也。又按：《晉語》叔向曰「楚爲荆蠻」，韋注「荆州之蠻」，韋正用《毛傳》爲説。又按：《齊語》「萊、莒、徐夷、吴、越」，韋注曰「徐夷，徐州之夷也」，此可證「荆蠻」文法。又按：左思《吴都賦》「跨躡蠻荆」，李善注引《詩》「蠢爾荆蠻」，然則唐初《詩》不誤，左思倒字以與「并、精、坰」爲韵。又按：《後漢書·李膺傳》應奉疏曰「緄前討荊蠻，均吉甫之功」，汲古刻不誤，汪文盛刻本譌作「蠻荆」。注引《詩》「蠻荆來威」。作「蠻荆」者，俗人所改易也。

車攻　八章，章四句

我車既攻

石鼓文「我車既工」。

甫草

《鄭箋》云：「鄭有甫田」。玉裁按：謂圃田也。《周禮》「豫州澤藪曰圃田」。《爾雅》「鄭有圃田」。王逸《楚詞·九歎》注：「圃，野也。《詩》曰『東有圃草』。」班固《東都賦》曰「豐圃草以毓獸」，李善注云：「《韓詩》曰『東有圃草』，薛君曰：『圃，博也，有博大茂草。』」玉裁按：《爾雅》「甫，大也」，蓋古「甫」「圃」通用。《水經注·渠水》篇曰：「中牟圃田澤，多麻黄草，《詩》所謂『東有圃草』也。」《馬融傳》「詩詠圃艸」注引《韓詩》「東有圃艸」。

薄獸于敖

薄，今各本作「搏」，非也。《鄭箋》「獸，田獵搏獸也」，此釋經文「獸」字之義，倘經既云

「搏獸」，又何煩箋釋乎？後人改經「薄」字爲「搏」，而經文字法之美、鄭氏訓詁之旨皆隱矣。《水經注・濟水》篇曰：「濟水又東逕敖山北，《詩》所謂『薄狩于敖』者也。」作「薄」可證，「獸」作「狩」爲異本耳。　又《東京賦》云「薄狩于敖」，薛注引《詩》「建旐設旄，薄獸于敖」，字皆作「薄」。《東京賦》作「薄狩」，與《水經注》同。薛注作「薄獸」，與《鄭箋》同。　又按：《東京》注引《詩》，疑是李善注，非薛注。　又《後漢書・安帝紀》注引《詩》「薄狩于敖」，今俗本改「薄」爲「搏」，而「狩」字不改。汲古閣刻作「薄狩」，《册府元龜》引亦作「薄狩」。　又按：玉裁攷得已上諸條，於庚子四月見惠定宇《九經古義》引徐堅《初學記》作「搏狩」，爲玉裁所遺。又引何邵公《公羊注》、《淮南》高誘注、漢《石門頌》證「狩」即「獸」字，而云「若經作『搏獸』，鄭氏之箋不已贅乎」。玉裁始曉然於經文本作「薄狩」，鄭訓「狩」爲「搏獸」。今本《毛詩》改「狩」作「獸」，又因「薄、搏」音相似，改「薄」作「搏」。惠君尚未證明「薄」字。　《初學記》意主對偶，故以「薄狩、大蒐」爲儷，猶上文「三驅、一面」、下文「晉鼓、虞旗」皆是也。今本《初學記》作「搏狩」，乃淺人妄改。　《東京賦》注作「薄獸」，「獸」字亦是妄改。徐堅在唐初，《毛詩》未誤。陸德明《釋文》「搏獸，音博，舊音傅」乃釋《鄭箋》，非釋經文。　《初學記》云「獵亦曰狩，狩獸也」，《鄭箋》言「田獵搏獸也」，此《詩》經文作「薄狩」之確證。

金舄

《毛傳》：「舄，達屨也。」孔沖遠不得其旨，而强爲之説。　玉裁按：複下曰舄，單下曰屨，「達」「沓」字古通用，是重沓之義爾。不于《狼跋》言之，而于此言之者，「金舄」謂金飾其下，其上則赤也。達屨，蓋漢人語如此。

決拾既佽

決拾，《周官經・繕人》作「抉拾」，鄭注引「抉拾既次」。　張衡《東京賦》「決拾既次」，李善注曰：「《毛詩》『決拾既次』，鄭玄曰：『次謂手指相比也』。」　玉裁按：《毛傳》「佽，利也」，《説文》亦曰「佽，便利也」，引《詩》「決拾既佽」，是毛作「佽」，鄭作「次」也。

助我舉柴

《説文》：「𢱭，積也。《詩》曰『助我舉𢱭』。搣頰旁也，从手，此聲。」〔一〕　又《骨部》：「鳥

〔一〕《説文解字注・手部》「𢱭」字「一曰搣頰旁也」注：「『一曰』二字，《廣韵》及小徐本及《集韵》《類篇》皆有之，是也。無此，則與上文『積也』矛盾，而『積也』即釋《車攻》，又非引『曰圛』、引『堲讒説』而釋之之比。上文『搣』下云『𢱭也』，此『𢱭』下云『搣頰旁也』，是二篆爲轉注，亦『考、老』之例。」

獸殘骨曰骴。」〔一〕 張衡《西京賦》「收禽舉胔」，薛注：「胔，死禽獸將腐之名。」

徒御不警

《毛傳》曰：「不警，警也。不盈，盈也。」《鄭箋》曰：「反其言，美之也。」孔沖遠《正義》：「徒行輓輦者與車上御馬者豈不警戒乎？言其相警戒也。君之大庖所獲之禽豈不充滿乎？言充滿也。」是作「警」字明甚。自唐石經誤作「不驚」，而各本因之，至朱子《集傳》云「不驚」言比卒事不讙譁也，「不盈」言取之有度、不極欲也，曲爲之説而莫知其誤矣。《毛傳》曰「蕭蕭馬鳴，悠悠旆旌，言不讙譁也」，此句言徒御警戒，乃非複贅。《文選·陸士衡〈挽歌詩〉》「夙駕警徒御」，注引《毛詩》「徒御不警」，今俗刻《文選》譌「不驚」。

允矣君子

《禮記·緇衣》篇：「《詩》曰『允也君子，展也大成』。」

〔一〕《説文解字注·骨部》「骴」字注：「《曲禮》曰『四足曰漬』，注：『漬謂相瀸污而死也。』《小雅》『助我舉柴』，《手部》引作『㧘』。毛、許皆云：『㧘，積也。』《鄭箋》：『雖不中，必助中者舉積禽』。二經『漬、㧘』字音義皆同『骴』，故許知『骴』不謂人骨也。」

吉日　四章，章六句

既伯既禱

《爾雅》：「『既伯既禱』，伯，今本皆脱此字，猶「輦者」之上脱「徒」字也。馬祭也。」《説文》「禂」字下云「禱牲，馬祭也」。此見《周官·甸祝》杜子春云「禂，禱也」，禂馬「爲馬禱無疾」，禂牲「爲田禱多獲禽牲」，引《詩》「既伯既禱」。按：引「既伯」證禂馬，引「既禱」證禂牲。《毛傳》「伯，馬祖也。將用馬力，先爲之禱其祖」，此《周禮》之「禂馬」；「禱，禱獲也」，此《周禮》之「禂牲」，《正義》殊不了。又徐鍇《説文繫傳》「禂」字下引《詩》「既禡既禂」，《詩》無此語。徐鍇引古每多杜撰不合，而徐鉉乃以入《説文》正文，其誤不可不辨。

麀鹿麌麌

《韓奕》「麀鹿噳噳」。〔一〕

〔一〕《説文解字注·口部》「噳」字注：「《大雅》『麀鹿噳噳』，毛曰：『噳噳然衆也。』《小雅》『麀鹿麌麌』，毛曰：『麌麌，衆多也。』按：毛意『麌麌』即『噳噳』之假借也。《説文》無『麌』。」

麀

或作「麀𪊨」，見《説文》。

其祁孔有

《鄭箋》：「祁當作『麎』。麎，麋牝也。」《正義》曰：「注《爾雅》某氏亦引《詩》云『瞻彼中原，其麎孔有』，與鄭同。」〔一〕

儦儦俟俟

《西京賦》「群獸駓《文選》作「駓」，《廣韵》引作「駓」。騃」，李善注引薛君《韓詩章句》曰：「趨曰駓，行曰騃。」《後漢書・馬融傳》「鄙騃譟讙」，太子賢注引《韓詩》曰「駓駓騃騃，或群或友」。今《漢書注》作「俟俟」，誤。《説文》：「俟，大也，《詩》曰『伾伾俟俟』。」玉裁按：《毛詩》「儦儦俟俟」，《説文》「伾伾俟俟」，《韓詩》作「駓駓騃騃」。〔二〕

〔一〕《説文解字注・鹿部》「麎」字注：「《釋獸》曰：『麋：牡，麔；牝，麎。』《吉日》『其祁孔有』，箋云：『祁當作「麎」。麎，麋牝也。』《大司馬》注鄭司農曰『五歲爲慎』，後鄭云『慎讀爲麎，麋牝曰麎』。按：『麎』在漢時必讀與『祁』音同，故後鄭得定《詩》之『祁』爲『麎』。」

〔二〕《説文解字注・人部》「俟」字注：「今《毛詩》作『儦儦俟俟』，傳曰：『趨則儦儦，行則俟俟。』按：《西京賦》李善注、《馬融傳》太子賢注皆引《韓詩》『駓駓騃騃』，善引薛君《韓詩章句》曰『趨曰駓，行曰騃』。疑今《毛傳》非舊，或用韓改毛也。《駉》傳曰『伾伾，有力也』，許從之。當是《吉日》傳有『俟俟，大也』之文，而許從之。」

詩經小學卷十八

金壇段玉裁撰

鴻鴈之什

庭燎　三章，章五句

鸞聲噦噦

《說文》：「鉞，車鑾聲也。从金，戉聲。《詩》曰『鑾聲鉞鉞』。」徐鉉曰：「今俗作『鐬』，以『鉞』作『斧戉』之『戉』，非是。」〔一〕　玉裁按：《采芑》「鸞聲嘒嘒」，《泮水》同《庭燎》「鸞聲

〔一〕《說文解字注·金部》「鉞」字注：「玉裁按：《詩·采芑》『鸞聲嘒嘒』，傳曰：『中節也。』《泮水》『鸞聲噦噦』，傳曰：『言其聲也。』《釋文》不言有作『鐬』者，鼎臣何以云『今作鐬』與？攷《玉篇》《廣韵》皆有『鐬』字，注『呼會切，鈴聲也』，而《泮水》『噦噦』呼會反，鑾聲即鈴聲。然則古本《毛詩》非無作『鐬鐬』者，故《篇》《韵》猶存其說。『鐬』爲正字，《采芑》『嘒嘒』呼惠反，殆叚借字。……疑古《毛詩·泮水》本作『銊銊』，後乃變爲『鐬』字。許所據作『銊』，戌聲，辛律切，變爲『鐬』，呼會切。當鼎臣兄弟時，《說文》銊篆譌『鉞』，而鼎臣兄弟乃仍以呼會切之，蓋昧其遷移原委矣。『銊』字之存於今者爲鋸聲、爲鈯銊。」

嘁嘁」。

沔水　三章，二章章八句，一章六句

蹟

《説文》：「迹，步處也。从辵，亦聲。」或作「蹟」，籀文作「速」。　玉裁按：以古韵諧聲求之，「朿、賫」在十六部，「亦」在弟五部。「速、蹟」爲正字。李陽冰云「李丞相以『朿』作『亦』」，「迹」字製於李斯也。

鶴鳴　二章，章九句

可以爲錯

《説文》：「厝，厲石也。从厂，昔聲。《詩》曰『它山之石，可以爲厝』。」《五經文字》曰：「厝，見《詩》，《詩》又作『錯』，經典或並用爲『措』字。」　玉裁按：今《詩》作「錯」，爲「厝」字之假借也。

祈父　三章，章四句

祈父

《鄭箋》：「祈父之職，掌六軍之事，有九伐之法。『祈、圻、畿』同。」《左傳・襄十六年》：「叔孫豹見中行獻子，賦《圻父》。」　玉裁按：《書・酒誥》「圻父」。

靡所底止

《説文・广部》：「底，山居也，下也。从广，氐聲。」《厂部》：「厎，柔石也。从厂，氐聲。」或作「砥」。　玉裁按：物之下爲底，故至而止之爲厎，如《詩經》「靡所厎止」「伊於胡厎」皆是也。若「厎、砥」字同爲厎厲，《説文》明析可據，而經書傳寫互譌，韵書、字書以「砥」注「礪石也」，「厎」注「致也」「至也」，皆不察之過。又或臆造《説文》所無之「厎、底」字。此詩「靡所底止」，《詩本音》從嚴氏《詩緝》作「厎」，謬極。《爾雅》「厎，止」，陸元朗曰：「字宜從厂，或作『底』，非。」　玉裁按：陸説誤也。　馬刻《五經文字》「底」字誤少下一畫。〔一〕

〔一〕校者案：開成石經原石即作「底」，無下一畫，非馬刻本之過。

予王之爪牙

《玉篇》引「祈父，維王之爪牙」。

白駒　四章，章六句

縶

《説文》：「馽，絆馬也。从馬，口其足。」或作「縶」。〔一〕

所謂伊人

《鄭箋》：「伊當作『緊』。緊，是也。」

於焉消摇

《後漢書·光武十王傳》曰「消摇仿佯，弭節而旋」，章懷注引《詩》「於焉消摇」。

藿

《説文》：「藿，尗之少也。从艸，靃聲。」《五經文字》曰：「藿同。」《爾雅》「鹿藿」又作「藿」。

〔一〕《説文解字注·馬部》「馽」字「絆馬足也」注：「『足』字依《韵會》補。《糸部》曰『絆者，馬縶也』，是爲轉注。《小雅·白駒》傳曰：『縶，絆也。』《周頌·有客》箋同。《莊子》『連之以羈馽』，即此字。」

在彼空谷

李善《西都賦》「幽林穹谷」注云：「《韓詩》曰：『皎皎白駒，在彼穹谷。』薛君曰：『穹谷，深谷也。』」陸機《苦寒行》曰「俯入穹谷底」，注引《韓詩》「在彼穹谷」。玉裁按：今《毛詩》作「空谷」，非與韓異，本直是譌字。《爾雅・釋詁》曰「穹，大也」，《毛傳》正用其語。今誤爲「空，大也」，古無是訓。孔沖遠遷就其說，曰：「以谷中容人隱焉，其空必大，故云『空大』，非訓空爲『大』。」蓋知「空」之不得訓「大」矣。此字之誤，在唐以前。〔一〕

毋金玉爾音

《釋文》曰：「毋，本亦作『無』。」

黄鳥 三章，章七句

不可與明

《鄭箋》：「明當爲『盟』，信也。」

〔一〕《説文解字注・谷部》「豅」字「大長谷也」注：「《司馬相如》傳曰『巖巖深山之谾谾兮』，晉灼曰：『谾，音籠，古豅字。』蕭該曰：『谾，或作「豅」，長大皃也。』徐廣『谾』音力工反，與晉説同。《白駒》傳曰：『空谷，大谷也。』」

我行其野　三章，章六句

言采其蓫

《本艸》：「羊蹄，一名蓄。」陶隱居曰：「今人呼名秃菜，即便『蓄』音之譌。《詩》云『言采其蓄』。」　玉裁按：《圖經》云「蓫，或作『蓄』，並恥六切」，蓋貞白所據《詩》作「蓄」也。《説文》「堇」同「蓫」。

求爾新特

顧亭林《詩本音》曰：「今本誤作『求我』，依唐石經及國子監注疏本改正。」　《韓詩》「求爾新直」，相當值也。

成不以富

顧亭林《詩本音》曰：「今本『成』作『誠』，依唐石經及國子監注疏本改正。」　玉裁按：《論語》「誠不以富，亦祇以異」，作「誠」。

斯干　九章，四章章七句，五章章五句

無相猶矣

《鄭箋》：「猶當作『瘉』。瘉，病也。」

似續妣祖

《鄭箋》：「似讀如『巳午』之『巳』。巳續妣祖者，謂巳成其宮廟也。」此漢人「巳午」字讀如「巳然」之「巳」之證。

約之閣閣

玉裁按：閣讀如「絡」。《毛傳》：「閣閣猶歷歷也。」《攷工記》注引作「約之格格，椓之橐橐」。

橐橐

《廣雅》「欜欜，聲也」，左从木。

芋

蓋「訏」之假借也。《鄭箋》：「當作『幠』。幠，覆也。」《周禮・大司徒》「媺宮室」，注云「謂約椓攻堅，風雨攸除，各有攸宇」，字作「宇」。

如跂斯翼

《玉篇》引《詩》「如企斯翼」。

如矢斯棘

《玉篇》曰：「《韓詩》云『如矢斯朸』，木理也。」《釋文》：「《韓詩》作『朸』，朸，隅也。」

如鳥斯革

李善《景福殿賦》注引《毛詩》「如鳥斯企」，誤。《韓詩》「如鳥斯勒」，翅也。《釋文》。玉裁按：《釋文》「勒」字乃「䩍」字之譌。王伯厚《詩攷》所引不誤。張揖《廣雅》兼採四家之《詩》，《釋器》云「䩍，䎉翼也」，此用《韓詩》。韓作「䩍」，與毛作「革」異字而同音同訓。毛時故有「䩍」字，以叚借〔一〕之灋訓之，故曰「翼也」，不然則訓「革」爲「翼」，理不可通。《廣韵》「䩍，翅也，古核切」，本《韓詩》也。

如翬斯飛

唐玄度《九經字樣》誤作「有翬斯飛」。〔二〕

噲噲　噦噦

《鄭箋》云：「噲噲猶快快也。噦噦猶煟煟也。」

〔一〕校者案：「借」，原作「唶」，形近而誤，改。

〔二〕《説文解字注·羽部》「翬」字「《詩》曰『有翬斯飛』」注：「《小雅·斯干》文。今《詩》『有』作『如』。唐玄度、徐鍇《説文》皆作『有』。按：《毛詩》作『有』，則與『如鳥斯革』合爲一事。『翬』訓『大飛』，或許所據《毛詩》如此，與鄭不同，未可知也。鄭云『此章四如』，又云『翬者鳥之奇異者』，則作『如』顯然。」

朱芾斯皇

《文選·韋孟〈諷諫詩〉》注「《毛詩》曰『朱韍斯皇』」，曹植《責躬詩》注「《毛詩》曰『朱茀斯皇』」。「茀」與「紱」同。《蒼頡篇》曰：「紱，綬也。」　玉裁按：「芾、韍、茀」皆「市」之假借字也。《説文》：「市，韠也。上古衣蔽前而已，市以象之。」篆文作「韍」。　《玉藻》作「韍」。

載衣之裼

《釋文》曰：「《韓詩》作『禘』。」《説文》：「禘，緥也。从衣，啻聲。《詩》曰『載衣之禘』。」　玉裁按：《毛詩》作「裼」，字之假借也。

無羊　四章，章八句

其角濈濈

《釋文》：「濈，本又作『䎴』，又作『戢』。」

或寢或訛

《釋文》曰：「訛，《韓詩》作『譌』。譌，覺也。」　玉裁按：訛，當同《破斧》《兔爰》作「吪」。《爾雅》：「訛，動也。」《説文》作「吪」，無「訛」字。

蓑

《説文》：「衰，艸雨衣。秦謂之萆。从衣，象形。」無「蓑」字。

三十維物

三十，唐石經作「卅」。

不騫

《毛傳》：「騫，虧也。」正義曰：「崔氏《集注》『虧』作『曜』。」玉裁按：當從《集注》，後人不解「曜」字，因改之耳。《天保》傳「不虧」言山，此傳「不曜」言牛羊也。《攷工記》「大胸燿後」，鄭注：「燿讀爲『哨』，頃今「頃」〔一〕字作「頎」，譌。小也。」「燿」「曜」古通用。

肱

《説文》：「厷，臂上也。」或作「肱」。

〔一〕校者案：「頃」，原作「傾」，據文義改。四卷本亦誤。

詩經小學卷十九

金壇段玉裁撰

節南山之什

節南山　十章，六章章八句，四章章四句

憂心如羙

《釋文》曰：「《韓詩》作『炎』，字書作『惔』。《説文》作『𤆍』，小熱也，才廉反。」《正義》曰：「『如惔』之字，《説文》作『𤆍』，訓爲『小孰』也。」　玉裁按：今本《説文》「小孰」爲「小熱」，當是「小爇」，又引《詩》「憂心𤆍𤆍」，依陸氏、孔氏當作「憂心如𤆍」。若如今本，則陸、孔未由定爲此句之異文。　《説文》：「羙，小爇也。从火，羊聲。《詩》曰『憂心如羙』。」玉裁按：羙，羊聲，羊讀如飪，今誤作「𤆍」，干聲，非也。「小爇」一作「小熱」，一作「小孰」，皆非也。《詩》曰「憂心如羙」，今本《説文》誤爲「憂心𤆍𤆍」，尤非也。《節南山》釋文、正義

皆引《説文》作「憂心如炗」,可證。此詩「如炗」,《韓詩》作「如炎」,不知何人加「心」作「惔」。惔,憂也,豈憂心如憂乎?又於《説文》「惔」字解説内妄加「《詩》曰『憂心如惔』」六字,又於「炗」字解説内妄改「憂心天天」,而《毛詩》之真没矣!《毛傳》於此曰「炗,燔也」,《瓠葉》傳曰「加火曰燔」。《説文》曰「燔,爇也」「炗,小爇也」「爇,加火也」,正本《毛詩》,而今《毛詩》譌「炎」、改「惔」矣。《雲漢》「如炎如焚」,毛傳曰「炎,燎也」,而今本亦譌「惔」矣。

天方薦瘥

《説文》:「嗟,殘田也。《詩》曰『天方薦嗟』。」

憯莫懲嗟

當作「朁」。

維周之氐

《鄭箋》:「當作『桎鎋』之『桎』。」〔一〕

秉國之均

《漢書·律歷志》:「三十斤爲鈞。鈞者,均也。《詩》云『尹氏大師,秉國之鈞』。」

〔一〕《説文解字注·木部》「柢」字注:「『柢』或借『蒂』字爲之,又借『氐』字爲之,《節南山》傳曰『氐,本也』是。」

天子是毗

《説文》作「䶊」，人臍也。今作「毗」，通爲「䶊輔」之「䶊」。《毛詩・節南山》傳「毗，厚也」、《采叔》傳「膍，厚也」，是「䶊」「膍」又通用也。

不宜空我師

《毛傳》：「空，窮也。」 玉裁按：《七月》傳「穹，窮也」，《説文》用之。此「空我師」當作「穹我師」。爲是《傳》譌，抑或假借，未可定也。《毛詩》「空谷」，《韓詩》作「穹谷」。

勿罔君子

《鄭箋》：「勿當作『末』。」

瑣瑣

《爾雅釋文》：「瑣，亦作『璅』。」

昊天不傭

《韓詩》作「庸」，庸，易也。《釋文》。

誰秉國成

《禮記・緇衣》篇：「《詩》云『昔吾有先正，其言明且清，國家以寧，都邑以成，庶民以生。誰能秉國成？不自爲政，卒勞百姓』。」陸德明云：「『昔吾有先正』至『庶民以生』總五句，今《詩》皆無，餘在《小雅・節南山》篇，或皆逸詩也。誰能秉國成，《毛詩》無『能』字。」

四牡項領

《毛傳》：「項，大也。」　玉裁按：毛以「項」爲「洪」之假借字。〔一〕

正月　十三章，八章章八句，五章章六句

憂心愈愈

《爾雅》：「瘐瘐，病也。」郭注：「賢人失志，懷憂病也。」邢疏引《詩》「憂心愈愈」。

伊誰云憎

《鄭箋》：「伊讀當爲『繄』。繄猶是也。」

局

陸德明曰：「本又作『跼』。」　《江賦》注引《聲類》「偏舉一足曰跼蹄」。《詩》「不敢不局」，加「足」者誤。　薛綜《西京賦注》作「不敢不跼」。

〔一〕《說文解字注・頁部》「項」字注：「《小雅》『四牡項領』，傳曰：『項，大也。』此謂『項』與『琟』同。」

不敢不蹐

《説文・足部》：「蹐，小步也。从足，脊聲。《詩》曰『不敢不蹐』。」《走部》：「趚，側行也。从走，朿聲。《詩》曰『謂地蓋厚，不敢不趚』。」〔一〕

胡爲虺蜴

《説文》：「易，蜥易、蝘蜓、守宫也。象形。在壁曰蝘蜓，在艸曰蜥易。」玉裁按：《説文》無「蜴」字。《方言》「守宫，或謂之蜥易，其在澤中者謂之易蜴」、「蛥蜴」郭注「蜴」皆音析。蓋「蜴」即「蜥」之或體，「易蜴」即「蜥易」之倒文，猶「螽斯」亦曰「斯螽」也。《説文》「虺」字注引《詩》「胡爲虺蜥」，《毛詩》作「胡爲虺蜴」，蜴當讀「析」，「虺蜴」即「虺蜥」也。俗用「蜥蜴」，成文爲重複，古人言「蜥易」。《釋文》：「蜴，星歷反，字又作『蜥』。」《五經文字》：「蜴，先歷反。」

褒姒烕之

《左氏傳・昭公元年》引《詩》「赫赫宗周，褒姒滅之」。

〔一〕《説文解字注・走部》「趚」字注：「《小雅》『趚』作『蹐』，毛曰：『蹐，累足也。』《足部》引『不敢不蹐』，此不同者，蓋三家文異也。朿聲、脊聲同部。」

亦孔之炤

《中庸》篇：「《詩》云『潛雖伏矣，亦孔之昭』。」陸德明云：「本又作『炤』。」

憂心慘慘

《毛傳》：「慘慘猶戚戚也。」「慘」在二部，「戚」在三部，音近轉注。今本作「慘」，誤。

佌佌彼有屋

《說文》：「佌，小皃。从人，囟聲。《詩》曰『佌佌彼有屋』。」

蔌蔌方穀

陸德明云：「或多『有』字者，誤也。」玉裁按：「佌佌彼有屋」，富者也，而方受祿於朝；「民今之無祿」，惸獨者也，而又君夭之、在位椓之，故曰「哿矣富人，哀此惸獨」。「佌佌」二句非以「屋、穀」爲儷也。今皆仍誤本，唐石經亦誤。《後漢書·蔡邕傳》「速速方轂，夭夭是加」，太子賢注曰：「《詩·小雅》曰『速速方穀，夭夭是椓』，鄭箋云『穀，祿也』」，《韓詩》亦同。此作『轂』者，蓋謂小人乘寵，方轂而行。方猶並也。」劉攽曰：「正文『夭夭是加』，上『夭』當作『天』，據今《詩》文正然。」玉裁按：《後漢書》「穀」作「轂」、「天」作「夭」皆是譌字。錢唐張賓鶴曰親見蜀石經作「天夭」，是蜀本誤耳。

蔌蔌

《爾雅》：「速速、蹙蹙，惟逑鞫也。」郭注：「陋人專祿國侵削，賢士永〔一〕哀念窮迫。」

哀此惸獨

《孟子》：「《詩》云『哿矣富人，哀此煢獨』。」

十月之交 八章，章八句

朔月辛卯

《漢書》劉向《上災異封事》引《詩》「朔月辛卯」。《後漢書·章帝紀》注内引《詩》「朔月辛卯，日有食之」。《後漢書·丁鴻傳》引《詩》「朔月辛卯」。明汪文盛校刊《後漢書》不誤，而汲古閣妄改之。吕祖謙《讀詩記》作「朔月辛卯」。明馬應龍、孫開校刻《毛詩》鄭箋本作「朔月辛卯」。《正義》云「朔月辛卯之日」，又云「按此朔月辛卯」。玉裁按：唐石經「朔月辛」字今剥落，補缺者作「朔日」，不攷古之過。古月朔謂之「朔月」，如《玉藻》篇「朔月太牢」「朔月少牢」是也。

〔一〕校者案：「永」，原作「求」，各本《爾雅》皆作「永」，據改。

日有食之

劉向《上災異封事》引《詩》「朔月辛卯，日有蝕之，亦孔之醜」。

日月告凶

劉向《上災異封事》引《詩》「日月鞫凶」。　玉裁按：古「告、鞫」二字同部同音，故假「鞫」爲「告」。《采芑》傳云「鞫，告也」，言「鞫」爲「告」之假借也。

爗爗震電

《説文》引「爗爗震電」，王〔一〕逸注《遠遊》引《詩》「曅曅震電」。

百川沸騰

《説文》：「滕，水超涌也。从水，朕聲。」「涌，滕也。」　《玉篇》：「《詩》曰『百川沸滕』，水上涌也。」

山冢崒崩

劉向《上災異封事》引《詩》「山冢卒崩」。

〔一〕校者案：原作「玉」，形近而誤，改。

番

本亦作「潘」，《韓詩》作「繇」。《釋文》。《古今人表》作「司徒皮」，説詳惠氏《九經古義》。

家伯維宰

顧亭林《詩本音》曰：「今本誤作『冢宰』，依唐石經及國子監注疏本改正。」按：鄭康成《周禮注》引《詩》「家伯維宰」。《宋史・趙師民傳》引《詩》「家伯維宰」。玉裁按：《古今人表》「大宰家伯」，今本「家」字譌「冢」，而惠氏《九經古義》據之，其誤不可不辨。

仲允膳夫

《古今人表》有「膳夫中術」，師古曰：「即所謂『中允膳夫』也。」〔一〕

豔妻煽方處

《正義》曰：「《中候摘雒貳》云『剡者配姬以放賢』。『剡』『豔』古今字耳。以剡對姬，剡爲其姓，以此知非褒姒也。」《説文》：「傓，熾盛也。从人，扇聲。《詩》曰『豔妻傓方處』。」《漢書・谷永傳》曰：「昔褒姒用國，宗周以喪；閻妻驕扇，日以不臧。」師古

〔一〕《説文解字注・㫃部》「旞」字注：「《詩》『仲允膳夫』，《古今人表》作『膳夫中術』，『術』與『遂』古同音通用。『允』古音如『戈盾』之『盾』，是以漢之大子中盾，後世稱大子中允。『允、盾、術、遂』四字音近。」

曰：「閽，嬖寵之族也。扇，熾也。臧，善也。《魯詩·小雅·十月之交》篇曰『此日而食，于何不臧』，又曰『閽妻扇方處』，言厲王無道，内寵熾盛，政化失理，故致災異，日爲之食，爲不善也。」

抑此皇父

《鄭箋》曰：「抑之言噫。」

黽勉從事

劉向《上災異封事》引《詩》「蜜勿從事」。　玉裁按：蜜勿，《爾雅》作「蠠没」，古「勿」字亦讀如「没」，「蜜、蠠」同字。今作「密勿」，非也。〔一〕　潘岳詩「僶俛恭朝命」注引《毛詩》「僶俛從事」。　玉裁按：《五經文字》曰：「僶，莫尹反，僶勉之僶。字書無此字，經典或借『黽』字爲之。」《經典釋文》曰：「黽，本亦作『僶』，莫尹反。」然則舊本多作「僶」，今人只依《開成石經》作「黽勉」耳。

〔一〕《説文解字注·心部》「愐」字注：「《毛詩》『黽勉』亦作『僶俛』，《韓詩》作『密勿』，《爾雅》作『蠠没』。蠠，本或作『蠠』，『蠠』即『蜜』，然則《韓詩》正作『蜜勿』，轉寫誤作『密』耳。《爾雅釋文》云：『勔，本作「僶」，又作「黽」。』是則《説文》之『愐』爲正字，而作『勔』、作『蠠』、作『蠠』、作『蜜』、作『密』、作『黽』、作『僶』，皆其别字也。今則不知有『愐』字，而『愐』字廢矣。」

讒口囂囂

《釋文》曰：「《韓詩》作『嗸嗸』。」 劉向《上災異封事》引《詩》「讒口嗸嗸」。

噂

《説文·人部》：「僔，聚也。从人，尊聲。《詩》曰『僔沓背憎』。」〔一〕又《口部》引「噂沓背憎」。〔二〕 唐石經誤作「蹲」，又于石上改正。

沓

本又作「⿰口沓」。

悠悠我里

《爾雅》：「悝，憂也。」郭注云：「《詩》曰『悠悠我悝』。」 《爾雅》：「痗，病也。」郭注云：「見《詩》。」《玉篇》引《詩》「悠悠我痗」。 玉裁按：《毛傳》：「里，病也。」《鄭箋》云：

〔一〕《説文解字注·人部》「僔」字注：「《小雅·十月之交》曰『噂沓背憎』，傳曰：『噂猶噂噂，沓猶沓沓。』箋云：『蹲蹲、沓沓，相對談語。』許於《口部》既引之云『聚語』矣，此復引《詩》，字從人，云『聚也』，謂聚人非聚語，蓋三家《詩》駁文，兼引之耳。」

〔二〕《説文解字注·口部》「噂」字注：「《人部》又引《詩》『僔沓背憎』，《詩釋文》曰：『噂，《説文》作「僔」。』《五經文字》亦云：『僔，《詩·小雅》作「噂」。』陸、張皆不云《説文》有『噂』，則知淺人依《詩》增也。」

「里，居也。」《釋文》所引極明，但依《爾雅》「痙，病也」。郭云「見《詩》」，則《毛詩》本作「痙」，後因《鄭箋》改作「里」，併改《傳》「病」字爲「居」字，《鄭箋》自是易字，而景純注「悝，憂也」又引「悠悠我悝」，是一人所見本復不同耳。〔一〕

雨無正　七章，二章章十句，二章章八句，三章章六句

昊天疾威

陸德明《釋文》作「旻天」，曰「本有作『昊天』者，非也」。《正義》曰：「上有『昊天』，明此亦『昊天』。定本皆作『昊天』，俗本作『旻』，誤也。」《詩本音》曰：「今本作『旻天』，《鄭氏箋》作『昊天』，按此章上文及下章皆云『昊天』，則作『昊』爲是。其作『旻』者，因《大雅》『召旻』之文而誤也。唐石經依鄭作『昊』。」玉裁按：《小旻》《召旻》皆有「旻天疾威」之句。《爾雅》曰：「春爲蒼天，夏爲昊天，秋爲旻天，冬爲上天。」毛公曰：「尊而君之，則稱皇天；元气廣大，則稱昊天；仁覆閔下，則稱旻天；自上降鑒，則稱上天；

〔一〕《說文解字注・心部》「悝」字注：「《釋詁》曰：『悝，憂也。』又曰：『痙，病也。』蓋憂與病相因，『悝』『痙』同字耳。《詩》『悠悠我里』，傳曰：『里，病也。』是則叚借『里』爲『悝』。」

據遠視之蒼蒼然，則稱蒼天。」毛説勝於《爾雅》。昊天言其大，故曰「浩浩」；旻天言其仁，故曰「疾威」，疾其以刑罰，威恐天下也，言各有當。作「旻天疾威」者是。《鄭箋》：「王既不駿昊天之德，今旻天又疾其政，以刑罰威恐天下。」

淪胥以鋪

《漢書·敘傳》曰：「嗚呼史遷，薰胥以刑。」晉灼曰：「齊、魯、韓《詩》作『薰』。薰，帥也。從人得罪相坐之刑也。」師古曰：《雨無正》「淪胥以鋪」，《韓詩》「淪」字作「薰」。《後漢書·蔡邕傳》「下獲熏胥之辜」，太子賢注曰：「《詩·小雅》『若此無罪，熏胥以痡』。熏，帥也。胥，相也。痡，病也。言此無罪之人，而使有罪者相帥而病之，是其大甚。見《韓詩》。」玉裁按：《毛傳》「淪，率也」，與韓義同而字異。《鄭箋》「鋪，偏也」，韓作「痡，病也」，則義、字皆異。「淪、熏」之爲「率」者，於音求之。

莫肯用誶

《詩本音》曰：「徐邈音息悴反。按：此當作『誶』，與《墓門》同。」

聽言則答

顧亭林曰：「《新序》《漢書》皆作『聽言則對』。」玉裁按：「對」在十五部，「答」在弟七部，古借「答」爲「對」，異部假借也。《論語》多作「對」，《孟子》多作「答」，《詩》《書》以

「答」爲「對」，皆屬漢後所改。如「聽言則答」，《新序》《漢書》作「對」；《尚書》「奉答天命」，伏生《大傳》作「對」，可徵也。

維曰于仕

《毛傳》「于，往也」，《鄭箋》云「往仕乎」，今各本皆誤「予仕」。

鼠思

朱子曰：「猶言癙憂也。」　玉裁按：《爾雅釋文》曰「癙，《詩》作『鼠』」。〔一〕

小旻　六章，三章章八句，三章章七句

謀猷回遹

《幽通賦》「叛回穴其若兹兮」，曹大家注：「回，邪。穴，僻也。《韓詩》曰『謀猷回穴』。」《釋文》：「《韓詩》作『鴥』。」《西征賦》「事回泬而好還」，注引《韓詩》「謀猷回泬」。〔二〕

〔一〕《説文解字注·鼠部》「鼠」字注：「引伸之爲病也，見《釋詁》。《毛詩·正月》作『癙』，《雨無正》作『鼠』，實一字也。」

〔二〕《説文解字注·辵部》「遹」字注：「《小雅》『謀猶回遹』，毛曰：『回，邪。遹，辟也。』按：『辟』『僻』古今字。《大雅》兩言『回遹』，《箋》皆云『回邪』。《韓詩》遹作『穴』，或作『泬』，或作『鴥』，皆叚借字也。」

滃滃訿訿

劉向《上災異封事》引《詩》「歙歙訿訿」。《說文》曰：「訾，不思稱意也。《詩》曰『翕翕訿訿』。」《爾雅》：「翕翕訿訿，莫供職也。」

伊于胡底

《詩本音》作「厎」，古無此字。

是用不集

朱子曰：「《韓詩》『是用不就』。」《左氏傳》引《詩》亦作「集」。玉裁作《詩經韵表》，以「集」讀「就」爲合韵。東原先生與書曰：「江慎修先生以『厭、集』爲韵，可從也。」

民雖靡膴

陸德明《釋文》曰：「《韓詩》作『民雖靡腜』。」《鄭箋》「膴，法也」，蓋以爲「模」字假借。〔二〕

〔二〕《說文解字注·肉部》「腜」字注：「《韓詩》曰『周原腜腜』，又曰『民雖靡腜』，《毛詩》皆作『膴』。腜腜，美也。《廣雅》曰『腜腜，肥也』，此引伸之義也。」

如彼泉流

顧亭林曰：「今本誤作『流泉』，依唐石經及國子監注疏本改正。」

馮河

《説文》：「淜，無舟渡河也。从水，朋聲。」「馮，馬行疾也。从馬，仌聲。」玉裁按：「馮河」當作「淜河」，字之假借也。《説文》「巟」字下引《易》「用馮河」。

小宛　六章，章六句

翰飛戾天

《西都賦》「警厲天」，注引《韓詩》「翰飛厲天」，薛君曰：「厲，附也。」玉裁按：厲天猶俗云「摩天」。

螟蛉有子，蜾蠃負之

《説文》：「螟蠕，桑蟲也。」「蠣蠃，蒲盧，細要土蠭也。天地之性，細要，純雄，無子。《詩》曰『螟蠕有子，蠣蠃負之』。」蠣，或作「蜾」。

填寡

《韓詩》作「疹」，苦也。《釋文》。

宜岸

《説文》：「豻，胡地野狗。或作『犴』。《詩》曰『宜犴宜獄』。」〔一〕《釋文》曰：「岸，如字。韋昭注《漢書》同。《韓詩》作『犴』，曰『鄉亭之繫曰犴，朝廷曰獄』。」《廣韵》：「犴，獄也。」《後漢書·皇后紀》「圄犴之下」，李善注引《毛詩》「宜犴宜獄」。「毛」當作「韓」。

小弁　八章，章八句

弁

《漢書·杜欽傳》「《小卞》之作」。玉裁按：古無「卞」字，「弁」之隸變也。凡弁聲、反聲之字，多省从「卞」。

鷽斯

《説文》作「鷽」。《爾雅》：「鷽斯，鵯鶋。」釋文曰：「『斯』，本多無此字。案：『斯』是詩人協句之言，後人因將添此字也，而俗本遂斯旁作鳥，謬甚。」《詩正義》：「斯，語辭。

〔一〕《説文解字注·豸部》「豻」字注：「按：《毛詩傳》曰：『岸，訟也。』此謂『岸』爲『犴』之假借也。獄从二犬，故『犴』與『獄』同意。《皇矣》箋亦曰『岸，訟也』，本《小宛》傳。」

以劉孝標之博學，而《類苑・鳥部》列『鸒斯』一類，是不精也。」

提提

《説文》：「翄，翼也。」或作「𦐊」。　玉裁按：左思《魏都賦》「𦐊𦐊精衛」，𦐊𦐊，飛皃，即「提提」也。

惄焉如擣

《釋文》：「擣，本或作『㿃』，同。《韓詩》作『疛』。」　《説文》「疛，小腹痛〔一〕也」，與《毛傳》「心疾也」相近。〔二〕　楊用修引《易林》「心舂」釋之，非也。

屬毛罹裏

趙宧光「毛」作「表」，「罹」作「[illegible]」，臆説不可從。

鳴蜩嘒嘒

《爾雅》：「儵儵、嘒嘒，罹禍毒也。」郭注：「悼王道穢塞，羡蟬鳴自得，傷己失所遭讒

〔一〕校者案：「痛」字《説文》各本皆作「病」，或乃段氏記憶之誤。

〔二〕《説文解字注・疒部》「疛」字「小腹病」注：「『小』當作『心』，字之誤也。隸書『心』或作『小』，因譌爲『小』耳。《玉篇》云『疛，心腹疾也』，仍古本也。《小雅》曰：『我心憂傷，惄焉如擣。』傳曰：『擣，心疾也。』釋文：『擣，本或作『㿃』。《韓詩》作『疛』，義同。』按：『疛』其正字，『㿃』其或體，『擣』其譌字也。」

賊。」釋文云：「儵，樊本作『攸』。」

伎伎

《釋文》：「亦作『跂』。」〔一〕

雊

《夏小正》「雉震呴」，傳曰：「呴也者，鳴也；震也者，鼓其翼也。」《初學記》引之。《殷本紀》「雉登鼎耳而呴」，《正義》引《詩》「雉之朝呴」。〔二〕

譬彼壞木

《爾雅》：「瘣木，苻婁」。郭注：「謂木病，尪傴癭腫，無枝條。」《說文》：「瘣，病也。」

〔一〕《說文解字注・虫部》「蚑」字注：「《小弁》曰：『鹿斯之奔，維足伎伎。』伎，本亦作『跂』。《毛傳》曰：『舒皃。』《箋》云：『伎伎然舒者，留其群也。』按：其字當作『蚑蚑』，《毛傳》《鄭箋》正與『徐行』說合也。」又《人部》「伎」字注：「《小弁》：『鹿斯之奔，維足伎伎。』傳云：『伎伎，舒皃。』按：此『伎伎』蓋與『徥徥』音義皆同。」

〔二〕《說文解字注・隹部》「雊」字注：「《小雅》『雉之朝雊，尚求其雌』。《邶風》『有鷕雉鳴』，下云『雉鳴求其牡』。按：鄭注《月令》云『雊，雉鳴也』，是雊不必系雄，鷕則毛公系諸雌，亦望文立訓耳。……《夏小正》正月：『雷震雉雊。雊也者，鳴鼓其翼也。正月必雷，雷不必聞，唯雉必聞之。何以謂之？雷震則雉雊，相識以雷。』……言雷於鴈雉魚之間，故知雷雉一事也。釋『雊』爲『鳴鼓其翼』者，讀『雊』爲『敂』，敂，擊也，動也。雞鳴必鼓其翼，知雉鳴亦必鼓其翼也。」

从疒，鬼聲。《詩》曰『譬彼瘣木』。」〔一〕　《爾雅釋文》曰：「樊光引《詩》云『譬彼瘣木，疾用無枝』。」

尚或墐之

《説文》：「殣，道中死人，人所覆也。从歺，堇聲。《詩》『行有死人，尚或殣之』。」　玉裁按：《左氏傳》曰「道殣」，《毛詩》作「墐」。墐，塗也，字之假借。

杝

《詩本音》譌爲「扡」。

巧言　六章，章八句

亂如此憮

《爾雅・釋詁》：「憮，大也。憮，有也。」《方言》：「憮，大也。」《説文》：「憮，覆也。」《斯干》鄭箋：「憮，覆也。」　玉裁按：此篇《毛傳》「憮，大也」，字从巾，無聲。「憮」爲「大」，

〔一〕《説文解字注・疒部》「瘣」字注：「今《小雅・小弁》作『壞木』，傳曰：『壞，瘣也，謂傷病也。』箋云：『猶内傷病之木，内有疾，故無枝也。』按：疑今《毛傳》『壞、瘣』二字互譌，許及樊光所引皆作『瘣木』爲是。」

亦爲「有」，郭氏《爾雅注》引「遂幠大東」是也，亦爲「覆」，《鄭箋》以「君子攸芋」爲「君子攸幠」是也，三義實相通。《斯干》正義引「亂如此幠」，郭氏《爾雅注》引「亂如此幠」。唐石經及今本作「憮」，不敀之過也。《爾雅·釋言》「幠，傲也」，亦與大義相近。《投壺》篇「毋幠毋傲」，此篇《鄭箋》易《傳》曰「幠，敖也」，鄭亦作「幠」。後人「幠」多誤「憮」。《方言》「幠，大也」誤作「憮」。又《漢書》「君子之道，焉可幠也」，幠，同也，正與大義、覆義相近，今亦誤作「憮」。《爾雅》「憮，撫也」，《説文》「憮，愛也」，字从心，不得與「幠」溷。「幠」火吴反，「憮」亡甫反。

僭始既涵

《毛傳》「僭，數也」，蓋以爲「譖」字。

躍躍毚兔

《史記·春申君列傳》「《詩》云『趯趯毚兔，遇犬獲之』」，注引韓嬰《章句》當云「《韓詩章句》」。曰：「趯趯，往來皃。獲，得也。言趯趯之毚兔，謂狡兔數往來逃匿其迹，有時遇犬得之」。

居河之麋

《爾雅》「水草交爲湄」，郭注「《詩》曰『居河之湄』」。《釋文》：「湄，本或作『瀿、溦、㵟、濂』四字。」　玉裁按：《蒹葭》曰「在水之湄」。

無拳無勇

《説文》:「捲,气勢也。从手,卷聲。《國語》曰『有捲勇』。」〔一〕按:今本《國語》「子之鄉有拳勇」。《説文》:「𡙇,大皃。或曰拳勇字。」

既微且尰

《爾雅釋文》:「微,字書作『癓』。尰,本或作『𡰥』,並籀文『瘇』字也。」《説文》:「瘇,脛气足腫。从疒,童聲。《詩》曰『既微且瘇』。」籀作「𡰥」。〔二〕

何人斯　八章,章六句

我心易也

《韓詩》「我心施也」,施,善也。見《詩釋文》。

〔一〕《説文解字注·手部》「捲」字注:「《小雅·巧言》『無拳無勇』,毛傳曰:『拳,力也。』《齊語》:『桓公問曰:於子之鄉,有拳勇股肱之力秀出於衆者?』韋云:『大勇爲拳。』此皆叚『拳』爲『捲』,蓋與古本字異。」

〔二〕《説文解字注·疒部》「瘇」字注:「《小雅·巧言》『既微且尰』,《釋訓》《毛傳》皆曰:『骭瘍爲微,腫足爲尰。』按:云『脛氣腫』,即足腫也。大徐本云『脛氣足腫』,非。……《爾雅音義》云:『尰,本或作「𡰥」,同,並籀文「瘇」字也。』按:籀文本作『𡰥』,又或變爲『尰』耳,非有兩籀文也。」

篪

《説文》：龥，或作「篪」。

靦

《玉篇》曰：「靦，姡也。」《埤蒼》作「䩄」，《字書》亦作「䤳」。

巷伯　七章，四章章四句，一章五句，一章八句，一章六句

萋兮斐兮

《説文》：「緀，白文皃。《詩》曰『緀兮斐兮』。」

哆兮侈兮

《説文》「誃」字注引《詩》「侈兮哆兮」。王伯厚《詩攷》引之而作「誃兮哆兮」，其所據本「侈」譌作「誃」也，又引崔靈恩《集注》本作「侈兮哆兮」。然則《毛詩》古本上「侈」下「哆」，唐後乃倒易之。或云《毛傳》《鄭箋》皆言「因箕星之哆而侈大之」，似今本爲是。玉裁謂：《傳》《箋》釋其義耳。經文謂所侈大者，乃其本哆口者也，侈大之而成是南箕矣，文意如此。又按：「因箕星之哆而侈大之」，此自鄭説，非毛説也。《詩》「緀、斐、哆、侈」皆一句中用韵，「緀斐」爲重字，則「哆侈」亦重字也。《毛傳》當云「哆侈，大皃」，猶上章云「萋斐，文章

相錯也」。又云「哆侈之言是必有因也」云云，此釋「成是南箕」，亦即釋「成是貝錦」也，轉寫改竄，遂不可讀。《說文》今本譌舛，崔氏《集注》出於《讀詩記》者，恐未可信，不必從上「侈」下「哆」之本也。壬子七月，閱臧氏琳《經義襍記》，因爲定說如此。　小徐《說文》本作「一曰若《詩》云『侈兮』之『侈』同」。　《爾雅》「誃，離也」，郭注「誃，見《詩》」，邢疏云「即『侈兮』之異文」。　玉裁按：當爲「哆兮」之異文，古「哆、誃」同音也。

緝緝翩翩

《說文》：「咠，聶語也。从口，从耳。」「聶，附耳私小語也。《詩》曰『咠咠幡幡』。」　玉裁按：「咠咠」者，「緝緝」之異文。「幡幡」二字當云「翩翩」，而誤舉下章之「幡幡」，猶引《生民》「或舂或舀」而誤云「或簸或舀」也。

驕人好好

《爾雅》：「旭旭、蹻蹻，憍也。」　玉裁按：「蹻蹻」釋《板》之「小子蹻蹻」也。「旭旭」，《詩》無其文，郭音呼老反，是爲《毛詩》「好好」之異文無疑。攷《詩·匏有苦葉》釋文引《說文》「旭讀若好」，今俗本《說文》「讀若勖」，蓋後人臆改。

取彼譖人

《緇衣》篇鄭注引「取彼讒人」，釋文云：「本又依《詩》作『譖人』。」

作而作詩

《釋文》曰：「作爲此詩，一本云『作爲作詩』。」　玉裁按：「爲」字誤，當是一本云「作而作詩」也。《正義》曰：「當云『作而賦詩』，定本云『作爲此詩』。」　玉裁按：據此，則孔氏《正義》原是「作而作詩」也。《正義》又曰：「定本《箋》有『作，起也。作，爲也』二訓，自與經相乖。」　玉裁按：經文「作而作詩」，「起也」釋弟一「作」字，「爲也」釋弟二「作」字，故下云「孟子起而爲此詩」。定本既改云「作爲此詩」，而猶存此箋可攷。《正義》依古本「作而作詩」，乃删「作，爲也」三字，誤矣。此句一譌「作爲作詩」，再改「作爲此詩」。凡一句内字同義異，爲注以分别之，如「昔育恐育鞫」，鄭箋云「昔育」之育「稚也」，「育鞫」之育則從《毛傳》「長也」之訓。《巷伯》此句正類此。其他如「于以采蘩，于沼于沚」，毛傳「蘩，皤蒿也。于，於也」，分别「于沼」之「于」不同「于以」之「于」訓「往」。

詩經小學卷二十

金壇段玉裁撰

谷風之什

蓼莪 六章，四章章四句，二章章八句

莪

洪适《隸釋》曰：「《周禮注》云『儀、義』二字古皆音『俄』。愚按：漢《孔耽神祠碑》『竭凱風以惆憀，惟蓼儀以愴悢』、《平都相蔣君碑》『感慕詩人蓼蓼者儀』並以『儀』爲『莪』。《衛尉卿衡方碑》『感衛人之凱風，悼蓼義之劬勞』、《司隸校尉魯峻碑》『悲蓼義之不報，痛昊天之靡嘉』，並以『義』爲『莪』。」　玉裁按：此古「義、儀」字讀如「俄」之證。

缾之罄矣

《說文》：「窒，空也。从穴，巠聲。《詩》曰『瓶之窒矣』。」

拊我畜我

東原先生云：「畜當爲『慉』。《説文》『慉，起也』，此詩《鄭箋》云『畜，起也』，明是易『畜』爲『慉』。」

大東　七章，章八句

周道如砥

《孟子》引《詩》「周道如厎」。　玉裁按：《説文》：「厎，柔石也。」或作「砥」。　王逸《招魂》注引《詩》「其平如砥」，誤也。

杼軸

《釋文》曰：「柚，本又作『軸』。」　玉裁按：機軸似車軸，故同名。「柚」是橘柚字，因「杼」字从木而改「軸」亦从木，非也。

佻佻公子，行彼周行

王逸《九歎》注引《詩》「苕苕公子，行彼周道」。　李善《魏都賦》注引《爾雅》「嬥嬥、契契，愈遐急也」。　《廣韵・上聲・二十九篠》曰：「嬥嬥，往來皃。《韓詩》云『嬥歌，巴

人歌也』。」〔一〕

氿泉

《爾雅》：「氿，泉穴出。穴出，仄出也。」《説文》：「厬，仄出泉也。从厂，晷聲。」玉裁按：《爾雅》以「仄出泉」爲氿，《説文》以「水厓枯土」爲氿；《爾雅》以「水醮」爲厬，《説文》以「仄出泉」爲厬。是「氿、厬」二字《爾雅》與《説文》互易其訓也。〔二〕

檴薪

《鄭箋》：「檴，落木名。」釋文曰：「依鄭，則宜作木旁。」玉裁按：檴，木名，同「桴」，見《説文》。

哀我憚人

《爾雅》「癉，勞也」，郭注引《詩》「哀我癉人」，釋文曰：「癉，或作『憚』。」〔三〕

〔一〕《説文解字注·女部》「嬥」字注：「《詩》『佻佻公子』，《魏都賦》注云：『佻，或作「嬥」。』《廣韵》曰：『嬥嬥，往來皃。』《韓詩》云『嬥歌，巴人歌也』。」按：『《韓詩》云』三字當在『嬥嬥』之上，其下六字乃張載注左語也，此皆别義。」

〔二〕《説文解字注·厂部》「厬」字注：「按：側出泉之字，《詩》《爾雅》作『氿』，許作『厬』，水醮之字，今《爾雅》作『厬』，許作『氿』，正互相易。《水部》『氿』篆下引《爾雅》『水醮曰氿』，則知許所據與今本絶異，水厓枯土爲『氿』字，側出泉當作『厬』字矣。」

〔三〕《説文解字注·心部》「憚」字「忌難也」注：「憎惡而難之也。《詩》亦叚爲『癉』字，《大東》『哀我憚人』是也。」

舟人之子，熊羆是裘

《鄭箋》：「舟當作『周』，裘當作『求』。聲相近故也。」

鞙鞙佩璲

《爾雅》：「皋皋、琄琄，刺素食也。」釋文：「亦作『鞙』，或作『韏』。」

跂彼織女

《説文》：「歧，頃也。从匕，支聲。匕，頭頃也。《詩》曰『歧彼織女』。」

不可以服箱

李善《思玄賦》注引《詩》「睆彼牽牛，不可以服箱」，與下文「不可以簸揚」「不可以挹酒漿」句法一例。《鄭箋》云「以，用也。不可用於牝服之箱」，爲下文二「不可以」舉例也。今各本脱「可」字。

東有啟明

《爾雅》：「明星謂之启明。」《困學紀聞》曰：「《大戴禮・四代》篇引《詩》云『東有開明』，避漢景帝諱也。」

西有長庚

《毛傳》：「庚，續也。」玉裁按：孔沖遠《尚書疏》曰：「《詩》云『西有長賡』，《毛傳》以

『賡』爲『續』。」「賡、庚」同音，而《説文》云「賡，古文續」，以爲即「續」字，未詳。〔一〕

四月 八章，章四句

徂暑

毛曰「徂，往也」，鄭曰「徂〔二〕，始也」。按：鄭蓋易爲「祖」字。《爾雅》曰：「祖，始也。」今文《尚書》曰「黎民祖飢」。

百卉具痱〔三〕

《爾雅》：「痱，病也。」郭注：「見《詩》。」《文選·謝靈運〈戲馬臺詩〉》李善注曰：「《韓

〔一〕《説文解字注·糸部》「續」字注：「《咎繇謨》『乃賡載歌』，《釋文》加孟、皆行二反。賈氏昌朝云『《唐韵》以爲《説文》誤』，徐鉉曰『今俗作古行切』。按：《説文》非誤也。許謂會意字，故从庚、貝會意。庚貝者，貝更迭相聯屬也。《唐韵》以下皆謂形聲字，从貝庚聲，故當皆行反也。不知此字果从貝庚聲，許必入之《貝部》或《庚部》矣。其誤起於《孔傳》以『續』釋『賡』，故遂不用許説。抑知以今字釋古文，古人自有此例，即如許云『舄，䧿也』，非以今字釋古文乎？《毛詩》『西有長庚』，傳曰：『庚，續也。』此正謂『庚』與『賡』同義。『庚』有『續』義，故古文續字取以會意也。仞會意爲形聲，其瞀亂有如此者。」

〔二〕校者案：「徂」，原作「祖」，形近而誤，改。四卷本不誤。

〔三〕校者案：「痱」，原作「疿」，形近而誤，改。四卷本不誤。

詩》曰『百卉具腓』，薛君曰『腓，變也』，毛萇曰『痱，病也』。今本作『腓』字，非。」玉裁按：據善注，則《毛詩》本作「痱」，韓作「腓」爲假借字。今《毛詩》本誤从韓作「腓」，非也。

亂離瘼矣

潘岳《關中詩》「亂離斯瘼，日月其稔」，李善注曰：「言亂離之道於此將散。《韓詩》曰『亂離斯莫，爰其適歸』，薛君曰『莫，散也』。《毛詩》曰『亂離瘼矣』，毛萇曰『瘼，病也』。今此既引《韓詩》，宜爲『莫』字。」玉裁按：趙元叔《刺世疾邪賦》曰：「原斯瘼之攸興，實執政之匪賢。」《説苑》曰：「《詩》不云乎？『亂離斯瘼，爰其適歸』，此傷離散以爲亂者也。」《説苑》與薛君合，蓋《韓詩》作「斯莫」，亦有作「斯瘼」者耳。

奚其適歸

《朱子集傳》曰：「《家語》作『奚』。」顧亭林曰：「古本並作『爰』，《左氏·宣十二年傳》引此亦作『爰』，杜氏注『爰，於也』，言禍亂憂病，於何所歸乎？朱子依《家語》改作『奚』。」常璩《華陽國志》引「亂離瘼矣，奚其適歸」，疑三家《詩》有作「奚」者。

廢爲殘賊

《毛傳》「廢，大也」，本《釋詁》文。郭注《爾雅》引「廢爲殘賊」，正用毛義。《鄭箋》云「言大於惡」，申毛而非易毛也。〔一〕　陸德明本作「怢也」，云「一本作『廢，大也』」，此是王肅義」，未之深察矣。

匪鶉匪鳶

《說文》：「鷻，雕也。从鳥，敦聲。《詩》曰『匪鷻匪鳶』。」　玉裁按：今《毛詩》「鶉」爲「鷻」之譌，「鳶」爲「鳶」之譌，《說文》無「鶚」字，「鳶」即「鶚」也。《集韵》以「鳶」爲古「鶚」字，今「鳶」譌爲「鳶」，又譌入《二仙》，其誤已久，如曹子建《名都篇》已讀如今音。

北山　六章，三章章六句，三章章四句

四牡彭彭

《說文》：「騯，馬盛也。从馬，旁聲。《詩》曰『四牡騯騯』。」〔二〕　《說文》又引《詩》「四牡

〔一〕《說文解字注・大部》「奅」字注：「《小雅》『廢爲殘賊』，《毛傳》一本『廢，大也』。《釋詁》云：『廢，大也。』此謂『廢』即『奅』之叚借字也。」

〔二〕《說文解字注・馬部》「騯」字注：「《小雅・北山》『四牡彭彭』，傳曰：『彭彭然不得息。』《大雅・烝民》『四牡彭彭』，箋云：『彭彭，行皃。』《大明》『四騵彭彭』，箋云：『馬强。』疑皆非許所偁。《鄭風・清人》『駟介旁旁』，蓋許偁此，而『駟介』轉寫譌『四牡』耳。許所據『旁』作『騯』，《毛傳》本有『騯騯，盛皃』之語，後逸之。二章曰『麃麃，武皃』，三章曰『陶陶，驅馳皃』，則知首章當有『騯騯，盛皃』矣。」

駫駫」也。〔一〕

或盡瘁事國

《漢書·五行志》引《詩》「或盡顇事國」。《左氏傳·昭八年》引《詩》「或燕燕居息，或憔悴事國」。

慘慘

《釋文》曰：「亦作『懆』。」玉裁按：作「懆」是也。

偃仰

《釋文》云：「卬，本又作『仰』。」

無將大車　三章，章四句

祇自疧兮

唐石經作「疧」，與《白華》「疧」字皆明畫。玉裁按：《爾雅·釋詁》篇「疧，病

〔一〕《説文解字注·馬部》「駫」字注：「各本作『四牡駫駫』，陸氏德明所見作『駫駫牡馬』。按：即《魯頌》之『駉駉牡馬』也。『駉駉牡馬』，古本作『牧馬』，《傳》言『牧之坰野』，自當是『牧』字。……《玉篇》亦曰：『駫，古熒切，駉同。』則知《説文》作『駫駫牧馬』，而讀古熒反，十部、十一部之音轉也。以今攷之，實則《毛詩》作『駫駫』。許偁『駫駫』，而後人譌亂作『駉駉』，陸所見《説文》不誤，今本《説文》則誤甚耳。」

也」。《説文》：「疷，病也。从疒，氏聲。」《詩經》三用此字爲韵：《小雅・白華》與「卑」韵，《毛傳》云「疷，病也」；《何人斯》「衹」與「易、知、箎、知、斯」韵，《毛傳》云「衹，病也」，此皆弟十六部本音，《何人斯》借「地衹」字爲之，於六書爲假借；若《無將大車》之「疷」，《毛傳》亦云「病也」，而與弟十二部之「塵」韵，讀若真，此古合韵之例。宋劉彝妄謂當作「痻」，音民，攷《爾雅》《説文》《五經文字》《玉篇》《廣韵》皆無「痻」字，《集韵》始有「痻」字，非古。元戴侗謂即「痻」字之省，不知「痻」从疒昏聲，昏聲在十三部，民聲在十二部。《桑柔》「痻」與「慇、辰」韵，不得與「塵」韵也。《説文》云：「昏，从日，从氏省。氏者，下也。一曰民聲。」按：「昏」从氏省，爲會意字，非民聲。「痻」字昏聲，不得省爲「疷」也。唐人避廟諱，「愍」作「⿱⿰氏攵心」、「珉」作「⿰王氏」、「泯」作「汦」、「蟁」作「⿱氏䖵」。顧炎武以唐石經「衹自疷兮」爲諱「民」減畫作「氏」之字，由不知古合韵之例，而附會從劉彝臆説，以求得其韵，猶《匏有苦葉》之改「軓」爲「軌」，以韵「牡」也。　張衡賦「思百憂以自疢」。　玉裁按：「疢」與「疷」音近。《禮記》「眕於鬼神」，鄭注「眕，或爲『衹』也」；又《説文》「觗」一作「⿰角辰」；又古「狋氏」讀如權，精於此可求合韵之理。　顧亭林曰：「或作『疷』，誤。」　玉裁按：《釋文》都禮反，是唐初誤作「疷」也。

小明　五章，三章章十二句，二章章六句

睠睠懷顧

王逸《九歎》注引《詩》「眷眷懷顧」。

日月方奧

《爾雅》：「燠，煖也。」《說文》無「燠」字。〔一〕

心之憂矣，自詒伊慼

《雄雉》篇正義曰：「《箋》以宣二年《左傳》趙宣子曰『嗚呼！我之懷矣，自詒伊慼』，《小明》云『自詒伊慼』，爲義既同，明『伊』有義爲『繄』者，故此及《蒹葭》《東山》《白駒》各以『伊』爲『繄』。《小明》不易者，以『伊慼』之文與《傳》正同，爲『繄』可知。此云『自詒伊阻』，《小明》云『心之憂矣』，宣子所引並與此不同者，杜預云『逸詩也』，故文與此異。」玉裁詳此《正義》，正謂《左傳》「自詒繄慼」字作「繄」，《詩・小明》「自詒伊慼」字作「伊」，《鄭箋》於此得

〔一〕《說文解字注・火部》「燠」字注：「《洪範》：『庶徵曰燠，曰寒。』古多叚『奧』爲之。《小雅》『日月方奧』，傳曰：『奧，煖也。』」

其例，知古假「伊」爲「緊」，是以《蒹葭》《東山》《雄雉》《白駒》皆易「伊」爲「緊」也。今本《正義》譌誤，致不可通，而《左傳》「自詒緊慼」，俗本又改爲「伊慼」。蓋古書未有不校而可讀者。

鼓鍾 四章，章五句

懷允不忘

明馬應龍本作「永懷不忘」，誤。

伐鼛

《攷工記》作「臯鼓」。

憂心且妯

《説文》：「怞，朖也。《詩》曰『憂心且怞』。」〔一〕

以雅以南

《毛傳》：「東夷之樂曰昧，南夷之樂曰南，西夷之樂曰朱離，北夷之樂曰禁。」　玉裁

〔一〕《説文解字注·心部》「怞」字「朖也」注：「未聞，疑是『恨也』之誤。《檜》傳云『悼，動也』，《鼓鍾》傳云『妯，動也』，《菀柳》傳云『蹈，動也』，三字音義略同。」「《詩》曰『憂心且怞』」注：「今《毛詩》作『妯』，毛云『動也』，鄭云『悼也』。」

按：《明堂位》曰「任，南蠻之樂也」，古「任、南」同音通用。《後漢書・陳禪傳》曰：「古者合歡之樂舞於堂，四夷之樂陳於門，故《詩》云『以雅以南，韎任朱離』。」章懷注曰：「《毛詩》無『韎任朱離』之文，蓋見齊、魯之《詩》也。」　玉裁按：「韎任朱離」自見《毛詩傳》，陳禪合經、傳以證四夷之樂，而不知「南、任」一也，章懷偶未省照耳。

楚茨　六章，章十二句

楚楚者茨

鄭康成注《玉藻》「趨以采齊」當爲「楚薺」之「薺」。　吕祖謙曰：「當康成之世，字作『薺』。」　玉裁按：《説文》「薺，蒺藜也」，引《詩》「牆有薺」，今《毛詩》亦作「牆有茨」。王逸注《離騷》引《詩》「楚楚者薋」，誤也。《説文》：「薋，艸多皃。」〔一〕　玉裁按：古所云「采薺」疑即「楚茨」，「采、楚」異部而音近也。

〔一〕《説文解字注・艸部》「薋」字注：「《離騷》曰『薋菉葹以盈室』，王注：『薋，蒺蔾也。菉，王芻也。葹，枲耳也。』《詩》『楚楚者薋』，三者皆惡艸也。』據許君説，正謂多積菉葹盈室，薋非艸名。《禾部》曰『穦，積禾也』，音義同。蒺蔾之字，《説文》作『薺』，今《詩》作『茨』，叔師所據《詩》作『薋』，皆假借字耳。」

我埶黍稷

《説文》:「䞉,穜也。从坴、丮,持而穜之。《詩》曰『我䞉黍稷』。」玉裁按:《説文》無「蓺」字。〔一〕

我黍與與

《釋文》:「與,音餘。」玉裁按:張平子《南都賦》:「其原野則有桑泰麻苧,菽麥稷黍,百穀蕃廡,翼翼與與。」然則漢人讀上聲也。

我稷翼翼

《廣韵》:「䄧,黍稷蕃蕪皃。亦作『翼』。」

億

《説文》:「億,安也。从人,啻聲。」「意,滿也。一曰十萬曰意,从心,啻聲。」洪适《隸釋》所載《泰山都尉孔宙碑》《樊毅修華嶽碑》《司隸校尉魯峻碑》並書億作「啻」,《巴郡太守

〔一〕《説文解字注·丮部》「䞉」字注:「唐人樹埶字作『蓺』,六埶字作『藝』,説見《經典釋文》。然『蓺、藝』字皆不見於《説文》,周時六藝字蓋亦作『埶』。儒者之於禮、樂、射、御、書、數,猶農者之樹埶也。又《説文》無『勢』字,蓋古用『埶』爲之,如《禮運》『在埶者去』是也。」

張納碑》書億作「意」，《小黄門譙敏碑》書億作「偣」。玉裁按：當从《説文》以「意」爲億兆正字。

以享以祀

今俗本「享」誤作「饗」。

祝祭于祊

《説文》：「鬃，門内祭，先祖所以傍徨也。从示，彭聲。《詩》曰『祝祭于鬃』。」或作「祊」。

先祖是皇

《鄭箋》：「皇，暀也。」

莫莫

《爾雅·釋詁》篇：「嗼，定也。」郭注曰：「見《詩》。」釋文：「嗼，本亦作『莫』。」

交錯

《毛傳》：「東西爲交，邪行爲錯。」《説文》作「逪遣」。經典中用「錯」字，多屬假借。「獻酬交錯」應作「逪遣」，「可以攻錯」應作「攻厝」，「錯綜其數」應作「逪綜」，「舉直錯枉」〔一〕

〔一〕校者案：「枉」，原作「往」，形近而誤，改。四卷本不誤。

應作「舉措」。攷《說文》：「遣，迻遣也。」「厝，厲石也。」「縒，參縒也。」《廣韻》：「縒，倉各切，縒綜，亂也。」「措，置也。」「錯，金涂也。」「何以報之金錯刀」乃「錯」字本義。

酢

《說文》：「酢，醶也。从酉，乍聲。」「醋，客酌主人也。从酉，昔聲。」　玉裁按：今俗所用與《說文》互異。《儀禮》「酬醋」字作「醋」，漢人注經云「味酢」者皆謂酸也。

熯

玉裁按：《毛傳》「熯，敬也」本諸《釋詁》，但「熯」字本義是「乾皃」，非「敬」。《說文》曰「戁，敬也」，則此「熯」字是「戁」字之假借，音而善反。《長發》傳曰「戁，恐也」，各隨其立辭釋之，敬者必恐懼。

苾芬孝祀

《韓詩》「馥芬孝祀」，薛君曰「馥，香皃也」，見李善《蘇武詩》注。

如幾

「薄送我畿」正義曰：「畿者，期限之名。《周禮》『九畿』及『王畿千里』皆期限之義，故《楚茨》傳曰『畿，期也』。」　玉裁按：據此，當作「如畿如式」。

既齊既稷

《鄭箋》:「稷之言即也。」

既匡

《鄭箋》作「筐匪」。

既敕

唐石經及舊本皆作「勑」,今作「勅」。《廣韵》:「敕,誡也。『勅』同。今相承作『勑』,『勑』本音賚。」玉裁按:《説文》:「敕,誡也。」「勑,勞勑也。」

鐘鼓送尸

今本多作「鼓鐘」,攷「鼓鐘將將」「鼓鐘伐鼛」,傳云「鼓其淫樂」,正義云「鼓擊其鐘」;《白華》「鼓鐘于宮」,正義亦云「鼓擊其鐘」。此詩上文曰「鐘鼓既戒」,此不應變文。《宋書·禮志四》兩引皆曰「鐘鼓送尸」,《正義》云「鳴鐘鼓以送尸」,是唐初不作「鼓鐘」,而《開成石經》誤本流傳至今也。

神保聿歸

《宋書·樂志一》引「神保遹歸」,又引注「歸於天地也」。今本《鄭箋》「歸於天也」,無「地」字。

稽首

《說文》作「䭫」。〔一〕

信南山 六章，章六句

維禹甸之

《韓詩》「維禹敶之」，見顏師古注《急就章》。 《周官經・稍人》注：「丘乘，四丘爲甸。甸，讀如『維禹敶之』之『敶』同。」

畇畇原隰

《爾雅釋文》曰：「畇，本或作『眴』。」 鄭注《周禮》引「甾甾原隰」。見《地官・均人》注。

霢

《說文》作「霡」。

〔一〕《說文解字注・首部》「䭫」字注：「頓首、䭫首爲《周禮》九拜之二大耑。在漢末時，上書言事者必分別其辭，則二者形狀之不同，所用行禮之分別。許時人人知之，故《小雅》《大雅》『稽首』，毛皆無傳。許亦但曰此篆謂䭫首、此篆謂頓首而已。《周禮》『䭫首』，本又作『稽』。許沖上書，前作『稽首』，後作『䭫首』，恐今之經典轉寫譌亂者多矣。」

既優既渥

《説文》：「瀀，澤多也。从水，憂聲。《詩》曰『既瀀既渥』。」

既霑既足

玉裁按：當作「沾」。鄭司農注《攷工記》曰：「䐡讀如『沾渥』之『渥』。」又漢《曹全碑》：「鄉明治，惠沾渥。」《説文》：「沾，沾益也。」〔一〕《説文》：「浞，濡也。」玉裁按：《信南山》疑當作「既沾既浞」。

彧彧

《説文》：「戫，有文章也。从有，𢧢聲。」〔二〕「𢧢，水流也。从川，或聲。」〔三〕玉裁按：《毛詩》假「彧」爲「戫」，隸省「𢧢」爲「彧」。《廣韻》：「稶稶，黍稷盛皃。」

〔一〕《説文解字注·水部》「沾」字注：「『沾』『添』古今字，俗製『添』爲『沾益』字，而『沾』之本義廢矣。『添』從忝聲，『忝』從天聲，古音當在真先部也。……竊疑《小雅》『既霑既足』，古本當作『沾』。『既瀀既渥』言厚也，『既沾既足』言多也。」

〔二〕《説文解字注·有部》「戫」字注：「『戫』古多叚『彧』字爲之，『彧』者『𢧢』之隸變。今本《論語》『郁郁乎文哉』，古多作『彧彧』，是以荀彧字文若，《宋書》王彧字景文。」

〔三〕《説文解字注·川部》「𢧢」字注：「《江賦》『溭淢濜溳』，李云『參差相次也』，『淢』即『𢧢』。《詩》『黍稷彧彧』，『彧』者『𢧢』之變，叚『𢧢』爲『戫』也。」

騂

《説文》無。

取其血膋

《説文》：「膫，牛腸脂也。从肉，尞聲。《詩》曰『取其血膫』。」膫或作「膋」，从肉，勞省聲。

苾苾芬芬

以《楚茨》推之，此句《韓詩》當作「馥馥芬芬」。

先祖是皇

《鄭箋》：「皇之言暀也。」

詩經小學卷二十一

金壇段玉裁撰

甫田之什

甫田 四章，章十句

倬彼甫田

《釋文》：「倬，《韓詩》作『菿』，「箌」誤。云『菿，卓也』。」《爾雅》：「菿，大也。」《說文》：「菿，艸大也。俗本誤作「艸木倒」。从艸，到聲。」玉裁按：《韓詩》「菿彼甫田」，《詩釋文》及《爾雅疏》引之。俗本《爾雅》「菿」誤作「⿰荎刂」，又誤作「箌」，俗本《說文》又譌作「⿱艹致」。

耘

《說文》：「𦓤，除苗閒穢也。」或从芸作「⿰耒芸」。〔一〕

〔一〕《說文解字注·耒部》「𦓤」字注：「穢當作『薉』。《艸部》『薉，蕪也』，無『穢』字。……按：當云『或從耒、艸，云聲』。今字省艸作『耘』。」

秄

《説文》作「秄」。〔一〕

黍稷薿薿

《漢書・食貨志》「黍稷儗儗」。〔二〕　《説文》引《詩》「黍稷薿薿」。

以我齊明

《説文》：「齍，黍稷在器以祀者。」〔三〕《五經文字》：「齍，或作『粢』，同。《禮記》及諸經皆

〔一〕《説文解字注・禾部》「秄」字注：「《小雅》『或耘或耔』，毛曰：『耘，除艸也。耔，雝本也。』《食貨志》：『……故其詩曰：「或芸或芓，黍稷儗儗。」芸，除艸也。秄，附根也。言苗稍壯，每耨輒附根。比盛暑，隴盡而根深，能風與旱，故儗儗而盛也。』按：班所據詩作『芓』，古文假借字；《説》詩作『秄』，小篆字。《詩》言『耘秄』，《左傳》言『穮衮』，衮者，甽也，隤壟艸壅於甽中也。『秄、蓘』皆俗字。」

〔二〕《説文解字注・人部》「儗」字注：「以下僭上，此儗之本義。……《漢書・食貨志》假『疑』爲『儗』，又假『儗』爲『黍稷薿薿』。」

〔三〕《説文解字注・皿部》「齍」字「黍稷器，所以祀者」注：「各本作『黍稷在器以祀者』，則與『盛』義不別，今从《韵會》本。……考《毛詩・甫田》作『齊』，亦作『齍』，用古文。《禮記》作『粢盛』，用今文，是則『齍』『粢』爲古今字憭然。《左傳》作『粢盛』，則用今字之始。《左傳》曰『絜粢豐盛』，毛曰『器實曰齍，在器曰盛』，鄭注《周禮》『齍』或專訓『稷』，或訓『黍稷稻粱』，『盛』則皆訓『在器』，是則『齍』之與『盛』別者，『齍』謂穀也，『盛』謂在器也。許則云器曰『齍』，實之則曰『盛』，似與毛、鄭異。蓋許主説字，其字从皿，故謂其器可盛黍稷曰齍。要之，齍可盛黍稷，而因謂其所盛黍稷曰齍，凡文字故訓引伸每多如是，説經與説字不相妨也。」

借『齊』字爲之。」　玉裁按：此詩《釋文》云「本又作『齍』」，是正字。〔一〕

田畯至喜，攘其左右

《鄭箋》：「喜當爲『饎』，攘當爲『饟』。」

大田　四章，二章章八句，二章章九句

覃耜

張衡《東京賦》作「剡耜」，《說文》「剡，鋭利也」。亦是假借「覃」爲「剡」。

俶載南畝

《鄭箋》：「俶讀爲『熾』，載讀爲『菑栗』之『菑』。民以利耜熾菑，發所受之地。」　玉裁按：《管子》「春有以剚耕，夏有以剚耘」，「剚」「菑」同也。

〔一〕《說文解字注·禾部》「𪗉」字注：「《周禮·甸師》『齍盛』注云：『粢者，稷也。穀者稷爲長。』按：經作『齍』，注作『粢』，此經用古字、注用今字之例。……《甫田》作『齊』，亦作『齍』。毛曰『器實曰齍』，而《左傳》《禮記》皆作『粢盛』，是可證『齍、粢』之同字。穀名曰『粢』，用以祭祀則曰『齍』，別之者，貴之也。今經典『粢』皆譌『粢』，而『𪗉』字且不見於經典矣。《廣韻》曰『𪗉，祭飯也』，《玉篇》曰『黍稷在器曰𪗉』，知舊本經典故作『𪗉盛』。」

稂

《説文》曰：「禾粟之莠作「采」誤。生而不成者，謂之童作「董」誤。蓈。」或作「稂」。

螟螣蟊賊

《釋文》：「螣，字亦作『蚮』，《説文》作『蟘』。蟊，本又作『蛑』。」《説文》：「蟘，蟲食苗葉者。吏乞貸則生蟘。从虫，从貸，貸亦聲。《詩》曰『去其螟蟘』。」《爾雅》：「食苗心，螟；食葉，蚮；食節，蠈；食根，蟊。」釋文：「蚮，又作『蟘』。蠈，本今作『賊』。蟊，本亦作『蛑』，《説文》作『𧕢』。」玉裁按：「螣」本「螣蛇」字，在弟六部，借爲弟一部「螟蟘」之「蟘」，此異部假借，猶「登來」之爲「得來」也。《説文》：「蟊，蠿蟊也。从蚰，〔一〕矛聲。」「𧕢，蟲食草根者。从蟲，弔象其形。吏抵冒取民財則生。」徐鍇曰：「此字象形，不從矛，書者多誤。」《五經文字》作「蟘」，今本《説文》作「蟘」，誤也。〔二〕

〔一〕校者案：「蚰」，原作「虫」，據《説文》原書改。

〔二〕《説文解字注·貝部》「貣」字注：「按：『代、弋』同聲，古無去、入之別。求人、施人古無『貣』『貸』之分，由『貣』字或作『貸』，因分其義，又分其聲。……『貣』別爲『貸』，又以改竄許書，尤爲異耳。經史内『貣』『貸』錯出，恐皆俗增人旁。『蟘』字《經典釋文》《五經文字》皆作『蟘』，俗作『蟘』，亦其證也。」又《蟲部》「𧕢」字「蟲食艸根者」注：「『艸』，當作『苗』。《小雅》：『去其螟螣，及其蟊賊。』《釋蟲》：『食苗根，蟊。』《毛傳》：『食根曰蟊。』……與《蚰部》『蠿蟊』字从蚰、矛聲不同也，今人則盡叚『蟊』爲之矣。」「吏抵冒取民財則生」注：「『抵』，當作『牴』，觸也。冒者，冢而前也。吏不卹其民，彊禦而取民財，則生此。」

秉畀炎火

《釋文》：「《韓詩》秉作『卜』。卜，報也。」　玉裁按：卜畀，猶俗言「付與」也。《爾雅》：「卜，予也。」

有渰淒淒，興雲祁祁

《釋文》曰：「渰，《漢書》作『黤』。」《呂氏春秋》「有晻淒淒」。《說文》：「淒，雲雨起也。从水，妻聲。《詩》曰『有渰淒淒』。」《玉篇》：「淒，寒風雨極也。」「渰，雲雨皃。《詩》云『有渰淒淒』。」[一]　《廣韻》：「渰，雲雨皃。《詩》云『有渰淒淒』。」《毛傳》：「渰，陰雲皃。淒淒，雲行皃。祁祁，徐也。」　玉裁按：《毛傳》不言「雨徐也」，可證「祁祁」言雲。《呂氏春秋》「興雲祁祁」。《漢書・食貨志》：「有渰淒淒，興雲祁祁。雨我公田，遂及我私。」《顏氏家訓》曰：「『有渰萋萋，興雨祁祁』，毛傳云：『渰，陰雲皃。萋萋，雲行皃。祁祁，徐皃也。』箋云：『古者陰陽和，風雨時，其來祁祁然不暴

[一]《說文解字注・水部》「淒」字「雨雲起也」注：「各本作『雲雨』，誤，今依《初學記》《太平御覽》正。雨雲謂欲雨之雲，唐人詩『晴雲』『雨雲』是也。按：《詩》曰『淒其以風』，毛傳：『淒，寒風皃。』又曰『風雨淒淒』，蓋淒有陰寒之意。《小雅》『有渰淒淒』皃急雨欲來之狀，未嘗不兼風言之。許以字從水，但謂之『雨雲』。」

疾也。』案：『渰』已是陰雲，何勞復云『興雲祁祁』耶？『雲』當爲『雨』，俗寫誤耳。班固《靈臺賦》云『三光宣精，五行布序，習習祥風，祁祁甘雨』，此其證也。」《釋文》：「興雨，如字。本或作『興雲』，非也。」《正義》：「經『興雨』或作『興雲』，誤也。定本作『興雨』。」《丹鉛録》曰：「《漢無極山碑》『興雲祁祁，雨我公田』，王介甫有《雲之祁祁》詩。」明馬應龍、孫開校刻《毛詩》鄭箋本作「興雲祁祁」。玉裁按：詩人體物之工，於此二句可見。凡夏雨時行，始暴而後徐，其始陰氣乍合，黑雲如鬌，淒風怒生，衝波掃葉，所謂「有渰淒淒」也。繼焉暴風稍定，白雲漫汗，彌布宇宙，雨脚如繩，所謂「興雲祁祁，雨我公田」也。「有渰淒淒」言雲而風在其中，「興雲祁祁」言雲而雨在其中。「雨」字分上、去聲，後儒俗説，古無是也。上句言「興雨」，而下句言「雨我公田」，則無味矣。且古人雨不言「興」，如「雲行雨施」「天降時雨，山川出雲」「油然作雲，霈然下雨」「決渠降雨，荷鍤成雲」。《易》曰「雲上於天」，傳曰：「著於上，見於下，謂之雨。」《素問》曰：「地气上爲雲，天气下爲雨。」《鵩鳥賦》曰：「雲蒸雨降。」凡雨言降，凡雲言升。顔氏云「興雨」殊昧於古人文義。攷《漢無極山碑》「興雲祁祁，雨我公田」，《吕氏春秋》《漢書・食貨志》皆引《詩》「興雲祁祁」。《韓奕》曰「祁祁如雲」，宋王安石有《雲之祁祁》詩。《詩・采蘩》《七月》《出車》《韓奕》言「祁祁」皆是衆盛舒徐之義。「祁祁」可以言雲，不可言雨。陸德明、孔沖遠惑於顔氏之説，又「有渰淒淒」譌爲「萋萋」，而詩人立言摹繪之次第盡隱矣。「英英白雲，露彼菅茅」「興雲祁祁，雨我公田」其句法、字法正同，「雨我」之「雨」必讀去聲，則「露彼」之「露」又將讀何聲耶？於此知「善善、惡惡」之類，皆俗儒分别而戾於古矣。

伊寡婦

依鄭氏箋例求之，此「伊」亦當作「緊」。緊，是也。

田畯至喜

《鄭箋》云：「喜讀爲『饎』。」

裳裳者華　四章，章六句

裳裳者華

《鄭箋》：「裳裳猶堂堂也。」

左之左之，君子宜之。右之右之，君子有之

東原先生嘗云：當作「右之左之」「左之右之」。今按：先生集内《敘劍》篇引《詩》正如此。

桑扈　四章，章四句

樂胥

《鄭箋》：「胥，有才知之名。」玉裁按：《周官》「胥十有二人」注云：「胥讀爲『諝』，謂其有才知爲什長。」此詩亦讀爲「諝」也。《説文》曰：「諝，知也。」《易》「歸妹以須」之「須」，鄭亦讀爲「諝」。

受福不那

《説文》「魋」字注「讀若《詩》『求福不儺』」。〔一〕

兕觥其觩

《説文》：「觓，角皃。从角，丩聲。《詩》曰『兕觵其觓』。」〔二〕

頍弁　三章，章十二句

實維

此三章「實」字讀當爲「寔」。《箋》云「實猶是也」，正讀「實」爲「寔」也。《小星》箋：「寔，

〔一〕《説文解字注・鬼部》「魋」字注：「《小雅・桑扈》『受福不那』，傳曰：『那，多也。』此作『不儺』，疑字之誤，或是三家《詩》。」

〔二〕《説文解字注・角部》「觓」字注：「《小雅・桑扈》『兕觥其觓』，俗作『觩』。」

是也。」《韓奕》則先易其字，云「實當爲寔」，而後云「寔，是也」，此不云「實當爲寔」，而云「猶是也」，其理一也。

先集維霰

《說文》：「霰，稷雪也。」或作「霓」。　《爾雅》「雨霓爲霄雪」，郭注：「《詩》曰『如彼雨雪，先集維霓』，霓，冰雪襍下者謂之霄雪。」釋文：「霓，本或作『霰』『䨘』，同。」

樂酒今夕

《大招》「以娛昔只」，王逸注：「昔，夜也。《詩》云『樂酒今昔』，言可以終夜自娛樂也。」　玉裁按：《春秋》「夜，恒星不見」，《穀梁》「夜」作「昔」，日入至於星出謂之昔。「昔」者，「夕」之假借字。夕，莫也，从月半見，夜與夕異時。「夜中，星隕如雨」之「夜」，《穀梁》亦作「夜」，不作「昔」。王逸云「昔，夜也」，未爲明審。

車舝　五章，章六句

高山仰止

《說文》：「卬，望，欲有所庶及也。从匕，从卩。《詩》曰『高山卬止』。」《禮記·表記》釋文：「仰止，本或作『仰之』。行止，《詩》作『行之』。」

以慰我心

《釋文》：「慰，怨也，於願反。王申爲怨恨之義。《韓詩》作『以愠我心』，愠，恚也。本或作『慰』，安也，是馬融義。馬昭、張融論之詳矣。」《正義》曰：「《傳》以『慰』爲『安』，《箋》言『慰除』，以憂除則心安，非是異於《傳》也。孫毓載《毛傳》云：『慰，怨也。』王肅云：『新昏謂褒姒也，大夫不遇賢女，而後徒見褒姒讒巧嫉妒，故其心怨恨。』偏檢今本，皆爲『慰，安』，《凱風》爲『安』，此當與之同矣。此詩五章皆思賢女，無緣末句獨見褒姒爲恨。肅之所言，非《傳》旨矣。定本『慰，安也』。」〔一〕

〔一〕《説文解字注・心部》「愠」字「怨也」注：「怨，各本作『怒』。《大雅・緜》傳曰：『愠，恚也。』正義云：『《説文》：「愠，怨也。恚，怒也。」有怨者必怒之，故以愠爲恚。』然則唐初本作『怨』甚明。《車舝》『以慰我心』，《韓詩》作『以愠我心』。愠，恚也。與毛《緜》傳合。毛『閒關』傳曰：『慰，怨也。』蓋《毛詩》亦作『愠』，後人譌爲『慰』耳。」又《言部》「詑」字注：「攷《毛詩・凱風》傳『慰，安也』，《車舝》傳曰『慰，怨也』，二傳不同。《車舝》傳一本作『尉，安也』，陸氏德明從『怨』，謂作『安』乃馬融義。今按：此《毛詩》及《傳》正當作『尉，詑也』，爲許所本，後人以易識之字易之耳。詑者，以善言案其心，如火申繒然。」

青蠅　三章，章四句

營營青蠅

《說文》：「謍，小聲。从言，熒省聲。《詩》曰『謍謍青蠅』。」〔一〕

止于樊

《說文》：「棥，藩也。从爻，从林。《詩》曰『營營青蠅，止于棥』。」〔二〕　《史記・滑稽傳》：「營營青蠅，止於蕃。愷悌君子，無聽讒言。讒言罔極，交亂四國。」

榛

《說文》作「亲」。　《蜀都賦》作「槈」。

〔一〕《說文解字注・言部》「謍」字「小聲也」注：「『小』上當奪『謍謍』二字。謍謍，小聲也。」「《詩》曰『謍謍青繩』」注：「《毛詩》作『營營』，傳曰：『營營，往來皃。』許所偁蓋三家《詩》也。」

〔二〕《說文解字注・爻部》「棥」字注：「《艸部》曰：『藩，屏也。』按：《齊風》『折柳樊圃』，毛曰：『樊，藩也。』『樊』者『棥』之假借，藩今人謂之籬笆。……營營，《言部》引作『謍謍』。棥，今《詩》作『樊』，毛曰『樊，藩也』。三章曰：『榛所以爲藩也。』」

賓之初筵　五章，章十四句

殽核維旅

班固《典引》「肴覈仁義」，蔡注：「肴覈，食也。肉曰肴，骨曰覈。《詩》云『肴覈惟旅』。」《鄭箋》不同。　《蜀都賦》「肴槅四陳」。〔一〕

的

《説文》：「旳，明也。《易》曰『爲旳顙』。」〔二〕　《廣韵》曰：「的，《説文》作『旳』。」

賓載手仇

《鄭箋》：「仇讀曰『𣁋』。」

僊僊

劉逵《蜀都賦注》引《詩》「屢舞蹮蹮」。

〔一〕《説文解字注・骨部》「骨」字注：「《小雅》『殽核維旅』，箋云：『豆實，菹醢也。籩實，有桃梅之屬。』按：『覈』『核』古今字，故《周禮》經文作『覈』，注文作『核』，古本皆如是。《詩》『殽核』，蔡邕所據《魯詩》作『肴覈』。梅李謂之覈者，亦肉中有骨也。」

〔二〕《説文解字注・日部》「旳」字注：「旳者，白之明也，故俗字作『的』。漢《魯峻碑》曰：『永傳啻齡，�矣旳旳。』」

威儀怭怭

《説文》：「佖，威儀也。从人，必聲。《詩》曰『威儀佖佖』。」

側弁之俄

《説文》：「俄，弁頃皃。《詩》曰『仄弁之俄』。」〔一〕《廣韵·上聲·三十三哿》：「䫲，側弁也。」

式勿從謂

《鄭箋》：「式讀曰『慝』。」

匪由勿語

玩《鄭箋》，則「匪」字本作「勿」，後人妄改「勿由」爲「匪由」，與上「匪言勿言」成偶句耳。《鄭箋》云「勿猶無也」，此總釋「勿從謂」「勿言」「勿由」「勿語」四「勿」字。又云：「俾，使。由，從也。武公見時人多説醉者之狀，或以取怨致讎，故爲設禁：醉者有過惡，女

〔一〕《説文解字注·人部》「俄」字注：「《玉篇》曰：『俄頃，須臾也。』《廣韵》曰：『俄頃，速也。』此今義也，尋今義之所由，以『俄、頃』皆偏側之意，小有偏側，爲時幾何，故因謂倏忽爲俄頃。許説其本義以晐今義，凡讀書當心知其意矣。」

無就而謂之也。當防護之，無使顛仆至於怠慢也。其所陳説，非所當説，無爲人説之也，亦無從而行之也，亦無以語人也，皆爲其聞之將恚怒也。」「匪由」之本爲「勿由」顯然。下「由醉之言」，《箋》云「女從行醉者之言，使女出無角之羖羊」，尤可證兩「由」字無二義，相承反覆戒之。古文奇奧，非可妄改，所當更正也。

詩經小學卷二十二

金壇段玉裁撰

魚藻之什

魚藻 三章，章四句

有頒其首

《説文》引同。而《尚書》「用宏茲賁」，正義曰：「《傳》云『宏、賁』皆大也，《釋詁》文。」樊光引《周禮》「其聲大而宏」，引《詩》「有賁其首」，樊所引蓋三家《詩》與。

有莘其尾

《廣韵》：「鮮，魚尾長也。《詩》曰『有莘其尾』。」字書作「鮮」。

采薇　五章，章八句

衮

《爾雅釋文》：「衮，从衣，公聲。」

觱沸

《説文》「沸」字注：「畢沸，濫泉。」《廣韵》：「滭沸，泉出皃。亦作『觱』，見《詩》。俗作『⿱或水』。」玉裁按：司馬相如《上林賦》作「滭沸」，《史記》作「滭浡」。《説文》當有「滭」字，今佚。〔一〕

檻泉

《爾雅》：「濫泉正出。正出，涌出也。」《説文》「濫」字注：「氾也，《詩》曰『觱沸濫泉』。」

〔一〕《説文解字注・水部》「沸」字「畢沸，濫泉也」注：「畢，一本从水作『滭』。《上林賦》『滭弗』，蘇林曰：『滭，音畢。』則古非無『滭』字也。『泉』下小徐有『也』。按：『也』當作『皃』。《詩・小雅》《大雅》皆有『觱沸檻泉』之語，《傳》云：『觱沸，泉出皃。檻泉，正出。』《釋水》曰：『濫泉正出。正出，涌出也。』司馬彪注《上林賦》曰：『滭弗，盛皃也。』按：『畢沸』疊韵字。《毛詩》『觱、檻』皆假借字，今俗以『沸』爲『鬻』字。」

其旂淠淠，鸞聲嘒嘒

《泮水》：「其旂茷茷，鸞聲噦噦。」〔一〕

平平左右

《左氏傳・襄十一年》引《詩》曰：「樂只君子，殿天子之邦。樂只君子，福禄攸同。便蕃左右，亦是率從。」《釋文》：「《韓詩》作『便便』。」〔二〕

天子葵之

郭注《爾雅》引《詩》「天子揆之」。玉裁按：《爾雅》「葵，揆也」，郭注正引《詩》「天子葵之」。今本作「天子揆之」，誤也。

〔一〕《説文解字注・金部》「鉞」字注：「玉裁按：《詩・采菽》『鸞聲嘒嘒』，傳曰：『中節也。』《泮水》『鸞聲噦噦』，傳曰：『言其聲也。』《釋文》不言有作『鐬』者，鼎臣何以云今作『鐬』與？攷《玉篇》《廣韵》皆有『鐬』字，注『呼會切，鈴聲也』，而《泮水》『噦噦』呼會反，鑾聲即鈴聲。然則古本《毛詩》非無作『鐬鐬』者，故《篇》《韵》猶存其説。『鉞』爲正字，《采菽》『嘒嘒』呼惠反，殆假借字。」

〔二〕《説文解字注・人部》「便」字注：「古與『平、辨』通用，如《史記》『便章百姓』，古文《尚書》作『平』，今文《尚書》作『辨』。《毛詩》『平平左右』，《左傳》作『便蕃左右』。」

福禄膍之

《韓詩》「福禄肶之」。《説文》：膍，或作「肶」。〔一〕

角弓　八章，章四句

騂騂角弓

《説文》：「觲，用角低仰便也。从羊、牛、角。《詩》曰『觲觲角弓』。」《釋文》曰：「《説文》作『弲』。」玉裁按：蓋唐時《説文》「弲」字注内引「弲弲角弓」，今本佚也。〔二〕

〔一〕《説文解字注・肉部》「膍」字注：「《釋詁》曰『肶，厚也』，《毛詩》曰『膍，厚也』，實一字也，皆引伸假借之義也。《采菽》『福禄膍之』，音義曰：『《韓詩》作「肶」。』按：《韓詩》《爾雅》皆同《説文》或字。《毛詩・節南山》又作『毗』，『毗』即『𣬉』字。《釋詁》『肶』亦作『脾』。」又《囟部》「𣬉」字注：「《急就篇》作『膍』，『𣬉』字叚借之用，如《詩・節南山》《采菽》毛傳皆曰『膍，厚也』，箋云『𣬉，輔也』，《方言》『𣬉，懣也。𣬉，廢也。𣬉，明也』皆是。」

〔二〕《説文解字注・角部》「觲」字注：「《小雅》『騂騂角弓』，毛曰：『騂騂，調利也。』按：毛意謂角弓張弛便易，許意謂獸之舉角高下馴擾，毛説正許説之引伸也……按：許所引《詩》作『觲』，則不得言『讀若』，鉉本所以删『讀若』也。《詩音義》云：『騂騂，《説文》作「弲」，火全反。』此陸氏之誤，當云『《説文》作「觲」』也，『弲』自訓『角弓』，不訓『弓調利』。」

民胥傚矣

《左氏傳·昭六年》引《詩》「民胥效矣」。　《説文》無「傚」字。〔一〕

如食宜饇

《釋文》：「宜，本作『儀』。注同。《韓詩》云『儀，我也』。」

見晛曰消

《韓詩》「曣晛聿消」。　晛，《詩本音》誤作「睍」。　《釋文》：「見晛，《韓詩》作『曣見』，云『日出也』。」　玉裁按：《説文》：「曣，星無雲也。」「晛，日見也。」劉向《上災異封事》引《詩》「雨雪麃麃，見晛聿消」。師古注曰：「見，無雲也。晛，日气也。言雨雪之盛麃麃然，至於無雲，日气始出，而雨雪皆消釋矣。」「見」字不得訓爲「無雲」，依顔注則劉向引《詩經》文「見」字作「曣」，正同《韓詩》，師古時不誤，後人妄改作「見」耳。《韓詩》云「曣晛，日出也」，與《説文》「晛，日見也」正同。《釋文》當是作「曣晛」，今云作「曣見」，脱日旁，傳寫誤也。　王伯厚《詩攷》引《釋文》正作「曣晛」。　又按：荀卿《非相》引《詩》作

〔一〕《説文解字注·攴部》「效」字注：「《毛詩》『君子是則是傚』，又『民胥傚矣』，皆『效法』字之或體。《左傳》引《詩》『民胥效矣』是也。」

「宴然聿消」，楊倞云：「宴然，當依《詩》作『見晛』，聲之誤也。」倞說非也。「宴然」當作「晏㬮」，轉寫之譌省耳。「晏」同「曣」，「㬮」同「晛」，荀卿同《韓詩》也。《廣雅・釋詁三》曰：「曣㬮，煗也。」《玉篇》《廣韵》皆云「晛㬮」，二形同。俗本《荀子》依《詩》改「見晛」而刪注，宋本不誤。《釋文》曰：「《韓詩》作『聿』，劉向同。」

莫肯下遺

《鄭箋》：「遺讀曰『隨』。」

婁

《鄭箋》：「婁，斂也。」徐云：「鄭音樓。」《爾雅》：「裒、鳩、摟，聚也。」《荀子》作「屢」。〔一〕

髦

《正義》曰：「《尚書》『庸蜀羌髳』，彼『髳』此『髦』音義同也。」

〔一〕《說文解字注・女部》「婁」字注：「凡中空曰婁，今俗語尚如是。凡一實一虛，層見疊出曰婁，……俗乃加尸旁爲『屢』字，古有『婁』無『屢』也。《毛詩》『婁豐年』，傳曰：『婁，亟也。』亟者，數也。《角弓》『式居婁驕』，箋云『婁，斂也』，此則謂爲『摟』之叚借也。」

菀柳　三章，章六句

上帝甚蹈

《鄭箋》：「蹈讀曰『悼』。」　玉裁按：《檜》傳「悼，動也」，此傳「蹈，動也」，則是一字。鄭是申《傳》，非易《傳》也。《戰國策》：《詩》曰「上天甚神，無自瘵也」。

無自瘵焉

《鄭箋》「瘵，接也」，以爲「際」字假借。

都人士　五章，章六句

彼都人士首章

鄭注《禮記·緇衣》篇云：「此詩毛氏有之，三家則亡。」孔穎達曰：「《左氏傳》引『行歸于周，萬民所望』，服虔曰『逸詩也』。《都人士》首章有之。鄭注《禮記》亦云『毛氏有之，三家則亡』，今《韓詩》實無此首章。時三家列於學官，毛氏不得立，故服以爲逸。」

謂之尹吉

《鄭箋》：「吉讀爲『姞』。尹氏、姞氏，周室昏姻之舊姓也。」

垂帶而厲

《鄭箋》:「而,如也。而厲,如鞶厲也,鞶必垂厲以離飾。厲當作『裂』。」《内則》鄭注:「鞶,小囊盛帨巾者。男用韋,女用繒,有緣飾之,則鞶裂與?《詩》云『垂帶如厲』,紀子帛名裂繻,字雖今異,意實同也。」孔沖遠曰:「桓二年《左傳》作『鞶厲』,此云『鞶裂』,衹謂鞶囊裂帛爲之飾,故引《詩》『垂帶如厲』,以厲爲裂,又引紀子帛名裂繻以證之。」

采緑　四章,章四句

終朝采緑

見《淇奧》。

不盈一匊

顧氏誤分「匊」爲蕭尤之類,「臼」爲魚模之類,謂《白華》本作「臼」,後人以其形近「井臼」之「臼」,改爲「匊」,其説非是也。

薄言觀者

《韓詩》「觀」作「覩」。《釋文》。

隰桑　四章，章四句

遐不謂矣

《禮記·表記》篇引《詩》「瑕不謂矣」。

中心藏之

《鄭箋》：「臧，善也。」

白華　八章，章四句

英英白雲

潘岳《射雉賦》曰「天泱泱而垂雲」，徐爰注曰：「泱，音英。」李善注曰：「《毛詩》『英英白雲』，毛萇曰：『英英，白雲皃。』『泱』與『英』古字通。」《釋文》曰：「《韓詩》作『泱泱』。」《廣韵·十陽》：「霙霙，白雲皃。」《玉篇·雨部》：「霙，於黨、於良二切，霙霙，白雲皃。霙，於京切，雨雪襍下。」

滮池北流

《説文》：「滮，水流皃。从水，彪省聲。」《廣韵》：滮，亦作「淲」。

鼓鐘于宮

《鄭箋》云「鳴鼓鐘」，謂鼓、鐘二物也。《靈臺》「於論鼓鐘」，鄭云「鼓與鐘也」，此詩正同。《正義》云「鼓擊其鐘」，誤。

視我邁邁

《説文》：「忛，恨怒也。《詩》曰『視我忛忛』。」《釋文》曰：「《韓詩》『視我忛忛』。」玉裁按：《詩本音》誤於「念子懆懆」之下注云「《韓詩》及《説文》並作『忛忛』。」〔一〕

俾我疷兮

顧亭林曰作「疷」，誤。

瓠葉　四章，章四句

有兔斯首

《鄭箋》：「斯，白也。今俗語『斯白』之字作『鮮』，齊魯之閒聲近『斯』。」

〔一〕《説文解字注·心部》「忛」字注：「《小雅·白華》『念子懆懆，視我邁邁』，毛傳曰：『邁邁，不悦也。』釋文云：『《韓詩》及《説文》皆作「忛忛」。《韓詩》云「意不悦好也」，許云「很怒也」。』今《説文》作『恨』，似宜依『很』。『邁』者『忛』之叚借，非有韓、許，則《毛詩》不可通矣，許宗毛而不廢三家《詩》。」

漸漸之石 三章，章六句

勞矣

《鄭箋》云「勞勞廣闊」。《正義》曰：「當作『遼』而作『勞』者，以古之字少，多相假借，音既相近，故遂用之。」

不皇朝矣

《鄭箋》云：「皇，王也。」《詩本音》曰：「今本作『遑』，依唐石經及國子監注疏本改正，下章同。」

維其卒矣

《鄭箋》：「卒者，崔嵬也，謂山顛之末也。」玉裁按：《毛傳》「卒，竟也」，鄭意作「崒」。

蹢

《爾雅》：「豕四蹢皆白，豥。」蹢，蹄也，猶馬「四蹢皆白，首」也。或作「四豴皆白，豥」，誤。張參收「豴」字入《五經文字》，是不精也。

俾滂沱矣

《史記·仲尼弟子傳》「俾滂池矣」。《困學紀聞》曰：「周子醇《樂府拾遺》云：『孔子删《詩》,有全篇删者,有删二句、一句者,删二句者如「月離于畢,俾滂沱矣。月離于箕,風揚沙矣」是也。」』愚攷之《周禮疏》引《春秋緯》云『月離于箕,風揚沙』,非《詩》也。」玉裁按:僞《魯詩》又因此二句臆製一章,不待識者乃知其僞矣。

何草不黄　四章,章四句

何人不矜

説《詩》者多讀爲「鰥」。　玉裁按:《鴻雁》毛傳云「矜,憐也」,《菀柳》毛傳云「矜,危也」。「何人不矜」言夫人而危困可憐,不必讀爲「鰥」。《詩·敝笱》「鰥」與「雲」韵,在弟十三部;《菀柳》「矜」與「天、臻」韵,《何草不黄》與「玄、民」韵,《桑柔》與「旬、民、填、天」韵,在弟十二部。漢人十二、十三部合用,多借「矜」爲「鰥寡」字,而《書·堯典》《康誥》《無逸》《甫刑》、《詩·鴻雁》、《孟子·明堂章》皆作「鰥」,不假借「矜」字。惟《烝民》作「不侮矜寡」,則漢後所改,而《左傳·昭元年》引「不侮鰥寡,不畏彊禦」,固作「鰥」。「何人不矜」當從本字,非「鰥」之假借字也。

詩經小學卷二十三

金壇段玉裁撰

大雅

文王之什

文王 七章，章八句

亹亹

或因《説文》無「亹」字，欲盡改《詩》《易》《禮記》《爾雅》「亹亹」爲「娓娓」者，誤。〔一〕

〔一〕《説文解字注·心部》「忞」字注：「《大雅》『亹亹文王』，毛傳曰：『亹亹，勉也。』『亹』即『釁』之俗，『釁』从分聲，『釁釁』即『忞忞』之假借也。」

陳錫哉周

《左氏傳·宣十五年》引《詩》「陳錫載周」。《外傳》芮良夫引《大雅》「陳錫載周」，韋注「載成周道」。東原先生作「栽」，爲「本支」二字張本。

祼

《攷工記》注：「或作『淉』，或作『果』。」

尋

《五經文字》曰：「《字林》作『尋』，經典相承，隸省作『尋』。」

宜鑒于殷，駿命不易

《禮記·大學》篇引《詩》「儀監于殷，峻命不易」。〔一〕《說文》：「㕙，高也。」亦作「峻」。

上天之載

楊雄《郊祀賦》「上天之縡」，李善注「縡，事也」，與《毛詩》「上天之載」同。玉裁按：

〔一〕《說文解字注·金部》「鑑」字注：「《詩》云『我心匪鑒』，毛傳曰：『鑒，所以察形。』蓋鏡主於照形，鑑主於取明水，本系二物。鏡亦可名鑒，是以經典多用『鑑』字，少用『鏡』者。『鑑』亦叚『監』爲之，是以《毛詩》『宜鑒於殷』，《大學》作『儀監』。鄭箋《詩》云『以殷王賢愚爲鏡』，注《大學》云『監視殷時之事』，各依文爲說而已。《尚書》『監』字多有同『鑒』者。」

《説文》無「緈」字。〔一〕

萬邦作孚

《禮記・緇衣》篇引《詩》「萬國作孚」。

大明 八章，四章章六句，四章章八句

天難忱斯

《説文》：「諶，誠諦也。从言，甚聲。《詩》曰『天難諶斯』。」〔二〕《春秋繁露》亦引「天難諶斯，不易維王」。

摯仲氏任

《毛傳》「摯國任姓之中女也」，又曰「大任，中任也」。玉裁按：毛經、傳皆作「中」，古「中」「仲」通用，如「中興」爲「仲興」是也。今經文譌作「仲」。

〔一〕《説文解字注・車部》「載」字注：「又假借爲『事』，《詩》『上天之載』，毛傳曰『載，事也』是也。」

〔二〕《説文解字注・心部》「忱」字注：「《詩・大明》曰『天難忱斯』，毛曰：『忱，信也。』《言部》『諶』下曰『誠諦也』，引《詩》『天難諶斯』。古『忱』與『諶』義近通用。」

在洽之陽

《說文》：「郃，左馮翊郃陽縣。从邑，合聲。《詩》曰『在郃之陽』。」《史記正義》引《列女傳》「在郃之陽，在渭之涘」。《水經注・河水》篇引「在郃之陽，在渭之涘」。《漢書・地理志》左馮翊「郃陽」，應劭曰「在郃水之陽也」，師古曰：「音合，即《大雅・大明》之詩所謂『在郃之陽』。」

俔天之妹

《釋文》曰：《韓詩》「磬天之妹」。《正義》曰：「此俔字《韓詩》作『磬』。《說文》：『俔，諭也。』今俗語譬諭物云『磬作』。」〔一〕

造舟

《爾雅釋文》曰：「《廣雅》作『艁』。案：《說文》艁，古文『造』也。」

〔一〕《說文解字注・人部》「俔」字注：「《大雅・大明》曰『俔天之妹』，傳曰：『俔，磬也。』此以今語釋古語，『俔』者古語，『磬』者今語，二字雙聲，是以《毛詩》作『俔』，《韓詩》作『磬』，如十七篇之有古今文。孔穎達云『如今俗語譬喻云「磬作」然』，許不依《傳》云『磬』而云『諭』者，『磬』非正字，以六書言之，乃『俔』之假借耳，不得以假借字釋正字也。『磬』『罄』古通用。《爾雅》『罄，盡也』，猶言竟是天之妹也。」

莘

《廣韵》曰：「有㜪，國名」。

其會如林

《説文》：「旝，建大木，置石其上，發以機，以追敵也。《春秋傳》曰『旝動而鼓』，《詩》曰『其旝如林』。」[一]

牧野

《正義》：「《牧誓》云『至於商郊牧野乃誓』，《書序》注云『牧野，紂南郊地名』。《禮記》及《詩》作『坶野』，古字耳。今本又不同。」《尚書大傳》「牧」作「坶」。《説文》：「坶，朝歌南七十里地。《周書》『武王與紂戰于坶野』。从土，母聲。」

[一] 《説文解字注・㫃部》「旝」字「旌旗也」注：「旌旗有名『旝』者，下文所偁《詩》及《左傳》皆是也。」「《詩》曰『其旝如林』，《春秋傳》曰『旝動而鼓』。一曰建大木，置石其上，發以機，以追敵也」注：「按：此條大、小徐二本皆作『建大木，置石其上，發㠯機，㠯追敵也。从㫃，會聲。《春秋傳》曰「旝動而鼓」，《詩》曰「其旝如林」』，此非許書之舊，今依《韵會》所據小徐本，乃許書之舊也。前一説『旝』爲旌旗，故厠於『旂、旞、旃』三篆閒。」

鷹

《説文》：「𤸰，鳥也。」籀文从鳥。〔一〕

涼彼

朱子曰：《漢書》作「亮」。《釋文》曰：「《韓詩》作『亮』，相也。」〔二〕

會朝清明

《天問》「會鼂爭盟，何踐吾期」，一作「會晁請盟」。

緜　九章，章六句

自土沮漆

《漢書·地理志》右扶風杜陽：「杜水南入渭。《詩》曰『自杜』，莽曰『通杜』。」師古曰：「《大雅·緜》之詩曰『人之初生，自土漆沮』。《齊詩》作『自杜』，言公劉避狄而來居杜與漆、沮之地。」按：《漢書》景祐二年本有「《詩》曰『自杜』」四字，王伯厚《詩地理攷》所引正如此。師古

〔一〕《説文解字注·隹部》「𤸰」字注：「『𤸰』蓋古文也，小篆从之，从隹，从瘖省聲。籀文則从鳥而應省聲，非兼用隹、鳥也。」

〔二〕《説文解字注·儿部》「亮」字注：「古人名亮者字明，人處高則明，故其字从儿、高。明者可以佐人，故《釋詁》曰：『亮，相導也。』典、謨多用『亮』字。《大雅》『涼彼武王』，傳曰『涼，佐也』，假『涼』爲『亮』也，《韓詩》正作『亮』。」

謂之《齊詩》必《漢書音義》舊説。古「土」「杜」通用，如毛「桑土」、韓「桑杜」是也。《水經注・漆水》篇引「民之初生，自土漆沮」。《文選・晉紀總論》注曰：「《鄭箋》云『循西水涯，漆、沮側也。謂亶父避狄，循漆、沮之水而至岐下』。」按：古本皆作「漆沮」，孔《正義》亦作「漆沮」。

陶復陶穴

《説文》：「𥨫，地室也。从穴，復聲。《詩》曰『陶𥨫陶穴』。」《玉篇》引《詩》「陶𥨫陶穴」。或作「墺」，亦作「復」。

陶

《説文》曰：「匋，瓦器也。」[一]「窯，燒竈也。」

來朝走馬

《玉篇》「趣」字注曰：「《詩》曰『來朝趣馬』，言早且疾也。」玉裁按：《鄭箋》「言其避惡早且疾也」，「早」釋「來朝」，「疾」釋「趣」字。《説文》：「趣，疾也。」《玉篇》作「趣馬」，野王據

[一]《説文解字注・缶部》「匋」字「作瓦器也」注：「『作』字各本無，今依《玉篇》補。《大雅》『陶復陶穴』，箋云『復、穴皆如陶然』，正義引《説文》『匋，瓦器竈也』。按：《穴部》云：『窯，燒瓦竈也。』《瓦部》云：『甄，匋也。』然則依《玉篇》爲長。作瓦器者，㲉之、燒之皆是其事，故『匋』之字次於『㲉』。今字作『陶』，『陶』行而『匋』廢矣。『陶』見《阜部》，再成丘也。」

漢人相傳古本也，不知何時誤爲「走馬」，而程大昌、顧炎武以爲單騎之始。「趣」音走，亦音促。

滸

《説文》：「汻，水厓也。从水，午聲。」

周原膴膴

劉逵《魏都賦注》：「腜腜，美也。《詩》曰『周原腜腜』。」　李善注引《韓詩》曰「周原腜腜」。《廣雅・釋言》「腜腜，肥也」，據《韓詩》爲訓也。

菫

《説文》：「菫，艸，根如薺，葉如細柳，蒸食之甘。从艸，菫聲。」　玉裁按：今誤作「菫」，《詩本音》亦誤。　顏氏《干禄字書》誤作「菫」。〔一〕

爰契我龜

王應麟曰：「契，《漢書注》作『挈』。」〔二〕

〔一〕《説文解字注・艸部》「菫」字注：「《大雅》『菫荼如飴』，傳曰：『菫，菜也。』《夏小正》『二月榮菫采蘩』，傳曰『皆豆實也。菫，采也。』……今經典通用『菫』字。」

〔二〕《説文解字注・大部》「契」字注：「經傳或叚『契』爲『栔』，如『爰契我龜』，傳曰『契，開也』是也。」

廼

顧亭林曰依唐石經並作「廼」，《公劉》篇同。　明馬應龍本「乃召司空，乃召司徒」二作「乃」，餘作「廼」。　玉裁按：《説文》「迺、乃」異字異義，俗云古今字。

俾立室家

馬應龍本「立」作「其」，俟攷。

捄之陾陾

《玉篇》：「《詩》曰『捄之陑陑』。」　顧亭林曰：「《説文》引此作『捄之仍仍』。」攷《説文》引「捄之陾陾」，無「捄之仍仍」，顧氏誤也。　玉裁又按：《廣雅·釋訓》曰「仍仍、登登、馮馮，衆也」，即謂此詩，然則「陾」有作「仍」者。《説文》作「仍」之本不誤，今本《説文》皆據《詩》改耳。〔一〕

〔一〕《説文解字注·阜部》「陾」字「《詩》云『捄之陾陾』」注：「《大雅·緜》文。毛傳曰：『捄，虆也。陾陾，衆也。度，居也。言百姓之勸勉也。登登，用力也。』箋云：『捄，捊也。度猶投也。築牆者捊聚壤土，盛之以虆而投諸版中。』按：《箋》與《傳》不異，《箋》之『投』即《傳》之『居』。《詩》之『捄』謂捊土，『度』謂投版中，然後乃築之登登，然則《毛傳》謂『陾陾，衆也』爲長。許謂『築牆聲』，似非是，又其篆从耎聲，則與如乘切相去甚遠。依《玉篇·手部》作『捄之陑陑』，則之韵而聲可轉入蒸韵，如『耳孫』之即『仍孫』也。蓋其字从阜，故許必云『築牆』以傅合之，而聲則或譌爲耎聲。」

削屢馮馮

玉裁按：「屢」古作「婁」，婁，空也。「削婁」謂削治牆空竅、坳突處使平。《長門賦》「離樓梧而相樘」，《魯靈光殿賦》「嶔崟離樓」。《説文》：「廔，屋麗廔也。」「囧，牕牖麗廔闓明也。」「離樓、麗廔」皆竅穴穿通之皃。

臯門有伉

鄭氏《禮記注》曰：「臯之言高也。」《釋文》：「《韓詩》作『閌』。」《西京賦》「高門有閌」，善曰：《毛詩》「伉」與「閌」同。《吴都賦》「高闈有閌」。《説文》「阬」字注「閬也」[一]，「閬」字注「門高也」[二]。《五經文字》曰：「阬，門高。」《廣韵・四十二宕》：「阬，門也。」玉裁按：《毛詩》之「伉」，古本作「阬」，屈賦「吾與君兮齊遨，道帝之兮九阬」，九阬謂廣開天門有九重也。

[一]《説文解字注・阜部》「阬」字注：「閬者，門高大之皃也。引申之，凡孔穴深大皆曰『閬阬』。……《詩》曰『臯門有伉』，然則門亦得偁『阬』也。○今按：『閬』訓『迂遠』，疑本作『限』，俗作『閬』，又譌『閬』耳。阬塹，亦限阻也。《土部》曰塹者『阬也』，然則阬者『塹』也，爲轉注。」

[二]《説文解字注・門部》「閬」字注：「《文選・甘泉賦》注引作『門高大之皃也』。《阜部》曰『阬，閬也』，此曰『閬，門高皃』，相合爲一義。凡許書異部合讀之例如此。《大雅》：『迺立臯門，臯門有伉。』傳曰：『王之郭門曰臯門。伉，高皃。』按：《詩》『伉』當是『阬』之譌。」

混夷駾矣

《說文》「駾」字注引「昆夷駾矣」。《孟子》「文王事昆夷」。〔一〕 《魯靈光殿賦》「盜賊奔突」，張載注云：「突，唐突也。《詩》云『昆夷突矣』。」

維其喙矣

《毛傳》：「喙，困也。」《方言》：「瘃，極也。」郭注：「巨畏反，今江東呼『極』爲『瘃』，『倦』聲之轉也。」《廣韻》：「瘃，困極也。《詩》云『昆夷瘃矣』，本亦作『喙』。」《方言》：「㱮，極也。」郭注：「今江東呼『極』爲『㱮』，音喙，《外傳》曰『余病㱮矣』。」 玉裁按：《國語》郤獻子曰「余病喙」，韋昭注「短氣皃」。《爾雅》：「呬，息也。」《說文》：「呬，息也。《詩》曰『犬夷呬矣』。」〔二〕 玉裁按：「呬矣」者，「喙矣」之異文。

〔一〕《說文解字注·馬部》「駾」字注：「《大雅·緜》曰『混夷駾矣』，傳曰：『駾，突也。』箋云：『混夷惶怖驚走奔突入柞棫之中。』……今詩『昆』作『混』。按：『昆』恐是譌字，《孟子》亦作『混』。」

〔二〕《說文解字注·口部》「呬」字「《詩》曰『犬夷呬矣』」注：「《大雅》『混夷駾矣，維其喙矣』，合二句爲一句，與《日部》引『東方昌矣』相似。『混』作『犬』、『喙』作『呬』，蓋亦用三家《詩》。《馬部》引『昆夷駾矣』，則《毛詩》也。毛云：『喙，困也。』《方言》：『𩞁、喙、呬，息也。』按：人之安寧與困極皆驗諸息，故《假樂》《綿》之『呬』不嫌異義同偁，『喙』與『呬』不嫌異字同義。」

疏附

《尚書大傳》：「文王胥附、奔輳、先後、禦侮，謂之四鄰。」玉裁按：古「疏」「胥」通用。

奔奏

《釋文》曰：「本又作『走』。」《尚書大傳》作「奔輳」。

曰

《離騷》「忽奔走以先後兮」，王〔一〕逸注引「予聿有奔走，予聿有先後」。

棫樸　五章，章四句

追琢

趙岐《孟子注》：「彫琢，治飾玉也。《詩》云『彫琢其章』。」

其章

《周禮·追師》注引《詩》「追琢其璋」。又《周禮正義》曰：「《詩》云『追琢其璋』，璋是玉爲之，則『追』與『琢』皆是治玉石之名也。」《玉篇》引《詩》「追琢其璋」。依《毛詩

〔一〕校者案：「王」，原作「玉」，形近而誤，改。

鄭箋》則是「章」字。

勉勉我王

劉向作「亹亹」。《白虎通義》引《詩》「亹亹我王，綱紀四方」。

旱麓　六章，章四句

旱麓

《春秋外傳》單穆公引《詩》「瞻彼旱鹿」。宋明道二年本作「旱麓」。玉裁按：《春秋》「沙鹿崩」，《穀梁傳》曰「林屬於山爲鹿」。《易》「即鹿無虞」，王弼以爲山足，是古借「鹿」爲「麓」也。

豈弟

單穆公引《詩》「愷悌君子，干禄愷悌」。

瑟彼玉瓚

《説文》：「璱，玉英華相帶如瑟弦。从玉，瑟聲。《詩》曰『璱彼玉瓚』。」〔一〕

〔一〕《説文解字注·玉部》「璱」字注：「《詩》之《大雅》作『瑟』，箋云：『瑟，絜鮮皃。』孔子曰：『璠璵，近而視之瑟若也。』《韵會》引作『瑟彼』，則引《詩》爲發明從瑟意。」

施于條枚

《新序》引「延於條枚」，見《後漢書・黄琬傳》注。《呂氏春秋》引「延於條枚」，《韓詩外傳》引「延於條枚」。然則毛作「施」，韓作「延」也。

豈弟君子

《禮記・表記》引「凱弟君子，求福不回」。《周語》單襄公引《詩》「愷悌君子，求福不回」。

思齊　五章，二章章六句，三章章四句

神罔時恫

《説文》：「侗，大皃。《詩》云『神罔時侗』。」〔一〕

烈假不瑕

《鄭箋》云：「厲、假，皆病也。」正義曰：「鄭讀烈『假』爲『癘瘕』。」　玉裁按：《仙人唐公

〔一〕《説文解字注・人部》「侗」字注：「今本作『恫』，《傳》曰：『恫，痛也。』按：痛者，『恫』之本義。許所據本作『侗』，偁之以見《毛詩》假『侗』爲『恫』也。」

房碑》曰「癘蠱不遐」，此與《鄭箋》合。「瘕」之古音同「蠱」。

古之人無斁

《鄭箋》：「古之人口無擇言，身無擇行。」

皇矣 八章，章十二句

求民之莫

當作「嗼」。

其政不獲

《毛傳》作「政」，朱子從之。唐石經依《鄭箋》作「正」。

憎

朱子曰：當作「增」。

式郭

陸德明曰：「式郭，一本作『式廓』。」

此維與宅

《論衡》引作「此維與度」。

菑

《爾雅》:「立死,甾。」《釋文》曰:「甾,《字林》作『椔』。」郭注引《詩》「其椔其翳」。《詩釋文》:「菑,本又作『甾』。」

翳

《釋文》:「《韓詩》作『殪』。菑,反草也。殪,因也,因高填下也。」

栵

《説文》:「栵,栭〔一〕也。《詩》曰『其灌其栵』。」玉裁按:「栵」當作「槸」。槸,木相磨也。「菑、翳、灌、栵」一例,不應此獨爲木名。《爾雅》:「立死,甾。蔽者,翳。木相磨,槸。」疑是類釋此詩,不言「灌」者,已見上文矣。

串夷

《釋文》曰:「串,古患反,一本作『患』。」《正義》曰:「毛讀『患』爲『串』,鄭以詩本爲『患』,故不從耳。《采薇》序曰『西有混夷之患』,是『患夷』者患中國之夷,故『患夷』則『混夷』也。《出車》云『薄伐西戎』,是『混夷』爲西戎國名也。《書傳》作『畎夷』,蓋『畎、

〔一〕校者案:「栭」,原作「栝」,據《説文》各本改。四卷本亦誤。

混』聲相近，後世而作字異耳。或作『犬夷』，犬則『畎』字之省也。」〔一〕

天立厥妃

惠棟曰：「當作『妃』，各本作『配』，誤。」 玉裁按：《毛傳》：「妃，媲也。」此詩《正義》引某氏注《爾雅》引《詩》「天立厥妃」是矣，但謂毛讀「配」爲「妃」，故云「媲也」，是未知經、傳「配」字皆後人改「妃」爲「配」耳。

維此王季 四章首句

《左傳・昭廿八年》成鱄引《詩》作「維此文王」，孔沖遠《正義》云：「《韓詩》及王肅述毛皆作『文王』。」 玉裁按：《左傳》釋「比于文王」之文曰「經緯天地曰文」，《毛傳》引之，謂比于古者經緯天地、文德之王也，如「成王不敢康」非成王、康王之謂。《鄭箋》云「必比于文王者，德以聖人爲匹」，是《鄭箋》雖作「維此王季」，而「比于文王」亦非以父同子，言之不順也。惟《樂記》注此詩云「言文王之德皆能如此」，而不引「經緯天地曰文」之訓，則爲實指周文王。然《禮注》言「文王」，《詩箋》言「王季」，說自不同，注《禮》時所見

〔一〕《說文解字注・毌部》「貫」字注：「《毛詩》『串夷』，傳云：『串，習也。』『串』即『毌』之隸變，《傳》謂即『慣』字，《箋》謂即『昆』字，皆於音求之。」又《心部》「患」字注：「古『毌』多作『串』，《廣韻》曰：『串，穿也。』『親串』即『親毌』。貫，習也。《大雅》『串夷載路』，傳曰：『串，習也。』蓋其字本作『毌』，爲『慣、摜』字之假借也。」

《詩》亦是作「維此文王」。

貊其德音

《釋文》曰：「韓作『莫』。」　朱子曰：《春秋傳》《樂記》《史記・樂書》皆作「莫」。

克順克比

《樂記》引《詩》「克順克俾」，鄭注：「俾當爲『比』，聲之誤也。」　《史記・樂書》：「克順克俾，俾於文王。」

無然畔援

《玉篇》：「《詩》云『無然伴換』，伴換猶跋扈也。」　《漢書》曰「項氏叛換」，韋昭曰：「叛換，跋扈也。」　《魏都賦》「雲徹叛換」。　《韓詩》：「叛援，武强也。」

誕先登于岸

《鄭箋》：「岸，訟也。」按：鄭意作「犴」。

斯怒

《鄭箋》：「斯，盡也。」

以按徂旅

《困學紀聞》曰：「《孟子》引《詩》『以遏徂莒』，《韓非》云『文王克莒』。」〔一〕

以篤于周祜

《孟子》引《詩》「以篤周祜」，無「于」字。　今《詩經》俗本誤同《孟子》少「于」字。　顧亭林依唐石經及國子監注疏本改正。

度其鮮原

《毛傳》：「小山別大山曰鮮」。　玉裁按：《公劉》傳又云「巘，小山別於大山也」，是「鮮」爲「巘」之假借字，猶「獻羔」《王制》作「鮮羔」。　《爾雅》曰：「小山別大山，鮮。」釋文曰：「或作『嶰』。」　玉裁按：左思《吴都賦》曰「嶰澗閴」，李善注引《爾雅》「小山別大山曰嶰」。嶰，古買切。《玉篇》：「嶰，胡買切，山不相連也。」附記之。

同爾兄弟

顧亭林曰：「《後漢書・伏湛傳》引『同爾弟兄』，入韵。」　王〔二〕逸《九辨》注「内念君父及

〔一〕《説文解字注・艸部》「莒」字注：「又按：《孟子》『以遏徂莒』，《毛詩》作『徂旅』，知『莒』從吕聲，本讀如『吕』。」

〔二〕校者案：「王」，原作「玉」，形近而誤，改。

弟兄也」，與上文「長、王、惶[一]、黨、並、湯」韵，今譌爲「兄弟」，則非韵矣。

與爾臨衝

《韓詩》「與爾隆衝」。　玉裁按：「隆衝」言陷陣之車隆然高大也。《毛傳》以「臨衝」爲二，非。[二]

衝

《説文》：「幢，陷陣車也。从車，童聲。」　李善《文選注》：「班固《漢書述》曰『衝輣閑閑』。衝，《字略》作『幢』，樓也。」

執訊連連

《釋文》云：「又作『誶』。」　玉裁按：作「誶」者誤。《爾雅》「訊，言也」，《説文》「訊，問也」，《正月》毛傳「訊，問也」，《出車》毛傳「訊，辭也」，《采芑》鄭箋「執其可言問所獲敵人之衆」，《皇矣》鄭箋「執所生得者而言問之」，以「言、辭、問」訓訊字，與誶字「告」義迥別。

[一] 校者案：「惶」，原作「煌」，據王逸《楚辭章句》原書改。四卷本亦誤。

[二] 《説文解字注·車部》「幢」字注：「《大雅》『與爾臨衝』，傳曰：『臨，臨車也。衝，衝車也。』釋文曰：『《説文》作「幢」，陷陣車也。』定八年《左傳》『主人焚衝』，《釋文》亦云爾。前、後《漢書》『衝輣』，『衝』皆即『幢』字。」

馘

《説文》：「聝，軍戰斷耳也。」或作「馘」。

類禡

《爾雅》曰：「是類是禡，師祭也。」《五經文字》曰：「五經及《釋文》皆作『類』，惟《爾雅》從示。」玉裁按：《説文》作「禷」。

仡仡

《説文》：「圪，牆高皃。《詩》曰『崇墉圪圪』。从土，气聲。」張載《靈光殿》注曰：「屹猶『嶭』也，高大皃。《詩》云『臨衝茀茀，崇墉屹屹』。」

靈臺 五章，章四句此分章从毛、鄭，五章，每章一韻。《孟子》引詩全舉前三章，《外傳》伍舉引詩全舉前二章也。朱〔一〕子《集傳》改爲四章，前二章章六句，乃言其所本。

白鳥翯翯

《孟子》引《詩》「白鳥鶴鶴」。《説文》：「皠，鳥之白也。」玉裁按：何晏《景福殿賦》

〔一〕校者案：「朱」，原作「未」，形近而誤，改。

「皠皠白鳥」。　賈誼《新書》引《詩》作「白鳥皜皜」。

虡業維樅

《說文》：「虡，鐘鼓之柎也，飾爲猛獸。从虍，異象其下足。」或作「鐻」，篆文作「虡」。　馬刻《五經文字》誤作「虛」。　《說文》：「業，大版也。所以飾縣鐘鼓，捷業如鋸齒，以白畫之，象其鉏鋙相承也。《詩》曰『巨業維樅』。」〔一〕　《上林賦》：「撞千石之鐘，立萬石之鉅。」

辟廱

他經作「辟雝」。〔二〕

於論

漢以前「論」字皆讀爲「倫」。《中庸》「經論天下之大經」。《易》「君子以經論」，荀

〔一〕《說文解字注・丵部》「業」字注：「《周頌》傳曰：『業，大版也，所以設栒爲縣也，捷業如鋸齒。或曰畫之。植者爲虡，橫者爲栒。』《大雅》箋云：『虡也，栒也，所以縣鐘鼓也。設大版於上，刻畫以爲飾。』按：栒以縣鐘鼓，業以覆栒爲飾，其形刻之捷業然如鋸齒，又以白畫之，分明可觀，故此大版名曰『業』。　業之爲言齾也，許說本毛。《毛傳》『或曰畫之』，『或曰』二字乃『以白』二字之譌，未有正其誤者。　凡程功積事言業者，如版上之刻往往可計數也。　……今《詩》作『虡』，《上林賦》『虡』作『鉅』，許作『巨』，蓋三家《詩》。『巨』與『鉅』同也。《墨子・貴義》曰：『鉅者白也，黔者黑也。』鉅業者，蓋謂以白畫之與？」

〔二〕《說文解字注・隹部》「雝」字注：「經典多用爲『雝和、辟雝』，隸作『雍』。」

氏讀如「倫」。〔一〕

鼉

《夏小正》《吕氏春秋》皆作「鱓」。〔二〕

逢逢

《釋文》曰：「逢逢，《埤蒼》云『鼓聲也』，亦作『韸』。」玉裁按：《廣雅》：「韸韸，聲也。」高誘《淮南子注》引《詩》「鼉鼓洋洋」，「洋」者「韸」之誤。高誘《吕氏春秋・六月紀・有始覽》注引《詩》「鼉鼓韸韸」、《衆經音義》引郭璞《山海經注》「《詩》云『鼉鼓韸韸』」是也。今《山海經注》無此句。

矇瞍奏公

《文選・連珠》注引《韓詩》「矇瞍奏功」。

〔一〕《説文解字注・言部》「論」字注：「論以『侖』會意。《亼部》曰『侖，思也』，《侖部》曰『侖，理也』，此非兩義。『思』如《玉部》『鰓理自外，可以知中』之『鰓』。《靈臺》『於論鼓鍾』，毛曰『論，思也』，此正許所本。《詩》『於論』正『侖』之假借。凡言語循其理、得其宜謂之論，故孔門師弟子之言謂之《論語》。皇侃依俗分去聲、平聲異其解，不知古無異義，亦無平、去之别也。」

〔二〕《説文解字注・魚部》「鱓」字注：「『鼉、鱓』皆从單聲，古書如《吕覽》等皆假『鱓』爲『鼉』。」

下武　六章，章四句

順德

《正義》曰：「定本作『慎德』。」今按：《淮南・繆稱訓》引「媚兹一人，應侯慎德」，《鄭箋》引《易・升》象詞「君子以順慎德」，《易釋文》曰：「順，又作『慎』。」古書「慎」「順」通用致多。

昭兹來許，繩其祖武

《後漢書・祭祀志》注曰：「謝沈《書》云東平王蒼上言《大雅》云『昭兹來御，慎其祖武』。」玉裁按：《毛傳》「許，進也」，許無「進」訓。蔡邕《獨斷》云「御，進也」，《六月》傳云「御，進也」。據東平王所引《毛詩》，正作「來御」。今作「許」，蓋聲之誤，孔沖遠未之攷也。《毛傳》云「繩，戒也」，東平王作「慎」，異字同義，此爲轉注。凡經文，有由傳、注求之，的可知其字當易正者，如：「在彼空谷」，毛曰「空，大也」，正用《釋詁》「穹，大也」之訓，「空」乃譌字，而《韓詩》「在彼穹谷」可證也。「或舂或揄」，毛曰「揄，抒臼也」，正同《說文》「舀、䑥、抗」同「抒臼也」之訓，「揄」乃譌字，而《周官》《儀禮》注引「或舂或抗」可證也。「昭兹來許」，毛曰「許，進也」，正同《六月》傳「御，進也」之訓，「許」乃譌字，而謝沈《後漢書》東平王蒼引「昭茲來御」可證也。治經宜識此意。玉裁此書成後，乃見惠定宇《九經古義》，其說正同。今讀《廣雅》云「許，進也」，本諸此《傳》，然則作「御」者恐三家《詩》，未可據以改《毛詩》也。癸卯九月初六日識。〔一〕

文王有聲　八章，章五句

遹求厥寧

《說文》：「欥，詮詞也。从欠，从曰，曰亦聲。《詩》曰『欥求厥寧』。」《漢書・敘傳》《幽通賦》「欥中龢爲庶幾兮」，《文選》作「聿」。〔二〕

〔一〕《說文解字注・言部》「許」字注：「許，或假爲『所』，或假爲『御』。《下武》傳『許，進也』，即『御，進也』，東平王蒼正作『昭茲來御』。」

〔二〕《說文解字注・欠部》「欥」字注：「詮詞者，凡詮解以爲詞，如『欥求厥寧』『欥中和爲庶幾』是也。《釋言》：『遹，述也。』《毛詩・悉蟀》傳曰『聿，遂也』，《文王》傳曰『聿，述也』，古『聿』『遹』同字，『述』『遂』同字。《爾雅》言『述』而『遂』在其中，毛公或言『遂』或言『述』，因文分別也，《毛詩》多言『聿』，獨《文王有聲》四言『遹』，而毛無傳。毛意『遹』即『聿』，『聿』訓『遂』，故《鄭箋》以『述』別之。遂者，因事之詞，亦專詞。《韓詩》及曹大家注《幽通賦》及杜注《左傳》皆云『聿，惟也』，此專詞也。『欥』其正字，『聿、遹、曰』皆其假借字也。」

作邑于豐

《文選·西征賦》注引「作邑于酆」。《説文》:「酆,周文王所都。在京兆杜陵西南。」

築城伊淢

陸德明曰:《韓詩》「築城伊洫」。玉裁按:從《韓詩》,則字義、聲韵皆合矣。《史記·河渠書》「溝洫」字亦作「淢」。

匪棘其欲,遹追來孝

《禮記·禮器》篇引《詩》「匪革其猶,聿追來孝」,鄭注《禮記》云「聿,述也」。玉裁按:古「欥、聿、遹」字通用。

宅是鎬京

《坊記》篇引《詩》「度是鎬京」。玉裁按:《尚書》凡「宅」字,《史記》多作「度」。

芑

或曰同「藖」,水蕨也。玉裁按:《説文》「菜之美者,雲夢之藖」,《吕覽》作「菜之美者,雲夢之芹」。郭忠恕《佩觿》曰李審言所進《切韵》「芑」切墟里、袪豨二音,「芑」切袪豨,蓋以「芑」同「豈」，入尾韵也。

孫謀

《鄭箋》以「孫」爲「順」。〔一〕

〔一〕《説文解字注·系部》「孫」字注：「子卑於父，孫更卑焉，故引申之義爲『孫順』、爲『孫遁』，字本皆作『孫』，經傳中作『遜』者，皆非古也。……惟『孫順』字《唐書》作『愻』，見《心部》，而俗亦以『遜』爲之。」又《辵部》「遜」字注：「按：六經有『孫』無『遜』。《大雅》『孫謀』、《聘禮》『孫而説』、《學記》『不陵節而施之謂孫』、《論語》『孫以出之』，皆『愻』之假借也。」

詩經小學卷二十四

金壇段玉裁撰

生民之什

生民 八章，四章章十句，四章章八句

姜嫄

玉裁按：《史記》作「姜原」，裴駰《集解》曰：「《韓詩章句》曰『姜，姓。原，字』。或曰姜原，謚號也。」

履帝武敏

《爾雅》：「敏，拇也。」 玉裁按：敏者，「拇」之假借字也。古「敏、拇、畝」字同音，皆在今之止韵，故《爾雅》舍人本作「履帝武畝」，亦假借字也。《爾雅》引「履帝武敏」，於「敏」字斷句。王逸《離騷》注引「履帝武敏歆」，於「歆」字斷句。 玉裁按：《毛傳》「敏，疾

也」，於「敏」字斷句。《爾雅》《鄭箋》「敏，拇也」，於「歆」字斷句。

后稷

《毛傳》：「后稷播百穀以利民。」韋昭注《國語》「稷勤百穀而山死」引《毛詩傳》曰：「稷，周棄也，勤播百穀，死於黑水之山。」裴松之注《杜畿傳》又引韋注。考《山海經·海内經》「西南黑水之閒，有廣都之野，后稷葬焉」，又曰「后稷之葬，山水環之」。《毛傳》與《山海經》合也，當據韋注補《毛傳》之脱文。

達

《説文》：「羍，小羊也。从羊，大聲。」玉裁按：《鄭箋》易字爲「羍」，似太媟矣。本后稷之詩，不宜若是。《毛傳》云「達，生也」，是「先生如生」不可曉。今以《車攻》傳「達屨」之義求之，蓋是「達，達生也」，「達、沓」字古通用。姜原首生后稷，便如再生、三生之易，故足其義云「先生，姜原之子先生者也」。正如「樵彼桑薪，卬烘于煁」，傳云：「卬，我也。烘，燎也。煁，烓竈也。」乃後足其義云「桑薪，宜以養人者也」，若依次訓釋，則「桑薪」當在「卬」上，「先生」當在「達」上。〔二〕

〔二〕《説文解字注·羊部》「羍」字注：「《生民》『誕彌厥月，先生如達』，毛曰：『達，生也。姜嫄之子先生者也。』此不可通，當是經文作『羍』，傳云：『羍，達也。先生，姜嫄之子先生者也。』達，他達切，即『滑達』字。凡生子始（轉下頁）

副

《說文》曰：「副，籀文作「疈」；「坼，裂也，《詩》曰『不坼不疈』。」

實覃實訏

許叔重引「實覃實吁」。〔一〕

克岐克嶷

《說文》：「㘈，小兒有知也。《詩》曰『克岐克㘈』。」　張弨曰：「今作『嶷』，後人因『岐』所改也。」

禾役穟穟

《說文》：「穎，禾末也。从禾，頃聲。《詩》曰『禾穎穟穟』。」〔二〕

（接上頁）生較難，后稷爲姜嫄始生子，乃如達出之易，故曰『先生如羍』。……《鄭箋》如字，訓爲『羊子』，云如羊子之生，媟矣！尊祖之詩，似不應若是。且畜類之生無不易者，何獨取乎羊？尋《箋》不云『達讀爲羍』，則知《毛詩》本作『羍』，毛以『達』訓『羍』，謂『羍』爲『達』之假借也。凡《故訓傳》之通例如此。用毛說改經、改《傳》、改《箋》，使文義皆不可通，則淺人之過而已。」

〔一〕《說文解字注·㫗部》「覃」字注：「《傳》曰：『覃，長也。訏，大也。』許作『吁』，疑轉寫誤。」

〔二〕《說文解字注·禾部》「穎」字注：「今《詩》作『禾役』，毛曰：『役，列也。』玉裁按：『役』者『穎』之叚借字，古支、耕合韵之理也。『列』者『栵』之叚借，禾穰也。此『穎』通穰言之，下章之『穎』則專謂垂者。」又《禾部》「穟」字注：「《大雅·生民》曰：『禾役穟穟。』《釋訓》曰：『穟穟，苗也。』《毛傳》曰：『穟穟，苗好美也。』按：《公羊傳》注：『生曰苗，秀曰禾。』苗、禾一也，《釋訓》《毛傳》與許說一也。……許此句蓋用三家《詩》，如『如鳥斯䩉』爲正字，《毛詩》作『革』爲叚借字也。」

穟

《說文》：「穟，禾采秀也。」〔一〕或作「蓫」。

瓜瓞唪唪

《說文》：「唪，大笑也。讀若《詩》曰『瓜瓞菶菶』。」又：「玤，石之次玉者，讀若《詩》曰『瓜瓞菶菶』。」〔二〕

茀厥豐草

《釋文》：「茀，《韓詩》作『拂』。」

實種

《毛傳》：「種，雍腫也。」今本譌作「襍種」。玉裁按：當作「雝種」，《漢書》所謂「一畝三畎，苗生三葉以上，隤壟土以附苗根，比盛暑，壟盡而根深，能風與旱」也。《正義》引《莊子》「雝腫而不中繩墨」，擬不於倫，且與「實發」相混。

〔一〕校者案：各本《說文》均作「穟，禾采之皃」。《說文解字注》亦同。

〔二〕《說文解字注·艸部》「菶」字注：「《說文》兩引《詩》『瓜瓞菶菶』，今《生民》作『唪唪』，假借。」

郘

《漢書》作「鄦」。〔一〕

誕降嘉種

《説文》引《詩》「誕降嘉穀，惟秬惟秠」，「天賜后稷之嘉穀也」。「虋，赤苗嘉穀也。」「芑，白苗嘉穀也。」〔二〕　《文選・典引》李注引《毛詩》「誕降嘉穀，惟秬惟秠」。

秬

《山海經》「維宜芑苣，穋楊是食」，郭注曰：「《管子》説地所宜云『其種穋、芑、黑黍』，皆禾類也。苣，黑黍，今字作禾旁。」《説文》：「䵻，从鬯，巨聲。」或作「秬」。　玉裁按：《尚書大傳》「䵻鬯」。

維穈維芑

《爾雅》：「虋，赤苗。」釋文曰：「本亦作『亹』，《詩》作『穈』。」　《説文》：「虋，赤苗嘉

〔一〕《説文解字注・邑部》「郘」字注：「周人作『郘』，漢人作『鄦』，古今語小異，故古今字不同。」

〔二〕《説文解字注・卤部》「㮚」字注：「《大雅》曰：『誕降嘉穀，惟秬惟秠，惟虋惟芑。』秬、秠謂黍，虋、芑謂禾。……古者民食莫重於禾黍，故謂之『嘉穀』。穀者百穀之總名，嘉者美也。『嘉穀』字見《詩・生民》，許書及《典引》注可據，改爲『嘉種』者非。」

穀也。从艸，釁聲。」　玉裁按：「穈」字《說文》所無，於六書無當，宜改從《爾雅》《說文》作「虋」。

以歸肇祀

《鄭箋》「肇，郊之神位也」，是以「肇」爲「兆」之假借也。　肇从戈肁聲，今本作「肈」，非也。攷《書》「肇十有二州」「肇基王迹」及此「以歸肇祀」「后稷肇祀」，陸氏《釋文》皆作「肈」。《玉篇・攴部》曰：「肈，俗肇字。」《干禄字書》曰：「肈通，肇正。」《五經文字・戈部》曰：「肇作肈，譌。」《廣韵》有「肇」無「肈」。今本《說文・攴部》有「肈」字，唐後人妄增入無疑。凡古書内「肈」字皆當改作「肇」。

或舂或揄

《說文》：「舀，抒臼也。从爪、臼。《詩》曰『或簸或舀』。」或作「䑂」，或作「抗」。　玉裁按：今《注疏攷證》引《韓詩》「或舂或抗」。《儀禮・有司徹》鄭注：「挑讀如『或舂或抗』之『抗』。」「女舂抗」見《周官經》，注引「或舂或抗」。其字从手，宂聲，「宂散」之「宂」今在弟九部，古在弟三部。《說文》當云「或舂或舀」，而云「或簸或舀」者，記憶之誤也。　古《生民》作「舀」、作「抗」，而今本作「揄」者，聲之誤也。　鄭氏注《三禮》所引蓋《韓詩》，而

許氏《説文解字序》曰「其偁《易》孟氏、《詩》毛氏」，則《毛詩》故作「舀」也。〔一〕

或蹂

《鄭箋》：「蹂之言濡也。潤溼之，將復舂之，趨于鑿也。」 玉裁按：「蹂、濡」音近而相假，「懷柔百神」一作「懷濡」是也。

釋之叟叟

唐石經誤作「釋」。 《説文》：「釋，漬米也。从米，睪聲。」 玉裁按：亦曰「淅米」，亦曰「汏米」。《詩本音》及各本作「釋」，誤。 《爾雅》「溞溞，淅也」，郭注：「洮米聲。」

《五經文字》無「釋」字。

烝之浮浮

《爾雅》：「烰烰，蒸也。」釋文：「蒸，本今作『烝』。」 《説文》：「烰，烝也，《詩》曰『烝之

〔一〕《説文解字注・臼部》「舀」字注：「《生民》詩曰：『或舂或揄，或簸或蹂。』毛云：『揄，抒臼也。』然則『揄』者『舀』之叚借字也。抒，挹也，既舂之，乃於臼中挹出之。今人凡酌彼注此皆曰舀，其引伸之語也。……『舀』『揄』不同，則或許所據《毛詩》作『舀』，或許取諸三家《詩》，如毛作『革』、韓作『鞹』之比，皆不可定。」

烰烰』。」〔一〕

后稷肇祀

《禮記·表記》篇引《詩》「后稷兆祀」，《周禮》「兆五帝於四郊」。此詩《鄭箋》云「肇，郊之神位也」，少「當作『兆』」三字。《說文》作「垗」。

行葦 七章，二章章六句，五章章四句

敦彼行葦

李善《長笛賦》注引《鄭箋》「團聚皃」。

維葉泥泥

張揖作「苨苨」，云「艸盛也」。《釋文》。 玉裁按：此即《廣雅》「苨苨，茂也」。 李善《蜀都賦》注引《毛詩》「維葉苨苨」。

〔一〕《說文解字注·火部》「烰」字注：「《詩·生民》：『烝之浮浮。』《釋訓》曰：『烰烰，烝也。』《毛傳》曰：『浮浮，氣也。』按：《爾雅》不偁《詩》全句，故曰『烝也』而已，毛釋《詩》全句，故曰『浮浮，氣也』。許於此當合二古訓爲解，曰『烰烰，烝皃，謂火氣上行之皃也』，或轉寫者删之耳。」

肆筵設席

王逸《招魂》注引《詩》「肆筵設机」。　玉裁按：疑有誤。

醓

《説文》作「盬醓」，从血，肬聲。〔一〕

臄

《説文》：「谷，口上阿也。从口，上仌象其理。」或作「㖦」，或作「臄」。

敦弓

《説文》：「弴，畫弓也。从弓，𦎧聲。」〔二〕　玉裁按：敦讀如「追」，不讀「彫」，猶「追琢其章」不讀「彫琢」，「鷻」釋爲「雕」，不讀雕字。此異部轉注之理也。

〔一〕《説文解字注·血部》「盬」字注：「『肬聲』當作『从肬』，此以會意兼形聲也。《肉部》曰：『肬，肉汁滓也。』按：醓多汁則曰肬醓，以血爲醓則曰盬醓，其多汁汪郎相似也，故从肬，而肬亦聲。……《禮經》『醓』即盬之變，醓醢用牛乾脯、粱、麴、鹽、酒，閉之甀中，令其汁汪郎然，是曰肉汁滓，是曰肬醓宜矣。而許時《禮經》作『盬醓』，則假借血醓之字也，故許引《禮經》而釋『盬醓』，非『盬』之本訓。」

〔二〕《説文解字注·弓部》「弴」字注：「《大雅》『敦弓既堅』，傳曰：『敦弓，畫弓也，天子畫弓。』……或曰天子弓但刻畫爲文也。《兩京賦》『彫弓斯彀』，薛云：『彫弓，謂有刻畫也。』『弴』與『彫』語之轉，敦弓者『弴』之假借字。《詩》《禮》又假『追』爲之。『敦、弴』可讀如『𠂤』，不得竟讀『彫』也。」

敦弓既句

張衡《東京賦》「彫弓斯彀」。

大斗

《釋文》：「斗，亦作『枓』。」　楊慎曰：「當作『𧯷』。」　《説文》：「⿰金𧯷，酒器也。」或作「𧯷」。〔一〕

耇

《説文》从老句聲，隸省作「耈」。

台背

《爾雅》：「鮐背，壽也。」　張衡《南都賦》「鮐背之叟」。　劉熙《釋名》：「九十曰鮐背。」〔二〕

既醉　八章，章四句

朗

《説文》作「朖」。

〔一〕《説文解字注·金部》「⿰金𧯷」字「酒器也」注：「未聞。或曰即《行葦》之『大斗』，非是。《毛傳》『大斗長三尺』，謂勺柄長三尺也。」

〔二〕《説文解字注·魚部》「鮐」字注：「鮐狀如科斗，背上青黑，有黄文。《詩》『黄髮台背』，毛曰：『台背，大老也。』箋云：『台之言鮐也，大老則背有鮐文。』是謂『台』爲『鮐』之叚借字。」

蠱

《說文》作「蠱」，今俗作「壼」。

鳧鷖 五章，章六句

在涇

玉裁按：此篇「涇、沙、渚、潀、亹」一例，不應「涇」獨爲水名。《鄭箋》「涇，水中也」，今本誤作「水名也」。按：下文云「水鳥而居水中」，是直接「水中」二字，改作「水名」則不貫矣。下章《傳》云「沙，水旁也」，《箋》云「水鳥以居水中爲常，今出在水旁」，承上章「在涇」爲言。《爾雅》云「直波爲徑」，郭注「言徑侹」。《釋名》：「水直波曰涇。涇，徑也，言如道徑也。」《莊子・秋水》篇：「涇流之大，兩涯渚涘之閒，不辨牛馬。」司馬彪云：「涇，通也。」此詩「涇」字正合《釋名》《莊子》《爾雅》，作「徑」、作「徑」同耳，謂大水中流徑直孤往之波，故康成曰「涇，水中也」。因下章「沙」爲水旁，故云「水中」以別之。四章因三章「渚」爲水中高地，故云「潀，水外高地」以別之。

在潀

《鄭箋》云「水外之高者也」，蓋以「潀」爲「崇」之假借字也。

公尸來止熏熏

《說文》：「醺，醉也。从酉，熏聲。《詩》曰『公尸來燕醺醺』。」〔一〕

芬

《說文》「芬」从中，或从艸。

假樂　四章，章六句

假樂君子

《中庸》篇引《詩》「嘉樂君子」。朱子曰：「《春秋傳》引《詩》亦作『嘉』。」

假樂

《毛傳》：「假，嘉也。」《維天之命》《雝》傳同。「假」皆「嘉」之假借字也。

〔一〕《說文解字注·酉部》「醺」字注：「今《詩》作『來止熏熏』。上四章皆云『來燕』，則作『燕』宜也，『醺醺』恐淺人所改。《毛傳》：『熏熏，和悅也。』許以『來燕熏熏』釋此篆之从酉、熏，正與釋『寷』、釋『䕻』、釋『刑』、釋『庸』之引《易》同例。此亦引經釋會意之例也，學者不悟久矣。」

顯顯令德

《中庸》篇引《詩》「憲憲令德」。〔一〕

保右命之

《中庸》篇「保佑命之」。

且君且王

陸德明曰：「一本作『宜君宜王』。」　玉裁按：趙壹《窮鳥賦》曰「且公且侯，子子孫孫」，正用《假樂》詩意，作「宜」爲俗本也。

威儀抑抑

《説文》「㦤」字注引《詩》「威儀秩秩」，蓋誤合二句爲一句。

民之攸塈

《正義》曰：「《釋詁》云『呬，息也』，某氏曰『《詩》云「民之攸呬」』，郭璞曰『今東齊呼息爲呬』，『塈』與『呬』古今字也。」　玉裁按：「塈」者，字之假借，非與「呬」古今字也。今本

〔一〕《説文解字注・心部》「憲」字注：「又《中庸》引《詩》『憲憲令德』，以『憲憲』爲『顯顯』。又《大雅》『天之方難，無然憲憲』，傳曰『憲憲猶欣欣也』，皆叚借也。」

或誤作「暨」。顔真卿書《郭令公家廟碑》「民之攸塈」,字從心。按:「塈」是古文「炁」字,見《説文·心部》。《玉篇》云「塈,音許氣切,息也」,則以同於「呬眉」字,而非「炁」字矣,然唐人引《詩》已有如此者。《集韵·八未》云:「塈,通作『塈』。」

公劉 六章,章十句按:此篇名「公劉」,顧亭林《音學五書》誤以「篤公劉」三字爲篇名。

迺

馬應龍本「乃覯」「乃依」「乃造」「乃密」作「乃」,餘作「迺」。

餱糧

《釋文》:「糧,本亦作『粮』。」

思輯用光

《孟子》引《詩》「思戢用光」。

戈

《鄭箋》云「句孑戟也」,今本「孑」字譌「矛」字。

無永嘆

《毛傳》曰「民無長嘆,猶文王之無侮也」,謂《皇矣》末章「四方以無侮」也。孔沖遠譌作

「無悔」，云即「其德靡悔」，非是。且「其德靡悔」《毛詩》言王季，非文王。

何以舟之

玉裁按：「舟」之言「昭」也。以玉瑤昭其有美德，以鞞琫昭其德之有度數，以容刀昭其有武事。

京師之野

《毛傳》云「是京乃大衆所宜居之野」，今本譌作「之也」。

既登乃依

《釋文》引《鄭箋》「依，或扆字」，今本佚此四字。

于豳斯館

《白虎通》引「于邠斯觀」。〔一〕《詩地理攷》作「觀」，今本《白虎通》妄改作「館」。

鍛

《釋文》曰：「鍛，本又作『碫』，丁亂反。《説文》云：『碫，厲石。』《字林》大喚反。」今本《説

〔一〕《説文解字注·食部》「館」字注：「按：館，古假『觀』爲之，如《白虎通》引『于邠斯觀』，又引《春秋》『築王姬觀于外』。沈約《宋書》曰：『陰館，前漢作「觀」，後漢、晉作「館」』。《東觀餘論》曰：『《漢書·郊祀志》「作益壽延壽館」，《封禪書》云「作益延壽觀」。《漢書》衍一「壽」字耳。自唐以前六朝時，凡今道觀皆謂之某館，至唐始定謂之觀。』」

文》誤作「碬」，乎加反。　玉裁按：《毛傳》「碫，鍛石也」，鄭申之曰「鍛石，所以爲鍛質也」。經當作「碫」，《傳》當作「鍛石」，今本《毛傳》脱「鍛」字，非。毛云碫是「鍛石」，《説文》云碫是「厲石」，其説不同，而毛爲是。〔一〕

密

《毛傳》：「密，安也」。　玉裁按：《説文》：「宓，安也。」「宓」是正字，「密」是假借字。密，山如堂者也。「宓」从宀必聲。今俗讀「宓子賤」之「宓」如「伏」者，聲韵轉移，正如「苾芬孝祀」，《韓詩》作「馥芬」也。宓子賤之後爲漢伏生。

芮鞫之即

《釋文》：「芮，本又作『汭』。」　《周官經》「其川涇汭」，鄭注引《詩》「汭阸之即」。　《爾

〔一〕《説文解字注・石部》「碫」字「碫石也」注：「碫篆舊作『碬』，《九經字樣》所引《説文》已然，今依《詩釋文》及《玉篇》正。『碫石』本作『厲石』，自《詩釋文》所引已然，今正。《大雅》『取厲取碫』，今本作『取鍛』，當依《釋文》『本又作「碫」』。《毛傳》曰『碫，碫石也』（今本奪一字），《箋》云『碫石（此釋《傳》），所以爲鍛質也』，《箋》意此石可爲椎段之椹質，是則碫石者，石名。『椎段』字今多用『鍛』，古衹作『段』。《考工》『段氏爲鏄器』、《禮經》『段脩』，字皆作『段』是也。段與厲絶然二事，碫石、厲石必是二物。《尚書・粊誓》：『段乃戈矛，厲乃鋒刃。』段之欲其質之堅也，厲之欲其刃之利也。《詩》『取厲取鍛』亦明明分别言之，《毛傳》亦既確指云『碫石』矣，豈許君於此乃忽溷淆之，訓『碫』爲『厲石』乎？揆厥所由，由許依《傳》云『碫石也』三字爲句，而删複字者乃妄改爲『厲』字。」

雅》：「厓内爲隩，外爲鞫。」釋文云：「鞫，《字林》作『坈』。」《漢書・地理志》右扶風汧縣：「芮水出西北，東入涇，《詩》『芮阢』，雍州川也。」顔師古曰：「《詩》『芮鞫之即』，《韓詩》作『芮阢』，言公劉止其軍旅，欲使安靜，乃就芮阢之閒耳。」 玉裁按：《詩箋》「芮之言内也」。《周禮注》及《漢書》皆以「芮」爲水名，「坈、阢」同，「鞫」其假借字也。

洞酌 三章，章五句《正義》曰：「摯虞《流别〔一〕論》云『《詩》有九言者，「洞酌彼行潦挹彼注兹」是也。』徧檢諸本，皆云《洞酌》三章，章五句，則以爲二句也。顔延之云：『《詩》體本無九言者，將由聲度闡緩，不協金石，仲洽之言未可據也。』」

洞酌

《毛傳》：「洞，遠也。」 玉裁按：《説文》「迥，遠也」，知是假「洞」爲「迥」。

饙

《正義》引《説文》「饙，一蒸米也。餾，飯气流也」。今本《説文》：「饙，滫飯也。」或作

〔一〕校者案：「别」，原作「外」，阮元《毛詩注疏校勘記》「摯虞《流外論》云」下校云：「閩本、明監本、毛本同。案：山井鼎云『外』當作『别』，是也。」據改。

「饙」，或作「餴」。〔一〕

豈弟君子

《禮記·孔子閒居》篇引《詩》「凱弟君子，民之父母」。

卷阿　十章，六章章五句，四章章六句

彌

《說文》作「镾」。〔二〕

似先公酋矣

《爾雅》郭注引《詩》「嗣先公爾酋矣」。

〔一〕《說文解字注·食部》「餴」字「脩飯也」注：「脩，各本作『滫』，誤，今依《爾雅音義》引正。脩，《倉頡篇》作『餈』。脩之言溲也。……按：《大雅》：『泂酌行潦，挹彼注兹，可以餴饎。』箋云：『酌取行潦，投大器之中，又挹之注之於此小器，而可以沃酒食之餴者，以有忠信之德、齊絜之誠，以薦之故也。』此謂以水溲熱飯，古語云餈飯。」

〔二〕《說文解字注·長部》「镾」字注：「镾，今作『彌』，蓋用《弓部》之『璽』代『镾』而又省『王』也。『彌』行而『镾』廢矣。漢碑多作『璽』，可證。」

酋

玉裁按：當作「遒」。《説文》：「遒，迫也。」亦作「遒」。〔一〕

茀禄爾康矣

《爾雅》「祓，福也」，郭注引《詩》「祓禄康矣」。《毛傳》「茀，小也」，依《爾雅·釋言》當作「芾」，芾，小也，《甘棠》傳云「蔽芾，小皃」。《鄭箋》「茀，福也」，依《爾雅》，則鄭以「茀」爲「祓」之假借。

鳳皇

《説文》引「鳳皇于飛，翽翽其羽」。唐石經「鳳皇鳴矣」「鳳皇于飛」皆作「皇」。玉裁按：《爾雅》：「鶠，鳳，其雌皇。」《説文》：「鶠，鳥也，其雌皇。一曰鳳皇也。」〔二〕顔元孫《干禄字書》曰：「皇，鳳皇正字，俗作『凰』。」《廣韻》曰：「鳳凰，本作『皇』。」《詩傳》「雄曰鳳，雌曰皇」。凡古書皆作「鳳皇」，絶無「凰」字，「凰」字於六書無當。攷楊雄《蜀都

〔一〕《説文解字注·辵部》「遒」字注：「《大雅》『似先公酋矣』，《正義》酋作『遒』。按：『酋』者『遒』之叚借字。《釋詁》《毛傳》皆曰『酋，終也』。『終』與『迫』義相成，『遒』與『揫』義略同也。」

〔二〕《説文解字注·鳥部》「鶠」字「鳥也，其雌皇」注：「《釋鳥》『鶠，鳳，其雌皇』，説者便以『鳳皇』釋之。據許，則有鳥名鶠鳳，非可以『鳳』釋『鶠』也。『鳥』字蓋『鳳』之誤，三字一句。」

賦》有「鶠」字，晉有鶠儀殿，視「凰」字爲雅。

雝雝喈喈

《爾雅》：「噰噰、喈喈，民協服也。」陸德明曰：「噰，本或作『雍』，又作『廱』。」　玉裁按：《説文》：「邕，四方有水，自邕成池者。」「雝，雝鶏也。」「廱，天子饗飲辟廱也。」「雝」隸變爲「雍」，借爲「雍和、雍塞、辟雍」，而「辟廱」本字亦借爲和義，又别製「嗈、噰、壅」等字。　漢蔡邕字伯喈，是漢人作「邕邕喈喈」也。「雍和」古作「邕和」。

民勞　五章，章十句

無縱詭隨

《左傳·昭二十年》引《詩》「無從詭隨」。

憯不畏明

《説文·曰部》：「朁，曾也。从曰，兓聲。《詩》曰『朁不畏明』。」　玉裁按：《詩》「胡憯莫懲」「憯莫懲嗟」「憯不知其故」皆宜作「朁」，同音假借也。《説文》「憯，痛也」，義别。《左傳·昭二十年》引《詩》「慘不畏明」。

惛怓

《説文》作「怋怓」，今本《説文》《釋文》皆有脱誤。〔一〕

是用大諫

《左氏傳·成公八年》季孫行父引《板》詩「猶之未遠，是用大簡」。玉裁按：大諫，吴棫曰：「《荀子》《左氏傳》《高堂隆傳》皆作『簡』。」

板 八章，章八句

上帝板板

《爾雅》：「版版，僻也。」〔二〕

下民卒癉

《禮記·緇衣》篇引《詩》「下民卒亶」，釋文曰「本亦作『癉』」，鄭注「病也」。《爾雅》

〔一〕《説文解字注·心部》「怓」字「《詩》曰『以謹怋怓』」注：「怋，各本作『惛』，今正。《民勞》釋文曰：『惛，《説文》作「怋」。』舊本如是，今本作『《説文》作「昬」』，誤也。『怋怓』爲連綿字。《説文》古本當是『怋』篆下云『怋怓，亂也』，『怓』篆下云『怋怓也』，而引《詩》在『怋』篆下。」

〔二〕《説文解字注·片部》「版」字注：「凡施於宫室器用者皆曰版，今字作『板』。古叚爲『反』字。《大雅》『上帝板板』，傳云：『板板，反也。』謂『版』即『反』之叚借也。」

「瘽，病也」，郭注「見《詩》」。

管管

《爾雅》：「痯痯、瘐瘐，病也。」郭注：「皆賢人失志，無所依也。」　邢昺疏兼引「靡聖管管」。

是用大諫

見前《民勞》詩。

無然泄泄

《說文・口部》：「呭，多言也。《詩》曰『無然呭呭』。」　《言部》：「詍，多言也。《詩》曰『無然詍詍』。」〔一〕　《爾雅》：「憲憲、泄泄，制灋則也。」釋文曰：「泄，本或作『呭』。」郭注：「佐興虐政，設教令也。」　玉裁按：今作「洩洩」，唐時因廟諱改也。張參《五經文字》「絏」字注曰：「絏，本文從世，緣廟諱偏旁，今經典並准式例變。」據此，則「絏」本作「紲」，「洩」本作「泄」，「齥」本作「齛」。《說文》無「洩、絏、齥」字。唐石經「洩洩其羽」「桑者洩洩」「無然洩洩」不可從也。

〔一〕《說文解字注・水部》「泄」字注：「《毛詩・大雅》傳曰：『泄泄猶沓沓也。』此謂假『泄』爲『詍』也。」

辭之輯矣

《說文》「卙」字注「詞之卙矣」，从十，咠聲。〔一〕

僚

顧亭林依唐石經作「寮」。《左氏傳》「同官爲寮」，作「寮」。

老夫灌灌

《爾雅》：「灌灌、愮愮，憂無告也。」釋文：「灌，本或作『懽』。」《廣韻》：「悹悹，憂無告也。《詩傳》云『悹悹，無所依』。」〔二〕《尚書大傳》「禦聽於怵攸」，鄭注引「老夫嚾嚾，小子蹻蹻」。見《儀禮經傳通解》。

熇熇

《爾雅》：「謔謔、謞謞，崇讒慝也。」

〔一〕《說文解字注·十部》「卙」字「詞之集也」注：「此依《廣韻》《玉篇》訂。『詞』當作『辭』。此下當有『《詩》曰「辭之卙矣」』六字，蓋《詩》作『卙』，許以『集』解之。今《毛詩》作『輯』，《傳》作『輯，和也』，許所偁蓋三家《詩》。」

〔二〕《說文解字注·心部》「悹」字注：「《廣韻·廿四緩》引《詩傳》『悹悹，無所依』，今《大雅·板》傳作『管管』。又《篇》《韵》皆云：『悹悹，憂無告也。』今《詩·板》《釋訓》皆作『灌灌』。按：『憂無告』之訓正字作『懽』，見下文，不當作『悹』。」

無爲夸毗

《爾雅》：「夸毗，體柔也。」釋文曰：「字書作『舿䠊』。」

民之方殿屎

《爾雅》：「殿屎，呻也。」釋文曰：「或作『𢖻㞙』，又作『殿脲』，《説文》作『唸吚』。」《説文》「唸」字注：「唸㕧也。从口，念聲。《詩》曰『民之方唸㕧』。」「㕧」字注：「唸㕧，呻也。从口，尸聲。」〔一〕《五經文字》曰：《説文》作「吚」。《廣韵·三十二霰》：「唸㕧，呻也。亦作『㗱㞙』，又作『殿屎』。」《六脂》：「㞙，呻吟聲。」屎，同「㞙」。《玉篇》：㗱，同「唸」；屎，同「㕧」。

民之多僻，無自立辟

《玉篇》：「《詩》云『民之多僻』，邪也。」《東京賦》李善注引「民之多僻」。《後漢書·張衡傳·思玄賦》「覽蒸民之多僻兮，畏立辟以危身」，注曰：「僻，邪也。辟，法也。」

〔一〕《説文解字注·口部》「吚」字注：「《釋訓》：『殿屎，呻也。』《毛傳》：『殿屎，呻吟也。』陸氏《詩》《爾雅》音義皆云：『殿屎，《説文》作「唸吚」。』……《五經文字》云：『屎，《説文》作「吚」。』然則今本《説文》作『㕧』者，俗人妄改也。以《虫部》『蛜』字例之，亦爲伊省聲。」

《詩》曰『人唐時諱「民」字，改爲「人」。之多僻，無自立辟』。」玉裁按：《毛傳》「辟，法也」之上不言「辟，僻也」，蓋漢時上字作「僻」，下字作「辟」，故《鄭箋》云「民之行多爲邪僻，乃汝君臣之過，無自謂所建爲法也」。各書徵引皆上字作「僻」，下字作「辟」。陸德明亦云「多僻，匹亦反，邪也」，「立辟，婢亦反，法也」。自唐石經二字皆作「辟」，而朱子併下字釋爲「邪」矣。

敬天之渝，無敢馳驅

《後漢書》楊秉上疏引《詩》「敬天之威，不敢驅馳」。

出王

《毛傳》「王，往」，以「王」爲「往」之假借也。

詩經小學卷二十五

金壇段玉裁撰

蕩之什

蕩八章，章八句

蕩蕩　《爾雅》：「蕩蕩，僻也。」釋文曰：「本或作『盪』。」

其命匪諶　《説文》：「忱，誠也。《詩》曰『天命匪忱』。」〔一〕

〔一〕《説文解字注·心部》「忱」字注：「誠者，信也。《詩·大明》曰『天難忱斯』，毛曰：『忱，信也。』《言部》『諶』下曰『誠諦也』，引《詩》『天難諶斯』。古『忱』與『諶』義近通用。……《大雅·蕩》曰：『天生烝民，其命匪諶。』毛曰：『諶，誠也。』許作『忱』，是亦可徵二字互用也。」

天降慆德

顧亭林《詩本音》曰：「唐石經作『滔』。嚴氏《詩緝》引李氏曰如『滔天』之『滔』，今本作『慆』。」　明馬應龍、孫開校刻《毛詩》鄭箋本作「滔」。

侯作

朱子曰：「作讀爲『詛』」。玉裁按：陸德明曰「作，本或作『詛』」，孔穎達曰「『作』即古『詛』字」，皆非也。《毛傳》「作祝詛也」四字一句，言「侯作侯祝」者，謂作祝詛之事也。「詛」是「祝」之類，故兼云「詛」。經文三字不成句，故「作」字之下益「侯」字以成之。《詩》中如此句法不可枚數，如：「迺慰迺止」，鄭箋云「乃安隱其居」；「迺宣迺畝」，鄭箋云「時耕曰宣，乃時耕其田畝」；「爰始爰謀」，鄭箋云「於是始與豳人之從己者謀」，亦可證矣。陸、孔以《毛傳》「作」字爲逗，「祝詛也」爲句。甚矣，離經之難也！陸云「作，本或作『詛』」，此臆改經文俗本也。〔一〕

〔一〕《説文解字注・言部》「詶」字注：「詶訓以言答之，而詶詛作『呪』，此古今之變也。若經典則通用『祝』不用『詶』。《左傳》『雖其善祝，豈能勝億兆人之詛』，此『祝、詛』分言也。《大雅》『侯作侯祝』，傳云『作祝祖也』，此『祝』讀『呪』，『祝、詛』不分也。」

炰烋

《魏都賦》作「咆烋」，劉注引《詩》「咆烋於中國」。玉裁按：「炰烋」之言「狍鴞」也。《山海經》曰：「鉤吾之山有獸焉，名曰狍鴞，是食人。」郭璞云：「爲物貪惏，象在夏鼎，《左傳》所謂『饕餮』是也。」

奰

《說文》作「𡙡」，从三大、三目。今《詩》作「奰」者，隸省也。或从三四、从犬，則非矣。張衡、左思賦内「贔屓」之「贔」，即「𡙡」之譌。《正義》引張衡賦「巨靈奰屭，以流河曲」。「贔、屭」皆誤字。《說文》作「眉」。

在夏后之世

《周語》太子晉引《詩》「殷鑒不遠，近在夏后之世」。宋明道二年刊本無「近」字。

抑 十二章，三章章八句，九章章十句

抑抑

《楚語》曰：「昔衛武公年九十有五矣，猶箴儆於國曰：『自卿以下，至於師長、士，苟在朝者，無謂我老耄而捨我。』於是乎作《懿》，戒以自儆。」韋昭云：「昭謂《懿》，《詩·大

雅・抑》之篇也。懿讀之曰『抑』。」

惟德之隅

漢《酸棗令劉融碑》：「養以之福，惟德之偶。」「養以之福」可證今俗本《左傳》之誤。

有覺德行

《禮記・緇衣》篇引《詩》「有梏德行，四國順之」。

女雖湛樂從

唐石經「樂從」二字閒旁添一「克」字。

如彼泉流

顧亭林《詩本音》曰：「今本誤作『流泉』，依唐石經及國子監注疏本改正。」

逷

《説文》：「逖，遠也。」古文作「逷」。〔一〕

〔一〕《説文解字注・辵部》「逖」字注：「按：《集韵》云《説文》引《詩》『舍爾介逖』，王伯厚《詩攷》因之。攷《大雅》作『介狄』，毛訓『遠也』，蓋謂『狄』同『逖』，言叚借也。『用逷蠻方』云『逷，遠也』，則言轉注也。《集韵》所據不足信。」

白圭之玷

《説文》：「㓠，缺也。从刀，占聲。《詩》曰『白圭之㓠』。」

無言不讎

《鄭箋》作「售」。　玉裁按：當作《左氏傳》「憂必雔焉」之「雔」。〔一〕

屋漏

鄭云：「屋，小帳也。」據此，當作「幄」，《説文》無「幄」字。

不愆于儀

《禮記·緇衣》篇引《詩》「淑慎爾止，不諐于儀」。　玉裁按：《説文》曰：愆，或作「寋」，从寒省，籀文作「諐」。《左傳·襄三十年》引《詩》「淑慎爾止，無載爾僞」，杜預以爲逸詩，然則非此詩之異文也。

〔一〕《説文解字注·言部》「讎」字注：「讎者，以言對之。《詩》云『無言不讎』是也。引伸之爲物價之讎，《詩》『賈用不讎』、高祖『飲酒讎數倍』是也。……物價之讎，後人妄易其字作『售』，讀承臭切，竟以改易《毛詩》『賈用不讎』，此惡俗不可從也。」

虹

王逢曰：「虹」與「訌」同。《抑》《召旻》傳同云「潰也」。

告之話言

陸德明曰：「話，《説文》作『詁』。『詁，故言也』。」玉裁按：《毛傳》「古之善言也」，以「古」釋「詁」，於同音求之。今《説文》「《詩》曰『詁訓』」四字當作「《詩》曰『告之詁言』」六字〔一〕，「話」字注内「《詩》曰『告之話言』」當作「《詩》曰『慎爾出話』」。〔二〕《毛詩》「告之話言」是「詁言」之譌。

我心慘慘

見《采芑》。

〔一〕《説文解字注・言部》「詁」字「《詩》曰『詁訓』」注：「此句或謂即《大雅》『古訓是式』，或謂即毛公《詁訓傳》，皆非是。按：《釋文》於《抑》『告之話言』下云『户快反，《説文》作「詁」』，則此四字當爲『《詩》曰「告之詁言」』六字無疑。《毛傳》曰：『詁言，古之善言也。』以『古』釋『詁』，正同許以『故』釋『詁』，陸氏所見《説文》未誤也。自有淺人見《詩》無『告之詁言』，因改爲『《詩》曰「詁訓」』，不成語耳。」

〔二〕《説文解字注・言部》「話」字「《傳》曰『告之話言』」注：「此當作『《春秋傳》曰「箸之話言」』，見文六年《左氏傳》。淺人但知《抑》詩，故改之，删『春秋』字，妄擬《詩》可稱《傳》也。《抑》詩作『告之詁言』，於『詁』下稱之，又妄改爲『《詩》曰「詁訓」』。」

諄諄

《爾雅》：「夢夢、訰訰，亂也。」《中庸》篇「肫肫其仁」，鄭注：「讀如『誨爾忳忳』之『忳忳』。」《尚書大傳》鄭注：「謂若『誨爾純純，聽我眊眊』之類。」

藐藐

《爾雅》：「懪懪、邈邈，悶也。」《尚書大傳注》作「眊眊」。

耄

《說文》作「薹」。

曰喪厥國

《釋文》：《韓詩》作「聿喪」。

桑柔　十六章，八章章八句，八章章六句

燼

《說文》作「㶳」。

國步斯頻

《説文》：「矉，恨張目也。《詩》曰『國步斯矉』。」〔一〕

秉心無競

《韵補》：「競，其亮切，開元《五經文字》讀僵去聲。《詩》『秉心無倞』『無倞維人』，今作『競』。」〔二〕

逢天僤怒

陸德明曰：「僤，本亦作『亶』。」

荓云不逮

荓蓋「伻」字之假借。

〔一〕《説文解字注·目部》「矉」字注：「《毛詩》作『頻』，云『頻，急也』。鄭云：『頻猶比也。哀哉國家之政，行此禍害比比然。』『頻』字絶非假借，此作『矉』者，蓋三家《詩》，許偁毛而不廢三家也。」

〔二〕《説文解字注·人部》「倞」字注：「《廣雅》：『倞，强也。』按：《大雅》『無競維人』，傳曰：『無競，競也。』箋云：『競，彊也。』『秉心無競』，傳曰：『競，彊也。』《周頌》『無競維人』，傳曰：『競，彊也。』『執競武王』，《傳》曰：『執競，競也。』箋云：『競，彊也。』按：《傳》《箋》皆謂『競』爲『倞』之假借字也。」

好是家嗇，力民代食，家嗇維寶

《釋文》曰：「家，王申毛，作『稼』，鄭作『家』。穡，本亦作『嗇』，王申毛，作『穡』，鄭作『嗇』。鄭二字皆無禾，下『稼穡卒痒』始從禾。」玉裁按：鄭不云「稼穡」當作「家嗇」，則毛公本作「家嗇」也。毛注「代食」云「無功者食天禄也」，鄭申其意，而王肅所見之本誤衍一「代」字，云「代無功者食天禄也」，因曲爲之説曰「有功者代無功者食禄」，且改「家嗇」字從禾，而不知「代無功食天禄」語最無理，豈毛公而爲之乎？

民人所瞻

漢《潘乾碑》：「永世支百，民人所彰」。

朋友已譖

玉裁按：《鄭箋》云「譖，不信也」，則當作「僭」。〔一〕

〔一〕《説文解字注·人部》「僭」字注：「以下儗上，僭之本義也，引伸之則訓『差』，《大雅》『不僭不賊』傳是也。又訓『不信』，《小雅》『覆謂我僭』箋是也。其《小雅·巧言》傳曰『僭，數也』，則謂『僭』即『譖』之假借也。《詩》亦假『譖』爲『僭』，如《大雅·桑柔》《瞻卬》箋是也。」

大風有隧

《爾雅》「西風謂之泰風」，郭注引《詩》「泰風有隧」。

反予來赫

《毛傳》作「𢂿」，《鄭箋》作「嚇」。《釋文》曰：「赫，亦作『嚇』。」《文選注》引《鄭箋》「口拒人曰嚇」。

職涼善背

《毛傳》：「涼，薄也。」《鄭箋》作「諒」，信也。

涼曰不可

《詩本音》曰：「唐石經作『諒』，與上章異。」玉裁按：上章「職涼」，《音義》云「毛音良，薄也，鄭音亮，信也，下同」，所云「下同」者，即此「涼曰」之「涼」，是陸本皆作「涼」也。孔沖遠「職涼」正義云：「毛以爲下民之爲此無中和之行，主爲偷薄之俗。」「涼曰不可」正義云：「我以信言諫王曰『汝所行者，於理不可』，鄭同。」是孔本上章作「涼」，此章作「諒」，上章鄭易「涼」爲「諒」，而此章毛本作「諒」，非關鄭易也。唐石經上作「涼」，此作「諒」，蓋從孔本。然由文義求之，恐孔未得毛意。

雲漢 八章，章十句

藴隆蟲蟲

《韓詩》「鬱隆烔烔」，見《釋文》。《字林》「熱氣烔烔」，見《廣韵》。

蟲蟲

《爾雅》：「爞爞、炎炎，熏也。」

后稷不克

《鄭箋》云：「克當作『刻』。刻，識也。」

耗

《説文》有「秏」無「耗」。《玉篇》「秏，減也，敗也」，引《詩》「秏斁下土」。《廣韵》：秏，俗作「耗」。

斁

《釋文》曰：「《説文》《字林》皆作『殬』。」玉裁按：《鄭箋》「斁，敗也」，《説文》「殬，敗也」，

引《商書》「彝倫攸殬」，與「厭斁」字别。〔一〕

寧丁我躬

東原先生曰：「寧之言乃也。」

于摧

《鄭箋》：「摧當作『嗺』。嗺，嗟也。」

滌滌山川

《説文》：「蔋，艸旱盡也。从艸，俶聲。《詩》曰『蔋蔋山川』。」〔二〕《玉篇》：「《詩》云『旱既太甚，蔋蔋山川』。蔋蔋，旱气也。本亦作『滌』。」《廣韻》：「蔋，草木旱死也。」

旱魃

《玉篇》引曹憲《文字指歸》曰：「女妭，禿無〔三〕髮，所居之處天不雨也。」《廣

〔一〕《説文解字注・歺部》「殬」字注：「經假『斁』爲『殬』。《雲漢》鄭箋云：『斁，敗也。』孔穎達引《洪範》『彝倫攸斁』。……今作『斁』者，蓋漢人以今字改之。許所云者，壁中文也。」

〔二〕《説文解字注・艸部》「蔋」字注：「今《詩》作『滌滌』，毛云：『滌滌，旱氣也，山無木，川無水。』按：《玉篇》《廣韻》皆作『蔋』，今疑當作『⿱艹滌』，艸木如盪滌無有也。叔聲、淑聲字多不轉爲徒歷切。」

〔三〕校者案：「無」，原脱，據《玉篇》各本補。《廣韻》亦引作「禿無髮」。

韻》同。〔一〕

如惔如焚

《後漢書・章帝紀》「今時復旱，如炎如焚」，章懷注引《韓詩》「旱魃爲虐，如炎如焚」。玉裁按：《韓詩》作「炎」爲善。毛云「惔〔二〕，燎也」，《説文》云「炎，燎也」，蓋毛公亦作「炎」也，上文「赫赫炎炎」本或作「惔」是其明證。

如焚

《釋文》曰：「本亦作『燓』。」〔三〕

遯

《釋文》曰：「本亦作『遂』。」玉裁按：《周易》「遯卦」，康成作「遂」。

〔一〕《説文解字注・女部》「妭」字「美婦也」注：「《廣韻》引『婦人美皃』，大徐作『婦人美也』。按：《廣韻》曰『妭，鬼婦』，引《文字指歸》云『女妭，禿無髮，所居之處天不雨』，此謂旱魃也。『魃』在《鬼部》，與此各字，而俗亂之。」

〔二〕校者案：「惔」，原作「炎」，據《毛詩》各本改。四卷本不誤。

〔三〕《説文解字注・火部》「焚」字注：「按：《玉篇》《廣韻》有『焚』無『燓』，焚，符分切。至《集韻》《類篇》乃合『焚』『燓』爲一字。而《集韻・廿二元》固單出『燓』字，符袁切。竊謂棥聲在十四部，焚聲在十三部。份，古文作『彬』，解云『焚省聲』，是許書當有『焚』字。況經傳『焚』字不可枚舉，而未見有『燓』，知《火部》『燓』即『焚』之譌。玄應書引《説文》『焚，燒田也，字从火燒林意也』，凡四見，然則唐初本有『焚』無『燓』，不獨《篇》《韻》可證也。」

則不我虞

玉裁按：「虞」「娛」同，字之假借也。《詩序》云「以禮自虞樂」。

敬恭明祀

《釋文》曰：「本或作『明神』。」玉裁按：《文選·陸士衡〈答張士然詩〉》「駕言巡明祀」，李善注引《毛詩》「敬恭明祀」。又按：衛凱《西岳華山亭碑》「敬恭明祀，以奉皇靈」，則「明祀」爲古本。

散無友紀

朱子《詩傳》云：「或曰友疑作『有』。」

靡人不周

《鄭箋》：「周當作『賙』。」

云如何里

《鄭箋》：「悝，憂也。」《釋文》曰：「里，本作『瘇』。」《爾雅》「瘇，病也」，郭注「見《詩》」。朱子曰：「與《漢書》『無俚』之『俚』同。」

有嘒其星

《說文》：「譿，聲也。《詩》曰『有譿其聲』。」玉裁按：如史所云「赤氣亘天，砰隱有聲」

之類也。今作「有嘒其星」，殆非。〔一〕

崧高　八章，章八句

崧

亦作「嵩」。韋昭《國語注》云「古通用『崇』字」。《禮記・孔子閒居》篇引《詩》「嵩高惟嶽」。玉裁按：漢碑「如山如岳，嵩如不傾」，言崇而不傾也；「如江如河，澹如不盈」，言贍而不盈也。〔二〕

駿極于天

《中庸》篇「峻極于天」。《孔子閒居》篇引《詩》「峻極于天」。〔三〕

〔一〕《說文解字注・言部》「譿」字注：「《毛詩・雲漢》『有嘒其星』，毛曰：『嘒，衆星皃。』此『有譿其聲』蓋三家《詩》也，如史所云『赤氣亘天，砰隱有聲』是也。或曰：『聲』當是『星』之誤，『有譿其星』如《天官書》『天鼓有音』『天狗有聲』之類也。」

〔二〕《說文解字注・山部》「崇」字注：「《大雅》『崧高維嶽』，《釋山》《毛傳》皆曰：『山大而高曰崧。』《孔子閒居》引《詩》『崧』作『嵩』，《釋名》作『山大而高曰嵩』。『崧、嵩』二形皆即『崇』之異體。韋注《國語》云『古通用崇字』，《太平御覽》及徐鉉皆引其語。……『崇高』本非中嶽之專偁，故淺人以『崇』爲氾辭，『嵩』爲中嶽，强生分別，許造《說文》不取『嵩、崧』字，蓋其時固憭然也。」

〔三〕《說文解字注・山部》「陖」字注：「《大雅》『崧高維嶽，駿極于天』，傳曰：『駿，大也。』《中庸》《孔子閒居》注皆曰：『峻，高大也。』然則《大雅》之『駿』用叚借字。」「峻，陖或省」注：「今經典作此字。」

甫

孔穎達曰：「《詩》及《禮記》作『甫』，《尚書》與《外傳》作『吕』。」

維周之翰

宋本《禮記正義》「惟周之翰」，今本譌爲「爲周之翰」。

蕃

《板》作「藩」。

于邑于謝　既入于謝

東方朔《七諫》：「偃王行其仁義兮，荆文寤而徐亡。」王逸注曰：「徐，偃王國名也，周宣王之舅申伯所封也。《詩》曰『申伯番番，既入于徐』。周衰，其後僭號稱王也。」《潛夫論》：「炎帝苗胄，或封於申，在南陽宛北序山之下，故《詩》云『亹亹申伯，王薦之事。于邑于序，南國爲式』。」

錫爾介圭

《爾雅》「珪大尺二寸謂之玠」，郭注引《詩》「錫爾玠珪」。《説文》：圭，古文從玉。

「玠，大圭也。《周書》曰『稱奉玠圭』。」〔一〕　玉裁按：今《尚書》作「承介圭」。

往迈王舅

朱子《集傳》：「近，鄭音記。案：《説文》从辵从丌，今从斤，誤。」《唐韵正》曰：「按《説文》別有『迈』字，『古之遒人以木鐸記《詩》言。从辵，从丌。讀與記同。』故《九經音義》於『近』字下多注云『附近之近』以示學者，使讀爲其謹切，而不知古人『近、幾』二字通用。《詩》之『會言近止』『往近王舅』，鄭康成所讀爲『記』者又皆『附近』之『近』，而非『迈』也。」按：陸云「附近之近」者謂讀去聲，所以別於讀上聲之「近」也。凡「近遠」讀上聲，「近之遠之」讀去聲，寧人乃云「附近」之「近」讀其謹切，以別於「迈」字，大誤。又「會言近止」乃「附近」之「近」，「往迈王舅」乃音記，語詞也，寧人亦不能分別。「會言近」者與「偕、邇」爲韵者，合音也，此條之誤大矣。　玉裁按：「迈」字經傳内不常見。陸德明《釋文》内於「近」字每注「附近之近」者，皆以別諸上聲之「近遠」，而非別諸「迈」字也。古以「遠近」讀上聲，「親近」讀去聲。《崧高》傳「迈，己也」，鄭箋「己，辭也。此是

〔一〕《説文解字注·玉部》「玠」字注：「《顧命》曰『大保承介圭』，又曰『賓稱奉圭兼幣』，蓋許君偶誤合二爲一，如『或簸或舀』『竷竷舞我』之類。《韵會》引『介圭』作『玠玉』。」

申毛，各本作「近，辭也」，誤。讀如『彼記之子』之記。」蓋「往𨑨王舅」言往己王舅也，古音同部假借。《詩》借「𨑨」爲「己」，故《傳》以「己」訓「𨑨」，猶《淇奧》借「簀」爲「積」，故《傳》以「積」訓「簀」；《板》借「王」爲「往」，故《傳》以「往」訓「王」。《鄭箋》又從而申明其說耳。《詩》「彼其之子」，《左傳》引作「彼己」，《禮記》引作「彼記」。《鄭風・大叔於田》鄭箋云：「忌，辭也，讀如『彼己之子』之『己』。」劉伯莊《史記音義》云「丌，古其字」，《玉篇》：「亓，古『其』字。」《說文》「丌，讀若箕」，「𨑨，讀與記同」，知「其、己、記、忌、丌、𨑨」字同在之咍部，古同音假借。若「近」字乃在諄文部，音轉讀若「幾」、讀若「祈」，在脂微部，如「會言近止」與「偕、邇」爲韵，如《周禮》「九畿」故書作「九近」、《周易》「月幾望」或作「近望」是也。諄文與脂微近，與之咍部相去甚遠，不相假借。《崧高》詩倘是「近」字，則毛不能訓爲「己」、鄭不能讀如「記」，而《傳》《箋》之說俱無義理，不可通矣。故經文「近」字定爲「𨑨」字之譌，其說不可易也。　毛居正曰：「今字譌作『近』，不敢改也。」

以時其粻

《釋文》曰：「如字，本又作『峙』。」

烝民 八章，章八句

天生烝民

《孟子》引《詩》「天生蒸民」。

民之秉彝

《孟子》引《詩》「民之秉夷」。

不侮矜寡

《左氏傳·昭公元年》叔向引《詩》「不侮鰥寡，不畏彊禦」。《鴻雁》詩作「鰥寡」。

我義圖之

《釋文》：「我義，毛如字，宜也。鄭作『儀』。儀，匹也。」

愛莫助之

《爾雅》：「薆，隱也。」從《毛傳》，當作「薆」。〔一〕

〔一〕《説文解字注·竹部》「箋」字注：「《爾雅》：『薆，隱也。』《方言》：『掩、翳，薆也。』其字皆當从竹，竹善蔽，《九歌》曰『余處幽篁兮終不見天』是也。《大雅》『愛莫助之』，毛曰『愛，隱也』，假借字也。《邶風》『愛而不見』，郭注《方言》作『薆而』。」

征夫捷捷

《說文》：「倢，佽也。」《玉篇》：「《詩》云『征夫倢倢』。倢倢，樂事也。本亦作『捷』。」

韓奕　六章，章十二句

奕奕梁山

陳第曰：「《爾雅疏》『奕奕梁山』作『弈弈』，下从廾，音拱，豈古通用耶？」玉裁按：《說文・大部》「奕」字注引「奕奕梁山」，《爾雅疏》作「博弈」字，誤也。

解

「懈」之假借。

虔共爾位

《鄭箋》：「古之『恭』字或作『共』。」〔二〕

〔二〕《說文解字注・共部》「共」字注：「《尚書》《毛詩》《史記》『恭敬』字皆作『恭』，不作『共』。漢石經之存者，《無逸》一篇中『徽柔懿共』『惟正之共』皆作『共』，『嚴恭寅畏』作『恭』，此可以知古之字例矣。《毛詩》『溫溫恭人』『敬恭明祀』『溫恭朝夕』皆不作『共』。『靖共爾位』，箋云『共，具也』，則非『恭』字也。『虔共爾位』，箋云『古之恭字或作共』，云『或』，則僅見之事也。」

鉤膺鏤鍚

《説文》：「鍚，馬頭飾也。从金，陽聲。《詩》曰『鉤膺鏤鍚』。」玉裁按：隸省作「鍚」。

鞃

《玉篇》曰：「鞃，軾中靶也。『鞑、鞆』同。」

淺

《爾雅》：「虎竊毛謂之虦貓。」釋文：「又作『虥』。」〔一〕

幭

《曲禮》「素簚」，鄭注：「簚，覆笭也。」釋文曰：「簚，本又作『幭』。」《疏》引《既夕禮》「乘惡車，白狗幦」。《玉藻》「君羔幦虎犆」，鄭注：「幦，覆笭也。」疏云：「《詩·大雅》『鞹鞃淺幭』，毛傳云『幭，覆式』，『幭』即『幦』也。又《周禮》『巾車作複』，但古字耳，三者同

〔一〕《説文解字注·虎部》「虥」字注：「《釋獸》曰：『虎竊毛謂之虥貓。』按：『毛、苗』古同音，苗亦曰毛，如『不毛之地』是。『竊、虥、淺』亦同音也，具言之曰『虦苗』，急言之則但曰『苗』。……《大雅》曰『鞹鞃淺幭』，傳曰：『淺，虎皮淺毛也。』言『竊』、言『淺』一也。」

也。」《少儀》「拖諸幦」，鄭注：「幦，覆笭也。」《既夕禮》「鹿淺幦」，鄭注：「幦，覆笭。」《周官經・巾車》「犬複」「鹿淺複」「然複」「豻複」，鄭注：「複，覆笭也。」《春秋公羊傳・昭二十五年》「以幦爲席」，何休注曰：「幦，車覆笭。」《說文》：「幦，髼布也。从巾，辟聲。《周禮》曰『駹車犬幦』。」　玉裁按：《韓奕》當同《儀禮》《禮記》作「幦」。「車笭」字以「幦」爲正也，「幭、複」皆假借字，「簚」又「幭」之變。

鞗革

玉裁按：《說文》無「鞗」字，有「鋚」字，「鋚，鐵也。一曰轡首銅也。从金，攸聲。」〔一〕石鼓詩「四車既安」之下有「鋚勒」字，焦山周鼎有「鋚勒」字，此鼎文未見摹本，其作「攸革」「鋚勒」未詳，他日往山中辨之。《博古圖》周宰辟父敦銘三皆有「攸革」字，薛尚功《鐘鼎款識》周伯姬鼎有「攸勒」字，寅簋有「鋚勒」字，疑《詩》經文「鞗革」皆「鋚勒」之譌。鋚勒，猶唐宋

〔一〕《說文解字注・金部》「鋚」字注：「《小雅》『鞗革沖沖』，毛傳曰：『鞗，轡也。革，轡首也。』按：『鞗，轡也』當作『鞗，轡首飾也』，轉寫奪去二字耳。下文云『沖沖，垂飾皃』，正承轡首飾而言。許釋『鋚』爲『轡首銅』，『鋚』即『鞗』字。《詩》本作『攸』，轉寫誤作『鞗』，『攸、革』皆古文叚借字也。古金石文字作『攸勒』，或作『鋚勒』。轡首銅者，以銅飾轡首也。《革部》『勒』下云『馬頭絡銜也』，即《毛傳》所謂『轡首』也。《周頌・載見》箋云『鶬謂金飾』，正與『轡首銅』之訓合。《大雅・韓奕》鞹以爲鞃、淺以爲幦、鋚以飾勒、金以飾軛，四事文意一例。鋚勒謂以銅飾轡之近馬頭處，垂之沖沖然也。」

人所云金勒。古鐘鼎「鋚」省作「攸」，後人不知爲「鋚」字之省，輒製攸下从革之字。《蓼蕭》毛傳「鋚，轡也」，轡下蓋落「首飾」二字。鋚所以飾轡首，下文云「沖沖，垂飾皃」正謂此飾也。「革」者「勒」字之省，轡首謂之勒，勒，馬頭絡銜，所以繫轡，故曰「轡首」。唐孔氏釋「轡首」云「馬轡所靶之外，有餘而垂」，甚誤。《載見》「鋚勒有鶬」，毛傳：「有鶬謂有法度也。」《玉篇》：「鞗，轡也，亦作『鋚』。」「𩏂，靶也，勒也，亦作『革』。」「𩏂，同『𩏂』。」《廣韻》：「鋚，紖頭銅飾。」玉裁又按：《爾雅》「轡首謂之革」，郭注「轡，靶勒也」，語不明，當云「轡，靶也。革，勒也」。《説文》：「轡，馬轡也。」「靶，轡革也。」「勒，馬頭絡銜也。」「羈，馬絡頭也。」「靮，馬羈也。」「銜，馬勒口中也。」「鑣，馬銜也。」絡頭、銜口統謂之勒，所以繫轡，故曰「轡首」。轡革爲人所把，故曰「靶」，《漢書》「王良執靶」，《吳都賦》「回靶」。今人曰「扯手」，亦曰「轡頭」，古之靶也、轡也，皆自人所把言之也；今人曰「籠頭」，曰「嚼口」，古之轡首也、勒也、羈靮也、銜也，皆自馬首言之也。《鄴中記》曰「石虎諱勒，呼馬勒爲轡」，見《廣韻》。知轡、勒本爲二物。玉裁又按：《鄭箋》於《采芑》云「鞗革，轡首垂也」，於《韓奕》云「鋚革謂轡也」，於《載見》云「鋚革，轡首也」，絶無定説，而《采芑》尤誤，轡可言垂，轡首不可言垂矣。於《載見》云「鎗，金飾皃」，合於以鋚飾勒之旨。乾隆戊戌閏六月，焦山僧濬寧寄予周鼎摹本，「鋚」字作「攸」，「勒」字殘蝕，而右旁一「丿」分明，定其作「勒」。初五日識於巫山署。

金厄

《説文》：「槅，大車枙也。」《攷工記》作「鬲」，《説文》作「槅」，《西京賦》「商旅聯槅」，《潘安仁傳》「發槅寫鞍」。「軛，轅前也。」「軥，軛下曲者。」《左傳·襄十四年》「射兩軥而還」，服注「車軛兩邊叉馬頸者」，杜注「車軛卷者」。《昭二十六年》：「射之，中楯瓦。繇朐汰輈，匕入者三寸。」杜注：「入楯瓦也。朐，車軛。」「朐」即「軥」之假借。《小爾雅》：「衡，扼也。扼上者謂之烏啄。」當作「扼上也。扼下者謂之烏啄」。《釋名》：「馬曰烏啄，下向叉馬頸，似烏開口向下啄物時也。」東原先生釋：「車軛謂之衡，衡下烏啄謂之軥，大車之軛謂之鬲。」玉裁按：經文「厄」者「軛」之假借。《毛傳》「厄，烏噣也」，「烏噣」即《小爾雅》《釋名》之「烏啄」也。古「啄、噣」通用，如《爾雅》「生噣，雛」，王逸《九歎》注引作「生啄」。《釋文》曰「噣，沈音晝」，是沈重讀「不濡其噣」之「噣」。陸氏雖誤引《爾雅》，而云「噣，《爾雅》作『蠋』」，是陸尚未譌爲「蠋」也。鞹以爲鞃、虦以爲幦、鋚以飾勒、金以飾軛，本四事也。徐廣曰：「乘輿車文虎伏軾，龍首衡軛。」《後漢書·輿服志》作「衡軛」。《索隱》曰：「謂金飾衡軛爲龍。」玉裁按：「文虎伏軾」即經之「虦幦」，「金飾衡軛」即經之「金軛」。《鄭箋》不用毛説，以「厄」爲「搤」之假借，云「肇革，轡也。以金爲小環，往往纏搤其轡」，合「肇革」「金厄」爲一事。至孔沖遠《正義》乃以「噣」譌「蠋」，妄云「『厄，烏蠋』，《爾雅·釋蟲》文。厄，大蟲如指，似蠶。金厄者，以金接轡之端，如厄蟲然」，其説致爲無理。《爾雅》「蚅，螐蠋」字皆从虫，與《毛傳》「厄，烏噣」奚翅風馬牛不相及，陸氏、孔氏之牽合奚啻以鼠腊爲荆璞也？軶，隸省作「軛」，他書亦借「扼」。或曰：上文曰「錯衡」矣，又曰「金軶」，不爲複與？曰：衡謂横木，軶謂下向叉馬頸之軥。《史記索隱》引崔浩云「衡，車扼上横木也」，是衡爲一物，扼即軥，爲一物也。《屈原賦》戴氏注云：「軛，衡下兩軥也。衡亦通謂之軶。」《士喪禮》「楔，貌如軛，上兩末」，疏云「如馬鞅，軛馬領」，鄭注云「今文軛作『厄』」，此可以見「軛」爲正字，「厄」爲假借也。

出宿于屠

《説文》：「𨞕，左馮翊郃陽亭。」言左馮翊郃陽縣之𨞕亭也，一本作「𨞕陽亭」，誤。　王應麟《困學紀聞》曰：「『韓侯出祖，出宿于屠』，毛氏曰『屠，地名』，不言所在。潏水李氏以爲同州𨞕谷。今按：《説文》有左馮翊𨞕陽亭，當作「左馮翊郃陽𨞕亭」，王氏所見《説文》本誤也。馮翊即同州也，潏水之言信矣。」

鮮魚

《説文》：「鮮，魚名。」「鱻，新魚精也。」玉裁按：《周官經》「鱻薨」。〔一〕

蔌

《説文》：「鬻，鼎實。惟葦及蒲。」或作「餗」，从食，束聲。鄭康成《周易・鼎・九四》注：「震爲竹，竹萌曰笱。笱者，餗之爲菜也。」郭注《爾雅》曰：「蔌，菜茹之總名。」

諸娣

《白虎通》引《詩》「姪娣從之，祁祁如雲」。

顧之

《毛傳》：「顧之，曲顧道義也。」「曲」或誤作「由」。惠氏定宇曰：《列女傳》：「齊孝公迎華氏之長女孟姬於其父母，三顧而出，親授之綏，自御輪三，曲顧姬輿，遂納於宮。」

〔一〕《説文解字注・魚部》「鱻」字注：「《周禮・𢿱人》：『辨魚物，爲鱻薨。』鄭司農曰：『鮮，生也。薨，乾也。』《詩・思文》正義引鄭注《尚書》曰：『衆鱻食，謂魚鼈也。』引申爲凡物新者之偁，《獸人》六畜、六獸、六禽亦偁『鱻薨』。史言『數見不鮮』，許書『玼』下云『新玉色鮮也』，『黨』下云『不鮮也』，其字蓋皆本作『鱻』。凡『鮮明、鮮新』字皆當作『鱻』，自漢人始以『鮮』代『鱻』，如《周禮》經作『鱻』，注作『鮮』是其證。至《説文》全書不用叚借字，而『玼』下、『黨』下亦皆爲淺人所改。今則『鮮』行而『鱻』廢矣。」

《淮南・氾論》：「昔蒼梧繞娶妻而美，以讓兄，此所謂忠愛而不可行也。」高誘注云：「蒼梧繞乃孔子時人，以妻美好，推與其兄，於兄則愛矣，而違親迎曲顧之義，故曰不可行也。」俗本《淮南》無此注。　玉裁按：《白虎通》亦曰「必親迎、輪三周、下車曲顧者，防淫泆也」。

實

《鄭箋》：「實當作『寔』。趙魏之東，『實、寔』同聲。寔，是也。」

江漢　六章，章八句

洸洸

《鹽鐵論》作「潢潢」，蓋「僙僙」之誤也。

來旬來宣

《鄭箋》：「旬當作『營』。」

矢其文德，洽此四國

《禮記・孔子閒居》篇引《詩》「弛其文德，協此四國」，鄭注：「弛，施也。」

常武　六章，章八句

鋪敦淮濆

見《汝墳》。

敦

《鄭箋》：「敦當作『屯』。」

緜緜

《釋文》曰：「《韓詩》作『民民』。」　玉裁按：《常武》《載芟》之「緜緜」，《韓詩》作「民民」，《小旻》《緜》之「膴」，《韓詩》皆作「腜」，知四家《詩》字各有義例。

徐方繹騷

《鄭箋》：「繹當作『驛』。」

瞻卬　七章，三章章十句，四章章八句

懿

《鄭箋》曰：「懿，有所痛傷之聲也。」　玉裁按：此借「懿」爲「噫」，與《十月之交》借「抑」

爲「噫」同也。「抑、懿」同在十二部入聲，《大雅》「抑」詩，《外傳》作「懿」。

鞫人忮忒

《說文》：「伎，與也。从人，支聲。《詩》曰『鞫人伎忒』。」〔一〕

介狄

《毛傳》「狄，遠也」，以爲「逖」之假借。

不弔

《鄭箋》：「弔，至也。」玉裁按：鄭作「迅」。〔二〕

邦國殄瘁

《漢書·王莽傳》「邦國殄顇」。

〔一〕《說文解字注·人部》「伎」字注：「今《詩》『伎』作『忮』，傳曰：『忮，害也。』許所據作『伎』，蓋《毛詩》假『伎』爲『忮』，故《傳》與《雄雉》同。毛説其假借，許説其本義也，今《詩》則學者所竄易也。」

〔二〕《說文解字注·人部》「弔」字注：「玉裁按：《辵部》：『迅，至也。』凡經文無『迅』，但有『弔』。『弔』或訓『至』，如《天保》傳：『弔，至也。』《節南山》傳云：『弔，至也。』箋云：『至猶善也。』《粊誓》『無敢不弔』，鄭云：『弔猶善也。』至與善義本相近，古非必作『迅』而後訓『至』也。『迅』者，小篆分別之字。」

召旻　七章，四章章五句，三章章七句

我居圉卒荒

《韓詩外傳》引「我居御卒荒」。

訿訿

《傳》曰：「訿訿，窳不供事也。」玉裁按：訿當作「呰」。《説文》曰：「呰，窳也。窳，嬾也。」《史記》《漢書》皆曰「呰窳偷生」，皆本《毛傳》，然則「訿、呰」異字同義耳。今本《説文》脱「窳」字，各書誤以《穴部》之「窳」當之。〔二〕

草不潰茂

玉裁按：毛云「潰，遂也」，與「是用不潰于成」傳同。《鄭箋》云「潰當作『彙』」，非也。

〔二〕《説文解字注·穴部》「窳」字注：「《大雅》毛傳曰：『訿訿，窳不供事也。』《史記》『呰窳偷生』，晉灼曰：『呰，病也。窳，惰也。』許於《此部》『呰』下亦云『窳也』，蓋即用毛傳。《毛詩》『訿』即『呰』也。此等『窳』皆訓『惰嬾』，亦皆『污窬』引伸之義。釋玄應屢引揚承慶《字統》説『懶者不能自起，如瓜瓠在地，不能自立，故字从㼌。又嬾人恒在室中，故从穴』。夫『穴』訓『土室』，不必从宀而後爲室也。而《召旻》正義曰：『艸木皆自豎立，惟瓜瓠之屬臥而不起，似若嬾人常臥室，故字从宀，宀音眠。』此亦用《字統》説，而與玄應所據有異。且陸氏《釋文》、孔氏《正義》皆引《説文》『窳，嬾也』。而《説文》無此語，闕疑載疑，不敢於《宀部》妄補『窳』篆。」

職兄

《毛傳》：「兄，茲也。」《桑柔》傳「兄，茲也」，與《常棣》傳「況，茲也」同。韋昭《國語注》曰：「況，益也。」《說文・艸部》「茲」字下曰「艸木多益也」。〔一〕

頻

《鄭箋》：「當作『濱』。」《說文》：「頻，水厓。人所賓附，頻蹙不前而止。从頁，从涉。」

昔先王受命，有如召公

《正義》曰：「《詩》句有六字者，『昔者先王受命，有如召公之臣』之類也。」

〔一〕《說文解字注・兄部》「兄」字注：「《小雅》『兄也永歎』，傳曰：『兄，茲也。』《大雅》『倉兄填兮』，傳曰：『兄，滋也。』『職兄斯引』『職兄斯弘』，傳曰：『兄，茲也。』又《小雅》『僕夫兄瘁』，箋云：『兄，茲也。』又《大雅》『亂兄斯削』，箋云：『而亂茲甚。』『茲』與『滋』義同。『茲』者『草木多益也』，『滋』者『益也』。凡此等《毛詩》本皆作『兄』，俗人乃改作从水之『況』，又譌作『况』。陸氏《音義》不能諟正畫一，正僞錯出，且於《常棣》云『作「兄」者非』，由未知『茲益』乃『兄』之本義故耳。」

詩經小學卷二十六

金壇段玉裁撰

周頌

清廟之什

清廟　一章八句

駿奔走

《禮記·大傳》篇「諸侯執豆籩，逡奔走」，鄭注：「逡，疾也。疾奔走，言勸事也。《周頌》曰『逡奔走在廟』。」

維天之命　一章八句

維天之命

《禮記·中庸》篇引《詩》「維」作「惟」。

於穆不已

《詩譜》云：「孟仲子者，子思弟子。子思論《詩》『於穆不已』，孟仲子曰『於穆不似』。」

《斯干》正義云：「師徒異讀，非也。古『似』聲同『已』。」

假以溢我

《左氏傳·襄二十七年》引《詩》「何以恤我，我其收之」。　玉裁按：杜元凱云「逸詩」，不以爲此篇異文也。而朱子《集傳》合爲一，但合《爾雅》《説文》《尚書》《史記》求之，「謐、溢、恤」皆是慎意，「誐、何、假」乃是異文，朱子引《左氏》未爲非，而「文王之神將何以恤我」其訓非也。　《説文》：「誐，嘉善也。从言，我聲。《詩》曰『誐以謐我』。」〔一〕

〔一〕《説文解字注·言部》「誐」字注：「按：《毛詩》『假以溢我』，傳曰：『假，嘉。溢，慎。』與『誐、謐』字異義同，許所偁蓋三家《詩》。『誐、謐』皆本義，『假、溢』皆假借也。然『謐、溢』並見《釋詁》，可知周時已有此二本之殊矣。若《左氏》作『何以恤我』，『何』者『誐』之聲誤，『恤』與『謐』同部。《堯典》『惟刑之謐哉』，古文亦作『恤』。」

《廣韻》：「誐，嘉善也。《詩》曰『誐以謐我』。」 玉裁按：《爾雅》「溢、慎、謐，靜也」，又「毖、神、溢，慎也」。《尚書》「惟刑之恤」，《史記》作「惟刑之靜」，徐廣曰：今文《尚書》作「惟刑之謐」。《維天之命》或作「謐」、或作「溢」、或作「恤」，皆靜慎之意也。《莊子》「以言其老洫也」，亦是靜意。〔一〕

維清 一章五句

維周之祺

《釋文》曰：「祺，音其，祥也。《爾雅》同。徐云『本又作「禎」，音貞』，與崔本同。」《正義》曰：「『祺，祥』，《釋言》文，舍人曰『祺福之祥』，某氏曰『《詩》云「維周之祺」』。定本《集注》『祺』字作『禎』。」 玉裁按：此當從古本作「祺」，作「禎」者恐是改易取韻。

〔一〕《說文解字注·人部》「侐」字注：「《周頌》『假以溢我』，傳曰：『溢，慎也。』許作『誐以謐我』。謐，靜語也，一曰無聲也。《左傳》作『何以恤我』。《尚書》『惟刑之恤』，伏生《尚書》作『惟刑之謐』，《史記》作『惟刑之靜』。《爾雅》『溢、慎、謐，靜也』，『溢』者『恤』之字誤。 莊子書云：『以言其老洫也。近死之心，莫使復陽也。』『老洫』者，枯靜之意。《莊子》『洫』本亦作『溢』。《周頌》之『恤』、《莊子》之『洫』皆『侐』之假借。『侐』與『謐』古音同部。」

烈文　一章十三句

於乎前王不忘

《禮記·大學》篇：「《詩》云『於戲前王不忘』。」

天作　一章七句

天作高山，大王荒之

《傳》：「大王行道，能安天之所作也。」　玉裁按：「行道能」之下有脱文，當云「大王行道能大之，文王又能安天之所作也」。《鄭箋》「彼作」謂萬民，毛公仍承首句「作」字。《正義》云「毛以爲大王居岐，長大此天所生者，彼萬民居岐邦築作宫室者，文王則能安之」，訓「彼作」失毛意，而可證《毛傳》有脱。「荒」訓「大」，「康」訓「安」也。《國語》鄭叔詹曰：「《周頌》『天作高山，大王荒之』，荒，大之也，大天所作，可謂親有天矣。」《荀子·王制》篇引《詩》「天作高山，大王荒之。彼作矣，文王康之」，楊倞注：「荒，大也。康，安也。言天作此高山，大王則能尊大之，文王又能安之。」《天論》篇引此詩，注亦云「大王

能尊大岐山」，皆可證。〔一〕

彼徂矣，句**岐有夷之行**

朱子《集傳》曰：「沈括《筆談》曰『《後漢書·西南夷傳》作「彼岨者岐」』，今按彼書『岨』但作『徂』，而引《韓詩》薛君章句亦但訓爲『往』，獨『矣』字正作『者』，如沈氏說。然其末復注云『岐雖岨僻』，則似又有『岨』意。韓子亦云『彼岐有岨』，疑或前有所據，故今從之，而定讀『岐』字絶句。」王應麟《困學紀聞》曰：「《筆談》云『彼徂矣，岐有夷之行』《朱浮傳》作『彼岨者岐』，今案《朱浮傳》無此語。《西南夷傳》朱輔上疏曰『彼徂者岐，有夷之行』，注引《韓詩》薛君傳曰『徂，往也』，蓋誤以『朱輔』爲『朱浮』，亦無『岨』字。」玉裁按：《西南夷傳》朱輔疏曰：「臣聞《詩》云『彼徂者岐，有夷之行』，傳曰：『岐道雖僻，而人不遠。』」太子賢注曰：「《韓詩》薛君傳：『徂，往也。夷，易也。行，道也。彼百姓歸文王者，皆曰岐有易道，可往歸矣。易道謂仁義之道而易行，故岐道阻僻而人不難。』」「岐道岨僻」四字，薛君先經反言以釋「夷」字，非釋「徂」字也。東原先生曰：

〔一〕《說文解字注·川部》「巟」字「水廣也」注：「引申爲凡廣大之偁。《周頌》：『天作高山，大王荒之。』傳曰：『荒，大也。』凡此等皆叚『荒』爲『巟』也。荒，蕪也，『荒』行而『巟』廢矣。」

「《鄭箋》云『後之往者』，薛君云『彼百姓歸文王者』，是毛、韓皆作『徂』、作『者』之證。」玉裁謂：作「徂」無疑，而作「者」則非。《鄭箋》釋「彼作矣」曰「彼萬民居岐邦者」，釋「彼徂矣」曰「後之往者」，兩「矣」字一例，當以「彼徂矣」三字一句，「岐有夷之行」五字一句，不當從《後漢書》作「者」。劉向《說苑》引《詩》「岐有夷之行，子孫其保之」，可證漢人「岐」字下屬也。《韓詩外傳》引《詩》「政有夷之行，子孫保之」，此「政」字亦是「岐」字之譌。毛晉刻《外傳》跋曰：「所載詩句或與今不同，如『南有喬木，不可休思』，一章疊用四『思』字，確然可憑。又如『岐有夷之行』，『岐』字連下句讀，便覺『彼作矣』『彼徂矣』句法雙妙。」玉裁按：毛氏此《跋》甚善，而刻內「岐」仍譌「政」。

昊天有成命　一章七句

夙夜基命宥密

《孔子閒居》篇引《詩》「夙夜其命宥密」，鄭注曰：「《詩》讀『其』爲『基』，聲之誤也。基，謀也。」《詩釋文》曰：「其，音基。本亦作『基』。」玉裁按：《張衡傳》注「諆，謀也」。

宥密

何氏楷曰：「密，當依《新書》作『謐』。」

於緝熙

《國語》無「於」字。宋本《國語》有。

單厥心

《國語》作「亶厥心」，叔向曰：「亶，厚也。」

我將

一章十句

我將我享，維羊維牛

《詩本音》曰：「《隋書·宇文愷傳》引作『維牛維羊』，則『羊』與『享』爲韵，而『右』字不入韵也。」玉裁按：《周禮》「羊人」疏亦引「惟牛惟羊，惟天其祐之」，但此等恐皆未可據也。

儀式刑文王之典

《左氏傳·昭六年》叔向詒子産書引「儀式刑文王之德」。

既右饗之

《詩本音》曰：「今本或作『亯』，依唐石經及國子監注疏本改正。」玉裁按：經典凡獻於上曰「亯」，食所獻曰「饗」。如：《詩·周頌》「我將我亯」，下文曰「既右饗之」；《楚茨》「以享以祀」，下文曰「神保是饗」；《閟宫》「享以騂犧」，下文曰「是饗是宜」，尤顯然可證。

時邁　一章十五句呂叔玉云此篇爲《肆夏》也。

莫不震疊

《玉篇》引《詩》「莫不振疊」。

疊

《説文》曰：「楊雄説以爲古理官決罪，三日得其宜，乃行之。从晶，从宜。亡新以爲疊从三日太盛，改爲三田。」

懷柔百神

《釋文》曰：「柔，本亦作『濡』。」《正義》曰：「定本作『柔』，《集注》作『濡』，『柔』是也。《釋詁》云『柔，安也』，某氏引《詩》『懷柔百神』。」玉裁按：《宋書·樂志》宋明堂歌謝莊造《登歌》，辭曰「昭事先聖，懷濡上靈」，然則六朝時本作「懷濡百神」也。「柔、濡」古音同，是假「濡」爲「柔」耳。注《爾雅》者引「懷柔百神」，易其字也。《集注》經作「濡」，當從之。

執競　一章十四句《春秋左氏傳》云「《武》曰『無競惟烈』」，呂叔玉云此篇爲《樊遏》也。

執競

鄭氏《周禮注》：「呂叔玉云『《繇遏》，《執傹》也』。」

鐘鼓喤喤

《爾雅》：「韹韹，樂也。」釋文：「韹韹，《詩》作『喤喤』，華盲反，又作『鍠』。」《説文》：「鍠，鐘聲也。《詩》曰『鐘鼓鍠鍠』。」

磬筦將將

《説文》：「蹡，行皃。从足，將聲。《詩》曰『管磬蹡蹡』。」〔二〕

思文 一章八句 吕叔玉云此篇爲《渠》也。

立我烝民

《鄭箋》：「立當作『粒』。」

貽我來牟

《文選·典引》注引《韓詩内今本譌作「外」。傳》「貽我嘉麰」，薛君曰：「麰，大麥也。」

《漢書·楚元王傳》劉向《上灾異封事》引《詩》「飴我釐麰」，「釐麰，麥也，始自天降」。

〔二〕《説文解字注·足部》「蹡」字注：「《聘禮》『衆介北面蹌焉』，鄭云：『容皃舒揚。』《曲禮》：『天子穆穆，諸侯皇皇，大夫濟濟，士蹌蹌。』鄭曰：『皆行容止之皃也。』按：許『蹡』爲『行皃』，『蹌』訓『動也』。然則《禮》言行容者皆『蹡』爲正字，『蹌』爲叚借字。《廣雅》：『蹡蹡，走也。』……今《詩》作『磬筦將將』，毛曰：『將將，集也。』」

《說文》「來」字注：「周所受瑞麥來麰。一朿作「束」誤。二縫，象芒朿之形。天所來也，故爲行來之來。《詩》曰『詒我來麰』。」又「䅘」字注：「齊謂麥䅘也。」又「麰」字注：「來麰，麥也。」或作「⿱艹牟」。《廣韻》引《埤蒼》曰：「䅘麰之麥，一麥二稃，周受此瑞麥。」《廣韻》又曰「⿰麥林，小麥」，「麳」同。玉裁按：《說文》「一朿二縫」或作「一朿二縫」，或作「一來二縫」，而《正義》引《說文》作「一麥二夆」，均不可解。攷《廣韻》引《埤倉》作「一麥二稃」，亦有譌誤，當作「二麥一稃」，乃合。一稃二米者，后稷之嘉穀也；一稃二麥者，后稷之瑞麥也；三苗同穗者，成王之嘉禾也；見《尚書大傳》。旁出上合者，漢時之奇木也。《說文》當作「二麥一稃」，「二、一」互譌，「稃、縫」者音之譌。或曰：《說文》作「一朿二稃」，从朿者，象其芒朿之形。玉裁按：「一朿二稃」，言二麥同一穎芒也。

詩經小學卷二十七

金壇段玉裁撰

臣工之什

臣工　一章十五句

庤乃錢鎛

鄭氏《攷工記注》引「偫乃錢鎛」。

艾

當作「刈」，見《葛覃》。

噫嘻　一章八句

噫嘻

東原先生曰：「即《曾子問》注之『噫歆』也。」

率時農夫

《兩都賦》李善注引《韓詩》「帥時農夫」。〔一〕

振鷺　一章八句

在此無斁

《韓詩》「在此無射」。《中庸》引《詩》「在此無射」。班昭《女誡》引《詩》「在彼無惡，在此無射」，章懷注曰：「《韓詩·周頌》之言也。射，厭也。《毛詩》作『斁』。」

有瞽　一章十三句

應田縣鼓

《鄭箋》：「田當作『朄』。朄，小鼓，在大鼓旁，應鞞之屬也。聲轉字誤，變而作『田』。」《明堂位》鄭注引「應朄縣鼓」。《爾雅》郭注引《詩》「應朄縣鼓」。玉裁按：《說

〔一〕《説文解字注·寸部》「將」字注：「《儀禮》《周禮》古文『衛』多作『率』，今文多作『帥』。《毛詩》『率時農夫』，《韓詩》作『帥』。説詳《周禮漢讀考》。帥者佩巾，漢人假爲『率』字，『率』亦『衛』之假也。」

文》：「朄，擊小鼓，引樂聲也。」今通作「𨍭」。

鞉

《說文》：「鞀，遼也。」或作「鞉」，或作「鼗」，籀文作「磬」。

圉

玉裁按：《說文》：「敔，禁也。一曰樂器，椌楬也，形如木虎。从攴，吾聲。」〔一〕

肅雝和鳴

《爾雅》「肅噰，聲也」，郭注「《詩》曰『肅噰和鳴』」。

潛 一章六句

潛

馬融《長笛賦》李善注：「《韓詩》薛君章句曰『涔，漁池也』。」《釋文》引《韓詩》「涔，魚

〔一〕《說文解字注·攴部》「敔」字「禁也」注：「與『圉、禦』音同。《釋言》：『禦、圉，禁也。』《說文》『禦』訓『祀』，『圉』訓『囹圄，所以拘罪人』。『敔』爲『禁禦』本字，『禦』行而『敔』廢矣。古假借作『御』、作『圉』。」「一曰樂器，椌楬也，形如木虎」注：「按：此十一字後人妄增也。《樂記》『椌楬』注：『謂柷敔也。』『椌』謂『柷』，『楬』謂『敔』。柷形如桼桶，敔狀如伏虎，不得併二爲一。《木部》『椌』云『柷樂也』，『楬』下不云『敔樂』者，『敔』取義於『遏』，『楬』爲『遏』之假借耳。敔者所以止樂，故以敔名。上云『禁也』，已包此物，無庸別舉，用此知凡言『一曰』者，或經淺人增竄。」

池也」。　玉裁按：此則《韓詩》「潛」爲「涔」。《爾雅》「槮謂之涔」，陸德明曰：「槮，《爾雅》舊文并《詩傳》並米旁作，《小爾雅》木旁作，郭因改『米』从『木』。《字林》作『罧涔』，《詩》作『潛』字，《小爾雅》作『橬』字。」〔二〕

雝　一章十六句

雝雝

《爾雅》：「廱廱、優優，和也。」

載見　一章十四句

和鈴央央

《東京賦》「和鈴鉠鉠」，李善注引《毛詩》「和鈴鉠鉠」。　《玉篇》：「鉠，鈴聲。」　《廣

〔二〕《説文解字注·网部》「罧」字注：「《毛詩》『潛有多魚』，《韓詩》潛作『涔』。《釋器》曰：『槮謂之涔。』《毛傳》曰：『潛，槮也。』《爾雅》《毛傳》『槮』本从米，舍人、李巡皆云『以米投水中養魚曰涔』，从米是也。……『槮』非古字。至若『罧』字，雖見《淮南鴻烈》，然與『槮』皆俗字也。《毛詩》《爾雅》音義皆云『《字林》作「罧」』，不云出《説文》，疑或取《字林》羼入許書。」

韵》：「鈌，鈴聲。」

鞗革有鶬

《說文》：「瑲，玉聲也。从玉，倉聲。《詩》曰『鞗革有瑲』。」〔一〕《說文》無「鞗」字，當作「鋚」。〔二〕

〔一〕《說文解字注·玉部》「瑲」字注：「有瑲，今《詩》作『有鶬』，亦作『鎗』。按：鸞鈴轡飾之聲而字作『瑲』，玉聲而字作『鏘』，皆得謂之假借。」

〔二〕《說文解字注·金部》「鋚」字注：「許釋『鋚』爲『轡首銅』，『鋚』即『鞗』字。《詩》本作『攸』，轉寫誤作『鞗』，『攸、革』皆古文叚借字也。」

詩經小學卷二十八

金壇段玉裁撰

閔予小子之什

閔予小子　一章十一句

嬛嬛在疚

李善《文選·寡婦賦》注：「《韓詩》曰『惸惸余在疚』。」匡衡《戒妃匹勸經學威儀之則疏》引《詩》「煢煢在疚」。《左氏傳》魯哀公誄孔子曰「煢煢余在疚」。《説文》：「宊，貧病也。从宀，久聲。《詩》曰『煢煢在宊』」。〔一〕

〔一〕《説文解字注·宀部》「宊」字注：「今《詩》作『嬛嬛在疚』，毛曰：『疚，病也。』按：《毛詩》蓋本作『宊』，毛釋以『病』者，謂『宊』爲『疚』之叚借也。《左傳》亦曰『煢煢余在疚』。」

佛

敬之　一章十二句

毛云「佛，大也」，此以「佛」爲「廢」之假借。《釋詁》云：「廢，大也。」古「廢、佛」音同，《四月》「廢爲殘賊」，毛傳「廢，大也」，郭氏《爾雅注》亦引「廢爲殘賊」，然則《四月》用正字，《敬之》用假借字耳。《鄭箋》云「佛，輔也」，則又以爲「弼」之假借字。〔一〕

小毖　一章八句

荓蜂

《爾雅》：「甹夆，掣曳也。」　玉裁按：《毛傳》作「𢫬曳」。《説文》：「𢫬，引縱也。」〔二〕

〔一〕《説文解字注・大部》「⿱大弗」字注：「《周頌》『佛時仔肩』，傳曰：『佛，大也。』此謂『佛』即『⿱大弗』之假借也。《小雅》『廢爲殘賊』，《毛傳》一本『廢，大也』。《釋詁》云：『廢，大也。』此謂『廢』即『⿱大弗』之假借字也。」

〔二〕《説文解字注・彳部》「⿰彳甹」字注：「《周頌》『莫予荓蜂』，『蜂』本又作『夆』。毛曰：『荓夆，𢫬曳也。』《釋訓》作『甹夆，𢫬曳也』。『⿰彳甹』『⿰彳夆』，蓋『甹』『夆』之正字。𢫬曳者，使之也。《大雅》傳曰：『荓，使也。』」

自求辛螫

《韓詩》作「辛赦」，赦，事也。見《釋文》。

拚飛

《鄭箋》作「翻飛」。

載芟 一章三十一句

其耕澤澤

《爾雅》：「郝郝，耕也。」

侯彊侯以

顧亭林《金石文字記》誤作「疆」。

有略其耜

《爾雅》：「畧，利也。」釋文：「畧，《詩》作『略』。」《說文》：「㓵，刀劍刃也。」籀文作「畧」。〔一〕

〔一〕《說文解字注·刀部》「㓵」字注：「《釋詁》：『剡、畧，利也。』陸德明本作『畧』，顏籀、孔沖遠引作『略』。《周頌》『有略其耜』，毛云：『略，利也。』張揖《古今字詁》云：『略，古作畧。』以《說文》折衷之，『畧』者古字，『㓵』者今字；『㓵』者正字，『略』者假借字。」

俶載

《鄭箋》：「俶載當作『熾菑』。」

驛驛其達

《爾雅》：「繹繹，生也。」

緜緜其麃

《釋文》：「緜緜，《韓詩》作『民民』，衆皃。」《爾雅》：「緜緜，麃也。」釋文：「麃，字書作『穮』。」《説文》：「穮，䅯禾閒也。《春秋傳》曰『是穮是衮』。」

有椒其馨

《釋文》曰：「椒，沈作『俶』，尺叔反，云：『作「椒」者誤也。此論釀酒芬香，無取椒氣之芳也。』」按：《唐風·椒聊》箋云『椒之性芬芳』，王注云『椒，芬芳之物』，此傳[一]『椒猶飶。飶，芬香』，椒是芬芳之物，此正相協，無取改字爲『俶』。俶，始也，非芬香。」玉裁謂：《毛傳》云「飶，芬香皃。俶猶飶也」，「俶」字正取其香始升，芬芳酷烈之意，與「飶」字相配。若作「椒」，是物，與「飶」字不對，《傳》不得云「猶飶」也。《詩》言「有苑」

〔一〕校者案：「傳」，原作「物」，涉上而誤，據《經典釋文》各本改。

「有奭」「有鶬」「有敦瓜苦」「有俶其城」，句意皆同。今定從沈作「俶」。飶，香之皃也；俶，馨之皃也。〔一〕

良耜　一章二十三句

俶載

《鄭箋》：「熾菑是南畝也。」

其鎛斯趙

《攷工記》鄭注引「其鎛斯捆」。

以薅荼蓼

《說文》：「薅，拔去田艸也。从蓐，好省聲。籀作『薅』，或作『茠』。《詩》曰『既茠荼蓼』。」《爾雅》「蒤，委葉」，郭璞注引《詩》「以茠蒤蓼」。

〔一〕《說文解字注·土部》「埱」字注：「气之出土滃然，故『埱』與『歜』音義皆略同，引申爲凡气出之偁。或假借『俶』爲『埱』。《周頌》曰『有飶其香』『有椒其馨』，傳曰：『飶，芬香也。椒猶飶也。』按：椒，沈作『俶』，尺叔反，沈說善矣。若作『埱』，尤合。『飶』與『埱』皆謂香气突出觸鼻，非謂椒聊也。」

穫之挃挃

《說文》「挃」字注引「穫之挃挃」。《廣韵》：「秷，刈禾聲。」

積之栗栗

《說文》：「穦，積禾也。从禾，資聲。《詩》曰『穦之秩秩』。」又曰：「秩，積也。从禾，失聲。《詩》曰『穦之秩秩』。」〔一〕

捄

當作「觩」。〔二〕

絲衣　一章九句

絲衣其紑

《說文》引《詩》「素衣其紑」。〔三〕

〔一〕《說文解字注·禾部》「秩」字「積皃」注：「皃，各本作『也』，今正。積之必有次敘成文理，是曰『秩』。」

〔二〕《說文解字注·角部》「觓」字注：「《周頌》『有捄其角』，傳云：『社稷之牛角尺。』箋云：『捄，角皃。』『捄』者『觓』之假借字也，《小雅·桑扈》『兕觵其觓』，俗作『觩』。」

〔三〕《說文解字注·糸部》「紑」字注：「《周頌》作『絲衣』，『絲衣』乃篇名，『素』恐譌字，此謂士爵弁、玄衣、纁裳，非白衣也。本義謂白鮮，引申之爲凡新衣之偁。」

載弁俅俅

《説文》引《詩》「弁服俅俅」。〔一〕　《玉篇》曰：「《詩》『戴弁俅俅』，或作『頯』，柔流切。」

不吴不敖

《史記・封禪書》作「不吴不驁」。

吴

《釋文》曰：「吴，舊如字，《説文》作『吴』。何承天曰：『「吴」字誤，當作「吴」，从口下大，故魚之大口者名吴，胡化反。』」《説文》：「吴，姓也，亦郡也。一曰：吴，大言也。从矢、口。」徐鍇曰：「大言，故矢口以出聲，《詩》曰『不吴不揚』。今寫《詩》者改吴作『吴』，又音乎化切，其謬甚矣。」玉裁按：《方言》「吴，大也」，「吴」之爲「大」，於聲求之。大言爲吴，物之大者亦曰吴。屈賦「齊吴榜以擊汰」，王逸曰「齊舉大櫂」也。

〔一〕《説文解字注・人部》「俅」字「冠飾皃」注：「《周頌・絲衣》曰『載弁俅俅』。《釋訓》曰：『俅俅，服也。』《傳》曰：『俅俅，恭順皃』。按：許以上文『絉』屬衣言之，則『俅俅』亦當屬冠言之，故此用《爾雅》易《傳》義，而『絉』下不易《傳》也。」「《詩》曰『戴弁俅俅』」注：「《毛詩》戴作『載』，《鄭箋》云：『載猶戴也。』按：『載、戴』古書多互譌者。」又《異部》「戴」字注：「又與『載』通用，言其上曰戴，言其下曰載也。」

酌　一章八句《春秋左氏傳》作「汋」，《禮經》「舞《勺》」相傳以爲即此詩也。

桓　一章九句《春秋左氏傳》曰《武》六章也。

我龍受之

《毛傳》：「龍，和也。」　玉裁按：此及《長發》毛以「龍」爲「雝」之假借，故曰「和也」。雝，俗作「雍」。

賚　一章六句《春秋左氏傳》曰《武》三章也。

婁豐年

今本作「屢」。《釋文》、唐石經作「婁」。　宋婁機《班馬字類》引《詩》「婁豐年」。《角弓》釋文：「婁，本亦作『屢』」。

敷時繹思

《左氏傳·宣十二年》引《武》三章「鋪時繹思，我徂惟求定」。

般 一章七句

喬

《爾雅·釋山》：「鋭而高，嶠。」《説文》無「嶠」字。〔一〕

哀時之對，時周之命

《正義》曰：「此篇末俗本有『於繹思』三字，誤也。」《釋文》：「於繹思，《毛詩》無此句，與齊、魯、韓異。今《毛詩》有者，衍文也。崔《集注》本有，是採三家之本，崔因有故解之。」

〔一〕《説文解字注·夭部》「喬」字注：「按：喬不專謂木，淺人以説木則作『橋』，如《鄭風》『山有橋松』是也；以説山則作『嶠』，《釋山》『鋭而高嶠』是也，皆俗字耳。」

詩經小學卷二十九

金壇段玉裁撰

魯頌

駉四篇

駉 四章，章八句

駉駉牡馬

《顔氏家訓》曰：「《詩》云『駉駉牡馬』，江南書皆爲『牝牡』之『牡』，河北本悉爲『放牧』之『牧』。鄴下博士見難云：《駉頌》既美僖公牧於坰野之事，何論騲騭乎？余答曰：案：《毛詩》云『駉駉，良馬腹幹肥張也』，其下又云『諸侯六閑四種：有良馬、戎馬、田馬、駑馬』，若作放牧之意[一]，

[一] 校者案：「意」，原作「牧」，涉上而誤。各本《顔氏家訓》皆作「若作放牧之意」，據改。

通於牝牡，則不容限在良馬獨得『駉駉』之稱。良馬，天子以駕玉輅，諸侯以充朝聘郊祀，必無騲也。《周禮·圉人職》『良馬，匹一人。駑馬，麗一人』，圉人所養，亦非騲也。頌人舉其强駿者言之，於義爲得也。《易》云『良馬逐逐』，《大畜》九三爻辭，鄭康成本複一「逐」字。《左傳》云『以其良馬二』，亦精駿之稱，非通語也。今以《詩傳》良馬通於牧騲，恐失毛生之意，且不見劉芳《義證》乎？」　玉裁按：李善注《李陵與蘇武書》引「駉駉牧馬」，唐石經碑「牡馬」字皆改竄模糊，玩其字形，本作「牡」，又於石上改作「牧」，不欲泥於顔説也。攷《周官·夏官》，馬政絶無「郊祀朝聘，有騭無騲」之文。《校人職》云「凡馬，特居四之一」，鄭司農云「三牝一牡」，康成云「欲其乘之性相似也」，此云凡馬兼指六種五路之馬，又康成計王馬之大數而引《詩》「騋牝三千」，何嘗謂五路之馬無騲歟？良馬通謂五路之馬，倘皆無騲，則通淫、游牝豈專爲駑馬，良馬豈皆駑母所生？康成何以云種馬「謂上善似母者也」？今俗以騬騭爲良，自是尚力，五路之馬不皆尚强。且《詩序》云「牧於坰野」，《毛傳》云「牧之坰野則駉駉然」，《正義》云「駉駉然腹榦肥張者，所牧養之良馬也」。經文作「牧」爲是。《定之方中》傳：「馬七尺以上曰騋，騋馬與牝馬也。」衛之大夫「良馬四之、良馬五之、良馬六之」，晉大夫趙旃「以其良馬二」濟其兄與叔父」。《説卦傳》「爲良馬」，虞翻曰：「乾善，故良也。」善馬通稱良馬，良者對駑之稱。良馬匹一圉，駑馬麗一圉，别其貴賤，而云一馬一圉必無騲，誤矣。

駉駉

《玉篇》曰：「駉，亦作『駫』。」《詩釋文》曰：「駉，《説文》作『驍』，又作『駫』。」據《釋文》，則今本《説文》「駫」字注引「駫駫四牡」，唐時本作「駫駫牡馬」。許所據《詩》此句作「駫駫牡馬」，下句作「在駉之野」，與今《詩》絶異。云「《説文》作『驍』」，不可攷。〔一〕

在坰之野

《説文》：「駉，牧馬苑也。从馬，冋聲。《詩》曰『在駉之野』。」〔二〕玉裁按：許

〔一〕《説文解字注・馬部》「駫」字注：「《詩釋文》曰：『駉，古熒反，《説文》作「驍」，又作「駫」，同。』『作驍又』三字當删，云『《説文》作「駫」，同』。《玉篇》亦曰：『駫，古熒切，駉同。』則知《説文》作『駫駫牧馬』，而讀古熒反，十部、十一部之音轉也。以今攷之，實則《毛詩》作『駫駫』，許偁『駫駫』，而後人譌亂作『駉駉』。陸所見《説文》不誤，今本《説文》則誤甚耳。」又《馬部》「驍」字「《詩》曰『驍驍牡馬』」注：「陸氏德明所見《説文》如此。《詩釋文》曰：『駉，《説文》作「驍」。』按：堯聲、冋聲之類相去甚遠，無由相涉。《大雅・崧高》『四牡蹻蹻』，傳云：『蹻蹻，壯皃。』《魯頌・泮水》傳云：『蹻蹻，言彊盛也。』蓋古本《説文》『堯聲』下有『《詩》曰「四牡驍驍」』六字，乃《崧高》之異文，或轉寫譌作『驍驍牡馬』，而陸氏乃有『駉，《説文》作「驍」』之語。」

〔二〕《説文解字注・馬部》「駉」字「《詩》曰『在冋之野』」注：「冋，各本作『駉』，淺人不知許書之例者所改也，今正。《魯頌》曰：『駫駫牧馬，在坰之野。』坰，或冋字。冂，古文冋字。邑外謂之郊，郊外謂之野，野外謂之林，林外謂之冋。《詩》言『牧馬在冋』，故偁爲从馬、冋會意之解，與『䕻』下、『寷』下、『相』下、『𠫓』下引《易》，『買』下引《孟子》説字形正同。馬在冋爲『駉』，猶艸木麗於地爲『䕻』也。」

意「在駉之野」即「在野之駉」也，倒句以就韵。《説文》曰：冂，古文作「冋」，或作「坰」。

有驈有皇

《爾雅》：「黄白，騜。」《説文》「驈」字注引《詩》「有驈有騜」，而無「騜」字，蓋或有闕遺。〔一〕

有騅

《正義》曰：「檢定本、《集注》及徐音皆作『騅』字，而俗本多作『駓』字，《爾雅》有『駓白，駁』，謂赤白襍色，駁而不純，非黑身白鬣也。《東山》傳曰『駓白曰駁』，謂赤白襍，取《爾雅》爲説。若此亦爲『駁』，不應《傳》與彼異。且注《爾雅》者，樊光、孫炎於『駓白，駁』下乃引《易》『乾爲駁馬』，引《東山》『皇駁其馬』，皆不引此文，明此非『駁』也。其字定當爲『騅』，但不知黑身白鬣何所出耳。」　玉裁按：《文選·顏延年〈赭白馬賦〉》李注引劉芳《毛詩義證》曰「彤白襍毛曰駁」，蓋《豳風》語也，且彤白

〔一〕《説文解字注·馬部》「驈」字注：「按：《毛詩》作『皇』，許無『騜』字，《字林》乃有之，此『騜』後人所改耳。《韵會》作『有皇』是也，《爾雅》作『黄白，騜』，亦是俗本。」

曰「騢」，非「駁」也。〔一〕

有驔

《毛傳》：「驔，豪骭也。」《説文》：「驔，驪馬黃脊也。騽，豪骭也。」《爾雅》：「驪馬黃脊，騽。」釋文云：「《説文》作『驔』。今《爾雅》本亦有作『驔』者。」〔二〕

有魚

《爾雅》：「二目白，魚。」釋文：「本又作『䁳』，《字林》作『⿰馬魚』」。〔三〕

〔一〕《説文解字注・馬部》「駱」字「馬白色黑鬣尾也」注：「《釋嘼》曰：『白馬黑鬣，駱。』《詩音義》曰：『樊、孫《爾雅》並作「白馬黑髦鬣尾也」。』然則許正同樊、孫本矣，《魯頌》毛傳亦曰『白馬黑鬣曰駱』。按：今《毛詩》『有驔有駱，有駵有雒』，毛曰『黑身白鬣曰雒』，正與『白身黑鬣曰駱』互異。《正義》曰『定本、集注及徐音皆作「駱」』，《釋文》亦云『雒，本或作「駱」』，然則本二物相似而同名，淺人惑之，乃妄改字。」

〔二〕《説文解字注・馬部》「驔」字注：「《魯頌》『有驔有魚』。《釋嘼》曰：『驪馬黃脊曰騽。』《爾雅音義》云：『騽，《説文》作「驔」，音簟。』是則《爾雅》之『騽』即『驔』之異體。許於此篆用《爾雅》不用《毛傳》也。《毛傳》曰『豪骭曰驔』，此即『驔』之異説。《詩音義》引《字林》云：『驔，又音覃，豪骭曰驔。』是則《字林》豪骭一義不作『騽』也。今《説文》乃別有『騽』篆，訓云『豪骭』，前與《毛詩》不合，後與《字林》不合，此蓋必非許原文。許原文或『驔』下有『一曰豪骭』之文，或『驔』篆後有重文作『騽』之篆，皆不可定。後人乃以兩義分配兩形耳。」

〔三〕《説文解字注・馬部》「⿰馬閒」字注：「按：《釋嘼》曰：『一目白⿰馬閒，二目白魚。』《魯頌》毛傳正義本作『二目白曰魚』，《釋文》本作『一目白曰魚』。以理覈之，蓋陸本是，孔本非；《毛傳》是，《爾雅》誤。《傳》言『一目』者，以別於『二目』也。假令二目白，則《傳》不言『二』。許本毛，則必上句言『目白』，下句言『一目白』。毛本《爾雅》，則知《爾雅》轉寫失其真也。魚，《字林》作『⿰馬魚』，許無『⿰馬魚』字，類言之。」

有駜　三章，章九句

鼓咽咽

《釋文》曰：「咽，本又作『淵』〔一〕。」　李善《東京賦》注引《毛詩》「鼓鼘鼘」。〔二〕

歲其有，詒孫子

唐石經「歲其有，詒孫子」，「有」字之側有「年」字，「詒」字之側有「厥」字。《釋文》：「歲其有，本或作『歲其有矣』，又作『歲其有年』，『矣、年』皆衍字也。詒孫子，本或作『詒厥孫子』『詒于孫子』，皆是妄加也。」《正義》曰：「定本、《集注》皆云『歲其有年』。」《周頌·豐年》正義引《魯頌》「歲其有年」。《列女傳》引「君子有穀，詒厥生子」。

〔一〕校者案：「本又作『淵』」，單刻各本《經典釋文》作「本又作『鼘』」，注疏各本所附《釋文》作「本又作『淵鼓』」。單刻本是，注疏本誤析一字爲二字。段氏此處或以意改注疏本，作《説文解字注》時則引單刻本（見注〔二〕）。

〔二〕《説文解字注·鼓部》「鼘」字注：「《詩·小雅》《商頌》作『淵淵』，《魯頌》作『咽咽』，皆假借字也。《魯頌》音義曰『本又作「鼘」』，譌字也。《小雅》傳曰：『淵淵，鼓聲也。』《魯頌》傳曰：『咽咽，鼓節也。』」

泮水 八章，章八句

茆

《說文》：「茒，鳧葵也。从艸，丣聲。《詩》曰『言采其茒』。」〔一〕《廣韵・三十一巧》：「茆，鳧葵。《説文》作『茒』，音柳。」又《四十四有》引《詩》「言采其茆」。

屈

毛、韓皆云「屈，收也」，《鄭箋》云「治也」，徐云「鄭其勿反」。玉裁按：《爾雅・釋詁》篇「淈，治也」，郭注云「《書序》作『汩』，音同耳」。此詩毛、韓如字，鄭讀「淈」。孔氏《正義》云：「《釋詁》篇『淈，治也』，某氏引此詩。」

泮宮

《禮器》篇郭注「頖宮，宋本有「宮」字，今本無。郊之學也。《詩》所謂『頖宮』也。」玉裁

〔一〕《説文解字注・艸部》「茒」字注：「《周禮・醢人》『茆菹』，鄭大夫讀爲『茅』，或曰『茆，水艸』，杜子春讀爲『茒』，後鄭曰『茒，鳧葵也』。今《周禮》轉寫多譌誤，爲正之如此。漢時有『茆、茒』二字。經文作『茆』，兩鄭皆易字爲『茒』也。鳧葵名茒，亦名蓴，今之蒓菜也。」

按：《王制》《禮器》篇皆作「頖宫」。〔一〕

在泮獻馘

《王制》鄭注引「在頖獻馘」。《説文》：聝，或从首作「馘」。

皋陶

古經傳皆作「咎繇」。

狄彼東南

《釋文》引《韓詩》「鬄，除也」。鄭云：「狄當作『剔』。剔，治也。」玉裁按：即「用逷蠻方」之「逷」。《抑》傳云「逷，遠也」，《左傳》「糾逖王慝」。〔二〕

〔一〕《説文解字注·水部》「泮」字注：「《魯頌》曰『思樂泮水』，又曰『既作泮宫』。毛曰：『泮水，泮宫之水也。天子辟廱，諸侯泮宫。』《王制》曰：『天子曰辟廱，諸侯曰頖宫。』鄭云：『辟，明也。廱，和也。所以明和天下。頖之言班也，所以班政教也。』許書無『頖』字，蓋禮家製『頖』字，許不取也。《小戴》三云『頖宫』。」

〔二〕《説文解字注·髟部》「鬄」字注：「夫『鬄、髢』同字，訓『髲』。髲者，益髮也，今俗所謂頭髮也。鬄者，鬀髮也。……或問《大雅·皇矣》『攘之剔之』何謂也？曰：《釋文》云『字或作「鬄」』，《詩》本作『鬄』，譌之則爲『鬄』，俗之則爲『剔』，非古有『剔』字也。又《周頌》『狄彼東南』，釋文云：『狄，《韓詩》作「鬄」，除也。』『鬄』亦『鬄』之譌。《鄭箋》云『狄當作剔』，用韓説也。《抑》『用逷蠻方』，箋云『當作剔』，蓋鄭不廢『剔』字。……『剔』者，『鬄』之省俗。據《莊子音義》，吕忱乃録『剔』於《字林》，云『剃也』，然則吕謂即俗『鬄』甚明。今人好用『剔』字，以之當《手部》他歷切之『擿』字，蓋非古矣。」

烝烝皇皇

《鄭箋》：「皇皇當作『暀暀』。暀暀猶往往也。」〔一〕

不吴不揚

漢《衛尉衡方碑》引《詩》「不虞不揚」。

戎車孔博

《鄭箋》：「博當作『傅』，甚傅緻。」

黮

《説文》：「黮，桑葚之黑也。」玉裁按：當同《衛風》作「葚」。〔二〕

〔一〕《説文解字注·日部》「暀」字注：「《釋詁》曰：『暀暀、皇皇，美也。』按：『暀』見《爾雅》而不見他經。《泮水》箋云：『皇皇當作「暀暀」。暀暀猶往往也。』此易『皇』爲『暀』，復訓『暀』爲『往』，以作『暀』而後可訓『往』也。《少儀》：『祭祀之儀，齊齊皇皇。』注云：『皇皇，讀爲「歸往」之「往」。』皇氏云：『謂心所繫往。』此處鄭不讀爲『暀』，徐先民於況反，非是。从日往聲。此舉形聲會意，謂往者衆也。」

〔二〕《説文解字注·黑部》「黮」字注：「桑葚見《艸部》。葚黑曰黮，故《泮水》即以其色名之，《毛傳》曰『黮，桑實也』，謂『黮』即『葚』之假借字也。許與毛小別矣。《廣雅》『黑也』，則引申爲凡黑之偁。」

憬彼淮夷

《說文》「矍」字注「讀若《詩》云『穬彼淮夷』之『穬』」。〔一〕 又「憬」字注引《詩》「憬彼淮夷」。 玉裁按：《釋文》曰「憬，《說文》作『懬』」，今《說文》「懬」字注内不引此詩，蓋「矍」字注内「穬」字當爲「懬」也。〔二〕 《文選·沈約〈齊故安陸昭王碑文〉》注云：「《韓詩》曰『獷彼淮夷』，薛君曰『獷，覺悟之皃』。」 王伯厚《詩地理攷》曰：「《韓詩》『獷彼淮夷』。」

閟宮

九章，三章章十七句，一章十六句，一章十七句，二章章八句，二章章十句 舊說二章章十七句，一章十二句，一章三十八句，二章章八句，二章章十句，凡八章。今從朱子《集傳》。

閟宮有侐

張載《魯靈光殿賦注》引《詩》「祕宮有侐」，李善注引毛萇《詩傳》云「祕，神也」。 玉裁

〔一〕《說文解字注·瞿部》「矍」字注：「《泮水》『憬彼淮夷』，『憬』下既引之，而此作『穬』，假借字也。《詩釋文》則云：『憬，《說文》作「懬」，音獷。』今《心部》『懬』下佚此文。《文選注》引《韓詩》則作『獷』。『矍』在五部，讀若从廣聲字者，十部與五部同入也。」

〔二〕《說文解字注·心部》「懬」字注：「《魯頌·泮水》曰『憬彼淮夷』，釋文云：『憬，《說文》作「懬」。』按：許『闊也』，一曰『廣大也』，此『懬』之本義；毛云『遠行也』，即其引伸之義也。由其廣大，故必遠行。然則《毛詩》自作『懬』，今作『憬』者，或以三家《詩》改之也。」

按：毛云「閟，閉也」，鄭云「閟，神也」，《説文》「祕，神也」，鄭以「閟」爲「祕」之假借。李善注誤以《鄭箋》爲《毛傳》。

稺

郭注《方言》曰：「稺，古『稚』字。」《説文》「稙」字注引《詩》「稙稚尗麥」。〔一〕《五經文字》曰：「《説文》作『稺』，《字林》作『穉』。」

實始翦商

《説文》：「戩，滅也。从戈，晉聲。《詩》曰『實始戩商』。」〔二〕《毛傳》：「翦，齊也。」按：毛意正當作「𠝣」。

〔一〕《説文解字注·禾部》「稙」字注：「按：稚當作『稺』。郭景純注《方言》曰『稺，古稚字』，是則晉人皆作『稚』，故『稺、稚』爲古今字，寫《説文》者用今字因襲之耳。」

〔二〕《説文解字注·戈部》「戩」字注：「今《詩》作『翦』。按：此引《詩》説叚借也。《毛傳》曰：『翦，齊也。』許《刀部》曰『𠝣，齊斷也。』『𠝣』之字多叚『翦』爲之，『翦』即『𠝣』。『戩』者，『𠝣』之假借。毛云『𠝣，齊也』者，謂周至於大王，規模氣象始大，可與商國並立，故曰『齊』，《緜》詩『古公』以下七章是也，非翦伐之謂。若不通《毛傳》、許書之例，竟謂大王滅商，豈不事、辭俱窒礙乎？毛意謂『戩』即『𠝣』，許説其本義以明轉注，復引《詩》字以明叚借。兩公之例皆尋繹全書而可得，不則以文害辭，謂大王有翦商之志矣。夫《詩》明言翦商而見大王之德盛，後儒言有翦商之志，而大王之心遂不可問。嗚呼！是非不知訓詁之禍也哉！」

土田

《周官經·大司徒》鄭注引《詩》「錫之山川，土地附庸」。

夏而楅衡

《説文》「衡」字注引《詩》「設其楅衡」。〔一〕 玉裁按：「設其楅衡」見《周官經》。《説文》「楅」字注引《詩》「夏而楅衡」。

白牡騂剛

《公羊傳》：「周公用白牡，魯公用騂犅。」《説文》：「犅，特牛也。」

犧尊

《正義》曰：「『犧尊』之字，《春官·司尊彝》作『獻尊』，鄭司農云『獻讀爲「犧」』。犧尊飾以翡翠，象尊以象鳳皇，或曰以象骨飾尊。』此《傳》言犧尊者，沙羽飾，與司農『飾以翡翠』意同，則皆讀爲『娑』。《傳》言『沙』即『娑』之字也。阮諶《禮圖》云：『犧尊飾以牛，象尊飾以象。於尊腹之上，畫爲牛象之形。』王肅云：『將將，盛美也。大和中，魯郡於地中得齊大夫子尾送女器，有犧尊，以犧牛爲尊。然則象尊，尊爲象形也。』王肅此言，

〔一〕《説文解字注·角部》「衡」字注：「『《詩》曰』當作『《周禮》曰』。」

以二尊形如牛、象，而背上負尊，皆讀『犧』爲『義』，與毛、鄭義異，未知孰是。」〔一〕

荆舒是懲

《史記・建元以來侯者年表》曰「《詩》《書》稱三代『戎狄是膺，荆荼是徵』」。

魯邦所詹

何氏楷曰：「《韓詩外傳》《說苑》《風俗通》俱作『瞻』。」　玉裁按：《毛傳》「詹，至也」，不改字。

遂荒大東

《爾雅》「幠，有也」，郭注引《詩》「遂幠大東」。

繹

《尚書》及《說文》作「嶧」。《爾雅》：「屬者，嶧。」〔二〕

〔一〕《說文解字注・牛部》「犧」字注：「《魯頌》毛傳曰：『犧尊，有沙羽飾也。』《明堂位》注曰：『犧尊，以沙羽爲畫飾。』《鄭注》答張逸曰：『刻畫鳳皇之象於尊，其形婆娑然，故曰沙。』按：『沙、娑、義』古音三字同在十七部，『犧牲、犧尊』蓋本衹假『義』爲之，漢人乃加牛旁。」

〔二〕《說文解字注・山部》「嶧」字注：「《地理志》東海郡下邳：『葛嶧山在西，古文以爲嶧陽。』《郡國志》下邳國下邳縣：『葛嶧山，本嶧陽山。』按：今在江蘇省淮安府邳州西北六里，非山東兖州府鄒縣東南二十五里之繹山也。《魯頌》『保有鳧繹』，傳曰：『繹，繹山也。』《左傳》『邾文公卜遷于繹』，杜云：『繹，邾邑。魯國鄒縣北有繹（轉下頁）

淮夷蠻貉

《傳》云「淮夷蠻貉」，此四字複舉經文，下云「而夷行也」當有闕文。《江漢》傳曰：「淮夷，東國，在淮浦而夷行也。」此篇上章云「淮夷來同」，不注者，義同《江漢》。此云「淮夷蠻貉」，《傳》當云「淮夷蠻貉，謂東國在淮浦而有夷、蠻、貉之行者也」。淮夷、淮蠻、淮貉，正是各從其所習而名之。《采芑》云「荆蠻」，傳云「荆州之蠻也」。荆州不皆蠻而有蠻，淮上不皆夷、蠻、貉而有夷、蠻、貉，「夷、蠻、貉」三字皆統於「淮」字。《尚書》曰「徐戎淮夷」，則中國有如戎行者即爲戎，有如夷行者即爲夷矣。「淮夷」見《禹貢》《粊誓》《江漢》《閟宮》《春秋左氏傳》。毛公直謂其華人而夷行耳，《尚書》僞孔傳則云古帝王羈縻在中國者，秦始皇始逐出之，於《禹貢》又言淮、夷是二水名。

居常與許

《鄭箋》曰：「常或作『嘗』，在薛之旁。」莊公築臺於薛，六國時齊有孟嘗君食邑於薛。

（接上頁）山。」哀七年『邾衆保於繹』，杜云：『繹，邾山也。』《史記》：『秦始皇上鄒嶧山，刻石頌功德。』《地理志》：『魯國騶縣，嶧山在北。』此山字作『繹』，从糸不从山，與東海『葛嶧山』字从山不同，《史記》作『鄒嶧』，《漢志》作『嶧山』，乃譌字也，秦時石刻字作『繹』。」

兒齒

《爾雅》：「黄髮、齯齒，壽也。」《説文》：「齯，老人齒。」張衡《南都賦》：「齯齒眉壽，鮐背之叟。」〔一〕

新廟奕奕

《周官·隸僕》鄭注云：「五寢，五廟之寢也。《詩》云『寢廟繹繹』，相連貌。前曰廟，後曰寢。」玉裁按：此《巧言》之異文，非《閟宫》「新廟奕奕」之異文也。高誘《吕覽·季春紀》注曰「前曰廟，後曰寢」，引《詩》云「寢廟奕奕」，「言後連也」。高與鄭所引雖一作「繹」、一作「奕」不同，而「寢廟」二字在上則同。乙巳五月，讀蔡氏《獨斷》云「《月令》曰『先薦寢廟』，《詩》曰『公侯之宫』，《頌》曰『寢廟奕奕』，言相連也」，據此言「《頌》曰」，則鄭、高所引皆《魯頌》也。「新」作「寢」爲異。

〔一〕《説文解字注·齒部》「齯」字注：「《魯頌》：『黄髮兒齒。』《釋詁》曰：『黄髮、齯齒，壽也。』《釋名》曰：『九十或曰齯齒。大齒落盡，更生細者，如小兒齒也。』按：《毛詩》作『兒』，古文；他書作『齯』，今文也。」

詩經小學卷三十

金壇段玉裁撰

商頌

那五篇

那　一章二十二句

置我鞉鼓

《鄭箋》：「置讀曰『植』。」《明堂位》「殷楹鼓」，鄭注引《殷頌》「植我鼗鼓」。〔一〕

鞉鼓淵淵

《説文》：「鼘，鼓聲也。《詩》曰『鼗鼓鼘鼘』。」

〔一〕《説文解字注・木部》「植」字注：「置亦直聲也。漢石經《論語》『置其杖而耘』，《商頌》『置我鼗鼓』，皆以『置』爲『植』。」

庸鼓有斁

《爾雅》：「大鍾謂之鏞。」《說文》：「大鐘謂之鏞。」《毛傳》曰：「大鐘曰庸。」

萬舞有奕

《東京賦》李善注引《毛詩》「萬舞奕奕」。

恪

《說文》作「愙」，从心，客聲。

烈祖　一章二十二句

賚我思成

《鄭箋》：「賚當作『來』。」

亦有和羹

《說文》：「鬻，五味盉鬻也。从㢲，从羔。《詩》『亦有和鬻』。」或作「鬺」，或作「羹」，小篆作「羹」。

既戒

《毛傳》「戒，至」，此以「戒」爲「届」之假借字也。「戒」在弟一部，「届」在弟十五部，「届」

訓「至」，而「戒」不訓「至」，異部假借也。《爾雅》：「艐，至也。」艐，《説文》讀若「辠」。郭注《方言》「艐，古『屆』字」，亦合二字爲一，本非一字也。〔一〕

鬷假無言

《中庸》篇「奏假無言」。《左氏傳·昭二十年》引《詩》「鬷嘏無言」。玉裁按：《禮記》「嘏，長也、大也」、《卷阿》傳「嘏，大也」、《賓筵》傳「嘏，大也」，此本字也；《那》傳「假，大也」、《烈祖》傳「假，大也」，皆以「假」爲「嘏」之假借字也；《楚茨》傳「格，來也」、《抑》傳「格，至也」，此本字也；《雲漢》傳「假，至也」、《泮水》傳「假，至也」、《烝民》《玄鳥》《長發》義同此，皆以「假」爲「格」之假借字也。〔二〕

鬷

《毛傳》「鬷，總」，言「鬷」爲「總」之假借字。鬷，釜屬。孔沖遠曰「鬷」「總」古今字，非也。

〔一〕《説文解字注·尸部》「屆」字注：「《釋言》曰『屆，極也』，《蕩》《閟宮》毛傳同。《釋詁》《方言》皆曰：『艐，至也。』郭云：『艐，古屆字。』按：謂古用『艐』，今用『屆』也。『艐、屆』雙聲。」

〔二〕《説文解字注·人部》「假」字注：「《彳部》曰：『徦，至也。』經典多借『假』爲『徦』，故偁之。……《毛詩·雲漢》傳、《泮水》傳『假，至也』，《烝民》《玄鳥》《長發》箋同，此皆謂『假』爲『徦』之假借字也；其《楚茨》傳『格，來也』、《抑》傳『格，至也』，亦謂『格』爲『徦』之假借字也；又《那》傳、《烈祖》傳『假，大也』，此與《賓筵》《卷阿》傳之『嘏，大也』同，謂『假』爲『嘏』之假借字也；又《假樂》傳、《維天之命》傳『假，嘉也』，此謂『假』爲『嘉』之假借字也。」

來假來亯

《詩本音》曰：「今本作『亯』，唐石經作『饗』。歐陽氏曰：上云『以亯』者，謂諸侯皆來助致亯於神也，下云『來饗』者，謂神來至而歆饗也。吕氏、嚴氏並載此説。『亯、饗』二義不同，今從石經。」　玉裁按：此篇二「亯」字，石經「來亯」作「饗」，誤也。經例，獻曰「亯」，受其獻曰「饗」，如《楚茨》《我將》《閟宫》諸篇皆同。此篇「以假以亯」鄭箋云「以此來朝，升堂獻其國之所有」，「來假來享」鄭箋云「諸侯助祭者，來升堂，來獻酒」，是皆下獻上之辭。下文「降福無疆」鄭箋云「神靈又下與我久長之福也」，乃自神靈言之。馬應龍刊本並作「亯」，爲是。

玄鳥　一章二十二句

宅殷土芒芒

《史記·三代世表》褚先生引《詩》「殷社芒芒」。

九有

《文選·加〔一〕魏公九錫文》注云：「《韓詩》曰『方命厥后，奄有九域』，薛君曰：『九域，九州

〔一〕校者案：「加」，各本《文選》均作「册」。

也。』」玉裁按：「有」古音如「以」，「域」爲其入聲。常道將引《洛書》曰「人皇始出，分理九州爲九囿」，「九囿」即「九有」也。毛公曰「囿，所以域養禽獸也」，「囿、域」亦於音求之。

受命不殆，在武丁孫子

玉裁按：《大戴禮・用兵》篇引《詩》「校德不塞，嗣武于孫子」，盧注以爲逸詩。今按：恐即此二句之異文也。

邦畿千里

《尚書大傳》：「圻者，天子之竟也，諸侯曰竟。」鄭注《周禮》「方千里曰王圻」：「《詩》曰『邦圻千里，惟民所止』。」見《路史・國名紀・信》及《儀禮經傳通解續》。

肇域彼四海

鄭云：「肇當作『兆』。」

景員維河

鄭云：「員，古文作『云』。河之言何也。」〔一〕

〔一〕《説文解字注・員部》「員」字注：「本爲物數，引伸爲人數，俗偁官員。……又假借爲『云』字，如《秦誓》『若弗員來』、《鄭風》『聊樂我員』、《商頌》『景員維河』，箋云：『員，古文云。』」

員

朱子曰：「『員』與下篇『幅隕』義同。」

百禄是何

《春秋左氏傳・隱三年》引《詩》作「荷」。〔一〕

長發　七章，一章八句，四章章七句，一章九句，一章六句

禹敷下土方

朱子曰：「『方』字絶句，《天問》『禹降省下土方』蓋用此語。」

幅隕

《鄭箋》：「隕當作『圓』。」〔二〕

〔一〕《説文解字注・人部》「何」字注：「『何』俗作『荷』，猶『佗』之俗作『駝』、『儋』之俗作『擔』也。《商頌》『百禄是何』『何天之休』『何天之龍』，傳曰：『何，任也。』箋云：『謂擔負。』《周易》『何天之衢』，虞翻曰：『何，當也。』『何校滅耳』，王肅云：『何，荷擔也。』又《詩》『何戈與祋』『何蓑何笠』，傳皆云『揭也』。揭者，舉也，戈、祋手舉之，蓑、笠身舉之，皆擔義之引伸也。凡經典作『荷』者，皆後人所竄改。」

〔二〕《説文解字注・口部》「圓」字注：「圜者天體，天屈西北而不全。圜而全，則上下四旁如一，是爲渾圜之（轉下頁）

海外有截

《漢書》作「海水有截」。

至於湯齊，湯降不遲，聖敬日躋

《孔子閒居》篇引《詩》「至于湯齊，湯降不遲，聖敬日齊」，鄭注云：「《詩》讀『湯齊』爲『湯躋』。躋，升也。齊，莊也。此詩云殷之先君，其爲政不違天之命，至于湯升爲君，又下天之政教甚疾，其聖敬日莊嚴。」《釋文》：「湯齊，依注音躋，亦作『躋』，子兮反，《詩》如字。日齊，側皆反，《詩》作『躋』。」　玉裁按：董彥遠《除正字謝啟》所謂「《書》殘武殪，《頌》亂湯齊」是也，《晉語》宋襄公引《商頌》「湯降不遲，聖敬日躋」。

上帝是祗

《詩本音》作「祇」，誤。

爲下國綴旒

《禮記·郊特牲》篇「郵表畷」，鄭注引《詩》「爲下國畷郵」，《正義》曰：「所引《詩》者，齊、

（接上頁）物。《商頌》『幅隕既長』，毛曰：『隕，均也。』按：《玄鳥》傳亦曰：『員，均也。』是則毛謂『員、隕』皆『圓』之假借字，渾圜則無不均之處也。《箋》申之曰：『隕當作圓，圓謂周也。』此申毛，非易毛。」

魯、韓《詩》也。」《玉篇》「畷」字注曰：「《詩》云『下國畷流』，畷，表也。本亦作『綴』。」《公羊傳》「君若贅旒然」。

旒

《説文・㫃部》：「游，旌旗之流也。从㫃，汓聲。」「𣄚，旌旗之流也。从㫃，攸聲。」無「旒」字。〔一〕

敷政優優

《説文・心部》：「㥑，愁也。从心，从頁。」《夊部》：「憂，和之行也。从夊，㥑聲。《詩》曰『布政憂憂』。」〔二〕 玉裁按：俗以「憂」爲「㥑愁」字。《左氏傳・昭二十年》引《詩》「布政優優」。《釋文》：「敷，本亦作『孚』。」

百禄是遒

《説文・手部》：「揫，束也。从手，秋聲。《詩》曰『百禄是揫』。」《韋部》：「韝，收束也。」

〔一〕《説文解字注・㫃部》「游」字注：「此字省作『斿』，俗作『旒』。《集韵》云：『斿，亦作𣄚。』按：此説必有據。上文『𣄚』篆與此同義，而居非其次，當移此下，正之曰『游或作𣄚』。」

〔二〕《説文解字注・心部》「㥑」字注：「許於《夊部》曰：『憂，和行也。从夊，㥑聲。』非和行則不得从夊矣，又引《詩》『布政憂憂』，於此知許所據《詩》惟此作『憂』，其他訓『愁』者皆作『㥑』。自叚『憂』代『㥑』，則不得不叚『優』代『憂』，而《商頌》乃作『布政優優』，優者，饒也，一曰倡也。」

或作「䵒」，或作「揫」。〔一〕

爲下國駿厖

《荀子》引《詩》「爲下國駿蒙」。　《大戴禮·將軍文子》篇引《詩》「受小共大共，爲下國恂蒙。何天之寵，傅奏其勇」。

龍

《鄭箋》：「龍當作『寵』。」《大戴禮》作「寵」，見上。　玉裁按：《毛傳》「龍，和也」，蓋以爲「邕和」之假借字，其音相近。

敷

《大戴禮》作「傅」，見上。

不竦

《毛傳》：「竦，懼也。」　玉裁按：當作「愯」。《説文》：「愯，懼也，雙省聲。」

〔一〕《説文解字注·手部》「揫」字注：「按：《韋部》『𩏶，收束也』，或从要作『䵒』，或从秋、手作『揫』，『揫』即『𢱧』，然則此篆實爲重出也。」

武王載旆

《荀子》引《詩》「武王載發」。《說文》：「坺，治也。一曰臿土謂之坺。《詩》曰『武王載坺』。」〔一〕

鉞

《說文》作「戉」。

則莫我敢曷

朱子曰：「《漢書》作『遏』。」《毛傳》：「曷，害也。」玉裁按：言「曷」爲「害」之假借。

苞有三蘖

《說文》：「⿰木獻，伐木餘也。」或作「蘖」，古文作「不」，亦作「榁」。《廣韻・五肴》引《詩》「枹有三枿」。

〔一〕《說文解字注・土部》「坺」字注：「今《詩》作『旆』，《傳》曰：『旆，旗也。』按：《毛詩》當本作『坺』，《傳》曰『坺，旗也。』訓『坺』爲『旗』者，謂『坺』即『旆』之同音叚借也，此如《小宛》訓『題』爲『視』，謂『題』即『眡』之叚借；《斯干》訓『革』爲『翼』，謂『革』爲『⿰革羽』之叚借。若此之類不可枚數，淺學者少見多怪，乃改『坺』爲『旆』，以合『旗』訓，蓋亦久矣。許之引此詩，則偁經說叚借之例，如引『無有作玫』說『玫』即『好』，引『朕堲讒說』說『堲』即『疾』。」

韋顧

《漢書·古今人表》「韋鼓」。

降予

予，俗本誤作「于」。

左右

俗有「佐、佑」字，《說文》所無。

殷武 六章，三章章六句，二章章七句，一章五句

罙入其阻

《說文·网部》：「冞，周行也。从网，米聲。《詩》曰『冞入其阻』。」冞，或作「宷」。　玉裁按：今隸應作「罙」，各本作「采」，誤。《廣韵》：「冞，罟也。」「采，采入也，冒也，周行也。」分別誤。〔二〕

〔二〕《說文解字注·穴部》「突」字注：「《毛詩》『罙入其阻』，傳曰：『罙，深也。』此『罙』字見六經者，毛公以今字釋古字，而許襲之，此『罙』之音義原流也。《鄭箋》易『罙』爲『冞』，訓爲『冒也』，蓋以字形相似易之。『罙』在侵韵，『冞』在脂韵。鄭注經有易字之例，他經云『某讀爲某』，箋《詩》不爾。讀經者誤謂毛、鄭同字，作音義者當各字各音分別載之云：『毛作「罙」，式針反，深也。鄭作「冞」，面規反，冒也。』《說文》『罙』作『突』，『冞』作『冞』，乃爲明析。」

《五經文字》曰：「《説文》作『𥥍』，隸省作『罙』，見《詩》。」

命于下國，封建厥福

《左傳》引《商頌》「不敢怠皇，命以多福」。

商邑翼翼，四方之極

《韓詩》「京師翼翼，四方是則」，見《後漢書・樊儵傳》。王伯厚《詩地理攷》。《漢紀》康衡疏引《韓詩》「京邑翼翼」。《東京賦》「京邑翼翼」。

赫赫濯濯

《爾雅》：「赫赫、躍躍，迅也。」釋文：「赫，舍人本作『奭』。躍，樊本作『濯』。」

方斲是虔

《毛傳》：「虔，敬也。」《鄭箋》：「椹謂之虔。」玉裁按：《爾雅》「椹謂之榩」，釋文曰：「榩，本亦作『虔』。」[一]

[一]《説文解字注・虍部》「虔」字注：「《釋詁》、《大雅》《商頌》傳皆曰：『虔，固也。』《商頌》傳、《魯語》注皆曰：『虔，敬也。』《左傳》『虔劉我邊陲』注：『虔、劉，皆殺也。』《方言》：『虔，慧也。虔，殺也。虔，謾也。』按：《方言》不可盡知其説。糾虔、虔劉皆《釋詁》『虔，固』之義，堅固者必敬，堅固者乃能殺也。堅固者，虎行之皃也。《商頌》箋『虔，椹也』，亦取堅固之意。」

詩經小學録四卷

刻詩經小學録序

《詩經小學》，金壇段君玉裁所著。初，鏞堂從翰林學士盧紹弓遊，始知段君，以鄙論《尚書古今文異同》四事就正。段君致書盧先生云：「高足臧君，學識遠超孫、洪之上。」盧先生由是益敬異之。既而段君自金壇過常州，攜《尚書撰異》來授之讀，且屬爲校讎，則與鄙見有若重規而疊矩者，因爲參補若干條。劉端臨訓導見之，謂段君曰：「錢少詹簽駁多非此書之旨，不若臧君箋記持論正合也。」而《詩經小學》全書數十篇亦段君所授讀，鏞堂善之，爲删煩纂要，《國風》、小大《雅》、《頌》各録成一卷，以自省覽。後段君來，見之，喜曰：「精華盡在此矣！當即以此付梓。」時乾隆辛亥孟秋也。竊以讀此而「六書」假借之誼乃明，庶免穿鑿傅會之談。段君所著《尚書撰異》《詩經小學》《儀禮漢讀考》皆不自付梓，有代爲開雕者，又不果。而此編出鏞堂手録，卷帙無多，復念十年知己之德，遂典裘以畀剞劂氏。此等事各存乎所好之篤不篤耳，原未可以力計也。書中每言十七部者，段君自用其《六書音均表》之説。

嘉慶丁巳季冬，武進臧鏞堂書於南海古藥洲之譔詁齋。

順德胡垣表寫樣、馮裕祥鐫字

詩經小學卷第一

金壇段氏

國風

關關雎鳩

《爾雅》《説文》皆作「鴡」。

在河之洲

《説文》曰：「水中可居曰州。《詩》曰『在河之州』。」按：《爾雅》《毛傳》皆云「水中可居者曰州」，許氏正用之。

君子好逑

《鄭箋》：「怨耦曰仇。」釋文：「逑，本亦作『仇』。」按：《兔罝》「公侯好仇」、《説文》「逑」字注「怨匹曰逑」、《左傳》「怨偶曰仇」，知「逑」「仇」古通用也。

輾轉反側

按：古惟用「展轉」。《詩釋文》曰：「輾，本亦作『展』。」吕忱從車、展，知「輾」字起於《字林》。《説文》：「展，轉也。」

服之無斁

《禮記·緇衣》、王逸《招魂》注皆引《詩》「服之無射」。按：「斁」爲本字，「射」爲同部假借。

薄澣我衣

《説文》作「瀚」，今通作「澣」。按：「幹」爲「榦」之俗，當作「瀚」，不當作「澣」。

害澣害否

《傳》：「曷，何也。」按：古「害」讀如「曷」，同在第十五部，於六書爲假借也。《葛覃》借「害」爲曷，《長發》則「莫我敢曷」，傳「曷，害也」，是又借「曷」爲「害」。

我馬瘏矣，我僕痡矣

《爾雅》：「痡、瘏，病也。」釋文：「痡，《詩》作『鋪』。瘏，《詩》作『屠』。」按：今《詩》不作「屠、鋪」，惟《雨無正》「淪胥以鋪」，毛傳「鋪，病也」，爲假借。

云何盱矣

《爾雅注》「《詩》曰『云何盱矣』」，邢疏云：「『何盱矣』者，《卷耳》及《都人士》文也。」

按：今作「吁」，誤也。《何人斯》云「何其盱」，《都人士》云「何盱矣」，經文無「吁」字。

螽斯羽

《爾雅》：「蜤螽，蜙蝑。」釋文：「蜤，本又作『蟴』，《詩》作『斯』。」按：「蟴、蜤」同在第十六部，猶「斯、析」同在第十六部也。「螽蜤」亦稱「蜤螽」，非如「鷽斯」之斯不可加鳥。

詵詵兮

《釋文》曰：「《説文》作『㚖』。」《玉篇》：「㚖，多也。或作『莘、騂、𨐨、兟、甡』」。《五經文字》：「兟，色臻反，見《詩》。」按：今《説文》無「㚖」字。《東都賦》「俎豆莘莘」、《魏都賦》「莘莘蒸徒」，善注皆引毛萇《詩傳》曰「莘莘，衆多也」。今《詩·螽斯》作「詵詵」，傳「詵詵，衆多也」；《皇皇者華》作「駪駪」，傳「駪駪，衆多之貌」；《桑柔》作「甡甡」，傳「甡甡，衆多也」。蓋其字皆可作「莘莘」，《説文》引《詩·小雅》「莘莘征夫」。

薨薨兮

《爾雅》：「薨薨、增增，衆也。」釋文：「顧舍人本『薨薨』作『雄雄』。」按：「雄」从隹厷聲，古韵「雄」與「薨」皆在第六部。

繩繩兮

《螽斯》《抑》傳皆云「繩繩，戒慎」，《下武》傳云「繩，戒也」。《爾雅》：「兢兢、繩繩，戒也。」

揖揖兮

蓋「輯」字之假借。《説文》：「輯，車和輯也。」

有蕡其實

按：蕡，實之大也。《方言》「墳，地大也」，《説文》「頒，大頭也」，《苕之華》傳「墳，大也」，《靈臺》傳「賁，大鼓也」，《韓奕》傳「汾，大也」，合數字音義考之可見。

公侯干城

《左氏傳》：「公侯之所以扞城其民也，故《詩》曰『赳赳武夫，公侯干城』。」蓋讀若「干掫」之「干」，《毛傳》「干，扞也」。

施于中逵

按：「馗、逵」本同字。《毛詩》作「逵」，《韓詩》作「馗」，與「公侯好仇」爲韵，王粲《從軍詩》與「愁、由、流、舟、收、憂、疇、休、留」字爲韵，古音讀如「求」，在第三部也。至宋鮑昭乃與「哀、威、飛、依、積」字爲韵，入於第十五部。《廣韵》又分别「馗」在尤韵，兼入脂韵，「逵」專在脂韵。顧炎武《詩本音》乃以脂韵之「逵」爲本音，而讀「仇」如「其」以協之，引《史記》趙王友歌證「仇」本有「其」音。不知趙王友歌乃漢人之、尤二韵合用。「逵」與「馗」一字，古皆讀如「求」也。禮堂按：趙王友歌，《漢書·高五王傳》作「仇」，《史記·吕后紀》作「讎」。

江之永矣

《説文》「永」字注引《詩》「江之永矣」，「羕」字注「水長也」，引《詩》「江之羕矣」。按：「永」古音「養」，或假借「養」字爲之，如《夏小正》「時有養日」「時有養夜」，即「永日」「永夜」也。

言秣其駒

《説文》「䬴，食馬穀也」，無「秣」字。《廣韵》：秣，同「䬴」。

遵彼汝墳

《爾雅》「汝爲濆」注：「《詩》曰『遵彼汝濆』，大水溢出，别爲小水之名。」釋文：「濆，《字林》作『涓』，衆《爾雅》本亦作『涓』。」按：《説文》：「涓，小流也。《爾雅》曰『汝爲涓』。」「濆，水厓也。《詩》曰『敦彼淮濆』。」此詩從毛「大防」之訓，作「墳」爲正。

惄如調飢

《説文》：「飢，餓也。」「饑，穀不孰也。」唐石經「飢渴」皆作「飢」，「饑饉」皆作「饑」。

按：《傳》「調，朝也」，言《詩》假借「調」字爲「朝」字也。調，周聲；朝，舟聲。

王室如燬

按：《説文》：「火，燬也。」「燬，火也。」「𤈦，火也。」《方言》：「楚語煤，齊言燬。」古「火」讀如「毁」，在第十五部。「𤈦、燬」皆即「火」字之異。

百兩御之

按:「御」爲「訝」之假借字。「訝」或作「迓」,相迎也。古「訝」與「御」皆在第五部。

維鳩方之

按:毛「方有之也」,四字一句,猶言「甫有之也」。下章當云「成之,能成百兩之禮也」。本或無「之」字,於「方」字作逗,而訓爲「有」,朱子從之,誤也。戴先生曰:「方,房也,古字通。」

于沼于沚

《傳》:「于,於。」　按:恐與「于以」之「于」相亂,故言「于」者「於」之假借也。《鄭箋》:「于以猶言往以也。」

南澗之濱

《說文》作「𩔊」,無「濱」字,隸作「瀕」,省作「頻」。

于彼行潦

《傳》:「行潦,流潦也。」　按:行當作「洐」。洐,溝水行也。

維筐及筥

《傳》:「方曰筐,圓曰筥。」　按:《說文》:「方曰匡,圜曰簾。」匡,俗作「筐」;簾,《方言》作「籧」。

于以湘之

《傳》：「湘，亨也。」按：以「湘」爲「亨」，同部假借。古「享獻、烹孰、元亨」同作「亯」，在第十部。又《郊祀志》云「鬺亨上帝鬼神」者，謂煮而獻之也，亨讀如「饗」。《史記》作「亨觴」，文倒，當從《漢書》。師古注引《韓詩》「于以鬺之」，「鬺」即《說文》之「䰞」字，煮也。《毛詩》「湘」字當爲「鬺」之假借。

有齊季女

《玉篇》引「有齎季女」，考《說文》「齎，材也」。

勿翦勿伐

按：俗以「前」爲「歬後」字，以矢羽之「翦」爲「前斷」字。

召伯所茇

《說文》：「废，舍也」，引《詩》「召伯所废」。「茇，艸根也。」《毛詩》作「茇」，字之假借。《漢書·禮樂志》「拔蘭堂」，又借作「拔」字。《箋》云「茇，草舍也」，未免牽合其說。鏞堂按：《周禮·大司馬》「中夏，教茇舍」注：「茇讀如『萊沛』之『沛』。茇舍，草止之也，軍有草止之法。」賈疏云：「以『草』釋『茇』，以『止』釋『舍』。」此「茇」爲正字。又按：《毛傳》本作「茇，舍也」，故《箋》申之云「止舍甘棠之下」，是毛、鄭皆以「茇」爲「废」之假借。今《毛傳》及陸氏引《說文》皆衍作「草舍也」，考

《正義》曰「芟者，草也，草中止舍，故云芟舍」，是孔氏雖不知「芟」爲「废」之假借，而孔本《毛傳》原無「草」字亦可見矣。

素絲五紽

《傳》：「紽，數也。」「總，數也。」《釋文》「數」皆入聲，音促。《東門之枌》「越以鬷邁」，傳曰：「鬷，數。邁，行也。」《烈祖》「鬷假無言」，傳曰：「鬷，總。假，大也。總大無言，無爭也。」毛意「鬷」者「總」之假借。「總」者，數也，如「數罟」之「數」。《九罭》傳曰：「九緎，緵罟，小魚之網也。」《烈祖》「鬷假」，《中庸》作「奏假」。「奏」亦讀如「蔟」。古者素絲以英裘，「五總」謂素絲英飾，數數然其數有五也。「緎」即「縫」，「五緎」言素絲爲飾之縫有五也。「紽」讀爲「佗」，佗，加也，其英飾五，故曰「五佗」。

委蛇委蛇

顧炎武《唐韵正》曰：「漢《衛尉衡方碑》『禕隋在公』、《酸棗令劉熊碑》『卷舒委遀』、《成陽令唐扶頌》『在朝委隨』。」按：《君子偕老》「委委佗佗」，《説文》「委，隨也」，古它聲、隋聲字同在第十七部。

殷其靁

李善《景福殿賦》注引毛萇《傳》曰「磤，雷聲也」。

莫敢或遑

《說文》無「遑」字，古經典多假「皇」。《爾雅》：「偟，暇也。」

標有梅

《廣韵》引《字統》云「合作『莩』」，落也。趙岐注《孟子》曰：「莩，零落也，《詩》曰『莩有梅』。」《漢書》「野有餓莩而不知發」，鄭氏曰：「莩音『蔈有梅』之『蔈』」。按：《說文》有「𠬪」無「莩」，「𠬪，物落，上下相付也」「摽，擊也」，同部假借，作「莩」俗。又按：《終南》傳「梅，柟也」，《墓門》傳「梅，柟也」，與《爾雅》《說文》合。《說文》「梅，柟也」「某，酸果也」，凡梅杏當作「某」。毛於此無傳，蓋當毛時字作「某」，後乃借「梅」爲「某」，二木相溷也。《韓詩》作「楳」。《說文》「楳」亦「梅」字。

迨其謂之

毛意：謂，會也。

不我以

《爾雅》：「不𥠻，不來也。」《說文》「𥠻」下引《詩》「不𥠻不來」。按：蓋即此句異文，故《爾雅》釋之曰「不𥠻我者，不招來我也」，而《說文》仍之。《廣韵》云「𥠻，不來」，誤。

白茅包之

按：《釋文》「苞，逋茆反，裹也」，是陸本不誤。《注疏》本《釋文》改爲「包，逋茅反」，本上聲而讀平聲矣，其誤始於唐石經。「苞、苴」字皆從艸，《曲禮》注云：「苞苴，裹魚肉。或以葦，或以茅。」《木瓜》箋云「以果實相遺者，必苞苴之」，引《書》「厥苞橘柚」，今《書》作「包」，譌。郭忠恕云「以草名之苞爲『厥包』，其順非有如此者」，失之不審。

維絲伊緍

《說文》：「緍，从糸，昏聲。」「昏，从日，从氐省。氐者，下也。一曰民聲。」按：「昏」以「氐省」爲正體，曰「民聲」者非也。

我心匪鑒

匪本「匡匪」字，《詩》多借「匪」爲「非」。

威儀棣棣

《說文》「⿺走戴」下引《詩》「威儀秩秩」，即此句異文，猶「平秩東作」之作「平豑」也。

不可選也

《傳》：「物有其容，不可數也。」《車攻》序「因田獵而選車徒」，《傳》「選徒囂囂」：「囂囂，聲也，維數車徒者爲有聲也。」按：「選」皆「算」字之假借。《漢書》引《詩》「威儀棣棣，不可算也」。《説文》：「算，數也。」鄭注《論語》「何足算也」云「算，數也」。「算、選」同部音近。又《夏官·司馬》「群吏撰車徒」注：「撰讀曰『算』。算車徒，謂數擇之也。」「撰」亦「算」之假借。《詩箋》不云「選讀曰算」者，義具《毛傳》矣。

仲氏任只

《傳》「任，大也」，正義曰：「《釋詁》文。」按：《爾雅》「壬，大也」，不作「任」，知毛作「壬」。《箋》易《傳》爲「睦婣任恤」之「任」。

願言則嚏

《傳》：「疐，劫也。」《疏》引王肅云「疐劫不行」。按：毛本同《豳風·狼跋》作「疐」，《箋》作「嚏」，《説文》、石經並同。《廣韵·十二霽》：「嚏，鼻气也。」《玉篇·口部》：「嚏，噴鼻也。《詩》曰『願言則嚏』。」《鼻部》：「𪖙、⿰鼻疐，二同，都計切，鼻噴气，本作『嚏』。」「嚏」字从口者，口鼻气同出也。《説文》「嚏，悟解气也」，引此詩。《釋文》載崔説與《説文》合，而非毛、鄭意。考《月令》「民多鼽嚏」，鼽謂病寒鼻塞。《内則》「不敢噦噫、嚏咳、欠伸、跛倚」，嚏，鼻气也；欠，張口气悟也。若以嚏爲欠㰦，是《内則》「嚏、欠」複矣，《説文》「悟解气」之説未當。

雝雝鳴鴈

《説文》：「雁，鳥也。」「鴈，鵝也。」是「鴻雁」當作「雁」，「鴈鵞」當作「鴈」。

迨冰未泮

古「泮」與「判」義通，《説文》無「泮」字。《玉篇》：「泮，散也，破也，亦泮宮。」俗本字書又載「泮」字。

不我能慉

《説文》引《詩》「能不我慉」。　按：「能」之言「而」也、「乃」也。《詩》「能不我慉」「能不我知」「能不我甲」皆同，今作「不我能慉」，誤也。鄭注《周易》「宜建侯而不寧」：「而讀爲『能』。」此詩與《芄蘭》能讀爲「而」。古「能、而」音近，同在第一部。《傳》「慉，興也」，與《説文》「慉，起也」正合。今本「興」作「養」，誤。鏞堂案：《釋文》云：「慉，毛『興也』，王肅『養也』。」是今本作「養」，從王肅也。

昔育恐育鞫

顧亭林曰：「唐石經凡《詩》中『鞫』字，自《采芑》《節南山》《蓼莪》之外，並作『鞫』，今但《公劉》《瞻卬》二詩從之，餘多俗作『鞠』。」　按：「鞠」从革匊聲，蹋鞠也，或作「鞫」；「𥷚」，窮治罪人也，从卒从人从言，竹聲，或作「簐」，今俗作「鞫」。《毛詩傳》或云「窮也」，《谷風》《南山》。或云「究也」，《公劉》。或云「盈也」，《節南山》。或云「告也」，《采芑》。「告」爲假借，「窮、究、盈」皆本義，其字皆當作「鞫」。《蓼莪》傳云「養也」，亦當作「鞫」。「鞫」

爲「窮」，亦爲「養」，相反而成，猶治亂曰亂也。

亦以御冬

《傳》：「御，禦也。」按：以「御」爲「禦」，此假借也。

既詒我肄

《傳》：「肄，勞也。」按：「勩」之假借字也。

胡爲乎泥中

《泉水》之「禰」，《韓詩》作「坭」，蓋即其地。《廣韵》：「坭，地名。」

左手執籥

《説文》作「龠」。《玉篇》引《詩》「左手執龠」。按：今以龠爲量器，以書僮竹笘之籥爲樂器。

隰有苓

《爾雅》《毛傳》「苓，大苦」，《説文》「蘦，大苦」，從《爾雅》《毛傳》。

毖彼泉水

《釋文》：「《韓詩》作『祕』，《説文》作『䪬』。」按：《説文》「䪬」字注「讀若《詩》云『泌彼泉水』」，不作「䪬彼泉水」。《説文》「泌，俠流也」爲正字，毛作「毖」、韓作「祕」，皆同部假借字。《衡門》「泌之洋洋」，傳：「泌，泉水也。」正義云：「《邶風》曰『毖彼泉水』，故知泌爲泉水。」《魏都賦》「温泉毖涌而自浪」，劉淵林引「毖彼泉水」，善曰：「《説文》曰『泌，水駚流也』。『泌』與『毖』同」。

不瑕有害

《傳》：「瑕，遠也。」《箋》：「瑕，過也。害，何也。」　按：毛以「瑕」爲「遐」之假借，鄭以「害」爲「曷」之假借。《二子乘舟》篇同。

俟我於城隅

《傳》：「俟，待也。」　按：俟，大；竢，待。此借「俟」爲「竢」。《詩》多用「于」，偶有作「於」者，如此篇及「於我乎，夏屋渠渠」是也。

愛而不見

《説文》：「僾，仿佛也。《詩》曰『僾而不見』。」又「薆，蔽不見也」。《爾雅》：「薆，隱也。」《方言》：「揜、翳，薆也。」郭注：「謂隱蔽也。《詩》曰『薆而不見』。」　按：《禮記·祭義》「僾然必有見乎其位」，正義引《詩》「僾而不見」，《離騷》「衆薆然而蔽之」，《詩》之「薆而」猶「薆然」也。

河水瀰瀰

《説文》：「濔，滿也。从水，爾聲。」　盧紹弓曰：「《漢·地理志》引《邶詩》『河水洋洋』，師古注『今《邶詩》無此句』。考《玉篇·水部》：『洋，亡爾切，亦「瀰」字。』《集韵》：『瀰，或作「洋」。』然則『洋洋』必『洋洋』之譌。《廣雅·釋丘》有『洋』字，今亦譌爲『洋』。」

新臺有洒，河水浼浼

《釋文》：「有洒，《韓詩》作『漼』。浼浼，《韓詩》作『浘浘』。」　按：此必首章「新臺有泚，河水瀰瀰」之異文。「漼、浘」字與「泚、瀰」同部，與「洒、浼」不同部。又《毛傳》「泚，鮮明貌」，《韓詩》「漼，鮮貌」；《毛傳》「瀰瀰，盛貌」，《韓詩》「浘浘，盛貌」。是其爲首章異文，陸德明誤屬之二章無疑。

不可襄也

按：古「襄、攘」通。《史記·龜策傳》「西襄大宛」，徐廣曰「襄，一作『攘』」。

其之翟也

按：此篇「也」字疑古皆作「兮」。《說文》引「玉之瑱兮」「邦之媛兮」，《著》正義引孫毓故曰「玉之瑱兮」，皆古本之存於今改之未盡者也。古《尚書》《周易》無「也」字，《毛詩》《周官》始見，而孔門盛行之。「兮」在第十六部，「也」在第十七部，部異而音近。各書所用「也」字，本「兮」字之假借。此篇「也」字古作「兮」，《遵大路》二「也」字一本皆作「兮」，《尸鳩》首章「兮」字，《禮記》《淮南》引皆作「也」。鏞堂按：《蝃蝀》「乃如之人也」，《韓詩外傳》一、《列女傳》七皆作「乃如之人兮」。《旄丘》「何其處也」，《韓詩外傳》九作「何其處兮」。

美孟弋矣

《春秋》「定姒」，《穀梁傳》作「定弋」。「弋」即「姒」，同在第一部。《説文》作「妷」。

作于楚宫

按：《喪大記》注云「僞或作『于』」，聲之誤也。

靈雨既零

按：「靈」同「霝」。《説文》：「霝，雨零也。」既零猶言「既殘」。《説文》：「零，餘雨也。」《廣韻》作「徐雨」，誤。

言采其蝱

「莔」之假借，《爾雅》《説文》皆云「莔，貝母也」。

緑竹猗猗

《大學》引《詩》「菉竹猗猗」。《爾雅》「菉，王芻」，邢疏：「《詩》云『瞻彼淇澳，菉竹猗猗』是也。」又「竹，萹蓄」，邢疏：「孫炎引《詩·衛風》云『菉竹猗猗』。」《説文》：「菉，王芻也，《詩》曰『菉竹猗猗』。」《後漢書注》引《博物志》「澳水流入淇水，有菉竹草」。《水經注·淇水》篇：「《詩》云『瞻彼淇澳，菉竹猗猗』。毛云：『菉，王芻也。竹，編竹也。』漢武帝塞决河，斬淇園之竹木以爲用。寇恂爲河内，伐竹淇川，治矢百餘萬，以益軍資。

今通望淇川，無復此物，惟王芻編草不異。」　按：《毛詩》作「緑」，字之假借也。《離騷》「薋菉葹以盈室兮」，王逸注引「終朝采菉」，今《毛詩》亦作「終朝采緑」。《魏都賦》「南瞻淇奥，則緑竹純茂」，言緑與竹同茂也，故以「冬夏異沼」麗句。《上林賦》「揜以緑蕙」，張揖曰：「緑，王芻也。」　《毛傳》：「竹，萹竹也。」釋文：「竹，《韓詩》作『薄』，萹茿也。石經亦作『薄』。」《爾雅》：「竹，萹蓄。」釋文：「竹，本又作『茿』。」《説文》：「茿，萹茿也。」「薄，水萹茿也。」《神農本草經》：「萹蓄，味苦，平。陶貞白云『人亦呼爲萹竹』。」　按：李善引《韓詩》作「薵」。《玉篇》曰：「薵，同『薄』。」

有匪君子

《大學》作「有斐君子」。　按：《考工記》「匪色似鳴」，亦即「斐」字。

緑竹青青

按：《淇奥》《苕華》之「青青」與《杕杜》《菁菁者莪》之「菁菁」同也。《淇奥》傳：「青青，茂盛貌。」《杕杜》傳：「菁菁，葉盛也。」《菁莪》傳：「菁菁，盛貌。」

緑竹如簀

《韓詩》「緑薵如簀」，簀，積也。　按：《毛傳》亦云「簀，積也」，「簀」即「積」之假借字。古人以假借爲詁訓，多如此。

譚公維私

《説文》「鄿，國也。齊桓公之所滅」，無「譚」字。

螓首娥眉

《説文》：「䫉，好皃。從頁，爭聲，《詩》所謂『䫉首』。」按：「䫉首」即「螓首」。《毛傳》但云「顙廣而方」，不言「螓」爲何物，《鄭箋》乃云「螓，蜻蜻也」，知毛作「䫉」，鄭作「螓」。蛾眉，毛、鄭皆無説，王逸注《離騷》云「娥，眉好貌」，師古注《漢書》始有「形若蠶蛾」之説。《離騷》及《招魂》注並云「娥，一作『蛾』」，今俗本倒易之。「娥」作「蛾」，字之假借，如《漢書·外戚傳》「蛾而大幸」，借「蛾」爲「俄」。宋玉賦「眉聯娟以蛾揚」、揚雄賦「何必颺纍之蛾眉」「虙妃曾不得施其蛾眉」，皆「娥」之假借字。娥者，美好輕揚之意，《方言》：「娥，好也，秦晉之閒好而輕者謂之娥。」《大招》「娥眉曼只」、枚乘《七發》「皓齒娥眉」、張衡《思玄賦》「嫮眼娥眉」。陸士衡詩「美目揚玉澤，蛾眉象翠翰」，倘從今本作「蛾」，則一句中用「蛾」，又用「翠羽」，稍知文義者不肯也。《毛傳》蓋脱「娥，眉好貌」四字。鏞堂按：謂《毛傳》脱此四字，不敢信，今遽增入《傳》中，恐非。

朱幩鑣鑣

《玉篇》引《詩》「朱幩儦儦」。按：《碩人》《清人》皆當同《載驅》作「儦儦」，此誤作「鑣鑣」者，因《傳》有「以朱纏鑣」之文也。《説文》引「朱幩儦儦」，俗本亦改作「鑣鑣」。

庶姜孽孽

《釋文》：「《韓詩》作『钀钀』，長貌。」《呂覽・過理》篇「宋王築爲蘖臺」，高誘注：「蘖當作『钀』，『蘖』與『钀』其音同，《詩》云『庶姜钀钀』，高長貌也。」按：《爾雅》「蓁蓁、蘖蘖，戴也」。《毛傳》：「蘖蘖，盛飾也。」「蓁蓁，至盛也。」《廣韵》：「㰚，頭戴物也。」此謂庶姜姿首美盛，如草木枝葉。《説文》「㰚、蘖、不、枿」同。今《毛詩》《爾雅》作「孽」，誤。

淇水滺滺

《説文》：「攸，行水也。从攴，从人，水省。秦刻石嶧山文作『汥』。」按：古當作「淇水攸攸」，後人誤改爲「浟」，又誤改爲「滺」，皆未識《説文》「攸」字本義也。王逸《楚詞・九歎》注「油油，流貌。《詩》曰『河水油油』」，疑有誤。

容兮遂兮

《箋》云「遂，瑞也」，是以「遂」爲「璲」之假借字。《大東》傳：「璲，瑞也。」

一葦杭之

《説文》：「斻，方舟也。从方，亢聲。」臣鉉等曰：「今俗別作『航』，非是。」按：《説文》「杭」同「抗」。

曾不容刀

《釋文》：「刀，字書作『舠』，《説文》作『舸』。」《正義》曰：「《説文》作『舸』，舸，小船也。」　按：今《説文》脱「舸」字。

伯兮朅兮

《玉篇》引《詩》「伯兮偈兮」。　按：應從《玉篇》作「偈」。《説文》「朅，去也」，無「偈」字。

彼黍離離

《廣韵》「穲穲，黍稷行列也」。《佩觿》「彼黍穲穲」。劉向《九歎》「覽芷圃之蠡蠡」，王逸注：「蠡蠡猶歷歷。」　按：「蠡蠡」即「離離」，古「蠡」在十六部，「離」在十七部，異部音近假借也。

不與我戍許

《説文》作「鄦」。周許子鐘作「䣈」，見薛尚功《鐘鼎款識》。

還予授子之粲兮

《傳》「粲，餐」，此假借也。「粲、餐」同部。

火烈具舉

《傳》：「烈，列。具，俱也。」　按：言「烈」爲「列」之假借，「具」爲「俱」之假借也。鏞堂按：張平子《東京賦》「火列具舉」，是三家《詩》「烈」作「列」。

抑釋掤忌

《左氏傳》「釋甲執冰」，字之假借也。

抑鬯弓忌

《秦風》作「韔」，爲正字。

二矛重喬

《釋文》：「喬，毛音橋，鄭居橋反，雉名。《韓詩》作『鷮』。」按：《車舝》及《爾雅》有「鷮」字，《説文》「雉」下作「喬雉」，《鳥部》有「鷮」字。

河上乎逍遥

《釋文》：「逍，本又作『消』。遥，本又作『摇』」。《五經文字序》：「《説文》有不備者，求之《字林》，若『祧、禰、逍、遥』之類，《説文》漏略，今得之於《字林》。」臣鉉等曰：「《詩》只用『消摇』，此二字《字林》所加。」《爾雅》「徒歌曰謡」，孫炎曰「聲消摇也」；《漢書·司馬相如傳》「消摇乎襄羊」；莊子《消摇遊》；張衡《思玄賦》「與仁義乎消摇」。

彼其之子

《左氏·襄二十七年傳》引《詩》「彼己之子，邦之司直」。《史記·匈奴傳》「彼己將帥」，裴駰引《詩》云「彼己之子」，索隱云：「彼己者，猶詩人譏詞云『彼己之子』是也。」按：

《左氏傳》云「終不曰公，曰夫己氏」，《公羊傳》云「夫己，多乎道」，「夫己」猶「彼己」也。彼己，或作「彼記」，或作「彼其」。束晳〔一〕《補亡詩》「彼居之子」，「居」讀如《檀弓》「何居」，與「彼其」「彼己」同也，善曰「居未仕」，誤。

舍命不渝

《管子》「澤命不渝」，「澤」即「釋」，釋即舍也。

摻執子之袪兮

《傳》「摻，攬也」，以音近之字爲訓。

雜佩以贈之

戴先生云：當作「貽」。　按：古人「徵召」爲「宮徵」，「得來」爲「登來」，「仍孫」爲「耳孫」，《詩》訓爲「承也」，皆之咍、職德韵與蒸登韵相通之理。此「來、贈」爲韵，古合韵之一也，不當改爲「貽」。

顏如舜華

《說文》：「䑞，艸也。」「蕣，木堇，朝華莫落者。从艸，䑞聲。《詩》曰『顏如蕣華』。」

〔一〕校者案：「晳」，原作「晢」，形近而誤，改。

按：「䑞」「舜」、「蕣」「蕣」古今字，《詩》當作「蕣」，轉寫者脱艹耳。高誘注《吕氏春秋·仲夏紀》引《詩》「顔如蕣華」。

山有扶蘇

《説文》：「枎疏，四布也。」郭忠恕《佩觿》「山有枎蘇」與「扶持」別。

山有橋松

蓋「喬」假借字。

褰裳涉溱

《説文》：「潧，水，出鄭國。从水，曾聲。《詩》曰『潧與洧』。」「溱，水，出桂陽臨武，入洭，从水，秦聲。」《廣韵》：「潧水南入洧，《詩》作『溱洧』，誤也。」按：秦聲在今真臻韵，曾聲在今蒸登韵。此詩一章「溱」與「人」韵，二章「洧」與「士」韵。出鄭國之水本作「溱」，《外傳》《孟子》皆作「溱洧」，《説文》及《水經注》作「潧」，誤也。《史記·南越尉陀列傳》「湟谿」，索隱曰：「鄒氏、劉氏本『湟』並作『涅』，音牛結反。《漢書》作『湟谿』，音皇。又《衛青傳》云『出桂陽，下湟水』，而姚察云《史記》作「𣺹」」，今本有『湟』『涅』及『𣺹』不同，蓋由隨見輒改故也。」《南越尉陀列傳》又云「下匯水」，徐廣曰「一作『湟』」，裴駰曰「或作『淮』字」，索隱曰：「劉氏云『𣺹』當作『湟』，《漢書》云『下湟水』也。」《説文》：「洭，水，出桂陽縣盧聚，至洭浦關爲桂水。」　按：「洭水」《史記》《漢書》作「湟水」。「匯」者「洭」之譌，「涅」者「湟」之譌，「淮」者「匯」之譌，「洭」又或譌爲「洭」。附此以見古書易譌。

風雨潚潚

《說文》：「潚，水清深也。」《水經注·湘水》篇「二妃從征，溺於湘江，神遊洞庭之淵，出入潚湘之浦」，用《山海經》語；又釋「潚」字云「潚者，水清深也」，用《說文》語。今俗以潚、湘爲二水名，且「潚」誤爲「瀟」矣。《羽獵賦》「風廉雲師，吸嚊潚率」，《西京賦》「飛罕潚箾，流鏑㩳爆」，皆形容欻忽之貌，與《毛傳》「潚潚，暴疾也」意正相合。《思玄賦》「迅猋潚其媵我」，舊注「潚，疾貌」，李善引《字林》「潚，深清也」。考《廣韵·一屋》《二蕭》皆有「潚」無「瀟」。《詩》「風雨潚潚」是淒清之意。入聲音肅，平聲音修，在第三部，轉入第二部，音宵，俗本誤爲「瀟」。玉裁見明刻舊本《毛詩》作「潚」。

在城闕兮

《說文》：「缺，缺也。古者城闕其南方，謂之缺。」

人實迋女

《傳》「迋，誑也」，言「迋」爲「誑」之假借。

聊樂我員

《釋文》：「員，本亦作『云』。」《正義》曰：「『員、云』古今字，助句辭也。」按：如《秦誓》之「云來」亦作「員來」。

零露漙兮

《正義》曰：「『靈』作『零』字，故爲落也。」按：此則經本作「靈露」，《箋》作「靈落」也，假「靈」爲「零」字。依《説文》，則是假「靈」爲「霝」。

並驅從兩肩兮

《説文》引「並驅從兩豜兮」，《豳風》作「豜」，石鼓文作「豣」。

取妻如之何

《釋文》：「取，七喻反。」《衆經音義》曰：「娶，七句切，取也。《詩》云『娶妻如之何』，傳曰『娶，取婦也』。」玄應所據《毛詩》與陸異，或是《韓詩》。

其人美且鬈

《箋》云：「鬈讀當爲『權』。權，勇壯也。」按：今本作「權」，誤。《説文》「捲，气勢也」，引《國語》「有捲勇」。今《齊語》「子之鄉有拳勇」、《小雅》「無拳無勇」皆作「拳」。《五經文字》「權」字注云「從手作『權』者，古拳握字」，可知《鄭箋》从手，非从木，與「捲勇」「拳勇」字同。今字書佚此字，而僅存於張參之書也。《吴都賦》「覽將帥之擢勇」，善曰：「《毛詩》曰『無拳無勇』，『拳』與『擢』同。」俗刻《文選》譌誤，不可。

其魚唯唯

《釋文》：「《韓詩》作『遺遺』。」《玉篇》：「潰潰，魚行相隨。」《廣韻·五旨》：「潰，魚盛貌。」

齊子發夕

《韓詩》「發，旦也」。　按：從韓，是「發夕」即「旦夕」也。又《方言》「發，舍車也，東齊海岱之閒謂之發」，郭注「今通言發寫也」。《詩》「發夕」蓋猶「發寫」，古「夕、寫」皆在第五部。

齊子豈弟

按：鄭以「闓圛」麗「發夕」，但以韵求之。「圛」在五部，「濟、瀰、弟」同在十五部，「圛」與「濟、瀰」不爲韵，上章「發夕」或從《韓詩》「旦夕」之義，或爲「發卸」之假借，未嘗非疊字麗句也。

猗嗟名兮

按：薛綜《西京賦注》「眳，眉睫之閒」，是名可从目作「眳」也。

父曰嗟予子

《隸釋・石經魯詩殘碑》：「父兮父闕一字曰：嗟予子，行役夙夜毋已！尚慎！」按：「父」下所闕一字亦必「兮」字，疊上文「父兮」而言也。近有重刻《隸釋》石經不闕，妄甚。「父曰嗟予子」「母曰嗟予季」「兄曰嗟予弟」皆五字句，「子」與「已、止」韻，「季」與「寐、棄」韻，「弟」與「偕、死」韻，「行役夙夜無已」六字句。

陟彼屺兮

《傳》：「山無草木曰岵。山有草木曰屺。」按：《爾雅》《說文》皆誤，與《毛傳》相反。岵之言瓠落也，屺之言荄滋也。岵有陽道，故以言父，無父何怙也？屺有陰道，故以言母，無母何恃也？

坎坎伐輪兮

《石經魯詩殘碑》「飲飲伐輪兮」。按：此則首章、二章皆同。《廣雅》：「飲飲，聲也。」

山有櫙

《釋文》：「櫙，本或作『蓲』，烏侯反。」《爾雅》：「櫙，荎。」釋文：「櫙，烏侯反，本或作『蓲』。」《地理志》「山櫙」，師古曰：「櫙，音甌。」《聲韻考》曰：「《詩》『山有樞』，字本作『櫙』，烏侯反，刺榆之名。或不加反音，讀如『户樞』之『樞』，則失之矣。」

按：《魯詩》作「蘲」，《毛詩》作「欞」，亦作「蘲」，相承讀烏侯反。唐石經譌爲「户樞」字，而俗本因之。

弗洒弗埽

《説文》：「灑，汛也。」「汛，灑也。」「洒，滌也，古文以爲灑埽字。」按：《毛詩》及《論語》皆作「洒」；《曲禮》「於大夫，曰備埽灑」，則作「灑」。蓋漢人用「灑埽」字，經典相承借用「洒滌」字。《毛傳》及韋昭注《國語》皆云「洒，灑也」，言假「洒」爲「灑」也。

我聞有命，不敢以告人

《荀子·臣道》篇：「時窮居於暴國，而無所避之，則崇其美，隱其敗，言其所長，不稱其所短，以爲成俗。《詩》曰『國有大命，不可以告人，妨其躬身』。」按：所引即此詩異文。前二章皆六句，此章四句，殊太短。《左氏·定十年傳》言「臣之業在《揚水》卒章之四言」者，恐漢初相傳有脱誤。禮堂按：《左傳·定十年》杜注云「卒章四言曰『我聞有命』」，是杜以一字爲一言也。

見此粲者

《廣韵》「娶」字注曰：「《詩傳》云『三女爲娶』，又美好貌。《詩》本亦作『粲』，《説文》又作『㛑』。」

噬肯適我

《傳》：「噬，逮也。」《方言》同。　按：《爾雅》作「遾」，「逮也」，爲正字。《韓詩》作「逝」。

采苓采苓

按：苓，大苦也。枚乘《七發》「蔓草芳苓」、揚雄《反離騷》「愍吾纍之衆芬兮，颺燁燁之芳苓，遭季夏之凝霜兮，慶夭顇而喪榮」、曹植《七啟》「搴芳苓之巢龜」皆借「苓」爲「蓮」，蓋漢人讀「蓮」如「鄰」，故假借「苓」字。《史記·龜策傳》「龜千歲乃遊蓮葉之上」，徐廣曰「蓮，一作『領』」，聲相近假借」，是又借「領」爲「蓮」也。顔師古注《漢書·揚雄傳》但云「苓，香草名」，不知爲「蓮」之假借字，李善注《文選·七發》直臆斷曰「古蓮字」，於《七啟》又曰「與蓮同」，皆不指爲假借，以致朱彝尊引李注證《唐風》「苓」即「蓮」，由六書之旨不明也。漢時假借甚寬，如借「苓、領」爲「蓮」可證。

駟驖孔阜

石鼓文「我馬既駐」。

厹矛鋈錞

《禮記》：「進矛戟者前其鐓。」　按：《說文》：「鋈，下垂也。」「錞，矛戟柲下銅鐏也。《詩》曰『厹矛沃錞』。」是其字以《秦風》爲正也。

蒙伐有苑

《箋》云：「蒙，厖也。」《説文》：「瞂，盾也。从盾，犮聲。」《玉篇》：「瞂，盾也。《詩》曰『蒙瞂有苑』。本亦作『伐』。瞂，同『瞂』。」《史記·蘇秦列傳》「吷芮」，索隱曰：「吷，同『瞂』，謂楯也。芮，謂繫楯之紛綬也。」按：厖，同「尨」。

遡洄從之

《説文》：游，或作「遡」。《爾雅》作「泝」，即「游」之俗。

有條有梅

《爾雅》：「柚，條。」《毛傳》：「條，稻也。」與《爾雅》異。

顏如渥丹

《釋文》：「丹，《韓詩》作『沰』。」按：「渥沰」即《邶風》之「沃赭」也。古者聲、石聲同在第五部。

百夫之防

《傳》：「防，比也。」按：蓋同「方」。

隰有六駮

《説文》「駮」「駁」異字。此《傳》云「倨牙、食虎豹」之獸，是「駮」字也；《東山》傳云「駵，白駁」，是「駁」字也。陸機云「梓榆樹皮如駁馬」，則此宜作「駁」，陸意「六駁」與「苞櫟」爲類。按：《鵲巢》「旨苕、甓、旨鷊」之等，不必「駮」與「櫟」不爲類也。

於我乎，夏屋渠渠

《魯靈光殿賦》注引崔駰《七依》「夏屋蘧蘧」。

歌以誶止

《爾雅》「誶，告也」，釋文：「誶，沈音粹，郭音碎。」《說文》：「誶，讓也。从言，卒聲。《國語》曰『誶申胥〔一〕』。」《廣韻・六至》「誶」下引《詩》「歌以誶止」。按：「誶」「訊」義別，「誶」多譌作「訊」。如：《爾雅》「誶，告也」，釋文云「本作『訊』，音信」。《說文》引《國語》作「誶」，今《國語》作「訊」。《詩》「歌以誶止」「誶予不顧」，傳「誶，告也」；「莫肯用誶」，箋「誶，告也」，正用《釋詁》文。而《釋文》誤作「訊」，以「音信」爲正，賴王逸《離騷》注及《廣韻》所引可正其誤耳。《廣韻》引「歌以誶止」，今本「止」譌「之」。《列女傳》作「歌以訊止」，「訊」字雖誤，「止」字尚未誤。

〔一〕校者案：「胥」，原作「音」，形近而誤，據《說文》原書改，三十卷本不誤。

心焉惕惕

《説文》：或作「悐」。　按：屈賦《九章》云「悼來者之悐悐」。

勞心慘兮

毛晃曰：「《詩·小雅·白華》『念子懆懆』，陸音七感反，又引《説文》七倒反〔一〕，云『亦作「慘」』。《北山》『或慘慘劬勞』，陸音七感反，字亦作『懆』。蓋俗書『懆』與『慘』更互譌舛，陸氏不加辨正而互音之，非也。《白華》『懆』當作草、慥二音，不當音七感反，字作『慘』亦非；《北山》『慘』當作七感反，字不當作『懆』。」又《陳風·月出》「勞心慘兮」亦誤，當作「懆」。

有蒲與蕑

按：《鄭箋》欲改「蕑」爲「蓮」，説《詩》稍泥，意在三章一律。蓮與荷、菡萏皆屬夫渠，詩人不必然也。《權輿》詩亦欲以後章律前章，釋「夏屋」爲食具，不知首句追念始居夏屋，次句言「今每食無餘」，次章承「每食」二字，又將今昔比較，三「每食」字蜎蠉縒綜，最見文章之妙。《載驅》欲改「豈弟」爲「圛」，與「發夕」麗句，然而以韵求之，非矣。《盧令》二

〔一〕校者案：「七感反、七倒反」原互乙，説見三十卷本卷十二同條。

章改「鬈」爲「拳勇」字，亦非。

蜉蝣掘閲

按：古「閲」「穴」通。宋玉《風賦》「枳句來巢，空穴來風」，「枳句」「空穴」皆重疊字。「枳句」即《説文》之「積⿰禾叔」，木曲枝也。鄭注《明堂位》云「椇之言枳椇也，謂曲橈之也」，「枳椇」即「積⿰禾叔」，陸機云「椇曲來巢也」。「空穴」即「孔穴」，善注引《莊子》「空閲來風」，司馬彪云「門户孔空，風善從之」。「掘閲」當從《説文》作「堀閲」，言蜉蝣出穴也。《老子》「塞其兑，閉其門」，「兑」即「閲」之省，假借字也。

三百赤芾

按：《説文》：「市，韠也。天子朱市，諸侯赤市。」篆文作「韍」。「韠，韍也，所以蔽前，从韋，畢聲。」鄭注《禮記》「韠」「韍」皆言「蔽也」。或借「黻」字爲之，如《論語》「致美乎黻冕」是也；或借「芾」字爲之，如《詩·候人》《斯干》《采叔》皆作「芾」是也；或借「沛」字爲之，如《易》「豐其沛」，一作「芾」，鄭康成云「蔽郤」是也；或借「茀」字爲之，如李善引《毛詩》「赤茀在股」「朱茀斯皇」，又「三百赤芾」，釋文「一作『茀』」，《廣韵》「茀，同『芾』」是也；或借「紱」字爲之，如《乾鑿度》「朱紱方來」「困於赤紱」是也。紱，綬也；李善引《倉頡篇》。黻，黑與青相次文也；芾，小也；《爾雅》《毛傳》同。茀，道多草不可行也；沛，水也，各有本義。而《方言》「蔽膝謂之袚」，《説文》「袚，蠻夷衣，一曰蔽厀」；《方言》「蔽厀，江淮之閒謂之褘」，《説文》「褘，蔽厀」，是「袚」字、「褘」字又蔽厀之異名。

鳴鳩在桑

《釋文》：「本亦作『尸』。」按：《方言》：「尸鳩，東齊海岱之閒謂之戴南。南猶『鵀』也。」

冽彼下泉

《傳》「冽，寒也」，《大東》傳「冽，寒意也」。唐石經誤作「洌」，《詩本音》從之。考《易》「井洌」字从水，列聲，清也；《詩》「冽彼下泉」「有冽氿泉」，字从仌，列聲，寒也。《東京賦》「玄泉洌清」，薛注「洌，澄清貌」，善注引「洌彼下泉」，誤。

二之日栗烈

《下泉》正義：「《七月》云『二之日栗冽』，字从冰，是遇寒之意。」《文選·長笛賦》「正瀏溧以風冽」，注：「《毛傳》『溧，寒也』。」今本誤「漂」。《風賦》「憯悽惏慄」，注：「《毛詩傳》『慄冽，寒氣也』。」《古詩十九首》注：「《毛詩》曰『二之日栗冽』，毛萇曰『栗冽，寒氣也』。」《説文》：「溧，寒也。」《玉篇》：「溧冽，寒皃。冽，寒气也。」《廣韵·十七薛》：「冽，寒也。」《五質》：「溧冽，寒風。」按：《五經文字·仌部》有「溧」字，知《七月》作

「溧」也。今《説文》無「洌」字。「有洌氿泉」正義引《説文》「洌，寒貌」，《高唐賦》注引《字林》「洌，寒風也」，《嘯賦》注引《字林》「洌，寒貌」，是唐時《説文》《字林》均有「洌」字，今《説文》「洌」譌爲「瀨」。《釋文》云：「栗烈，《説文》作『颲颲』。」考《風部》不引此詩。按：「滭沷、溧洌」皆疊韻字，以《説文》爲正。「滭、溧」字在第十二部，「沷、洌」字在第十五部，如「氤氲、壹鬱」之類。「觱發、栗烈」皆音之譌。《小雅》「觱沸檻泉」，《司馬相如賦》作「滭沸」，一作「滭浡」。𩰫，古文誖字，在十五部。《説文・火部》「熚𤏿，火皃」，上字十二部，下字十五部，正與「滭沷、滭沸」同。觱，从角，𩰫聲，當爲「沷[一]、沸」字之假借，不爲「滭、滭」字之假借，且其字不古雅，當從《説文》所引作「滭沷」爲正。

三之日于耜

《説文》：「枱，耒耑也。」或作「鈶」，籀文作「辝」。

八月萑葦

《説文》：「萑，从艸，雈聲。」《五經文字》：「雈，从艸下隹。今經典或相承隸省，省艸作『萑』。」按：萑，从艸，雈聲，下从「雈雀」之「雈」。唐石經誤作「藿」，而後改正之，今

[一] 校者案：「沷」，原作「泼」，形近而誤，改。三十卷本亦誤。

《七月》《小弁》「萑」字皆模糊也。

六月食鬱及薁

《上林賦》「隱夫薁棣」，張揖曰：「薁，山李也。」《閒居賦》「梅杏郁棣」，善曰：「郁，今之郁李，『郁』與『薁』音義同。」《説文》：「萑，艸也。《詩》曰『食鬱及萑』。」按：掌禹錫等《本草嘉祐》、蘇頌《本草圖經》皆引「食鬱及萑」爲《韓詩》，訓以《爾雅》「萑，山韭」。

采荼薪樗

《傳》：「樗，惡木也。」《玉篇》誤作「樗，惡木」，《廣韵》同。《爾雅》：「栲，山樗。」《説文》：「杬，山樗。」今本《説文》誤作「山樗」。

黍稷重穋

按：《説文》「種」爲種稑，「穜」爲穜植。《字林》同，見《五經文字》。《詩》作「重穋」，《周官經》作「種稑」。《説文》：稑，或作「穋」。

上入執宮公

今本「公」作「功」，誤也。《采蘩》箋云「公，事也」，《天保》《靈臺》傳云「公，事也」，此《箋》云「治宮中之事」，正義云：「經當云『執宮公』，定本『執宮功』，不爲『公』字。」按：今襲唐定本之誤。《六月》傳云「公，功也」，今俗人用「膚功」，亦非。

零雨其濛

《說文》：「霝，雨零也。从雨㗊，象形。《詩》曰『霝雨其濛』。」石鼓文「遊來自東，霝雨奔流」。

果臝之實

《說文》：「苦蔞，果蓏也。」

蠨蛸在户

《釋文》：「蠨，音蕭，《說文》作『蟰』，音夙。」《爾雅》：「蠨蛸，長踦。」釋文：「蠨，《詩》作『蟰』。」《說文》：「蟰蛸，長股者。」《廣韻》：「蟰蛸，蟲，一名長蚑。出崔豹《古今注》。」

按：「蟰」正，「蠨」譌，《風雨》之「潚」誤爲「瀟」可證。《一切經音義》引作「蟰蛸在户」，云「上音肅，下音蕭」，此古字古音也，勝於《釋文》遠矣。

町畽鹿場

《說文》引作「疃」。按：古「重」「童」通用，《廣韻》「疃」亦作「畽」，亦作「暖」。王逸《九思》「鹿蹊兮⿰足㡭⿰足㡭」，亦作「躖」，音吐管切，即「疃」字也。《說文》「躖，踐處也」，《集韻》作「躖」。

烝在栗薪

《箋》云：「栗，析也。古者聲栗、裂同也。」按：「栗」在十二部，「裂」在十五部，異部而相通近也。《韓詩》作「烝在漻薪」，《廣韻》「漻」同「蓼蕭、蓼我」之「蓼」。《傳》云：「敦猶專專。烝，衆也。言我心苦，事又苦也。」毛意此二句於六詩爲比，内而心苦，外而事苦，正如衆苦瓜之繫於栗薪。合之《韓詩》，亦無析薪之意。《鄭箋》以瓜苦爲比，析薪爲賦，失毛意而非詩意矣。軍士在師中至苦，而不見其室者三年，故光武之册陰后亦曰「自我不見，于今三年」也。

狼跋其胡

李善《西征賦》注：「《文字集略》曰『狼狽猶狼跋也』，《孔叢子》曰『吾於《狼狽》，見聖人之志』。」按：《孔叢子》「狼狽」謂《狼跋》之詩也，「狽」即「跋」字，「跋」「䟺」古通用。《説文》「跋，蹎也」「䟺，步行獵跋也」，無「狽」字。「狽」即「䟺」之譌，因狼从犬，而「䟺」誤从犬，猶「榛榛狉狉」俗因「狉」从犬，而「榛」亦誤从犬作「獉」也。《蕩》詩「顛沛」即「蹎跋」之假借，《傳》「顛，仆也。沛，跋也」。今譌「拔」。「沛、跋、䟺」同在第十五部，今「沛、䟺」讀去聲，古與「跋」同入聲，是以通用假借。自去、入岐分，罕知「顛沛」即「蹎跋」之假借，且罕知「狽」即「䟺」之譌、「䟺」即「跋」之通用字矣。

詩經小學卷第二

金壇段氏

小雅

周道倭遲

《漢書·地理志》「周道郁夷」。按：《尚書》「宅嵎夷」，《五帝本紀》作「居郁夷」。

翩翩者鵻

《爾雅釋文》：「隹，如字，旁或加鳥，非也。」按：《釋文》誤也。《説文》：「鵻，祝鳩也。从鳥，隹聲。」祝鳩即《爾雅》「鵻其，鳺鴀」之鳥，亦名「鵓鳩」。

咢不韡韡

《傳》：「咢猶咢咢然。」按：「咢」字从卩，咢聲。今《詩》作从邑、地名之「鄂」者，誤也。馬融《長笛賦》「不占成節咢」，李善注「咢，直也。從邑者乃地名，非此所施」，又引《字林》「咢，直言也，謂節操蹇咢而不怯懦也」，从卩、咢聲之字與从邑、咢聲迥別。《坊記》注「子於父母尚和順，不用鄂鄂」、《郊特牲》注「幾謂漆飾沂鄂也」、《典瑞》注「鄭司農云『瑑，有圻鄂瑑起』」、《輈人》注「鄭司農云『環灂謂漆沂鄂如環也』」、《哀公問》疏「幾謂沂鄂也」，「沂鄂」字皆从卩，不从邑。張平子《西京賦》作「垠鍔」，韵書作「圻堮」、《國語》「穽鄂」亦从卩。圻鄂、柞鄂皆取廉隅節制意，今字書遺「鄂」字。《説文》無「萼」字，「韡」下引「萼不韡韡」，「鄂」之誤也。郭注《山海經》云「一曰柎，華下鄂」，漢晉時無「萼」字，故景純亦作「鄂」。

外禦其務

《春秋》內、外傳引《詩》「外禦其侮」。《爾雅》：「務，侮也。」按：言「務」爲「侮」字之假借。

飲酒之飫

《韓詩》「飲酒之醧」。《廣韵·十虞》：「醧，能者飲，不能者止也。」按：《説文》「醧，私宴歓也」，正與《毛傳》「飫，私也」合。

矧伊人矣

《説文》：「矤，从矢，引省聲。」

坎坎鼓我

《説文》引《詩》「竷竷舞我」，乃記憶之誤。

俾爾單厚

《傳》：「單，信也。或曰：單，厚也」。按：《釋詁》「亶，信也」，是毛以「單」爲「亶」之假借字也。又「逢天僤怒」，傳「僤，厚也」，正義：「《釋詁》云『亶，厚也』，某氏曰《詩》云『俾爾亶厚』。」

禴祀烝嘗

《說文》作「礿」。《禮・王制》「春曰礿」，鄭注引《詩》「礿祀烝嘗」。

神之弔矣

《說文》：「𨑩，至也。」

象弭魚服

《說文》：「箙，弩矢箙也。从竹，服聲。《周禮》『仲秋獻矢箙』。」按：《周語》「檿弧箕服」，鄭注《周禮》引「檿弧箕箙」。

檀車幝幝

《釋文》：「幝幝，《韓詩》作『⿰糹羨⿰糹羨』。」按：《說文》：「⿰糹羨，偏緩。」

鱨鯊

《說文》：「魦，魚名。出樂浪潘國。从魚，沙省聲。」《爾雅》：「鯊，鮀。」釋文：「本又作

『魦』。」

且多

按：且，此也。《箋》云：「酒美而此魚又多也。」

一朝右之

《傳》「右，勸也」，與《楚茨》傳「侑，勸也」同，是以「右」爲「侑」也。《說文》「姷，耦也」，或作「侑」。《釋詁》：「酬酢，侑報也。」

我是用急

《鹽鐵論》引《詩》「我是用戒」，顧寧人云當從之。戴先生曰：「戒猶『備』也。治軍事爲備禦曰戒，譌作『急』，義似劣，於韵亦不合。」按：謝靈運《撰征賦》「宣王用棘於獫狁」，是六朝時《詩》本有作「我是用棘」者。《釋言》：「悈、褊，急也。」釋文：「悈，本或作『㥛』，今本作「極」，譌。又作『亟』」。《詩》「匪棘其欲」，箋：「棘，急也。」正義曰：「『棘，急』，《釋言》文。」《禮器》引《詩》「匪革其猶」，注：「革，急也。」正義曰：「『革，急』，《釋言》文。」《素冠》傳「棘，急也」，正義曰：「『棘，急』，《釋言》文。彼『棘』作『悈』，今本作「戒」，譌。音義同。」然則「悈、㥛、亟、棘、革、戒」六字同音，義皆「急」也，此詩作「棘」、作「戒」皆協。今本作「急」者，後人用其義，改其字耳。

于三十里

三十，唐石經作「卅」，「三十維物」「終三十里」皆同。按：二十并爲「廿」，讀如入；三十并爲「卅」，讀如趿，即反語之始也。秦《琅邪刻石文》「維廿六年」、《梁父刻石文》「廿有六年」、《之罘》《東觀》皆云「維廿九年」，《會稽》云「卅有七年」，皆四字爲句。唐石經《詩》「三十」字作「卅」，是三字爲句，不可從也。《廣韵》云：「廿，今直以爲『二十』字。卅，今直以爲『三十』字。」蓋唐人仍讀爲二十、三十，不讀入、讀趿耳。

織文鳥章

毛無傳，蓋讀與《禹貢》「厥匪織文」同。鳥章、帛茷皆織帛爲之，《鄭箋》易爲「徽識」，則當作「識文」。今本皆作「織文」者，誤。識，徽識也。「識」「幟」古今字，許君《説文》、鄭君《周官注》皆作「徽識」，後人別製「幟」字。貞觀時僧玄應《一切經音義》曰：「幟字舊音與『知識』之『識』同，更無別音。」

白旆央央

《出其東門》正義曰：「《傳》言『荼，英荼』者，《六月》云『白旆英英』，是白貌，茅之秀者，其穗色白。」《公羊·宣十二年》注「繼旐如燕尾曰旆」，疏曰：「繼旐曰旆，孫氏云『帛續旐末，亦長尋，《詩》云「帛旆英英」是也。』」按：從孫炎注作「帛旆」爲善。此《正義》云

「以帛爲行旆」，又「九〔一〕旗之帛皆用絳」，言帛旆者謂絳帛，猶通帛爲旃，亦是絳也。然則孔氏作《正義》時，經文原作「帛旆」，而《出其東門》疏引「白旆英英」，明荼是白色；《周禮・司常》疏引「白旆央央」，明旆不用絳。由《疏》不出一人之手，唐初本已或誤作「白」也，今當據《正義》《六月》及《公羊疏》改定「白旆」爲「帛旆」，其「央央」亦當改「英英」。又按：《釋名》「白旆，殷旌也，以帛繼旐末也」，其語自相乖違不貫。《明堂位》：「殷之大白，周之大赤。」《周禮》：「建大赤以朝，建大白以即戎。」大白非帛旆也。《釋名》既依《明堂位》云「緌，有虞氏之旌也。綏，夏后氏之旌也」，其下當云「大白，殷旌也。大赤，周旌也」乃全，又其下當云「旆，以帛繼旐末也」，乃與《爾雅・釋天》《毛詩傳》相合。今《釋名》乃缺誤之本。

如輊如軒

按：「軒輊」即「軒輖」。《既夕禮》鄭注「輖，墊也」作「墊」，《考工記》「大車之轅摯」作「摯」，《詩》作「輊」。《說文》有「𨏖」，無「墊、輊」。潘岳《射雉賦》「如⿰車亶如軒」，李善引此《詩》，云「『輊』與『⿰車亶』同」。

〔一〕校者案：「九」，原作「充」，形近而誤，改。三十卷本不誤。

路車有奭

《説文》作「奭」，《五經文字》作「奭」。 按：《蜀都賦》善注引毛萇《詩傳》「赩，赤貌也」，是其字一本作「赩」也。《説文》無「赩」字。《楚辭》「逴龍赩只」。

八鸞瑲瑲

《有女同車》《終南》《庭燎》皆作「將將」。又《烈祖》「約軧錯衡，八鸞鶬鶬」、《載見》「鞗革有鶬」皆作「鶬」。又《韓奕》「八鸞鏘鏘」、《禮記》「玉鏘鳴也」皆作「鏘」。

鴥彼飛隼

《説文》同「鴥」，「一曰雜也」。 按：「雜也」是「鷙也」之誤。

其飛戾天

《後漢書》孔融《上書薦謝該》曰「尚父鷹揚，方叔翰飛」，注引「鴥彼飛隼，翰飛戾天」，誤也。《詩》本作「其飛」，文舉易字麗句耳。

伐鼓淵淵

吴才老《詩協韵補音序》曰：「《詩》音舊有九家，陸德明定爲一家之學。開元中修《五經文字》『我心慘慘』爲『懆』、『伐鼓淵淵』爲『鼘』，皆與《釋文》異，乃知德明之學當時亦未必盡用。」

振旅闐闐

《魏都賦》「振旅輷輷」。

蠢爾蠻荆

《韋玄成傳》引「荆蠻來威」。　按：毛云「荆州之蠻也」，然則《毛詩》固作「荆蠻」，傳寫誤倒之也。《晉語》叔向曰「楚爲荆蠻」，韋注「荆州之蠻」，正用《毛傳》爲說。又《齊語》「萊、莒、徐夷、吴、越」，韋注「徐夷，徐州之夷也」，可證「荆蠻」文法。又按：《吴都賦》「跨躡蠻荆」，李善注引《詩》「蠢爾荆蠻」，然則唐初《詩》不誤，左思倒字以與「并、精、坰」爲韵。《後漢・李膺傳》應奉疏曰「緄前討荆蠻，均吉甫之功」，毛刻不誤，汪文盛本譌倒作「蠻荆」。注引「蠻荆來威」者，俗人所改易也。《文選・王仲宣誄》「遠竄荆蠻」，注引《毛詩》「蠢爾荆蠻」，亦誤倒。禮堂按：《漢書・陳湯傳》引《詩》「蠻荆來威」，師古曰「令荆土之蠻亦畏威而來」，是本作「荆蠻」。

嘽嘽焞焞

《韋玄成傳》引《詩》「嘽嘽推推」。　按：《廣韵》「䡅䡅，車盛皃」，疑《漢書》字誤。

我車既攻

石鼓文「我車既工」。

薄狩于敖

《後漢・安帝紀》注引《詩》「薄狩于敖」，俗刻今改爲「搏」，而「狩」字不改。毛刻作「薄狩」，《册府元龜》、王氏《詩考》引作「薄狩」。《水經注・濟水》篇「濟水又東逕敖山，《詩》所謂『薄狩于敖』者也」，作「薄狩」。《東京賦》「薄狩于敖」，作「薄狩」，薛注引《詩》「薄獸于敖」，「薄」字不誤，「獸」字係妄改。後見惠定宇《九經古義》引徐堅《初學記》作「搏狩」，又引何休《公羊注》、高誘《淮南子注》、漢《石門頌》證「狩」即「獸」字，故《箋》云「田獵搏獸也」，若經作「搏獸」，《箋》不已贅乎？玉裁始曉然於經文本作「薄狩」，鄭訓「狩」爲「搏獸」。《釋文》云「搏獸，音博，舊音傅」，乃爲《鄭箋》作音義，非釋經也。《初學記》意主對偶，故以「薄狩、大蒐」爲儷，猶上文「三驅一面」、下文「晉鼓虞旗」皆是也。今本作「搏狩」，乃淺人妄改。《初學記》云「獵亦曰狩，狩獸也」，《鄭箋》言「田獵搏獸也」，此經作「薄狩」之確證，惠君尚未考明「薄」字。

赤芾金舄

《傳》：「舄，達屨也。」 按：複下曰舄，單下曰屨，「達」「沓」字古通用，是重沓之義爾。不于《狼跋》言之，而於此言之者，「金舄」謂金飾其下，其上則赤也。達屨，蓋漢人語如此，孔沖遠不得其旨，而强爲之説。

決拾既佽

《傳》：「佽，利也。」《箋》云：「佽，謂手指相次比也。」按：《説文》亦曰「佽，便利也」，引《詩》「決拾既佽」。鄭注《周官·繕人》引「抉拾既次」，是毛作「佽」，鄭作「次」也。

助我舉柴

《説文》：「掌，積也。《詩》曰『助我舉掌』。搣頰旁也，从手，此聲。」《骨部》：「鳥獸殘骨曰骴。」《西京賦》「收禽舉胔」，薛注：「胔，死禽獸將腐之名。」

徒御不警

唐石經誤作「不驚」，今本因之。《文選·陸士衡〈挽歌詩〉》「夙駕〔一〕警徒御」，注引《毛詩》「徒御不警」，今俗刻作「不驚」。

儦儦俟俟

《説文》作「伾伾俟俟」，《韓詩》作「駓駓騃騃」。《後漢書》注引《韓詩》作「俟俟」，誤。

鸞聲噦噦

《説文》引《詩》「鑾聲鉞鉞」。按：《采菽》「鸞聲嘒嘒」，《泮水》同《庭燎》「鸞聲噦噦」。

〔一〕校者案：「駕」，原作「夜」，涉上字而誤，據《文選》各本改。三十卷本不誤。

念彼不蹟

《説文》：「迹，步處也。从辵，亦聲。」或作「蹟」，籀文作「速」。 按：以古韵諧聲求之，「束、責」在第十六部，「亦」在第五部，「速、蹟」爲正字。 李陽冰云「李丞相以『束』作『亦』」，「迹」字制於李斯也。

可以爲錯

按：「錯」爲「厝」之假借字。

靡所底止

《説文・广部》：「底，山居也，下也。从广，氐聲。」《厂部》：「底，柔石也。从厂，氐聲。」或作「砥」。 按：物之下爲底，故至而止之爲底，如《尚書》「震澤底定」、《孟子》「瞽瞍底豫」、《詩》「靡所底止」「伊於胡底」皆是也。若「底、砥」字，同爲底厲，《説文》明析可據，而經書傳寫互譌，韵書、字書以「砥」注「礪石也」，「底」注「致也」「至也」，皆不察之過。又或臆造《説文》所無之「底、底」字，如「靡所底止」，《詩本音》從嚴氏《詩緝》作「底」，謬極。《爾雅》「底，止」，釋文云：「字宜從厂，或作『底』，非。」此陸氏誤也。 鏞堂按：《爾雅・釋詁》「底，待也。底，止也」，即《説文・广部》字。《詩・祈父》「靡所底止」，毛傳「底，至也」；《小旻》「伊於胡底」，箋云「底，至也」；《晉語四》「戾久將底」，韋注「底，止也」；《玉篇》《廣韵》

皆云「厎，止也，下也」，是《爾雅·釋言》「厎，致也」，即《説文·厂部》字。《書·禹貢》「震澤厎定」，孔傳曰「致定」，《夏本紀》作「震澤致定」。《孟子·離婁上》「瞽瞍厎豫」，趙注「厎，致也」，孫宣公《音義》作「厎，之爾反」。《玉篇》《廣韵》皆云「厎，致也，平也」。是凡加工致平曰「厎」，故訓「致」、訓「平」，與「厎厲」爲一字，與「底止」爲二字。記此，俟面質之。

在彼空谷

按：《毛詩》作「空谷」，非直與韓異文，直是譌字。《釋詁》「穹，大也」，《毛傳》正用其語。今誤爲「空，大也」，古無是訓。孔沖遠遷就其説，曰：「以谷中容人隱焉，其空必大，故云『空大』，非訓空爲『大』。」蓋知「空」之不得訓「大」矣。

君子攸芋

《傳》：「芋，大也。」按：蓋「訏」之假借也。《周禮·大司徒》「媺宫室」，注云：「謂約椓攻堅，風雨攸除，各有攸宇。」賈疏：「宇，居也。」

如鳥斯革

張揖《廣雅》兼采四家之《詩》，《釋器》云「翱，羝翼也」，此用《韓詩》。韓作「翱」，與毛作「革」異字而同音同訓。毛時故有「翱」字，以假借之法訓之，故曰「翼也」，若訓「革」爲「翼」，理不可通。《廣韵》「翱，翅也，古核切」，本《韓詩》也。

載衣之裼

《説文》引作「禘」。　按：作「裼」，字之假借也。

不騫不崩

《傳》：「騫，虧也。」正義曰：「崔氏《集注》虧作『曜』。」　按：當從《集注》，後人不解「曜」字，因改之耳。《天保》傳「不虧」言山，此傳「不曜」言牛羊也。《考工記》「大胸燿後」，鄭注：「燿讀爲哨，頎今「頎」〔一〕字作「頎」，譌。小也。」「燿」「曜」古通用。

憂心如惔

《説文》：「⿱羊火，小爇也。从火，羊聲。《詩》曰『憂心如⿱羊火』。」　按：⿱羊火，羊聲，羊讀如飪，今作「⿱干火」，干聲，誤也。「小爇」一作「小熱」，或作「小孰」，皆非也。「憂心如⿱羊火」作「憂心⿱干火⿱干火」，更非。《釋文》《正義》於此句皆云「《説文》作『⿱羊火』」，若依今本，陸、孔末由定爲此句之異文。蓋《毛詩》本作「如⿱羊火」，或同《韓詩》作「如炎」，不知何人加心作「惔」。惔，憂也，豈憂心如憂乎？又於《説文》「惔」下妄加「《詩》曰『憂心如惔』」六字，而《毛詩》之真没矣！此《傳》曰「⿱羊火，燔也」，《瓠葉》傳曰「加火曰燔」。《説文》「燔，爇也」「⿱羊火，小爇也」

〔一〕校者案：「頎」，原作「傾」，形近而誤，改。

「爇，加火也」，與《毛傳》合，而今《詩》譌「炎」、改「惔」。《雲漢》「如炎如焚」，《傳》「炎，燎也」，而今本亦譌「惔」矣。

憯莫懲嗟

當作「朁」。

天子是毗

《説文》作「𣬉」，人臍也。今作「毗」，通爲「𣬉輔」之「𣬉」。此《傳》「毗，厚也」，《采叔》傳「膍，厚也」，是「𣬉」「膍」又通用也。

不宜空我師

《傳》：「空，窮也。」　按：《七月》傳「穹，窮也」，《説文》用之。此「空我師」當作「穹我師」。爲是《傳》譌，抑或假借，未可定也。《毛詩》「空谷」，《韓詩》作「穹谷」。

四牧項領

《傳》：「項，大也。」　按：毛以「項」爲「洪」之假借字。

胡爲虺蜴

《説文》：「易，蜥易，蝘蜓，守宫也。象形。在壁曰蝘蜓，在艸曰蜥易。」　按：《説文》無「蜴」字。《方言》「守宫，或謂之蜥易，其在澤中者謂之易蜴」、「脈蜴」，郭注「蜴」皆音析。

蓋「蜴」即「蜥」之或體，「易蜴」即「蜥易」之倒文，猶「螽斯」亦曰「斯螽」也。《説文》「虺」下引《詩》「胡爲虺蜥」，今《詩》作「胡爲虺蜴」，蜴當讀「析」，「虺蜴」即「虺蜥」也。俗用「蜥蜴」，成文爲重複，古人言「蜥易」。《釋文》：「蜴，字又作『蜥』。」

憂心懆懆

《傳》：「懆懆猶戚戚也。」　按：「懆」在二部，「戚」在三部，音近轉注。今本作「慘」，誤。

蔌蔌方穀

按：「佌佌彼有屋」，富者也，而方受祿於朝；「民今之無祿」，煢獨者也，而又君夭之、在位椓之，故曰「哿矣富人，哀此煢獨」。「佌佌」二句非以「屋」「穀」爲儷也。又《蔡邕傳》「速速方穀，天夭是加」，「穀」作「轂」、「天」作「夭」皆是譌字。錢唐張賓鶴云親見蜀石經作「夭夭」，是蜀本誤耳。

日月告凶

劉向引《詩》「日月鞠凶」。　按：古「告、鞫」二字同部同音，故假借「鞫」爲「告」。《采芑》傳云「鞫，告也」，言「鞫」爲「告」之假借也。

黽勉從事

劉向引《詩》「蜜勿從事」。　按：蜜勿，《爾雅》作「蠠没」，古「勿」字亦讀如「没」，「蜜、龘」同字。今作「密勿」,非也。

悠悠我里

按:《傳》:「里,病也。」《箋》:「里,居也。」《釋文》所引極明,依《爾雅》「瘇,病也」。郭云「見《詩》」,則《毛詩》本作「瘇」,後因《鄭箋》改作「里」,併改《傳》「病」字爲「居」字。又《爾雅》「悝,憂也」,郭注引「悠悠我悝」。是一人所見本復不同耳。鏞堂按:《十月之交》「悠悠我里」,傳「里,病也」,爲「瘇」字之假借。《雲漢》「云如何里」,箋云「里,憂也」,爲「悝」字之假借。三家《詩》當有作「瘇、悝」者,《毛詩》作「瘇」,則皆後人所改,鄭箋《十月之交》云「里,居也」,作如字讀可證。王肅注《雲漢》云「瘇,病也」,蓋竊取《十月之交》傳義,改經以異鄭。郭注《爾雅》「悝,憂也」,當引《詩》「云如何悝」,今引作「悠悠我悝」,誤也。

淪胥以鋪

按:《毛傳》「淪,率也」,與韓義同而字異。《鄭箋》「鋪,偏也」,韓作「痡,病也」,則義、字皆異。「淪、熏」之爲「率」者,於音求之。

聽言則答

《新序》《漢書》皆作「聽言則對」。按:「對」在十五部,「答」在七部,古借「答」爲「對」,異部假借也。《論語》多作「對」,《孟子》多作「答」,《詩》《書》以「答」爲「對」,皆屬漢後所改。

如「聽言則答」，《新序》《漢書》作「對」；《尚書》「奉答天命」，伏生《大傳》作「對」，可徵也。

民雖靡膴

按：《鄭箋》「膴，法也」，蓋以爲「模」字假借。

不敢馮河

《說文》：「淜，無舟渡河也。从水，朋聲。」「馮，馬行疾也。从馬，仌聲。」按：「馮河」當作「淜河」，字之假借也。《說文》「巟」下引《易》「用馮河」。

翰飛戾天

《韓詩》「翰飛厲天」。按：厲天猶俗云「摩天」。

弁彼鸒斯

《杜欽傳》「《小卞》之作」。按：古無「卞」字，「弁」之隸變也。凡弁聲、反聲之字，多省从卞。

歸飛提提

《說文》：「翄，翼也。」或作「𦐊」。按：《魏都賦》「𦐊𦐊精衛」，即「提提」也，善曰：「𦐊𦐊，飛貌。」

尚或墐之

《說文》引《詩》「尚或殣之」。按：《左氏傳》曰「道殣」，《毛詩》作「墐」。墐，塗也，字之假借。

亂如此幠

《釋詁》：「幠，大也。幠，有也。」《方言》：「幠，大也。」《說文》：「幠，覆也。」按：此《傳》云「幠，大也」，字从巾，無聲。「幠」爲「大」，亦爲「有」，郭注《爾雅》引「遂幠大東」是也；亦爲「覆」，《鄭箋》「君子攸芋」爲「攸幠」是也，三義實相通。《斯干》正義引「亂如此幠」，郭注《爾雅》引「亂如此幠」。今本作「憮」，誤也。《釋言》「憮，傲也」，亦與大義相近。《投壺》「毋幠毋敖」，此《箋》云「幠，敖也」，是鄭亦作「幠」。後人「幠」多誤「憮」，如《方言》「幠，大也」，今作「憮」。《漢書》「君子之道，焉可幠也」，幠，同也，正與大義、覆義相近，今亦譌作「憮」。考《爾雅》「憮，撫也」，《說文》「憮，愛也」，字从心，不得與「幠」溷。幠，火吴反；憮，亡甫反。

僭始既涵

按：《傳》「僭〔一〕，數也」，蓋以爲「譖」字。禮堂按：《一切經音義》五引《詩》「譖始既涵」。

居河之麋

《蒹葭》「在水之湄」。

〔一〕校者案：「僭」，原作「潛」，形近而誤，改。三十卷本不誤。

哆兮侈兮

《爾雅》「誃，離也」，郭注「誃，見《詩》」，邢疏云「即『侈兮』之異文」。 按：當爲「哆兮」之異文，古「哆、誃」同音也。

緝緝翩翩

《説文》引《詩》「咠咠幡幡」。 按：「咠咠」即「緝緝」之異文。「幡幡」二字當云「翩翩」，而誤舉下章之「幡幡」，猶引《生民》「或舂或舀」，而誤云「或簸或舀」也。

驕人好好

按：《爾雅》：「旭旭、蹻蹻，憍也。」「蹻蹻」釋《板》之「小子蹻蹻」也。「旭旭」，《詩》無其文，郭音呼老反，是爲《毛詩》「好好」之異文無疑。《匏有苦葉》釋文引《説文》「旭，讀若好」，今《説文》作「讀若勖」，蓋後人臆改。

作而作詩

《釋文》：「作爲此詩，一本云『作爲作詩』。」 按：「爲」字誤，當是一本云「作而作詩」也。《正義》曰：「當云『作而按：舊無此「而」字。賦詩』，定本云『作爲此詩』。」據此，則孔氏原是「作而作詩」也。《正義》又曰：「定本《箋》有『作，起也。作，爲也』二訓，自與經相乖，非也。」按：經文「作而作詩」，「起也」釋第一「作」字，「爲也」釋第二「作」字，故下云「孟子起而爲此詩」。定本既改云「作爲此詩」，而猶存此《箋》可考。《正義》依古本「作而作詩」，乃删「作，爲也」三字，誤矣。此句一譌「作爲作詩」，再改「作爲此詩」。一句内字同義異，爲注以别之。如「昔育恐育鞫」，《箋》云「昔育」之育「稚也」，「育鞫」之育則從《毛傳》「長也」之訓。此《箋》與前正相類，又如「于以采蘩，于沼于沚」，《傳》「蘩，皤蒿也。于，於也」，分别「于沼」之「于」不同「于以」之「于」訓「往」。

拊我畜我

戴先生云：「畜當爲『慉』。《説文》『慉，起也』，此《箋》『畜，起也』，明是易『畜』爲『慉』。」

杼軸其空

《釋文》：「柚，本又作『軸』。」按：機軸似車軸，故同名。「柚」是橘柚字，因「杼」字从木而改「軸」亦从木，非也。鏞堂按：《太玄·捝》云「棘木爲杼，削木爲軸。杼軸既施，民得以煥」，可證「杼軸」之「軸」本不从木。《太平御覽》四百八十四、又八百二十五俱引《詩》「杼軸其空」，是唐以前本皆从車。

有冽氿泉

《爾雅》：「氿，泉穴出。穴出，仄出也。」《説文》：「厬，仄出泉也。从厂，晷聲。」按：《爾雅》以「仄出泉」爲氿，《説文》以「水厓枯土」爲氿，《爾雅》以「水醮」爲厬，《説文》以

「仄出泉」爲厬，是「氿、厬」二字，《爾雅》與《説文》互易其訓也。

薪是穫薪

《箋》云：「檴，落木名。」釋文：「依鄭，則宜作木傍。」　按：檴，木名，同「椁」，見《説文》。

不可以服箱

李善《思玄賦》注引《詩》「睆彼牽牛，不可以服箱」，與下文「不可以簸揚」「不可以挹酒漿」句法一例。《箋》云「以，用也。不可用於牝服之箱」，爲下文二「不可以」舉例也。各本脱「可」字。

西有長庚

《傳》：「庚，續也。」　按：《書・益稷》正義：「《詩》曰『西有長賡』，《毛傳》以『賡』爲『續』。」「賡、庚」同音，而《説文》云「賡，古文續」，以爲即「續」字，未詳。

六月徂暑

《傳》：「徂，往也。」《箋》云：「徂，始也。」　按：鄭蓋易爲「祖」字。《爾雅》：「祖，始也。」今文《尚書》曰「黎民祖飢」。

百卉具痱

按李善注謝靈運《戲馬臺詩》，則《毛詩》本作「痱」。《韓詩》作「腓」，爲假借字。今本《毛詩》誤从韓作「腓」，非也。

廢爲殘賊

按：《傳》「廢，大也」，本《釋詁》文。郭注《爾雅》引「廢爲殘賊」，正用毛義。《箋》云「言大於惡」，申毛而非易毛也。《釋文》作「忕也」，云「一本作『大也』，此是王肅義」，未之深察矣。鏞堂按：《毛傳》「廢，忕也」，《箋》云「言忕於惡」。郭注《爾雅》訓爲「大」，用王肅義也。陸氏之言最爲有據，「廢、忕」亦同在十五部。

匪鶉匪鳶

《説文》：「鷻，雕也。从鳥，敦聲。《詩》曰『匪鷻匪鳶』。」按：今《詩》「鶉」爲「鷻」之譌，「鳶」爲「鳶」之譌，《説文》無「鳶」字，「鳶」即「鳶」也。《集韵》以「鳶」爲古「鳶」字，譌爲「鳶」，又譌入《二仙》，其誤已久，如曹子建《名都篇》已讀如今音。

祇自疷兮

按：《釋詁》：「疷，病也。」《説文》：「疷，病也。从疒，氏聲。」《毛詩》三用此字爲韵：《白華》與「卑」韵，《傳》「疷，病也」；《何人斯》「祇」與「易、知、篪、知、斯」韵，《傳》「祇，病也」，此皆十六部本音，借「祇」字爲之，於六書爲假借。《無將大車》傳亦云「疷，病也」，而與十二部之「塵」韵，讀若真，此古合韵之例。宋劉彝妄謂當作「痻」，音民，考《爾雅》

《説文》《五經文字》《玉篇》《廣韵》皆無「⿸疒民」字，《集韵》始有，非古。元戴侗謂即「痻」字之省，不知「痻」从疒昏聲，昏聲在十三部，民聲在十二部。《桑柔》「痻」與「慇、辰」韵，不得與「塵」韵也。《説文》云：「昏，从日，从氏省。氏者，下也。一曰民聲。」按：「昏」从氏省，爲會意字，非民聲。「痻」字昏聲，不得省爲「⿸疒民」也。唐人避廟諱，「愍」作「慜」，「珉」作「玟」，「蟁」作「蚊」。顧炎武以唐石經「祇自疧兮」爲諱「民」減畫作「氏」之字，由不知古合韵之例而附會劉彝臆説，以求得其韵也。張衡賦「思百憂以自疢」，「疢」與「疧」音近。《禮記》「眕於鬼神」，鄭注「眕，或爲祇也」。又《説文》「觗」一作「䚩」，又古「狋氏」讀如權。精於此，可求合韵之理。《釋文》「疧兮，都禮反」，是陸氏誤「疧」。

日月方奥

《爾雅》：「燠，煖也。」《説文》無「燠」字。鏞堂按：古「燠」字多作「奥」，《書·堯典》「厥民燠」、《洪範》「時燠若」皆有作「奥」者。

以雅以南

《後漢·陳禪傳》：「古者合歡之樂舞於堂，四夷之樂陳於門，故《詩》云『以雅以南，韎任朱離』。」按：「韎任朱離」自見《毛詩傳》，陳禪合經以證四夷之樂，而不知「南、任」一也，章懷謂「韎任朱離」蓋見齊、魯《詩》，誤。

楚楚者茨

按：古所云「采薺」疑即「楚茨」，「采、楚」異部而音近也。

我黍與與

《釋文》音餘。　按：張平子《南都賦》：「其原野則有桑桼麻苧，菽麥稷黍。百穀蕃廡，翼翼與與。」然則漢人讀上聲也。

我庾維億

《説文》：「億，安也。从人，意聲。」「意，滿也。一曰十萬曰意。从心，啻聲。」洪适《隸釋》載《泰山都尉孔宙碑》《樊毅修華嶽碑》《司隸校尉魯峻碑》並書「億」作「啻」，《巴郡太守張納碑》書「億」作「意」，《小黄門譙敏碑》書「億」作「僮」。　按：當从《説文》以「意」爲「億兆」正字。

獻酬交錯

《傳》：「東西爲交，邪行爲錯。」　按：《説文》作「这逪」，經典中用「錯」字，多屬假借。「獻酬交錯」應作「这逪」，「可以攻錯」應作「攻厝」，「錯綜其數」應作「縒綜」，「舉直錯枉」應作「舉措」。考《説文》：「逪，这逪也。」「厝，厲石也。」「縒，參縒也。」《廣韵》：「縒，倉各切，縒綜，亂也。」「措，置也。」「錯，金涂也。」「何以報之金錯刀」乃「錯」字本義。

萬壽攸酢

《說文》：「酢，醶也。从酉，乍聲。」「醋，客酌主人也。从酉，昔聲。」按：今俗所用與《說文》互異。《儀禮》「酬醋」字作「醋」，漢人注經云「味酢」者皆謂酸也。

我孔熯矣

按：《毛傳》「熯，敬也」本《釋詁》，但「熯」字本義是「乾貌」，非「敬」。《說文》「戁，敬也」，則此「熯」字是「戁」字之假借，音而善反。《長發》傳曰「戁，恐也」，各隨其立詞釋之，敬者必恐懼。

如幾如式

「薄送我畿」正義曰：「畿者，期限之名。《周禮》『九畿』及『王畿千里』皆期限之義，故《楚茨》傳曰『畿，期也』。」按：此當作「如畿如式」。

既匡既勑

《廣韻》：「敕，誡也。『勑』同。今相承作『勑』，勑本音賚。」按：《說文》：「敕，誡也。」「勑，勞勑也。」

鐘鼓送尸

今本多作「鼓鐘」。考「鼓鐘將將」「鼓鐘伐鼛」，傳云「鼓其淫樂」，正義云「鼓擊其鐘」；

《白華》「鼓鐘于宮」，正義亦云「鼓擊其鐘」。此篇上文曰「鐘鼓既戒」，此不應變文。《宋書・禮志四》兩引皆曰「鐘鼓送尸」，《正義》云「鳴鐘鼓以送尸」，是唐初不作「鼓鐘」，今本承開成石經之誤。

神保聿歸

《宋書・樂志》一引「神保遹歸」，又引注「歸於天地也」。今《鄭箋》無「地」字。

既霑既足

按：疑當作「既沾既浞」。《說文》：「沾，沾益也。」「浞，濡也。」鄭司農注《考工記》曰：「腥讀如『沾渥』之『渥』。」漢《曹全碑》：「鄉明治，惠沾渥。」

黍稷彧彧

《說文》：「戫，有文章也。从有，𢧢聲。」「𢧢，水流也。从川，或聲。」按：《毛詩》假「彧」爲「戫」，隸省「𢧢」爲「彧」。《廣韵》：「稶稶，黍稷盛皃。」

從以騂牡

《說文》無「騂」。

苾苾芬芬

以《楚茨》推之，此句《韓詩》當作「馥馥芬芬」。

倬彼甫田

《爾雅》：「菿，大也。」《説文》：「菿，艸大也。俗本誤作「艸木倒」。从艸，到聲。」按：《韓詩》「菿彼甫田」，《詩釋文》及《爾雅疏》引之。俗本《爾雅》「菿」誤「箌」，《説文》又譌作「𦺇」。

或耘或耔

《説文》：「𦓤，除苗閒穢也。」或从芸，作「𦔫」。又「耔」作「䎢」。

以我齊明

《説文》：「齍，黍稷在器以祀者。」《五經文字》：「齍，或作『粢』，同。《禮記》及諸經皆借『齊』字爲之。」按：此《釋文》云「本又作『齍』」，是正字。

以我覃耜

《東京賦》作「剡耜」。《説文》：「剡，鋭利也。」亦是假借「覃」爲「剡」。

俶載南畝

《箋》云：「載讀爲『菑栗』之『菑』。」按：《管子》「春有以剚耕，夏有以剚耘」，「剚」「菑」同也。

不稂不莠

《説文》：「禾粟之莠「采」誤。生而不成者，謂之童「蕫」誤。蓈。」或作「稂」。

去其螟螣

按：「螣」本「螣蛇」字，在六部，借爲一部「螟蟘」之「蟘」，此異部假借，猶「登來」之爲「得來」也。《五經文字》作「蟘」，今《説文》作「蟘」，誤。

秉畀炎火

《釋文》：「秉，《韓詩》作『卜』。」　按：卜畀，猶俗言「付與」也。《爾雅》：「卜，予也。」

有渰淒淒，興雲祁祁

按：詩人體物之工，於此二句可見。凡夏雨時行，始暴而後徐，其始陰氣乍合，黑雲如鬊，淒風怒生，衝波掃葉，所謂「有渰淒淒」也。繼焉暴風稍定，白雲漫汗，彌布宇宙，雨脚如繩，所謂「興雲祁祁，雨我公田」也。「有渰淒淒」言雲而風在其中，「興雲祁祁」言雲而雨在其中。「雨」字分上、去聲，後儒俗説，古無是也。上句言「興雨」，下又言「雨我公田」，則無味矣。「英英白雲，露彼菅茅」「興雲祁祁，雨我公田」，其句法、字法正同，「雨我」之「雨」必讀去聲，則「露彼」之「露」又將讀何聲耶？於此知「善善、惡惡」之類，皆俗儒分別，而戾於古矣。

伊寡婦之利

依鄭氏《箋》例求之，此「伊」亦當作「緊」。

君子樂胥

《箋》云：「胥，有才知之名。」按：《周官》「胥十有二人」注：「胥讀爲『諝』，謂其有才知爲什長。」此《箋》亦讀爲「諝」。《説文》：「諝，知也。」《易・歸妹》「以須」之「須」，鄭亦讀爲「諝」。

實維伊何

此三章「實」字皆當爲「寔」。《箋》云「實〔一〕猶是也」，正讀「實」爲「寔」也。《小星》箋：「寔，是也。」《韓奕》則先易其字，云「實當爲『寔』」，而後云「寔，是也」。

樂酒今夕

《大招》「以娛昔只」，王逸注：「昔，夜也。《詩》云『樂酒今昔』，言可以終夜自娛樂也。」按：《春秋》「夜，恒星不見」，《穀梁》「夜」作「昔」，「日入至於星出謂之昔」。「昔」者「夕」之假借字，夕，暮也，从月半見，夜與夕異時。「夜中，星隕如雨」之「夜」，《穀梁》亦作「夜」，不作「昔」。王逸云「昔，夜也」，未爲明審。

殽核維旅

班固《典引》「肴覈仁義」，蔡注：「肴覈，食也。肉曰肴，骨曰覈。《詩》云『肴覈惟旅』。」

〔一〕校者案：「實」，原作「寔」，改。三十卷不誤。

《蜀都賦》「肴槅四陳」。

匪由勿語

按《鄭箋》，則「匪」字本作「勿」，後人妄改「勿由」爲「匪由」，與上「匪言勿言」成偶句耳。《箋》云「勿猶無也」，此總釋「勿從謂」「勿言」「勿由」「勿語」四「勿」字。又云：「俾，使。由，從也。武公見時人多説醉者之狀，或以取怨讎，故爲設禁：醉者有過惡，女無就而謂之也；當防護之，無使顛仆至於怠慢也；其所陳説，非所當説，無爲人説之也，亦無從而行之也，亦無以語人也，皆爲其聞之將恚怒也。」「匪由」之本爲「勿由」顯然。下「由醉之言」，箋云：「女從行醉者之言，使女出無角之羖羊。」尤可證兩「由」字無二義，相承反覆戒之。古文奇奥，非可妄改，所當更正也。

觱沸檻泉

按：司馬相如《上林賦》作「滭沸」，《史記》作「滭浡」。《説文》當有「滭」字，今佚。

騂騂角弓

《説文》「觲」下引《詩》「觲觲角弓」。《釋文》：「《説文》作『弲』。」按：蓋唐時《説文》「弲」下引「弲弲角弓」，今本佚也。

民胥傚矣

《左傳》「民胥效矣」。　按：《説文》無「傚」。

見晛曰消

按：《説文》：「𣊧，星無雲也。」「晛，日見也。」劉向引《詩》「雨雪麃麃，見晛聿消」。師古曰：「見，無雲也。晛，日氣也。言雨雪之盛麃麃然，至於無雲，日氣始出，而雨雪皆消釋矣。」「見」字不得訓爲「無雲」，依顔注，則劉向引《詩》「見」字作「𣊧」，正同《韓詩》。師古時不誤，後人妄改作「見」耳。《韓詩》「曣晛，日出也」，與《説文》「晛，日見也」正同。《釋文》引作「曣見」，誤。《詩考》作「晛」。

上帝甚蹈

《箋》云：「蹈讀曰『悼』。」　按：《檜》傳「悼，動也」，此傳「蹈，動也」，則是一字。《箋》申《傳》，而非易《傳》也。

無自瘵焉

按：《箋》云「瘵，接也」，以爲「際」字假借。

英英白雲

《韓詩》作「泱泱」。潘岳《射雉賦》「天泱泱而垂雲」，徐爰注「泱，音英」，善曰：「《毛詩》

『英英白雲』，『泱』與『英』古字通」。

鼓鐘于宮

《箋》云「鳴鼓鐘」，謂鼓與鐘二物也。《靈臺》「於論鼓鐘」，鄭云「鼓與鐘也」，此詩正同。孔云「鼓擊其鐘」，誤。

有豕白蹢

《爾雅》：「豕四蹢皆白，豥。」蹢，蹄也，猶「馬四蹢皆白，首」也。或作「四豴皆白，豥」，誤。張參收「豴」字入《五經文字》，不精也。

何人不矜

按：《鴻雁》傳「矜，憐也」，《菀柳》傳「矜，危也」，此蓋言夫人而危困可憐，不必讀爲「鰥」。《詩·敝笱》「鰥」與「雲」韵，在十三部，《菀柳》「矜」與「天、臻」韵，《何草不黄》與「玄、民」韵，《桑柔》與「旬、民、填、天」韵，在十二部。漢人十二、十三部合用，多借「矜」爲「鰥寡」字，而《書·堯典》《康誥》《無逸》《甫刑》、《詩·鴻雁》、《孟子·明堂章》皆作「鰥」，不假借「矜」字；惟《烝民》作「不侮矜寡」，則漢後所改，而《左傳·昭元年》引「不侮鰥寡，不畏彊禦」，固作「鰥」。「何人不矜」當從本字讀。

詩經小學卷第三

金壇段氏

大雅

亹亹文王

或因《説文》無「亹」字，欲盡改《易》《詩》《禮記》《爾雅》「亹亹」爲「娓娓」者，誤。

摯仲氏任

《傳》「摯國任姓之中女也」，又「大任，中任也」。按：毛經、傳皆作「中」，古「中」「仲」通用，如「中興」爲「仲興」是也。今經作「仲」，譌。

會朝清明

《天問》「會鼂爭盟，何踐吾期」，一作「會晁請盟」。

自土沮漆

《文選・于令升〈晉紀總論〉》「帥西水滸，至于岐下」，李善注：「《毛詩・大雅》文。鄭玄曰『循西水涯，漆、沮側也』，謂亶父避狄，循漆、沮之水而至岐下。」鏞堂按：孔氏《正義》本作「自土漆沮」，今《疏》中雖爲後人所改，然尚有改之未盡者，如：釋經云「於漆、沮之旁」；釋《傳》云「《禹貢》雍州『漆、沮既從』，是漆、沮俱爲水也」，又「漆、沮爲一」；釋《箋》云「豳有漆、沮之水」，又「是周地亦有漆、沮也」；釋下「率西水滸」箋云「上言『漆、沮』，此言『循滸』，明是循此漆、沮之側也」；又釋下「周原膴膴」傳云「周原在漆、沮之閒，以時驗而知之」。據此可知《正義》本作「自土漆沮」，今《釋文》作「沮漆」，恐非陸氏之舊。今本《詩箋》依經倒。

來朝走馬

《玉篇》「趣」字注曰：「《詩》曰『來朝趣馬』，言早且疾也。」按：《鄭箋》「言避惡早且疾也」，「早」釋「來朝」，「疾」釋「趣」字。《説文》：「趣，疾也。」《玉篇》作「趣馬」，野王據漢人相傳古本也。鏞堂按：《棫樸》「左右趣之」，傳「趣，趨也」，箋云：「左右之諸臣，皆促疾於事。」彼《箋》以「趣」爲「疾」，與此正同，可驗「走馬」之本作「趣馬」。程大昌、顧炎武以爲單騎之始，誤。「趣」音「走」，亦音「促」。

周原膴膴

《廣雅·釋言》「腜腜，肥也」，據《韓詩》爲訓也。

堇荼如飴

《説文》：「堇，艸。根如薺，葉如細柳，蒸食之甘。从艸，堇聲。」今《詩》譌作「堇」。

迺慰迺止

唐石經並作「迺」。明馬應龍本「乃召司空，乃召司徒」，一作「乃」，餘作「迺」。按：《說文》「迺、乃」異字異義，俗云古今字。

捄之陾陾

顧寧人曰《說文》引作「捄之仍仍」。按：《廣雅·釋訓》「仍仍、登登、馮馮，衆也」即釋此詩，然則「陾」有作「仍」者。今《說文》同《詩》，未詳顧氏所本。

削屢馮馮

按：屢，古作「婁」。婁，空也。「削婁」謂削治牆空竅、坳突處使平。《長門賦》「離樓梧而相掌」、《魯靈光殿賦》「嶔崟離樓」，《說文》：「廔，屋麗廔也。」「囧，牕牖麗廔闓明也。」「離樓、麗廔」皆竅穴穿通之貌。

皐門有伉

《說文》：「阬，閬也。閬，門高也。」《五經文字》：「阬，門高。」《廣韵·四十二宕》：「阬，門也。」按：《毛詩》之「伉」，古本作「阬」。屈賦「吾與君兮齊遬，道帝之兮九阬」，「九阬」謂廣開天門有九重也。

維其喙矣

《方言》：「𤸃，極也。」郭注：「巨畏反，今江東呼『極』爲『𤸃』，『倦』聲之轉也。」《廣韵》：「𤸃，困極也。《詩》云『昆夷𤸃矣』，本亦作『喙』。」《方言》：「㱾，極也。」郭注：「今江東呼『極』爲『㱾』，音喙，《外傳》曰『余病㱾矣』。」《爾雅》：「呬，息也。」《説文》：「呬，息也。《詩》曰『犬夷呬矣』。」　按：《國語》郤獻子曰「余病喙」，韋昭注「短氣貌」。「呬矣」者，「喙矣」〔一〕之異文。

追琢其章

《周禮·追師》注引《詩》「追琢其璋」，疏曰：「璋是玉爲之，則『追』與『琢』皆是治〔二〕玉石之名也。」　按：毛、鄭是「章」字。

求民之莫

當作「嗼」。

〔一〕校者案：「呬矣」「喙矣」二「矣」字，原作「兮」，據文義改。三十卷本不誤。

〔二〕校者案：「治」，原脱，據《周禮注疏》原書補。三十卷本不誤。

其灌其栵

《説文》：「栵，栭〔一〕也。《詩》曰『其灌其栵』。」 按：栵當作「槸」。槸，木相磨也。「菑、翳、灌、槸」一例，不應此獨爲木名。《爾雅》「立死，甾。蔽者，翳。木相磨，槸」，疑是類釋此詩，不言「灌」者，已見上文矣。

天立厥妃

惠棟曰：「當作『妃』，各本作『配』，誤。」 按：《傳》「妃，媲也」，正義引某氏注《爾雅》「《詩》云『天立厥妃』」是矣，但謂毛讀「配」爲「妃」，故云「媲也」，是未知經、傳「配」字皆後人改「妃」爲「配」耳。 鏞堂按：《毛詩》作「配」爲假借，三家《詩》作「妃」爲正字。惠氏、戴氏、段氏未詳此爲古今文之異，故説多誤。

維此王季

《左傳》、《韓詩》、王肅作「維此文王」。 按：《左傳》釋「比于文王」曰「經緯天地曰文」，《毛傳》本之，謂比于古者經緯天地、文德之王也，如「成王不敢康」非成王、康王。《箋》云「必比于文王者，德以聖人爲匹」，是《鄭箋》雖作「維此王季」，而「比于文王」亦非以父同

〔一〕校者案：「栭」，原作「栝」，據《説文》原書改。三十卷本亦誤。

子，言之不順也。惟《樂記》注云「言文王之德皆能如此」，而不引「經緯天地曰文」，則爲實指周文王，所見《詩》亦是「維此文王」。然《禮注》言文王，《詩箋》言王季，説自不同。

無然畔援

《玉篇》：「《詩》云『無然伴換』，伴换猶跋扈也。」《漢書》「項氏叛换」，韋昭曰：「叛换，跋扈也。」《魏都賦》「雲徹叛换」。

誕先登于岸

《箋》云：「岸，訟也。」按：鄭意作「犴」。

同爾兄弟

顧寧人曰：「《伏湛傳》引『同爾弟兄』，入韵。」按：王逸《九辨》注「内念君父及弟兄也」，與上文「長、王、惶[一]、黨、並、湯」韵，今譌爲「兄弟」，則非韵矣。

與爾臨衝

《韓詩》「與爾隆衝」。按：「隆衝」言陷[二]陣之車隆然高大也。《毛傳》以「臨衝」爲二，

[一] 校者案：「惶」，原作「煌」，形近而誤，改。三十卷本亦誤。
[二] 校者案：「陷」，原作「限」，音同而誤，據三十卷本改。

非。《説文》：「轙，陷陣車也。从車，童聲。」

執訊連連

《釋文》：「又作『誶』。」　按：作「誶」者誤。《爾雅》「訊，言也」、《説文》「訊，問也」、《無羊》傳「訊，問也」、《出車》傳「訊，辭也」、《采芑》箋「執其可言問所獲敵人之衆」、此箋「執所生得者而言問之」，以「言」「辭」「問」訓「訊」字，與「誶」字「告」義別。

白鳥翯翯

《説文》：「皠，鳥之白也。」　按：《景福殿賦》「皠皠白鳥」。

於論鼓鐘

漢以前「論」字皆讀爲「倫」，《中庸》「經論天下之大經」，《易》「君子以經論」。

鼉鼓逢逢

《釋文》：「逢逢，亦作『韸』。」作「韸」譌。　按：《淮南·時則訓》注引《詩》「鼉鼓洋洋」、「洋」即「韸」譌。《吕氏春秋·有始覽》注引《詩》「鼉鼓韸韸」、《衆經音義》引郭璞《山海經注》《詩》云『鼉鼓韸韸』」是也。今《山海經注》缺。《廣雅》：「韸韸，聲也。」

昭兹來許，繩其祖武

《傳》：「許，進。繩，戒。」　按：《續漢·祭祀志》注引謝沈《書》云東平王蒼上言「《大雅》云『昭兹來御，慎其祖武』」。《六月》傳亦云「御，進也」。據東平引作「來御」，此《傳》訓爲「進」，疑作「許」是聲之誤。惠定宇説同。後見《廣雅》「許，進也」，本此《傳》。則《毛詩》本作「許」，作「御」者蓋三家。東平王作「慎」，異字同義，此爲轉注。

遹求厥寧

《説文》引作「欥」。《漢書・敘傳》《幽通賦》「欥中龢爲庶幾兮」，《文選》作「聿」。

築城伊淢

按：《韓詩》作「洫」，則字義、聲皆合矣。《史・河渠書》「溝洫」，字亦作「淢」。

遹追來孝

《禮記》引作「聿」。　按：古「欥、聿、遹」字通用。

履帝武敏

《爾雅》「履帝武敏」，於「敏」字斷句。王逸《離騷》注「履帝武敏歆」，於「歆」字斷句。

按：《毛傳》「敏，疾也」，於「敏」字斷句。《爾雅》《鄭箋》「敏，拇也」，於「歆」字斷句。古「敏、拇、畞」字同音，皆在今之止韵，故《爾雅》舍人本作「履帝武畞」，亦假借字也。

先生如達

按：《鄭箋》易字爲「羍」，似太媟矣。本后稷之詩，不宜若是。《傳》云「達，生也」，以《車攻》傳「達屨」之義求之，蓋是「達，達生也」。「達、沓」字古通用，姜原首生后稷，便如再生、三生之易，故足其義云「先生，姜原之子先生者也」。如「樵彼桑薪，卬烘于煁」，傳云：「卬，我也。烘，燎也。煁，烓竈也。」乃後足其義云：「桑薪，宜以養人者也。」若依次訓釋，則「桑薪」當在「卬」上，「先生」當在「達」上。

實種實褎

《傳》：「種，雍腫也。」按：當作「雝種」，《漢書》所謂「一畝三甽，苗生三葉以上，隤隴土以附苗根，比盛暑，隴盡而根深，能風與旱」也。《正義》引《莊子》「雝腫而不中繩墨」，擬不於倫，且與「實發」相混。

維秬維秠

《山海經》：「維宜芑苣，穋楊是食。」郭注云：「《管子》説地所宜云『其穜穋、芑、黑黍』，皆禾類也。苣，黑黍，今字作禾旁。」

維穈維芑

按：「穈」字《説文》所無，於六書無，當宜從《爾雅》《説文》作「虋」。

以歸肇祀

按：《箋》云「肇，郊之神位也」，是以「肇」爲「兆」之假借也，或少「當作兆」三字。《禮記》

引下文作「后稷兆祀」，《周官經》「兆五帝於四郊」，《説文》作「垗」。「肇」从戈肁聲，今本作「肇」，非也。考《書》「肇十有二州」「肇基王迹」及此「以歸肇祀」「后稷肇祀」，《釋文》皆作「肇」。《玉篇·攴部》曰：「肇，俗肇字。」《五經文字·戈部》：「肇，作肇訛。」唐石經此詩二「肇」皆从戈。《廣韵》有「肇」無「肇」。今本《説文·攴部》有「肇」字，唐後人妄增入無疑。凡古書「肇」字皆當改作「肇」。

或舂或揄

《説文》：「舀，抒臼也。从爪、臼。《詩》曰『或簸或舀』。」或作「抭」，或作「抗」。按：《周禮·舂人》注、《儀禮·有司徹》注皆引《詩》「或舂或抗」，其字从手，冘聲。「冘散」之「冘」今在第九部，古在第三部。《説文》當云「或舂或舀」，而云「或簸或舀」者，記憶之誤也。今《詩》作「揄」者，聲之誤也。鄭氏注《三禮》所引蓋《韓詩》，而《説文序》云「《詩》毛氏」，則《毛詩》故作「舀」也。

釋之叟叟

《説文》：「釋，漬米也。从米，睪聲。」按：亦曰「淅米」，亦曰「汏米」。唐石經誤作「釋」，諸本承之。

敦彼行葦

李善《長笛賦》注引《鄭箋》「團聚皃」。

醓醢以薦

《説文》作「盬醢」，从血，肬聲。

嘉殽脾臄

《説文》：「谷，口上阿也。从口，上仌〔一〕象其理。」或作「㖆」，或作「臄」。

敦弓既堅

《説文》：「弴，畫弓也。从弓，享聲。」按：「敦」讀如「追」，不讀「彫」，猶「追琢其章」不讀「彫琢」，「鷙」釋爲「雕」，不讀雕字。此異部轉注之理也。

酌以大斗

《釋文》：「斗，亦作『枓』。」《説文》：「𨰈，酒器也。」或作「𤰈」。

高朗令終

《説文》作「朖」。

〔一〕校者案：「仌」，原作「谷」，據《説文》原書改。三十卷本不誤。

鳧鷖在涇

按：此篇「涇、沙、渚、潨、亹」一例，不應「涇」獨爲水名。《鄭箋》「涇，水中也」，今本誤作「水名也」。故下云「水鳥而居水中」，是直接「水中」二字，改作「水名」則不貫矣。下章《傳》「沙，水旁也」，《箋》云「水鳥以居水中爲常，今出在水旁」，承上章「在涇」爲言。《爾雅》「直波爲徑」，郭注「言徑侹」。《釋名》：「水直波曰涇。涇，徑也，言如道徑也。」《莊子·秋水》篇「涇流之大，兩涯渚涘之閒，不辨牛馬」，司馬彪云：「涇，通也。」義皆與此詩合。「涇、徑」字同，謂大水中流徑直孤往之波，故《箋》云「涇，水中也」。因下章「沙」爲「水旁」，故云「水中」以別之。四章因三章「渚」爲水中高地，故云「潨，水外高地」以別之。蓋以「潨」爲「崇」字之假借也。

假樂君子

《傳》：「假，嘉也。」　按：《維天之命》傳、《雝》傳同，「假」皆「嘉」之假借字也。

且君且王

《釋文》：「一本作『宜君宜王』。」　按：趙壹《窮鳥賦》「且公且侯，子子孫孫」，正用《假樂》詩意。作「宜」爲俗本也。

民之攸塈

《正義》：「《釋詁》云『呬，息也』，某氏曰『《詩》云「民之攸呬」』，舊作「塈」。郭璞曰『今東齊呼息爲呬』，則『塈』與『呬』古今字。」　按：「塈」者，字之假借，非古今字。

而無永嘆

按：《傳》：「民無長嘆，猶文王之無侮也。」謂《皇矣》末章「四方以無侮」也。孔沖遠譌作「無悔」，云即「其德靡悔」，非是。且「其德靡悔」《毛詩》言王季，非言文王。

何以舟之

按：「舟」之言「昭」也。以「玉瑤」昭其有美德，以「鞞琫」昭其德之有度數，以「容刀」昭其有武事。

取厲取鍛

《釋文》：「《説文》云『碫，厲石』，《字林》大喚反。」　按：今本《説文》誤作「碬」，乎加反。《毛傳》「碫，鍛石也」，鄭申之云「鍛石，所以爲鍛質也」。經當作「碫」，《傳》當作「鍛石」，今本經譌「鍛」，《傳》中脱「碫」字。毛云碫是鍛石，《説文》云碫是厲石，其説不同，而毛爲是。

止旅迺密

《傳》：「密，安也」。　按：《説文》：「宓，安也。」「宓」是正字，「密」是假借字。密，山如堂者也。宓，从宀，必聲。今俗讀宓子賤之「宓」如「伏」者，聲韵轉移，正如「苾芬孝祀」《韓詩》作「馥芬」也。宓子賤之後爲漢伏生。

芮鞫之即

《周官經》「其川涇汭」，鄭注引《詩》「汭阮之即」。《漢書・地理志》右扶風汧縣「芮水出西北，東入涇，《詩》『芮阮』，雍州川也。」師古曰：「《詩》『芮鞫之即』，《韓詩》作『芮阮』。」　按：《詩箋》：「芮之言内也。」《周禮注》及《漢書》皆以「芮」爲水名，「坈、阮」同，「鞫」其假借字也。

洞酌彼行潦

《傳》：「洞，遠也。」　按：《説文》「迥，遠也」，知是假「洞」爲「迥」。

可以餴饎

《正義》引《説文》「饙，一蒸米也」「餾，飯气流也」。今《説文》：「饙，滫飯也。」或作「饙」，或作「餴」。

似先公酋矣

按：當作「遒」。《説文》：「迺，迫也。」亦作「遒」。

茀祿爾康矣

《傳》：「茀，小也。」《箋》云：「茀，福。」《爾雅》「祓，福也」，郭注引《詩》「祓祿康矣」。按：毛依《爾雅·釋言》，當作「芾」，芾，小也。《甘棠》傳「蔽芾，小貌」。鄭依《爾雅·釋詁》，以茀爲祓之假借。

鳳皇于飛

《説文》引「鳳皇于飛，翽翽其羽」。唐石經「鳳皇于飛」「鳳皇鳴矣」皆作「皇」。按：《爾雅》：「鶠，鳳。其雌，皇。」《説文》：「鶠，鳥也。其雌皇，一曰鳳皇也。」顔元孫《干祿字書》：「皇，『鳳皇』正字，俗作『凰』。」《廣韵》：「鳳凰，本作『皇』。《詩傳》『雄曰鳳，雌曰皇』。」凡古書皆作「鳳皇」，絶無「凰」字。「凰」字於六書無當，考楊雄《蜀都賦》有「鷬」字，晉有鷬儀殿，視「凰」字爲雅。

雝雝喈喈

《爾雅》：「噰噰、喈喈，民協服也。」釋文：「噰，本或作『雍』，又作『廱』。」按：《説文》：「邕，四方有水，自邕成池者。」「雝，雝䳘也。」「廱，天子饗飲辟廱也。」「雝」隸變爲「雍」，借爲「雍和、雍塞、辟雍」，而「辟廱」本字亦借爲和義，又别製「嗈、噰、壅」等字。漢蔡邕字伯喈，是漢人作「邕邕喈喈」也。

憯不畏明

《説文》：「朁，曾也。从曰，兓聲。《詩》曰『朁不畏明』。」　按：《詩》「憯莫懲嗟」「胡憯莫懲」「憯不知其故」皆宜作「朁」，同音假借也。《説文》「憯，痛也」，義别。

以謹惽怓

《説文》作「怋怓」，今本《説文》《釋文》皆有脱誤。

無然泄泄

《五經文字》：「絏，本文從世，緣廟諱偏旁，今經典並准式例變。」據此，則「絏」本作「紲」，「洩」本作「泄」，「齥」本作「齛」。《説文》無「洩、絏、齥」字。唐石經「洩洩其羽」「桑者洩洩」「無然洩洩」不可從也。

民之方殿屎

《釋文》：「殿，《説文》作『唸』。屎，《説文》作『吚』。」《爾雅》：「殿屎，呻也。」釋文：「《説文》作『唸吚』。」《五經文字》：「《説文》作『吚』。」　按：今《説文》引《詩》「民之方唸吚」。《玉篇》《廣韵》亦作「唸吚」。

民之多僻，無自立辟

按：《傳》「辟，法也」之上不言「辟，僻也」，蓋漢時上作「僻」、下作「辟」，故《箋》云「民之行多爲邪僻，乃汝君臣之過，無自謂所建爲法也」。各書徵引皆上「僻」、下「辟」。《釋文》亦云「多僻，匹亦反，邪也。立辟，婢亦反，法也」。自唐石經二字皆作「辟」，而朱子併下字釋爲「邪」矣。

及爾出王

《傳》：「王，往。」　按：以「王」爲「往」之假借也。

侯作侯祝

按：《毛傳》「作祝詛也」四字一句，言「侯作侯祝」者謂作祝詛之事也。「詛」是「祝」之類，故兼云「詛」。經文三字不成句，故「作」字之下益「侯」字以成之。《詩》中如此句法甚多，如：「迺慰迺止」，箋云「乃安隱其居」；「迺宣迺畝」，箋云「時耕曰宣，乃時耕其田畝」；「爰始爰謀」，箋云「於是始與豳人之從己者謀」。陸、孔以《毛傳》「作」字爲逗，「祝詛也」爲句，大誤！

女炰烋于中國

按：「炰烋」之言「狍鴞」也。《山海經》曰：「鉤吾之山有獸焉，名曰狍鴞，是食人。」郭注：「爲物貪惏，象在夏鼎，《左傳》所謂『饕餮』是也。」

内奰于中國

《說文》作「奰」，从三大、三目。今《詩》作「奰」者，隸省也。或从三四、从犬，則非矣。張衡、左思賦内「贔屓」之「贔」，即「奰」之譌。《正義》引張衡賦「巨靈奰屭，以流河曲」。

無言不讐

按：當作《左氏傳》「憂必讐焉」之「讐」。

尚不愧于屋漏

《箋》云：「屋，小帳也。」　按：此當作「幄」。《説文》無「幄」字。

淑慎爾止，不愆于儀

按：《左氏·襄三十年傳》引《詩》「淑慎爾止，無載爾僞」，杜預以爲逸詩，然則非此詩之異文也。

實虹小子

《傳》：「虹，潰也。」　按：《召旻》「蟊賊内訌」傳同。

秉心無競

《韵補》：「競，其亮切，開元《五經文字》讀儓去聲。《詩》『秉心無倞』『無倞維人』，今作『競』。」

荓云不逮

「荓」蓋「伻」字之假借。

好是家嗇，力民代食

按：鄭不云「稼穡當作『家嗇』」，則毛本作「家嗇」也。《傳》云「力民代食，無功者食天禄也」，鄭申其意，而王肅所見之本誤衍一「代」字，鏞堂按：「代」字即王肅所增。云「代無功者食天禄也」，因曲爲之説曰「有功力於民，代無功者食天禄」，且改「家嗇」字从禾，而不知「代無功食天禄」語最無理，豈毛公而爲之乎？

朋友已譖

《箋》云「譖，不信也」，則當作「僭」。鏞堂按：《正義》本作「僭」，釋經云「僭，差」。《釋文》：「譖，本亦作『僭』。」

反予來赫

毛作「赫」，鄭作「嚇」。

涼曰不可

按：《釋文》：「職涼，毛音良，薄也，鄭音亮，信也，下同。」所云「下同」者，即此「涼曰」之「涼」，是陸本皆作「涼」也。《正義》上云「毛以爲下民之爲此無中和之行，主爲偷薄之俗」，此云「我以信言諫王曰『汝所行者，於理不可』」，是孔本上章作「涼」，此章作「諒」。以上章鄭易「涼」爲「諒」，而此章毛本作「諒」，非關鄭易也。唐石經上作「涼」，此作

「諒」，蓋從孔本，然由文義求之，恐未得毛意。

秏斁下土

《説文》有「秏」無「耗」。《玉篇》「秏，減也，敗也」，引此《詩》。《廣韵》：秏，俗作「耗」。

按：《箋》云：「斁，敗也。」《説文》「殬，敗也」，引《商書》「彝倫攸殬」，與「厭斁」字别。

寧丁我躬

戴先生云：「寧之言乃也。」

如惔如焚

《章帝紀》「今時復旱，如炎如焚」，章懷注引《韓詩》「如炎如焚」。按：《韓詩》作「炎」爲善。《説文》「炎，燎也」，《傳》云「惔，燎之也」，蓋毛亦作「炎」也，上文「赫赫炎炎」本或作「惔」是其明證。

寧俾我遯

《釋文》：「本亦作『遂』。」按：《周易》「遯」，鄭作「遂」。

則不我虞

按：「虞、娱」同，字之假借也。《詩序》云「以禮自虞樂」。鏞堂按：《箋》云「虞，度也。天〔一〕曾不度知我心」，《箋》義爲長。《抑》「用戒不虞」，毛傳「不虞，非度也」；《閟宫》「無貳無虞」，箋云「虞，度也」。是《毛詩》「虞度」字作「虞」。《出其東門》「聊可與娛」，毛傳「娛，樂也」；《絲衣》「不吴不敖」，毛傳「吴，譁也」，《正義》本作「不娛」，云「人自娛樂，必讙譁爲聲」。是《毛詩》「娛樂」字作「娛」，二字不相假借。

有嘒其星

《説文》：「譓，聲也。《詩》曰『有譓其聲』。」按：如史所云「赤氣亘天，砰隱有聲」之類也。今作「有嘒其星」，殆非。

往迈王舅

《唐韵正》曰：「『會言近止』『往近王舅』皆『附近』之『近』，而非『迈』也。」按：《釋文》於「近」字每云「附近之近」者，皆以别諸上聲之「近遠」，而非别諸「迈」字也。古以「遠近」讀上聲，「親近」讀去聲。「往迈王舅」蓋言往己王舅也，古音同部假借。此借「迈」爲「己」，《傳》以「己」訓「迈」，猶《淇奥》借「簣」爲「積」，《傳》以「積」訓「簣」；《板》借「王」爲「往」，《傳》以「往」訓「王」，《箋》又從而申明其説耳。《詩》「彼其之子」，《左傳》引作「彼

〔一〕 校者案：「天」，原作「夫」，形近而誤，據原書改。

己」，《禮記》引作「彼記」。《大叔於田》箋云：「忌，辭也，讀如『彼己之子』之『己』。」劉伯莊《史記音義》云「丌，古其字」，《玉篇》：「亓，古其字。」《說文》「丌，讀若箕」，「迈，讀與記同」，知「其、己、記、忌、丌、迈」字同在之咍部。若「近」字，乃在諄文部，音轉讀若「幾」、讀若「祈」，在脂微部，如「會言近止」與「偕、邇」爲韵，如《周禮》「九畿」故書作「九近」、《周易》「月幾望」或作「近望」是也。諄文與脂微近，與之咍相去甚遠，不相假借。此詩如本「近」字，則毛訓爲「己」、鄭讀如「記」如何可通？故「近」爲「迈」之譌，其說不可易也。

夙夜匪解

「懈」之假借。

愛莫助之

按：《爾雅》：「薆，隱也。」從《毛傳》，當作「薆」。

鉤膺鏤錫

《說文》引作「鍚」。　按：隸省作「錫」。

鞹鞃淺幭

《曲禮》「素簚」，注：「簚，覆笭也。」釋文：「簚，本又作『幭』。」疏引《既夕禮》「乘惡車，白狗幦」。《玉藻》「君羔幦虎犆」，注：「幦，覆笭也。」疏：「《詩·大雅》『鞹鞃淺幭』，毛傳云『幭，覆式』，幭即幦也。又《周禮·巾車》作『複』，但古字耳，三者同也。」《少儀》「拖諸幦」，注：「幦，覆笭也。」《既夕禮》「鹿淺幦」，注：「幦，覆笭。」《周官經·巾車》「犬複」「鹿淺複」「然複」「豻複」，注：「複，覆笭也。」《春秋公羊傳·昭二十五年》「以幦爲席」，何休注：「幦，車覆笭。」按：《說文》：「幦，鬃布也。从巾，辟聲。《周禮》曰『駹車犬幦』。」《韓奕》當同《儀禮》《禮記》作「幦」，「車笭」字以「幦」爲正也，「幭、複」皆假借字。「篾」又「幭」之變。

鞗革金厄

《說文》無「鞗」有「鋚」，「云「鐵也。一曰轡首銅也。从金，攸聲」。石鼓《詩》「四車既安」之下有「鋚勒」字、《焦山周鼎》有「攸勒」字、《博古圖·周宰辟父敦》銘三皆有「攸革」字、薛尚功《鐘鼎款識》周伯姬鼎有「攸勒」字、寅簋有「鋚勒」字，疑《毛詩》「鞗革」皆「鋚勒」之譌。鋚勒，猶唐宋人所云「金勒」。古鐘鼎「鋚」省作「攸」，後人不知爲「鋚」之省，輒製「攸」下从革之字。《蓼蕭》傳「鞗，轡也」，「轡」下落「首飾」二字。鋚所以飾轡首，下云「沖沖，垂飾貌」，正謂此飾也。「革」者「勒」之省，轡首謂之勒，勒，馬頭絡銜，所以繫轡，故曰「轡首」。孔氏釋「轡首」云「馬轡所靶之外，有餘而垂」，甚誤。《載見》「鞗勒有鶬」，傳：「有鶬謂有法度也。」《玉篇》：「鞗，轡也，亦作『鋚』。」「鞗，靶也，勒也，亦作『革』。」

「⿰革林，同『⿰革棗』。」《廣韻》：「鋚，紖頭銅飾。」又按：《爾雅》「轡首謂之革」，郭注「轡，靶勒也」，當云「轡，靶也。革，勒也」。《説文》：「轡，馬轡也。」「靶，轡革也。」「勒，馬頭絡銜也。」「羈，馬絡頭也。」「靮，馬羈也。」「銜，馬勒口中也。」「鑣，馬銜也。」絡頭、銜口統謂之「勒」，所以繫轡，故曰「轡首」。轡革爲人所把，故曰「靶」，《漢書》「王良執靶」，《吴都賦》「回靶」。今人曰「扯手」，亦曰「轡頭」，古之靶也、轡也，皆自人所把言之也；今人曰「籠頭」、曰「嚼口」，古之轡首也、勒也、羈靮也、銜也，皆自馬首言之也。《鄴中記》曰「石虎諱勒，呼馬勒爲轡」，見《廣韻》。知轡、勒本爲二物。又按：《箋》於《采芑》云「鞗革，轡首垂也」，於《韓奕》云「鋚革，謂轡也」，於《載見》云「鋚革，轡首也」，絶無定説，而《采芑》尤誤，轡可言垂，轡首不可言垂矣，於《載見》云「鎗，金飾貌」，合於以鋚飾勒之旨。《説文》：「槅，大車扼也。」《考工記》作「鬲」，《説文》作「槅」，《西京賦》「商旅聯槅」，《潘安仁傳》「發槅寫鞍」。「軶，轅前也。」「軥，軶下曲者。」《左傳·襄十四年》「射兩軥而還」，服注「車軶兩邊叉馬頸者」，杜注「車軶卷者」。《昭二十六年》：「射之，中楯瓦。繇朐汰輈，匕〔一〕入者三寸。」杜注：「入楯瓦也。朐，車軶。」「朐」即「軥」之假借。《小爾雅》：「衡，扼也。扼上

〔一〕校者案：「匕」原作「輈」，涉上而誤，據《左傳》原書改。

者謂之烏啄。」當作「扼上也，扼下者謂之烏啄」。《釋名》：「馬曰烏啄，下向叉馬頸，似烏開口向下啄物時也。」戴先生釋：「車軶謂之衡，衡下烏啄謂之軥，大車之〔一〕軶謂之鬲。」

按：此詩作「厄」者，「軛」之假借。《傳》「厄，烏噣也」，「烏噣」即《小爾雅》《釋名》之「烏啄」也。古「啄」「噣」通用，如《爾雅》「生噣，雛」，王逸《九歎》注引作「生啄」。《釋文》「噣，沈音晝」，是沈重讀「不濡其噣」之「噣」。陸氏雖誤引《爾雅》而云「噣，《爾雅》作『蠋』」，是陸尚未譌爲「蠋」也。鞹以爲鞃，虢以爲幦，鋚以飾勒，金以飾軶，本四事也。徐廣曰：「乘輿車文虎伏軾，龍首衡軶。」《續漢·輿服志》作「衡軛」。《索隱》曰：「謂金飾衡軛爲龍。」按：「文虎伏軾」即經之「虢幦」，「金飾衡軛」即經之「金軛」。《鄭箋》不用毛説，以「厄」爲「搤」之假借，云「鞗革，轡也。以金爲小環，往往纏搤其轡」，合「鞗革」「金厄」爲一事，《正義》乃以「噣」譌「蠋」，妄云「『厄，烏蠋』，《爾雅·釋蟲》文。厄，大蟲，如指似蠶。金厄者，以金接轡之端，如厄蟲然」，其説致爲無理。《爾雅》「蚅，烏蠋」字皆从虫，與《毛傳》「厄，烏噣」奚翅風馬牛不相及？陸、孔之牽合，誤甚！或曰：上文曰「錯衡」矣，又曰

〔一〕校者案：此處原衍一「謂」字，據三十卷本删。皇清經解本《考工記圖》、《東原集》卷二《釋車》，四部叢刊初編《戴東原集》卷七《釋車》皆云：「大車之較謂之牝服，其内謂之箱，所以引車謂之輈。軶謂之鬲，持鬲者謂之輗。」

「金軶」，不爲複與？曰：衡謂横木，軶謂下向叉馬頸之軥。《史記索隱》引崔浩云「衡，車扼上横木也」，是衡爲一物，扼即軥，爲一物也。《屈原賦》戴氏注云：「軶，衡下兩軥也，衡亦通謂之軶。」又《士喪禮》「楔，貌如軛，上兩末」，疏云「如馬鞅，軛馬領」，鄭注云「今文『軛』作『厄』」，此可見「軛」爲正字，「厄」爲假借也。不識箋《詩》何以不知「厄」即「軛」也？

出宿于屠

《説文》：「鄜，左馮翊郃陽亭。」　按：言左馮翊郃陽縣之鄜亭也，一本作「鄜陽亭」，誤。《困學紀聞》所引同誤。

炰鼈鮮魚

《説文》：「鮮，魚名。」「鱻，新魚精也。」　按：《周官經》「鱻薨」。

其蔌維何

《説文》：「鬻，鼎實。惟葦及蒲。」或作「餗」，从食，束聲。

韓侯顧之

《傳》：「顧之，曲顧道義也。」惠定宇曰：《列女傳》：「齊孝公迎華氏之長女孟姬於其父母，三顧而出，親授之綏，自御輪三，曲顧姬輿，遂納於宮。」《淮南子·氾論》：「昔蒼梧繞娶妻而美，以讓兄，此所謂忠愛而不可行也。」高誘注云：「蒼梧繞，乃孔子時人，以妻美好，推與其兄，於兄則愛矣，而違親迎曲顧之義，故曰『不可行也』。」　按：《白虎通》亦曰：「必親迎、御輪三周，下車曲顧者，防淫泆也。」

緜緜翼翼

按：《常武》《載芟》之「緜緜」，《韓詩》作「民民」；《小旻》《緜》之「膴」，《韓詩》皆作「腜」，知四家《詩》字各有義例。

懿厥哲婦

按：此借「懿」爲「噫」，與《十月之交》借「抑」爲「噫」同也。「抑、懿」同在十二部入聲。《大雅》「抑」，《外傳》作「懿」。

舍爾介狄

《傳》：「狄，遠也。」　按：以爲「逖」之假借。

不弔不祥

《箋》云：「弔，至也。」　按：鄭作「迅」。

草不潰茂

按：毛云「潰，遂也」，與「是用不潰于成」傳同。《箋》云「潰當作『彙』」，非。

職兄斯引

《傳》：「兄，兹也。」按：《桑柔》傳「兄，兹也」，《常棣》傳「況，兹也」，並同。韋昭《國語注》：「況，益也。」《説文》：「兹，艸木多益也」。

詩經小學卷第四

金壇段氏

頌

假以溢我

按：《爾雅》「溢、慎、謐，靜也」，又「毖、神、溢，慎也」。《尚書》「惟刑之恤」，《史記》作「惟刑之靜」，徐廣曰：今文《尚書》作「惟刑之謐」。此詩或作「謐」、或作「溢」、或作「恤」，皆靜慎之意也。作「誐」、作「何」、作「假」，乃是異文。《左傳》引《詩》「何以恤我」，杜注云「逸詩」，不以爲此篇異文。朱子《集傳》合爲一，是也，而「文王之神，何以恤我」，其訓非也。

維周之祺

按：此從古本作「祺」，作「禎」者恐是改易取韵。鏞堂按：《正義》曰：「定本、《集注》『祺』字作『禎』。」是《毛詩》作「維周之禎」，三家《詩》作「惟周之祺」。《爾雅》「祺，祥也」，某氏注引《詩》可證。

天作高山，大王荒之

《傳》：「大王行道，能安天之所作也。」　按：此《傳》有脱文，當云「大王行道能大之，文王又能安天之所作也」。《鄭箋》「彼作」謂萬民，毛公則仍承首句「作」字。《正義》云：「毛以爲大王居岐，長大此天所生者，彼萬民居岐邦築作宫室者，文王則能安之。」孔訓「彼作」失《傳》意，而可證《毛傳》有脱。「荒」訓「大」，「康」訓「安」也。《國語》鄭叔詹曰：「《周頌》『天作高山，大王荒之』，荒，大之也，大天所生，可謂親有天矣。」《荀子·王制》篇引《詩》「天作高山，大王荒之。彼作矣，文王康之」，楊倞注：「荒，大也。康，安也。言天作此高山，大王則能尊大之，文王又能安之。」《天論》篇引此詩，注亦云「大王能尊大岐山」，皆可證。

既右饗之

按：俗本作「享」，非。經典凡獻於上曰「享」，食所獻曰「饗」。如：《楚茨》「以享以祀」下曰「神保是饗」，此「我將我享」下曰「既右饗之」，《閟宫》「享以騂犧」下曰「是饗是宜」，尤顯然可證。

懷柔百神

按：《宋書·樂志》宋明堂歌謝莊造《登歌》，詞曰「昭事先聖，懷濡上靈」，然則六朝時本作「懷濡百神」也。「柔、濡」古音同，是假「濡」爲「柔」，當從《集注》本作「濡」。注《爾雅》者引「懷柔百神」，易其字也。鏞堂按：《毛詩》作「懷濡」，三家《詩》作「懷柔」。樊光注《爾雅》引用皆非《毛詩》。

貽我來牟

《説文》：「來，周所受瑞麥來麰。一束作「朿」誤。二縫，象芒束之形。天所來也，故爲行來之來。《詩》曰『詒我來麰』。」按：「一束二縫」或作「一束二縫」，或作「一來二縫」，而《正義》引《説文》作「一麥二夆」，均不可解。考《廣韻》引《埤蒼》作「一麥二稃」，亦有誤，當作「二麥一稃」，乃合。一稃二米者，后稷之嘉穀也；一稃二麥者，后稷之瑞麥也；三苗同穗者，成王之嘉禾也；見《尚書大傳》。旁出上合者，漢時之奇木也。《説文》當作「二麥一稃」，「二」「一」互誤，「稃」「縫」者，音之譌。又从束者，象其芒束之形，「一束二稃」言二麥同一穎芒也。

鞉磬柷圉

《説文》：「敔，禁也。一曰樂器，椌楬也，形如木虎。从攴，吾聲。」

和鈴央央

《東京賦》「和鈴鉠鉠」，李引《毛詩》「和鈴鉠鉠」。《玉篇》《廣韻》：「鉠，鈴聲。」

佛時仔肩

《傳》：「佛，大也。」　按：此以「佛」爲「廢」之假借，古「廢、佛」音同。《釋詁》：「廢，大也。」《四月》「廢爲殘賊」，傳「廢，大也」，用正字。此「佛時仔肩」用假借字。《箋》云「佛，輔也」，又以爲「弼」之假借。鏞堂按：此以「佛」爲「廢」之假借。《四月》則以「廢」爲「怢」之假借，古「廢、佛、怢」皆同部，聲相近。

莫予荓蜂

《爾雅》：「甹夆，掣曳也。」　按：《毛傳》作「𢸫曳」。《說文》：「𢸫，引縱也。」

有略其耜

《爾雅》：「䂮，利也。」釋文：「䂮，《詩》作『略』。」　按：《說文》：「㓵，刀劍刃也。」籀文作「䂮」。

有俶其馨

按：《傳》云「飶，芬香貌。舊作「也」。俶猶飶也」，「俶」字正取其香始升、芬芳酷烈之意，與「飶」字相配。若作「椒」，爲物，與「飶」字異類，《傳》不得云「猶飶」也。《詩》言「有苑」「有奭」「有鶬」「有敦瓜苦」「有俶其城」，句意皆同。今從沈作「俶」字。「飶」言香之貌也，「俶」言馨之貌也。

有捄其角

當作「觩」。

不吳不敖

按：《方言》：「吳，大也。」「吳」之爲「大」，於聲求之。大言爲吳，物之大者亦曰吳。屈賦「齊吳榜以擊汰」，王逸注「齊舉大櫂」也。

我龍受之

《傳》：「龍，和也。」按：此及《長發》，毛以「龍」爲「雝」之假借，故曰「和也」。

婁豐年

今本作「屢」。《釋文》：「唐石經作『婁』。」宋婁機《班馬字類》引《詩》「婁豐年」。《角弓》釋文：「婁，本亦作『屢』。」

駉駉牡馬

考《周官》，馬政絶無郊祀朝聘有騭無驒之説。《校人職》云「凡馬，特居四之一」，鄭司農云「三牝一牡」，康成云「欲其乘之性相似也」，此云「凡馬兼指六種五路之馬」，又康成計王馬之大數而引《詩》「騋牝三千」，何嘗謂五路之馬無驒歟？良馬通謂五路之馬，倘皆無驒，則通淫、游牝豈專爲駑馬，良馬豈皆駑母所生？康成何以云「種馬謂上善似母者」

也？今俗以騋驚爲良，自是尚力，五路之馬，不皆〔一〕尚强。且序云「牧於坰野」，《傳》云「牧之坰野則駉駉然」，《正義》云「駉駉然腹幹肥張者，所牧養之良馬也」。經文作「牧」爲是。顔氏説誤據《釋文》，則今本《説文》「駫」下引「駫駫四牡」，唐時本作「駫駫牡馬」，與今詩絶異，云「《説文》作『驍』」，不可考。

在坰之野

《説文》：「駉，牧馬苑也。《詩》曰『在駉之野』。」　按：許意言「在駉之野」即「在野之駉」，倒句以就韵。

有驈有皇

《爾雅》：「黄白，騜。」　按：《説文》「驈」下引《詩》「有驈有騜」，而無「騜」字，蓋或有闕遺。

薄采其茆

《廣韵·三十一巧》：「茆，鳧葵。《説文》作『茆』，音柳。」又《四十四有》引《詩》「言采其茆」。

狄彼東南

按：《抑》「用逿蠻方」，傳：「逿，遠也。」《左傳》「糾逖王慝」。

〔一〕校者案：「不皆」，原作「皆不」，於義不妥，據三十卷本改。

食我桑黮

《説文》：「黮，桑葚之黑也。」 按：當同《衛風》作「葚」。

憬彼淮夷

《説文》：「矍，讀若《詩》云『穬彼淮夷』之『穬』。」 按：《釋文》：「憬，《説文》作『懬』。」今《説文》「懬」不引此詩，蓋「穬」當爲「懬」也。

閟宮有侐

《箋》云：「閟，神也。」 按：《説文》「祕，神也」，鄭以「閟」爲「祕」之假借。

稙稺菽麥

郭注《方言》：「稺，古稚字。」《五經文字》云：「《説文》作『稺』、《字林》作『穉』。」《説文》「稙」下引《詩》「稙稚尗麥」。

實始翦商

《説文》「戩，滅也」，引《詩》「實始戩商」。 按：《傳》「翦，齊也」，毛意正當作「前」。

保有鳧繹

《尚書》及《説文》作「嶧」。《爾雅》：「屬者，嶧。」

庸鼓有斁

《傳》：「大鐘曰庸。」《爾雅》：「大鍾謂之鏞。」《説文》：「大鐘謂之鏞。」鏞堂按：古文《尚書》「笙庸以閒」作「庸」，與《毛詩》合。又《爾雅》李巡注曰：「大鍾，音聲大。鏞，大也。」孫炎注曰：「鏞，深長之聲。」是古本《爾雅》亦祇作「庸」，金旁蓋後來所加。

執事有恪

《説文》作「愙」，从心，客聲。

既戒既平

《傳》：「戒，至。」　按：此以「戒」爲「屆」之假借字也。「屆」訓「至」，而「戒」不訓「至」，「戒」在一部，「屆」在十五部，異部假借也。《爾雅》：「艐，至也。」艐，《説文》讀若莘。郭注《方言》「艐，古屆字」，亦合二字爲一，本非一字也。

鬷假無言

《傳》：「鬷，總。假，大也」。　按：言「鬷」爲「總」之假借字。鬷，釜屬。孔沖遠云「鬷」「總」古今字，非也。又《禮記》「嘏，長也，大也」、《卷阿》傳「嘏，大也」、《賓筵》傳「嘏，大也」，此本字也；《那》傳「假，大也」、《烈祖》傳「假，大也」，皆以「假」爲「嘏」之假借字也。《楚茨》傳「格，來也」、《抑》傳「格，至也」，此本字也；《雲漢》傳「假，至也」、《泮水》傳

「假，至也」、《烝民》《玄鳥》《長發》義同此，皆以「假」爲「格」之假借字也。

奄有九有

《韓詩》作「九域」。　按：有，古音如「以」，「域」爲其入聲。毛公曰「囿，所以域養禽獸也」，「囿、域」亦於音求之。

受命不殆，在武丁孫子

按：《大戴禮·用兵》篇引《詩》「校德不塞，嗣武于孫子」，盧注以爲逸詩，恐即二句之異文也。

邦畿千里

《尚書大傳》：「圻者，天子之竟也，諸侯曰竟。」鄭注《周禮》「方千里曰王圻」：「《詩》曰『邦圻千里，惟民所止』。」見《路史·國名紀·信》《儀禮經傳通解續》。

爲下國綴旒

《說文》：「游，旌旗之流也。从㫃，汓聲。」「⿰㫃攸，旌旗之流也。从㫃，攸聲。」無「旒」字。

敷政優優

《說文·心部》：「𢝊，愁也。从心，从頁。」《夊部》：「憂，和之行也。从夊，𢝊聲。《詩》曰『布政憂憂』。」　按：俗以「憂」爲「𢝊愁」字。

不戁不竦

《傳》：「竦，懼也。」　按：當作「愯」。《説文》：「愯，懼也，雙省聲。」

實左右商王

俗有「佐、佑」字，《説文》所無。

罙入其阻

《説文·网部》「冞，周行也。从网，米聲」，引此詩。《五經文字》：「《説文》作『冞』，隸省作『罙』，見《詩》。」　按：今隸應作「罙」，各本作「采」，或作「罙」，誤。又《廣韻》「冞，罟也」「罙，罙入也，冒也，周行也」，分别誤。

方斲是虔

《傳》：「虔，敬也。」《箋》云：「椹謂之虔。」　按：《爾雅》：「椹謂之榩。」《釋文》：「榩，本亦作『虔』。」然則《爾雅》本有止作「虔」者。

音序索引

説　明

一、本索引收録《詩經小學》三十卷本和四卷本的所有條目(不論長短),重複條目、兩種版本相同的條目同樣重出,均標明頁碼。

二、所收詞目按漢語拼音字母順序排序,同音字按筆畫數從少到多排列,筆畫數相同者按筆形一、丨、丿、丶、乛的順序排列。

三、首字相同,按第二字的讀音排列,以此類推。

四、本索引編制的主要目的是便利檢索,而非嚴格的注音考證,所以多取常見讀音。

筆畫索引

説　明

一、本索引收録《詩經小學》三十卷本和四卷本的所有條目（不論長短），重複條目、兩種版本相同的條目同樣列出，均標明頁碼。

二、所收詞目按筆畫數排序，筆畫數相同者按筆形一、丨、丿、丶、乛的順序排列。

三、首字相同，按第二字的筆畫數排列，以此類推。

六　畫

七　畫

〔一〕

〔丨〕

〔丿〕

九 畫

〔乛〕

十一畫

〔一〕

〔丨〕

〔丿〕

十三畫

〔一〕

十四畫

十五畫

〔一〕

〔丨〕

〔丿〕

〔丶〕

十七畫

〔一〕

〔丨〕

〔丿〕

〔丶〕

〔乛〕

十八畫

〔一〕

〔丨〕

〔丿〕

〔丶〕

〔乛〕

十九畫

〔一〕

〔丨〕

〔丿〕

〔丶〕

〔乛〕

廿　畫

〔一〕

〔丨〕

〔丿〕

〔丶〕

〔乛〕

廿一畫

〔一〕

〔丨〕

〔丿〕

〔丶〕

〔乛〕

廿二畫

〔一〕

廿三畫

廿四畫

廿五畫

廿八畫

廿九畫

卅三畫

圖書在版編目(CIP)數據

詩經小學二種 /（清）段玉裁撰;彭慧點校. 一上海：上海古籍出版社，2024. 5

ISBN 978-7-5732-1040-1

Ⅰ. ①詩… Ⅱ. ①段… ②彭… Ⅲ. ①《詩經》—詩歌研究 Ⅳ. ①I207. 222

中國國家版本館 CIP 數據核字(2024)第 051719 號

詩經小學二種

〔清〕段玉裁　撰

彭　慧　點校

上海古籍出版社出版發行

（上海市閔行區號景路 159 弄 1－5 號 A 座 5F　郵政編碼 201101）

（1）網址：www. guji. com. cn

（2）E-mail：guji1@guji. com. cn

（3）易文網網址：www. ewen. co

浙江新華數碼印務有限公司印刷

開本 850×1168　1/32　印張 19　插頁 3　字數 337,000

2024 年 5 月第 1 版　2024 年 5 月第 1 次印刷

印數：1—1,100

ISBN 978-7-5732-1040-1

H・275　定價：88. 00 元

如有質量問題，請與承印公司聯繫